SACKGASSE

Mein Weg

DDR- und Familiengeschichte

Petra Barlow

Sackgasse

Mein Weg

DDR- und Familiengeschichte

Bibliografische Information der Deutschen Nationalbibliothek:
Die Deutsche Nationalbibliothek verzeichnet diese Publikation in der Deutschen Nationalbibliografie; detaillierte bibliografische Daten sind im Internet über http://dnb.dnb.de abrufbar.

© 2019 Petra Barlow

Herstellung und Verlag: BoD – Books on Demand, Norderstedt

ISBN: 978-3-7412-2223-8

Für meine Kinder,
Geschwister,
Freunde,
die sich immer wieder für meine Lebensgeschichte interessierten und mir letztendlich den Anstoß gaben, dieses Buch zu schreiben.

Für meine Eltern, um unser Schweigen um diese Ereignisse, die sich damals zugetragen haben, vielleicht endlich brechen zu können.

Und natürlich für alle, die sich für Geschichte - speziell DDR-Geschichte - interessieren.

Warum verließ ich mit meinen beiden Kindern meine Heimat, unsere vertraute Umgebung, unsere Familie, unsere Freunde, alles, was wir liebgewonnen hatten?

Dieses Buch beschreibt meinen Lebensweg als junge Frau in der DDR, Kindheit, Jugend, Erwachsenwerden, mein anfangs starkes Vertrauen in die Politik der DDR, meine dann zunehmenden Zweifel und diesbezüglichen Konfrontationen, die mein Urvertrauen so erschütterten, dass ich letztlich den Entschluss fasste, meine Heimat mit meinen beiden Kindern für immer zu verlassen.
.

PROLOG

Immer weniger konnte ich mich mit dieser führenden Partei identifizieren, war schockiert, wie Menschenrechte mit Füßen getreten wurden und wie man die Probleme der DDR-Bürger verharmloste, ignorierte, ja sogar die politische Vormachtstellung dazu missbrauchte, sie zum Schweigen zu bringen. Immer häufiger schämte ich mich, Mitglied dieser Partei zu sein. Und schließlich beantragte ich den Austritt.

Geschwächt von den Schikanen, die ich daraufhin ertragen musste und zutiefst enttäuscht von den Machenschaften dieses politischen Regimes, denen ich mich hilflos ausgeliefert sah, stellte ich schließlich meinen Antrag auf ständige Ausreise aus der DDR und Übersiedlung in die BRD.

Und plötzlich stand ich vor dieser Entscheidung. Zwar hatte ich einen Ausreiseantrag auf Übersiedlung in die BRD laufen, eine Flucht war jedoch noch einmal etwas ganz anderes - alles zurücklassen, sich von niemandem verabschieden können und die Gewissheit, für mehrere Jahre die DDR nicht mehr betreten zu dürfen. Ich musste mich entscheiden, noch in dieser Nacht.

Dass die Existenz der DDR in so naher Zukunft so plötzlich beendet sein würde, war leider nicht abzusehen. Wahrscheinlich wäre mein Weg dann ein ganz anderer gewesen.

ERSTES KAPITEL

Nachdem ich Einspruch erhoben hatte, stand nun heute mein Termin beim Bezirksgericht an. Die Aussage meines Ex-Mannes vor Gericht war schlichtweg ein Lügengebilde gewesen, womit er sich weiterhin den Zugang zu meiner Wohnung gewähren wollte. Ich hatte Beweise dafür und war zuversichtlich, dass das Urteil geändert wurde.

Doch dann kam alles anders.

Ich stand wie unter Schock, konnte nicht begreifen und nicht wahrhaben, was ich da eben erlebt hatte. Das konnte doch nicht sein! Wie konnte ein Gericht so ein Urteil fällen, ein Urteil, welches auf ein Lügengerüst gebaut war, ohne dem widersprechende Dokumente, die ich dabei hatte, eingesehen zu haben, eine Einsichtnahme in diese Beweisstücke als nicht notwendig erklären?

Ich verstand nichts mehr. Wo war hier noch Gerechtigkeit? Welche Rechte hatte ich noch? Wem konnte ich noch glauben? An wen konnte ich mich noch wenden, wenn ich Unrecht sah, mir Unrecht widerfuhr?

Ich war machtlos! Ein „Spielball", der Willkür der Staatsdiener ausgeliefert!

Es reichte, das Maß war voll! „Steter Tropfen höhlt den Stein". Ich konnte nicht mehr! Nun hatten sie mich soweit, ich sah keinen Sinn mehr und hatte keine Kraft mehr aufzubegehren, etwas in diesem Staat ändern zu wollen. Weder ich, noch meine beiden Kinder würden hier eine glückliche Zukunft haben können.

Ich stellte den Antrag auf ständige Ausreise aus der DDR. Dann begann ich, mir die unterschiedlichsten Papiere, die für eine Ausreise erforderlich waren, zu besorgen, fing an zu sortieren und zu packen. Und dann auch bereits zu verkaufen.

Nervenzehrende Aussprachen und Schikanen folgten. Und dazwischen nur ein Warten, ein Warten auf die Genehmigung der Ausreise.

Wir starteten. Ich war ziemlich aufgeregt, denn es war das erste Mal, dass ich mit meinen Kindern allein in den Urlaub fuhr. Kein gewöhnlicher Urlaub, sondern Alternative. Sollten wir die Ausreise nicht bewilligt bekommen, wollten wir wenigstens einen schönen Urlaub machen, nach Ungarn fahren.

Die Beamten hatten sich in Schweigen gehüllt, obwohl ich laut Gesetz spätestens nach einem halben Jahr eine Zu- oder Absage hätte erhalten müssen. „Fahren Sie erstmal in den Urlaub" hatten sie schmunzelnd gesagt.

Das Visum für den Ungarnurlaub für mich und meine beiden Kinder hatte ich ohne Probleme bekommen, eigenartigerweise.

„Weiterfahren! Fahren Sie weiter!"

Ich verstehe nicht. Weiterfahren? Was meinen die? Wohin soll ich weiterfahren?

Wie immer bin ich - nachdem die Ausweiskontrolle erfolgt war - rechts heran gefahren. Ich soll fahren? Wohin denn? Weiter? Keine Kontrolle? Oder doch? Wollen die mich hereinlegen, um einen Grund zu haben, mich zurückzuschicken? Nur langsam fahre ich an, noch immer verunsichert, und werde unwirsch mit grimmigem Gesicht des Beamten und heftig wedelnder Hand zum Fahren aufgefordert.

Nur sehr langsam, total verunsichert, fahre ich aus der seitlichen Parktasche heraus auf die Straße. Blick in den Rückspiegel - keine Reaktion! Keiner ruft mich zurück! Ich verstehe nicht. Wieso haben die uns gerade dieses Mal, wo ich doch sogar angab nach Ungarn in den Urlaub zu wollen, fahren lassen, ohne – wie sonst immer – das Auto förmlich auseinander zu nehmen. Ich fasse es nicht! Jedes Mal sind wir an der tschechischen Grenze kontrolliert worden. Alles mussten wir immer auspacken. Die Wäsche, selbst die Unterwäsche, wurde durchsucht, das Waschzeug, dann das Auto innen und außen, auch im Motorraum. Sogar das Frühstück mussten wir sonst immer durchleuchten lassen. Bei der Rückreise, wo wir dann Schmutzwäsche dabei hatten, waren uns die Durchsuchungen noch viel peinlicher.

Und dieses Mal nichts? Gar nichts? Was hatte das zu bedeuten? Als wollten sie gerade, dass wir abhauen. Wohin es geht, hatten sie gefragt, ob ich mich mit jemandem treffe, wer es ist und wo wir ihn treffen würden. Es hatte keinen Sinn etwas zu leugnen oder vertuschen zu wollen, das hatte mir meine Freundin mal anvertraut, sie wussten eh alles. Und trotzdem keinerlei Kontrolle? Eigenartig!

Wenn ich das gewusst hätte! Markus hatte mir gesagt, ich soll mal alles an Papieren einpacken, was für einen Neuanfang wichtig wäre, also Zeugnisse, Abschlüsse usw. Einfach so, meinte er, man wüsste ja nie. Ich hatte dazu nicht den Mut gehabt. Mir war diesbezüglich schon genug zu Ohren gekommen. Es konnte einem gleich als geplante Republikflucht ausgelegt werden, so dass man festgenommen wurde und in U-Haft kam. Und wenn es zur politischen Inhaftierung kam, wurden die Kinder in Kinderheime gesteckt und manchmal zur Adoption freigegeben. Die übelsten Fälle waren mir da schon zu Ohren gekommen! Nein, davor hatte ich eine Schweineangst! Das war mir das alles nicht wert! Das würde ich meinen Kindern nie und nimmer antun wollen.

Damit hatten sie uns natürlich in Griff, sie, die Stasi, mit dieser schrecklichen Angst, die sie uns einflößten. Und ich weiß, dass sie rücksichtslos und brutal gegen die „Klassenfeinde", wie alle bezeichnet wurden, die sich gegen die Staatspolitik der DDR äußerten, vorgingen. Da wurde auch nicht auf die kleinen Kinderseelen Rücksicht genommen. Nein, wir, die Eltern, wurden als die Übeltäter hingestellt. Solche Eltern, die sich gegen die Politik der DDR stellten, das konnten keine guten Eltern sein! Vor solchen mussten die

Kinder „gerettet" werden, indem sie an treue Genossen zur Adoption freigegeben wurden! Ich glaube, sie waren wirklich noch davon überzeugt, richtig zu handeln, etwas Gutes zu tun. Ich fand solche Menschen, die so fanatisch für etwas eintraten schon immer sehr gefährlich. Denen war jedes Mittel recht, um ihre Interessen durchzusetzen, jedes!

Schon einmal waren wir verdächtigt worden, einen Fluchtversuch geplant zu haben. Damals waren wir in der Schweriner Gegend in Urlaub gewesen. Eines Tages, als wir die Umgebung unseres Urlaubsortes erkunden wollten, sagte Markus, dass ganz in der Nähe ein Grenzort sei. Dort könnte man vielleicht mal über die Mauer schauen, rüber in den Westen. So stellten wir uns das jedenfalls damals vor. Natürlich wollten wir gern mal sehen, wie es denn im Westen aussah. Schließlich hatten wir ja nicht die Möglichkeit, mal in den Westen zu fahren.

Auch etwas, was in meinen Augen ein totaler Widerspruch zu den ständigen „Predigten", unter anderem im „Schwarzen Kanal" war, einer Fernsehsendung ‚von und mit Karl Eduard von Schnitzler', in der uns immer der „schlechte Westen" vor Augen geführt wurde. Warum wurde uns verboten, uns selbst davon zu überzeugen? Wenn doch wirklich alles so schlecht war, würden wir doch froh sein, in der DDR zu leben und mit wehenden Fahnen zurückkommen. Und – warum stellten denn die vielen Bundesbürger, denen es so schlecht ging, keinen Antrag auf Übersiedlung in die DDR? Man versuchte zwar Gerüchte zu verbreiten, dass dies von Bundesbürgern getan würde, was aber höchst zweifelhaft war. Denn das wäre etwas gewesen, was die Medien der DDR bei jeder sich bietenden Möglichkeit triumphierend an die Öffentlichkeit gebracht hätten.

So fuhren wir also in diesen Ort, suchten eine Weile und parkten das Auto schließlich in der Nähe eines Hinweisschildes mit der Aufschrift „DDR-Staatsgrenze 5 km" (oder so ähnlich). Wir sahen dann entlang einer Straße auf einer Seite eine Mauer und meinten, wenn wir darüber hinweg schauen würden, könnten wir viel-leicht schon etwas vom „Westen" erkennen. Wenigstens mal schauen wollten wir, wie es im Westen aussah.

Wir waren richtig aufgeregt! Die Mauer war nicht sehr hoch, doch wir sahen nichts Besonderes und konnten auch nicht weit schauen. Das konnte noch nicht der Westen sein, mutmaßten wir.

Vielleicht mussten wir die Straße noch weiter hinaufgehen, dachten wir, und liefen weiter. Die Straße war menschenleer, bisschen unheimlich, denn es war erst später Nachmittag.

Nur ein Mopedfahrer kam uns entgegen. Als er näher kam, sahen wir, dass er Polizeiuniform trug. Vor uns hielt er an, fragte, was wir hier wollen. Wir schauten uns verwundert an. Markus antwortete, wieso er frage, das sei doch eine öffentliche Straße. Ob wir unsere Personalausweise dabei hätten, entgegnete der Beamte. Wir zeigten sie ihm. Er behielt sie bei sich, fragte, wie wir hierhergekommen seien und wo unser Auto stehen würde. Mit den Worten „Sie bleiben hier stehen und warten, bis ich zurückkomme!" fuhr er mit den Ausweisen davon.

Nach einer Weile kam er wieder, forderte uns auf, die Straße weiter hoch zu laufen, dort sei eine Polizeistation und da könnten wir dann unsere Ausweise abholen, sie würden überprüft werden. Also spazierten wir langsam nach oben, fanden das alles sehr seltsam und uns war gar nicht richtig wohl dabei.

Oben angekommen sahen wir die Polizeistation neben einem Schlagbaum. Als wir uns dort meldeten und um Rückgabe unserer Ausweise baten, wurde uns erklärt, dass die Überprüfung noch nicht abgeschlossen sei, wir sollten uns gedulden. Dann wurden wir in einen Raum gebracht, der von außen abgeschlossen wurde. Später wurden wir dann verhört, dann wieder eingeschlossen. Es vergingen Stunden.

Wir bekamen, soweit ich mich erinnere, bisschen Wasser zu trinken in der Zeit, mehr nicht. Der Raum war leer, nur ein Tisch mit Stühlen, sonst nichts. Kein Spielzeug, keine Bücher, Zeitungen oder Zeitschriften, nichts, womit wir die Zeit mit Laura und Philipp ein bisschen hätten überbrücken können. Wir bastelten dann mit Papier, welches ich in meiner Tasche fand und erzählten Geschichten. Es wurde immer später, die Kinder wurden müde. Als sie auf Toilette mussten, wurden wir von einem Polizisten dahin begleitet, der vor der Tür stehen blieb und auf uns wartete.

Kurz vor Mitternacht gab man uns dann endlich die Ausweise zurück und brachte uns mit einem Auto direkt zu unserem Auto. Es gab keine Begründung, nur, dass die Überprüfung abgeschlossen sei.

Und das alles, obwohl wir doch wirklich nur mal in den Westen schauen wollten!

Dass uns das hätte gar nicht gelingen können, sahen wir natürlich auch erst, als wir uns oben an der Straße bei der Polizeistation melden sollten. Denn dort war ein Schlagbaum. Das Passieren war nur bestimmten Personen gestattet, auf einem Schild wurde darauf hingewiesen. Und nach dem Schlagbaum führte die Straße in dichten Wald hinein, eine Ortschaft war nicht zu erkennen.

Nach unserem Urlaub erfuhren wir dann von Markus' Mutter, dass die Polizei in jener Nacht bei ihr geklingelt hatte und sie verhört wurde. Sie sei gefragt worden, wo sich ihr Sohn zurzeit genau befinden würde und ob er vielleicht etwas von Republikflucht geäußert habe.

Vielleicht war man auch bei meinen Eltern gewesen? Ich weiß es nicht. Gesagt haben sie nie etwas.

Mit diesen Erinnerungen im Hinterkopf hatte ich viel zu viel Angst, irgendetwas an Papieren mitzunehmen. So habe ich dann nur die Sozialversicherungsausweise eingepackt. Diese enthielten auch Angaben zur bisherigen Berufstätigkeit, aber ebenso mussten diese bei Arztbesuchen vorgelegt werden, so dass das Mitführen keinerlei Verdacht erregen würde.

Aber keinerlei Kontrolle dieses Mal! Das hatte ich, seitdem ich in die CSSR gefahren war, um mich dort mit Carmen oder Markus zu treffen, noch nie erlebt! Ich konnte mich nicht mal richtig darüber freuen, im Gegenteil, es verunsicherte mich total.

Da rollten wir nun die vielen Serpentinen bergab Richtung erste Ortschaft in der Tschechoslowakei. Langsam lachten wir nur noch über meine Unsicherheit an der Grenze. Nur noch wenige Kilometer und wir würden uns mit Markus in einem Gasthof treffen.

Ich freute mich auf ihn. Und trotzdem - dieses Treffen würde anders sein als alle vorausgegangenen. Denn nach allem, was ich in den vergangen Jahren erlebt hatte, stellte ich schließlich 1988 einen Antrag auf Ausreise aus der DDR und Übersiedlung in die Bundesrepublik Deutschland. Das war keine fixe Idee, sondern eine Entscheidung, die über viele Jahre gewachsen war. Gewachsen durch Enttäuschungen, Ablehnung, Ausgrenzung und Hass, die ich erfahren musste, weil ich mich gegen diese Lügen, gegen Verleumdungen, gegen menschenfeindliches Handeln, gegen diese Politik immer wieder aufgelehnt hatte, weil ich Ungerechtigkeiten nicht einfach hinnehmen wollte, weil ich Missstände ansprechen wollte. Es kam eins zum anderen, bis das Maß endgültig voll war.

Im Januar 1989 stellte ich aufgrund einer geänderten Gesetzgebung einen erneuten Antrag auf ständige Ausreise. Und – obwohl in diesem neuen Gesetz geschrieben stand, dass innerhalb eines halben Jahres eine Entscheidung seitens des Ministeriums des Innern mitgeteilt werden würde, blieb man mir diese schuldig. Auch auf mein Anfragen hin wurde mir lediglich mitgeteilt, ich solle erst mal in den Urlaub fahren, im Anschluss daran könne ich ja wieder nachfragen.

Also fuhren wir erst einmal in den Urlaub.

Nachdem wir uns dann mit Markus getroffen hatten, erzählte ich ihm, wie es dieses Mal an der Grenze zu-gegangen war. Er fragte sofort, ob ich – so wie er es mir gesagt hatte – alle wichtigen Papiere dabei habe. Als ich verneinte und es ihm begründete, schüttelte er nur den Kopf darüber. Er konnte meine Argumente nicht nachvollziehen, meinte, dass ich zu viel Angst habe und alles zu schwarz sehe.

Vielleicht. War mir egal, was er dazu meinte. Meine Gefühle ließen es nicht zu. Ich machte mir keine Vor-würfe, für mich war die Entscheidung so in Ordnung. Ich war kein Single, ich war Mutter, hatte Verantwortung, meine beiden Kinder, Philipp und Laura, waren damals 11 und 4 Jahre alt.

Am darauf folgenden Morgen fuhren wir dann weiter, jeder in seinem Auto. Unser Urlaubsziel war Ungarn.

1987 hatten wir das erste Mal Urlaub in Ungarn gemacht, eine Woche Budapest. Damals war auch Markus noch DDR-Bürger gewesen. Inzwischen hatte er ja die Ausreise bekommen und war Bürger der Bundesrepublik Deutschland.

Wir waren damals so begeistert von Ungarn, dass wir uns nun unwahrscheinlich darauf freuten, dort wieder unseren Urlaub verbringen zu können.

Gegen Mitternacht trafen wir an der tschechoslowakisch-ungarischen Grenze ein. Im Gegensatz zu der Grenze zwischen der DDR und der CSSR wurde hier nur ein kurzer Blick in unsere Ausweispapiere und den Innenraum des Autos geworfen, dann durften wir weiterfahren.

Gleich nachdem wir die Grenze passiert hatten, fanden wir wieder die hell erleuchteten Obst-und Gemüsestände vor, so, wie wir sie in unserer Erinnerung hatten.

Aber zunächst wollten wir jetzt ein paar Stunden schlafen und suchten nach einem Schlafplatz. Dabei mussten wir feststellen, dass wir nicht die einzigen Schlafgäste waren, die diese Nacht hier im Auto verbringen wollten. Im Gegenteil, es waren viele hier, hauptsächlich DDR-Autos, so dass wir schon ein Weilchen suchen mussten.

Am nächsten Morgen ging es dann weiter Richtung Balaton. Wir hatten keine Unterkunft vorbestellt, Markus sagte, dass es kein Problem sein werde, eine zu finden. Es war auch nicht schwer, was aber sicherlich daran lag, dass Markus mit seinem BMW vorfuhr. Man witterte Westgeld, was in Ungarn auch gern gesehen wurde.

Wir hatten auch gehört, dass – wenn wir in Ungarn Urlaub machen wollten – es ganz gut sei, ein Gastgebergeschenk mitzubringen. Z. B. seien Kaffeemühlen beliebt oder Transistorradios, Staubsauger o. ä., da diese Waren in Ungarn sehr teuer seien. Das Problem sei nur, die Waren über die Grenze zu bringen. Wahrscheinlich sollte man dieses Geschenk dann gleich in der Hand haben, um entsprechend gute Unterkünfte angeboten zu bekommen. Ansonsten konnte es schon mal passieren, dass man in der Garage, welche als Werkstatt umfunktioniert wurde, hinter einem Vorhang ein Bett angeboten bekam. Oder – so man hatte – sein Zelt im Hausgarten aufschlagen durfte und in diesem Garten in einem Verschlag hinter einem Vorhang die „Toilette" war, und die Dusche – auch im Garten frei stehend – mit einem Gartenschlauch gespeist wurde, dessen Wasser wiederum von der Sonnenenergie erwärmt wurde. Hatten wir selbst erlebt, als wir zu Fuß ein Quartier suchten.

Schließlich hatten wir eine sehr schöne Unterkunft in einem zweistöckigen Ferienhaus gefunden. Im Erdgeschoss wohnte die Eigentümerin, wir und weitere Gäste belegten das Obergeschoss. Zum Ferienhaus gehörte ein kleiner, mit rankenden Weinreben umgebener Garten, sehr gemütlich und auch schön schattig. Hier saßen wir manchen Abend zusammen und tranken den Hauswein der Vermieterin. Sie war sehr nett, wir fühlten uns wohl.

Auch der Ferienort gefiel uns gut. Vom Balaton (oder auch Plattensee) selbst, der nicht weit von uns zu Fuß zu erreichen war, waren wir nicht ganz so begeistert. Teilweise gab es keinen Strand, sondern nur Liegeflächen auf einer Art Hochsitz, die im Wasser standen. Außerdem war der See sehr flach, man musste ewig laufen, ehe man mal ein bisschen schwimmen konnte. Für die Kinder war es allerdings so besser.

Wir hatten dann einen Strandabschnitt entdeckt, zu dem eine große Liegewiese gehörte. Hier hatten wir dann auch die Möglichkeit, mit den Kindern Ballspiele oder dergleichen zu machen. Das konnte man natürlich auch gut in dem flachen Wasser.

Außerdem gab es am Strand auch "Fressbuden". Hier lernten wir das ungarische Langos in verschiedenen Varianten kennen, was uns ausgesprochen gut schmeckte. Auch war ein Supermarkt in unmittelbarer Nähe.

Was uns noch besonders auffiel, waren die günstigen Preise. Wobei wir mit dem Tauschsatz der DDR keine großen Sprünge machen konnten. Markus hingegen lachte, wenn er umrechnete, was er ausgegeben hatte. Für BRD-Bürger war Ungarn wirklich ein sehr billiges Reiseland.

Eines Abends lud uns unsere Vermieterin zum Abendessen ein, sie wollte uns etwas Wichtiges mitteilen. Sie sprach nicht gut Deutsch, mehr mit Händen und Füßen, legte eine Landkarte auf den Tisch, zeigte uns Sopron, wies auf das Radio, den Fernseher, die Grenze. Wir verstanden zunächst gar nichts. Was meinte sie? Was wollte sie uns damit sagen. Immer und immer wieder wiederholte sie die wenigen Worte, zeigte auf Sopron, die Grenze zu Österreich, Radio, Fernsehen, und lief mit den Fingern von Ungarn über die Grenze nach Österreich.

Endlich hatten wir begriffen! Durch unseren Urlaub hatten wir weder Fernsehen geschaut, noch das Tagesgeschehen über Radio oder Zeitung verfolgt. Wir wollten einfach mal abschalten, entspannen, alle Alltagsprobleme ausblenden. So hatten wir nicht mitbekommen, dass in der Nähe von Sopron ein Treffen zwischen ungarischen und österreichischen Jugendlichen stattgefunden hatte – das Paneuropäische Picknick am 19. August - und aus diesem Anlass die Grenze zwischen Ungarn und Österreich dort kurzzeitig geöffnet worden war!

Wir schalteten den Fernseher ein und sahen, wie viele DDR-Bürger – junge Leute und ganze Familien - in Grenznähe ihre Autos verlassen hatten und zu Fuß Richtung Grenze gerannt waren. Unzählige DDR-Autos standen am Straßenrand. Die Bilder sprachen für sich!

Ein Stück des „Eisernen Vorhangs", der die NATO-Staaten von den Mitgliedsländern des Warschauer Paktes unter höchsten Sicherheitsvorkehrungen trennte, war kurzzeitig geöffnet worden und wir hatten es nicht mitbekommen!

Aber wir hatten vielleicht noch die Chance, wenn wir es am nächsten Morgen versuchten. Markus, der ja schon BRD-Bürger war, drängte mich, die Chance zu nutzen.

Wir brachten Philipp und Laura zu Bett und setzten uns zusammen, um Details zu planen. Alles überschlug sich, ich konnte fast keinen klaren Gedanken fassen. Wollte ich das überhaupt? Wollte ich flüchten? So flüchten? Alles stehen und liegen lassen, nur mit einem Handgepäck ein neues Leben beginnen? Wollte ich so gehen, ohne mich verabschieden zu können von denen, die mir am Herzen lagen und der Gewissheit, diese Menschen vielleicht lange Zeit nicht wieder sehen zu können, weil wir als Flüchtlinge die DDR in den nächsten Jahren nicht betreten konnten, ohne uns der Gefahr verhaftet zu werden auszusetzen.

Inzwischen wurde berichtet, man habe viele Straßen in Grenznähe gesperrt und würde die Fahrzeuge, die passieren wollten, kontrollieren. Fahrzeuge mit DDR-Kennzeichen würde man nicht mehr Richtung Grenze durchlassen, so dass viele ihr Auto verlassen würden und zu Fuß Richtung Grenze gehen würden.

Unsere Gastgeberin meinte, dass es ja vielleicht noch eine Chance für uns gäbe, wenn wir mit Markus' Auto fahren würden. Westautos würden sie zum Teil gar nicht kontrollieren, sondern durchwinken.

Es war eine völlig neue Situation, die da plötzlich in mein Leben trat! Sicher, Markus hatte gesagt: "Nimm mal sämtliche Papiere mit, SV-Bücher (Sozialversicherungsausweise), Arbeitsverträge und Zeugnisse, man weiß ja nie." Aber gut verstecken sollte ich das alles. Ich wusste auch, was er damit andeuten wollte. Aber – abgesehen davon, dass ich aus Angst, bei der Grenzkontrolle zur CSSR bereits aufzufliegen - bis auf die SV-Ausweise nichts mitgenommen hatte, hatte ich mich auch mit dem Gedanken einer Flucht nicht auseinandergesetzt.

Nun plötzlich war eine Gelegenheit da, und ich musste mich sehr schnell entscheiden, noch in dieser Nacht! Falls ja, würden wir am nächsten Morgen zeitig losfahren müssen!

Wollte ich das? Und - konnte ich das meinen Kindern antun?? Auch sie hatten ihr Nest, ihren Freundeskreis, ihren Vater, ihre Großeltern, zu denen sie eine Bindung hatten. Sie hatten Lieblingsspielsachen, an denen sie hingen ... Dass sie mit einer möglichen Ausreise auch vieles hinter sich lassen müssten, war auch klar. Aber das war ja sicher schon schwer genug für sie. Da hatten sie aber noch die Möglichkeit, sich von allen zu verabschieden. Laura bekam das vielleicht noch nicht so sehr mit, sie war eher ein Mamakind, aber Philipp hing auch sehr an seinem Vater und seinen Großeltern, hatte Freunde. Und er hatte in der Vergangenheit eh vieles sehr bewusst registriert, hatte meinetwegen eine doch nicht ganz unbeschwerte Kindheit. Und war doch so verständnisvoll dabei.

Wenn wir flüchteten, würden wir die nächsten fünf Jahre nicht in die DDR einreisen dürfen. Das bedeutete, dass wir Verwandte und Freunde nur in der CSSR treffen können würden. Und selbst das war gefährlich, denn die CSSR gehörte zu den Mitgliedsstaaten des Warschauer Paktes, dem auch die DDR angehörte, sie hatten die gleichen Interessen und Ziele. Außerdem würden einige meiner Verwandten zu derartigen Treffen nicht bereit sein, das war mir auch klar.

Aber andererseits - was erwartete uns, wenn wir nach diesem Urlaub zurückkehren würden?

Ob man uns je die Ausreise bewilligen würde, stand in den Sternen, diesbezüglich war ich der Willkür der DDR-Behörden ausgesetzt. Möglich, dass wir auf unseren Antrag auf ständige Ausreise eine Absage erhalten würden, was bedeutete, ein halbes Jahr keinen neuen Antrag auf Ausreise einreichen zu dürfen. Dann würde "das Spiel" von vorne beginnen, also wieder einen neuen Antrag stellen, ein halbes Jahr lang "in der Luft hängen", "auf Koffern sitzen", auf eine Entscheidung wartend. Es konnte eine Endlosspirale sein.

Und in der Zwischenzeit, der Wartezeit, würde es für uns auch nicht einfacher werden. Vielleicht müsste ich mit noch mehr Schikanen seitens der Abteilung Inneres oder seitens der Genossen in meiner Arbeitsstelle rechnen.

Und meine Eltern – was würde da auf mich zukommen?! Hatte ich noch die Kraft für weitere Jahre? Für eine unbestimmte Zeit? Vielleicht für eine Ewigkeit, für den Rest meines Lebens?

Und welche Chancen hatten meine Kinder in diesem Land, der DDR, wo die Chancen steigen und fallen, je nachdem, welchen Status die Eltern der Kinder haben, was über diese ermittelt und registriert wurde!

Hatten meine Kinder bei dieser Mutter, nach allem, was bereits geschehen war, überhaupt eine Chance glücklich und zufrieden leben zu können??

Hatten sie noch die Aussicht, einmal den Beruf ergreifen zu können, den sie sich wünschen würden? Nach allem, was mir bisher zu Ohren gekommen war, nicht, denn die Kinder wurden nach dem Elternhaus beurteilt. (Und umgedreht bekamen ja sogar meine Eltern meinetwegen Schwierigkeiten, obwohl ich schon lange volljährig und für mich selbst verantwortlich war, eigene Familie hatte, nicht bei ihnen wohnte!)

Ich hatte einen Ausreiseantrag laufen, dessen Bewilligung vor meinem Urlaub im Unklaren gelassen wurde. Man hatte Bemerkungen fallen lassen, wie „nur, wenn der Vater der Kinder einverstanden ist" oder „eher unwahrscheinlich, bei ihren Eltern".

Wie groß rechnete ich mir also nach allem meine Chancen aus, nach dem Urlaub eine Zusage zu bekommen??

Was würde mich später vielleicht mehr belasten: Die sich gegenwärtig bietende Gelegenheit nicht genutzt zu haben und zurück ins Ungewisse gegangen zu sein oder alles abgebrochen und zurückgelassen zu haben, bei null wieder angefangen zu haben, ohne Abschied, mit der großen Ungewissheit, wann ich wen wieder sehen würde?

Ich wollte meine Heimat, in der ich aufgewachsen war, nicht wirklich verlassen. Aber ich wollte und konnte so auch nicht mehr weiterleben! Es entsprach einfach nicht meiner Vorstellung vom Leben. Und ich sah in der Zukunft keine Chance, dass sich je daran etwas ändern würde. Ich war es leid, mich von diesen rücksichtslosen Fanatikern, die in der DDR durch die Führung der SED ja die Macht hatten, weiterhin schikanieren und bevormunden zu lassen, mich deren Willkür auszusetzen. Ich sah nicht ein, dass andere über mein Leben entschieden, nur weil sie in der DDR an der Macht waren.

Und ich hatte diese Lügen und diese Heuchelei, diese Augenwischerei und „Selbstberäucherung" so über, dass mir schlecht wurde, wenn ich nur daran dachte.

Hinzu kam diese schreckliche Angst. Einmal in den „Klauen" der Stasi und es war alles zu spät. Und deren Macht und unsere Machtlosigkeit wurden uns immer wieder demonstriert.

Zudem wusste man nicht, wem man trauen konnte. Die Stasi hatte genug Spitzel und zusätzlich nicht weniger IMs (Inoffizielle Mitarbeiter). Eigentlich konnte man niemandem so richtig trauen. Also verließ man sich auf seinen Instinkt. Aber die Skepsis schwankte immer mit.

Und dass sich grundlegend in der Politik der DDR etwas ändern würde, das hielt ich noch für unwahrscheinlich. Trotz dass es überall brodelte, die Leute immer unzufriedener wurden und aufbegehrten, wo sich ihnen die Möglichkeit bot.

Egal, wie ich mich in dieser Nacht entscheiden würde, spielten wir eine geplante Flucht theoretisch durch.

Für alle Fälle stellten wir für den nächsten Tag ein Notgepäck zusammen - für jeden von uns nur das Wich-tigste. Jeder hatte nur ein kleines Handgepäck, so dass wir uns nicht verdächtig machen würden.

Während meine Kinder bereits schliefen, saßen wir noch einmal mit unserer Gastgeberin zusammen, die Landkarte vor uns ausgebreitet. Sie zeigte uns, wo die Grenze geöffnet war und auch andere Stellen von Grenzübergängen. So unter anderem auch einen, der weniger bekannt und nicht so gut bewacht sein sollte. Manchmal könnten die Autos da einfach durchfahren, ohne dass jemand danach schaute, meinte auch Markus.

Wir würden Markus' Auto nehmen.

Mein Auto würden wir stehen lassen. Wir vereinbarten mit unserer Gastgeberin schriftlich, dass – falls wir innerhalb einer bestimmten Frist (waren es 3 Tage??) nicht zu ihr zurückgekehrt sein sollten – mein Auto in ihren Besitz übergehen sollte. Sie hatte uns gesagt, dass sie verpflichtet sei, wenn die Urlauber ohne sich abzumelden über längere Zeit nicht am Urlaubsort wären, dies der Polizei zu melden. Mein Auto würde ohne diese schriftliche Vereinbarung sonst beschlagnahmt werden und in Staatsbesitz übergehen.

Sollten wir zurückkehren, würde sie diese Vereinbarung vernichten.

Ich war unwahrscheinlich aufgeregt. An Schlaf war in diese Nacht nicht zu denken - ich hatte nur diese eine Nacht Zeit, mich zu entscheiden!

Es riss mich hin und her. Was sollte ich tun? Was war in dieser Situation richtig, was falsch? Keiner konnte mir helfen, ich selbst musste eine Entscheidung treffen! Und das noch in dieser Nacht!

Am liebsten würde ich aus diesem Alptraum erwachen wollen und ein schönes Leben haben wollen. Ein Leben ohne diesen ganzen Stress, ein Leben in Frieden und Harmonie, wo ich meine Entscheidungen für mein Leben treffen konnte und nicht andere darüber entschieden! Ein Leben in Ehrlichkeit, Liebe, Toleranz, Achtung, …

Wie schön wäre das alles!

Aber das war leider keine Realität, die Wirklichkeit sah anders aus! Die Gelegenheit drängte mich zu einer Entscheidung, sofort, noch in dieser Nacht!

ZWEITES KAPITEL

Meine Gedanken begannen eine Zeitreise, eine Zeitreise durch mein bisheriges Leben. Wann hatte das alles angefangen? Ich hatte letztendlich den Ausreiseantrag gestellt, konnte nicht mehr, war am Ende meiner Kräfte und hatte jegliches Vertrauen in diese Staatspolitik verloren. Dabei war ich doch von meinen Eltern, die beide treue Genossen der SED waren und auch beruflich im Dienste des Staates standen, im Sinne der Partei der Arbeiterklasse erzogen worden.

Geboren wurde ich in einem "Drei-Seelen-Dorf" im Oderbruch. Meine Eltern waren damals aus dem Gebirge dorthin gezogen, als es hieß „Industriearbeiter aufs Land". Damals sind ja auch viele LPGs (Landwirtschaftliche Produktionsgenossenschaften) gegründet worden. Neben dem Wohnhaus muss wohl gleich ein großer Kuhstall gewesen sein, in dem meine Mutter arbeitete. Ich war als Baby allein in der Wohnung, wie meine Mutter erzählte, sie musste arbeiten. Eine Kinderkrippe gab es dort im Ort nicht. Aber die Genossen hätten sie ab und zu mal in die Wohnung gelassen, um mich zu stillen und zu wickeln, hatte sie mir stolz erzählt.

Wir haben nicht lange im Oderbruch gewohnt, dann zogen meine Eltern wieder zurück ins Gebirge.

Ich kann mich nicht erinnern, dass meine Kindheit etwas Besonderes gewesen wäre oder sich wesentlich von anderen unterschieden hätte. Es gab Ereignisse, an die ich mich auch heute noch sehr gerne erinnere, und andere, die mich noch heute sehr traurig machen, wenn ich daran denke.

Ich war die Älteste von vier Geschwistern. Meine jüngste Schwester war nur 5 ½ Jahre jünger als ich. Ich er-innere mich nicht mehr daran, dass meine Mutter irgendwann wegen der Babys zu Hause war, es war wohl bloß eine kurze Zeit, dann muss sie wieder zur Arbeit gegangen sein.

An meine Kindergartenzeit habe ich noch viele schöne Erinnerungen. Wir waren viele Kinder in der Gruppe. Das Gruppenzimmer war sehr groß. In der Mitte stand ein großer Tisch, an dem wir Kinder zu den Mahlzeiten oder in Bastelstunden Platz nahmen. Das Frühstück bekamen wir immer von zu Hause in einer Brotbüchse mit, meistens ein paar Schnitten und geschnittenen Apfel dazu. Die Brotbüchsen waren anfangs aus Blech, alufarben, später dann aus Plastik und bunt. Ich erinnere mich auch noch an Spielsachen, die wir dort hatten – einen schönen, großen Kaufmannsladen, große Holzautos, eine Puppenecke - an unseren Turnraum, das Kasperletheater, an die Küche mit den riesigen Töpfen und den vielen Küchenfrauen in ihren weißen Gummischürzen, an unsere riesigen Schlafräume im Dachgeschoss, wo wir auf kleinen Liegen schliefen, die nach der Mittagsruhe alle wieder eingeklappt und an die Wand gestellt wurden, an unseren großen Garten mit den Spielgeräten (Wippe, Klettergerüst, Reitschule, Schaukeln und großer Sandkasten), an Kreisspiele, und an den Hausmeister und die Hausmeisterin.

Die Erzieherinnen waren größtenteils streng, aber es hat mir trotzdem im Kindergarten ganz gut gefallen. Nur vor einem hatte ich Panik, das war das Essen. Ich war kein besonders guter Esser und oft die Letzte, die fertig wurde. Oftmals schmeckte mir das Essen auch nicht, aber wir mussten immer alles aufessen. Alle anderen Kinder mussten warten, bis ich meinen Teller endlich leer gegessen hatte, durften mich hänseln, indem sie im Chor ständig „Bummelletzte" riefen und auch die Erzieherin schimpfte dann jedes Mal mit mir.

Meine Mutter ging den ganzen Tag zur Arbeit.

Wir Kinder waren in der Zeit in Kinderkrippe, Kindergarten, später dann im Schulhort untergebracht. Das hieß für uns alle sehr zeitig aufstehen. Meine Mutter richtete uns noch ein Frühstück zum Mitnehmen, brachte uns auf dem Weg zur Arbeit, wo sie wohl um halb oder viertel vor sieben Uhr morgens sein musste, in Kindergarten und Kinderkrippe. Am Abend dann das Ganze umgedreht, dabei noch Einkäufe tätigen, dann für uns das Abendbrot richten.

In den Monaten wo es länger hell war, durften wir noch bis 18:00 Uhr im Hof spielen. Wir spielten mit dem Ball, dem Kreisel, Springseil, Federball, Fanger, Verstecker, Huppkästchen, Gummitwist. Der Hof war sehr groß, wir hatten also genug Platz zum Spielen.

Meine Mutter war sehr streng. Punkt 18:00 Uhr, wenn die Kirchenglocken zu läuten begannen, mussten wir hoch. Kamen wir nicht gleich, gab es richtig Ärger.

Das Abendessen lief oftmals irgendwie stressig ab; meine Mutter machte für uns belegte Brote, und während wir dann aßen, verrichtete sie meistens verschiedene Hausarbeiten. Wir mussten immer aufessen, vorher durften wir nicht aufstehen. Mir war es meistens zu viel, so dass mir das Essen eher ein Gräuel als eine Freude war. Von dem Schulbrot habe ich manchmal etwas unterwegs in den Papierkorb geworfen, weil ich zu Hause Ärger bekommen hätte, wenn ich nicht aufgegessen und somit etwas zurückgebracht hätte.

Als lecker habe ich frische Semmeln, die meine Mutter manchmal samstags nach der Arbeit mitbrachte, mit Butter beschmiert und dazu Kakao in Erinnerung. Davon konnte ich nicht genug kriegen. Oder, wenn meine Mutter Kartoffelscheiben auf der Herdplatte machte und wir diese dann mit Butter darauf gegessen haben. Mmmmmm, da läuft mir noch heute das Wasser im Mund zusammen!

Gekocht hat meine Mutter unter der Woche nicht, denn wir waren ja erst abends wieder zu Hause. Außerdem gab es in Kindergarten, Kinderkrippe und Schule oder Schülerhort ein warmes Mittagessen. In der Schule hat es mir meistens nicht geschmeckt. Das Essen wurde in Kübeln angeliefert und wir standen in der Mittagspause in Riesenschlangen an, hasteten dann unser Essen hinein, um noch ein bisschen was von der Pause zu haben, ehe es mit dem Unterricht weiterging.

Im Schülerhort wurde das Essen zwar auch in Kübeln angeliefert, aber die Atmosphäre war angenehmer, ich war gern dort. Wir aßen in aller Ruhe in schönen Gruppenräumen – in der Schule hingegen waren es Kellerräume, die mit langen Tischen und Bänken versehen waren. Nach dem Essen machten wir unter Aufsicht unsere Hausaufgaben und anschließend konnten wir drinnen oder im Garten spielen oder irgendwelchen Beschäftigungen nachgehen. Bis zum späten Nachmittag verbrachten wir dort unsere Zeit, gemeinsam mit den meisten anderen Kindern unserer Schule.

Abends, wenn wir gewaschen und im Schlafanzug waren, durften wir das Sandmännchen anschauen, da-nach – Punkt 19:00 Uhr - ging es ins Bett. Meistens dachte ich mir dann noch eine Geschichte aus, die ich meinen Geschwistern erzählte, wir Kinder schliefen alle in einem Zimmer, es war groß, aber nur unser Schlafraum.

Meine Mutter ging oft noch mal weg - zu Versammlungen, oder um als Aushilfe in einer Gaststätte noch ein paar Mark dazu zu verdienen. Ich als „die Große" hatte dann die Verantwortung. Manchmal hatte ich Angst, zum Beispiel wenn es klingelte und ich nicht wusste, wer vor der Tür stand. Unsere Wohnungstür hatte im oberen Teil zwar große Scheiben, aber diese waren dick und undurchsichtig. Ich erkannte immer nur Schatten dahinter und malte mir in meiner Phantasie die schlimmsten Dinge aus. Ich hatte immer Angst vor Einbrechern und auch Alpträume davon.

Gespielt haben wir im Korridor, den ich als sehr lang in Erinnerung habe, oder in unserer Wohnküche, im Wohnzimmer hielten wir uns seltener auf. Viele Spielsachen hatten wir nicht. Ich spielte am liebsten ich sei eine Ärztin oder Lehrerin. Oder ich las in meinen Lieblingsbüchern.

Im Winter war oft das Wasser eingefroren, manchmal waren auch die Rohre geplatzt. Meine Mutter hatte deshalb oft Laufereien und der Klempner ging oft bei uns ein und aus.

An den Sonntagen wurden wir Kinder oft von "den Tanten" – wie wir sie bezeichneten - aus unserem Haus zum Frühstück eingeladen. Diese Tanten waren Geschwister, denen das Haus und auch eine kleine Fabrik auf demselben Grundstück gehörten. Nach dem Mann einer Tante war sogar unsere Straße benannt, das fand ich als Kind ganz besonders toll.

Sie waren die Patentanten meiner Schwestern, obwohl sie christlich waren - wovon mein Vater ja eigentlich gar nichts hielt - Privateigentum besaßen und sogar eine Haushälterin hatten, was ja irgendwie gar nicht so richtig zu meinen Eltern passte, die beide der Partei der Arbeiterklasse, der SED (Sozialistische Einheitspartei Deutschlands) angehörten. Aber meine Mutter äußerte immer, dass ihr die Tanten eine große Hilfe wären und sie froh sei, dass sie von ihnen so unterstützt wurde. Sie schauten auch nach uns, wenn meine Mutter abends nicht da war.

Das Frühstück bei ihnen war immer etwas Besonderes für mich, so etwas wie ein Fest. Es war immer so ruhig bei ihnen und so harmonisch, das Frühstück wurde richtig genossen. Das gefiel mir. An ein sonntägliches Frühstück in dieser Zeit mit meiner Mutter bzw. meinen Eltern (mein Vater war wohl nicht jedes Wochenende zu Hause) kann ich mich gar nicht mehr erinnern.

Die eine Tante hatte ein riesiges Wohnzimmer mit einem Flügel, edlem Mobiliar, Kronleuchter und großen Gemälden an den Wänden. In diesem Zimmer wurden Geburtstage groß gefeiert, an denen andere Geschäfts-leute eingeladen waren. Wir durften jedes Mal auch an diesen Feiern teilnehmen. Und wenn wir Lust hatten, durften wir auch an den Flügel, obwohl wir – leider - gar nicht spielen konnten. Zwei meiner Geschwister waren sogar an der Musikschule, nur gab es keinen freien Platz für Klavierunterricht.

Erzogen wurden wir sehr streng. Es gab viele Regeln, woran wir uns einfach zu halten hatten. Meine Mutter hatte keine große Geduld mit uns, wenn wir uns nicht an die Regeln hielten, bekamen wir schnell „paar hinter die Ohren". Wir mussten einfach nur „parieren", wie es immer hieß. Auf Diskussionen ließ sich meine Mutter überhaupt nicht ein, auch ein Widerwort wurde nicht geduldet, eher bestraft. Und davor hatten wir Angst. Am meisten bekam aber mein Bruder ab.

Wir Kinder spürten oftmals, wenn meine Mutter angespannt war und versuchten uns dann irgendwie nützlich zu machen, um meine Mutter ja nicht zu verärgern. Manchmal krochen wir dann alle im Wohnzimmer über den Teppich und zupften Fusseln ab, stritten uns aber noch untereinander, wer zuerst diese Idee gehabt und demnach ein Vorrecht hatte, die anderen sollten sich was anderes suchen. Wir hatten Angst, dass meine Mutter sonst auch schimpfen würde.

Vielleicht hatte meine Mutter damals einfach keine Kraft mehr. Sicher war sie mit einem Vollzeitjob und vier kleinen Kindern und Nebenjob und Versammlungen total überfordert. Morgens früh aus dem Haus, zum Kindergarten, zur Kinderkrippe, dann zur Arbeit, abends zusätzlich noch einkaufen, uns schnell versorgen, dann noch die Hausarbeit und zum Teil wieder aus dem Haus.

Ich sah meine Mutter eigentlich meistens nur hetzen. Oft stand sie da und bügelte oder besserte Wäsche aus. Sie war sehr ordentlich und sauber, arbeitete lieber bis in die Nacht hinein, aber ließ uns nicht mit ungebügelter oder gar kaputter Bekleidung aus dem Haus. An den Wochenenden putzte sie die Wohnung oder musste Berge von Wäsche waschen, größtenteils mit der Hand. Wenn sie Waschtag hatte, hing der ganze Hof voll mit Wäsche. Doch das alles nahm ich als selbstverständlich hin, ich kannte es nicht anders.

Als Kind hatte ich zum Teil Angst vor meiner Mutter, sie konnte sehr wütend werden, wenn wir nicht hörten, und schnell rutschte ihr dann auch die Hand aus und das tat sehr weh.

Leider begann auch ich damals meine Geschwister zu schlagen, wenn ich, als „die Große", wieder mal die Verantwortung hatte und sie „nicht hören" wollten, so dass sie anfingen mich zu fürchten. Von den Tanten wurde ich dann böse angeschaut, was ich allerdings nicht verstand. Ich hatte nicht anders gelernt mich durchzusetzen.

Ich hatte zwei Freundinnen, denen es ähnlich ging wie mir. Eine von ihnen war das einzige Mädchen und deshalb ständig für alles verantwortlich.

Eine andere Freundin beneidete ich immer ein bisschen. Bei ihr war es irgendwie anders, ruhiger, liebevoller. Ihre Mutter war so nett, auch zu mir. Sie lächelte viel und sprach ganz liebevoll mit ihren Kindern.

Meine Mutter sah ich nur selten lächeln. Nur von NAW-Einsätzen (Nationales Aufbauwerk, eine freiwillige, unbezahlte Arbeit für den Wiederaufbau) habe ich sie ausgelassen und viel lachend in Erinnerung. Mit ihren Arbeitskolleginnen schien sie sich gut zu verstehen und gern mit ihnen zusammen zu sein.

Einmal hatte ich ein ganz fürchterliches Erlebnis: Wir Kinder waren wohl wieder einmal ungezogen gewesen, ich weiß es gar nicht mehr genau, nur noch, dass meine Mutter zu weinen anfing, weinend in die Toilette lief und sich einschloss, dabei immer schluchzend rief: „Ich kann nicht mehr, ich halt's nicht mehr aus! Ich nehm` mir `nen Strick! Womit habe ich das nur verdient, was habe ich verbrochen?" Ich hatte damals unheimliche Angst, dass sich meine Mutter etwas antut. So verzweifelt und heulend hatte ich sie noch nie erlebt. Ich stand vor der Toilettentür und weinte auch, rief immer wieder nach meiner Mutter, sie solle die Tür aufmachen. Dieses Ereignis habe ich nie vergessen können, es hatte mir unheimlich Angst gemacht.

Aber ich habe auch viele schöne Erinnerungen. So denke ich gerne daran, dass meine Mutter manchmal mit uns Kindern am Wochenende in den nahe gelegenen Wald ging. Im Frühjahr haben wir dort Osterzweige geholt, dann Eier ausgeblasen, bemalt und die Zweige geschmückt. Im Sommer waren wir in den Blaubeeren, hatten dann mehr gegessen, als in den Krug gesammelt, und davon ganz blaue Lippen und Zungen. Das war immer sehr schön und entspannend.

Oft war meine Mutter auch mit uns zu zwei alten Leutchen gefahren, bei denen sie mal in Untermiete gewohnt hatte, um zum Beispiel bei der großen Wäsche, die ja damals noch im Waschhaus verrichtet wurde und die reinste Knochenarbeit war, zu helfen. Für meine Mutter war es zusätzliche Arbeit, für uns immer ein schönes Erlebnis. Hier konnten wir im Freien herumtollen, es gab einen schönen, großen Garten und viel zu entdecken. Und die Leute im Haus waren auch alle ganz nett zu uns. Hier fühlte ich mich immer pudelwohl, so dass ich mehr und mehr auch meine Ferien dort verbrachte und die beiden alten Leutchen für mich Oma und Opa wurden und mir ungeahnt ans Herz gewachsen waren.

Mein Vater war nur sehr selten zu Hause, meistens nur an den Wochenenden. Er war Offizier und wurde immer wieder versetzt. Anfangs war meine Mutter mit mir noch mit umgezogen, als mein Bruder dann geboren wurde aber nicht mehr.

Ich habe nicht viele Erinnerungen an meinen Vater aus meiner frühen Kindheit. Aber wenn er da war, war es meistens entspannter und lustiger zu Hause, es wurde mehr gelacht, mehr unternommen.

Ein Gräuel waren für mich dann allerdings die Mahlzeiten. Mein Vater war bezüglich Tischmanieren sehr streng mit uns, es wurde auf jede Kleinigkeit geachtet: „Setz dich gerade hin!", Ellenbogen anwinkeln, beim Löffeln flache linke Hand auf dem Tisch neben dem Teller, „Der Löffel/die Gabel geht zum Mund, nicht umgedreht!", „Mund zu beim Kauen!", „Ruhe beim Essen!" … Es gab ständig Ermahnungen. Ich war immer froh, wenn diese Prozedur vorbei war. Schnell bekamen wir auch paar „hinter die Ohren" oder auch mal ein Lineal in den Rücken geschoben oder Bücher unter die Arme geklemmt. Sicher hat uns das alles auch etwas Gutes gebracht, wir können uns nun problemlos auch in vornehmer Gesellschaft bewegen. Aber für uns als Kinder war das Essen aufgrund dieser strengen Gepflogenheiten alles andere als ein Vergnügen.

Ja und sonst – ich erinnere mich nicht, als Kind so richtig ausgelassen gewesen zu sein. Eher war ich wohl ein ruhiges, ernstes und gehorsames Kind.

Als Schülerin war ich brav, still, aufmerksam und fleißig, zurückhaltend und scheu. Ich brachte immer gute Noten mit nach Hause und gehörte zu den Besten der Klasse. Ich erhielt Urkunden und Buchprämien.

Trotz dass ich selbst keinen Anlass zur Klage gab, fand ich immer die frechen Schüler der Klasse interessant. Ich schmunzelte heimlich über ihre Frechheiten, fand toll, was sie sich alles trauten. Mein erster Schulfreund war der frechste Junge unserer Klasse. Und ich war stolz, seine Freundin sein zu dürfen.

In der ersten Klasse wurde ich – wie alle anderen auch – als Jungpionier aufgenommen und erhielt ein blaues Halstuch. Ich war ganz stolz darauf! Wir trugen das wohl ziemlich oft, zu besonderen Anlässen dann eine weiße Pionierbluse dazu. Oder kam die Bluse erst dazu, als wir in der 4. Klasse als Thälmann-Pioniere feierlich aufgenommen wurden und das rote Halstuch erhielten und ein Pionierabzeichen und ein Käppi? Oder hatten wir sogar erst ein rotes Halstuch und dann ein blaues?? Ich weiß es tatsächlich nicht mehr, muss mir alte Fotos anschauen (ach nee, die waren ja schwarz-weiß, da kann ich das ja gar nicht erkennen!).

Nein, ich erinnere mich: erst das blaue, später das rote Halstuch. Ab der 5. Klasse hatten wir ja Russisch-Unterricht. Und wir bekamen irgendwann Adressen von russischen Schülern und Schülerinnen, mit denen wir in Briefaustausch gehen sollten, um unsere Russischkenntnisse zu festigen. Meine Brieffreundin hieß Ludmilla. Die russischen Schulkinder trugen rote Halstücher. Und ich war ziemlich stolz, als sie mir einmal ein rotes Halstuch mitschickte, da dieses aus Synthetik war und viel schicker aussah, als unsere Baumwollhalstücher.

Außerdem tauschten wir noch Souvenirs aus – ich schickte den Berliner Bär, sie mir russische Matrioschkas - schickten uns Spielsachen (unsere Puppen waren übrigens viel schöner als die russischen) und Süßigkeiten (da waren die russischen Bonbons viel besser als unsere!). Irgendwann erhielt ich ein Parfüm, welches mir aber viel zu süß war.

Und sicher haben wir auch unser Russisch etwas verbessern können.

Die Unterrichtsstunden begannen immer nach denselben Regeln:

Nach dem Klingeln hatten sich alle Schüler an ihrem Platz einzufinden. Sobald die Lehrerin oder der Lehrer das Klassenzimmer betrat, mussten wir alle aufstehen und uns neben unsere Stühle stellen. Ein Schüler stellte sich neben den Lehrer und hatte folgende Meldung zu machen:

„Frau/Herr (Name) ich melde, die Klasse …(z. B. 1A) ist zum Unterricht bereit. Es fehlen …" Nach der Schülermeldung wendete sich der Lehrer zur Klasse mit den Worten:

„Für Frieden und Sozialismus seid bereit!" – die rechte Hand wurde zum Gruß gestreckt auf den Scheitel geführt -, worauf die Schüler ebenfalls die Hand auf den Kopf setzten und: „Immer bereit!" antworteten. Darauf der Lehrer: „Setzt euch." (Ich bin sicher, dass noch kein Schüler in dem Alter verstanden hat, was Sozialismus bedeutete.)

Im Sportunterricht lief es noch ein bisschen militärischer ab:

Wir mussten zu Beginn der Stunde in einer Reihe anstehen, alle Blickrichtung zum Lehrer. Ein Schüler machte ebenfalls eine Meldung, wie in den anderen Unterrichtsstunden und ging anschließend zu seinem Platz in der Reihe.

Daraufhin rief der Lehrer:

„Stillgestanden!" (Wir mussten ganz gerade stehen, Füße zusammen, Hände seitlich an den Oberschenkeln.)

„Wir beginnen die Sportstunde mit einem kräftigen Sport:"

Schüler: „Frei!".

Lehrer: "Durchzählen!"

Schüler: „Eins, zwei, drei, …" (dabei wurde der Kopf jeweils bei der Ansage links zum Nachbarn und wieder zurück gedreht). Der letzte in der Reihe sagt zusätzlich „Ende!".

Dann der Lehrer:

„Rechts um! Im Laufschritt marsch!" oder

„Abzählen, jeweils von 1 bis 4" oder Ähnliches.

In den großen Pausen mussten alle Schüler auf den Schulhof, wo wir uns dann – alle im Kreis gehend - be-wegten. Dabei wurde geplaudert und das mitgebrachte Frühstück verspeist, eventuell noch Milch getrunken. Das Im-Kreis-Gehen wurde jeweils von den älteren Klassen so übernommen.

Dass Schüler rannten, wurde von den Lehrern, die Hofaufsicht hatten, nicht geduldet.

Übrigens - mit den Getränken zur Pause, das war eine schöne Sache. Es gab in der Schule Milch zu kaufen, kleine ¼-Liter-Flaschen. Wir hatten die Wahl zwischen normaler Milch, Fruchtmilch mit Erdbeer- oder Himbeergeschmack oder Schokomilch. Die Bestellungen wurden von Schülern in der Klasse aufgenommen, ebenso das Milchgeld einkassiert. Wieder andere waren dann dafür zuständig, die bestellte Milchmenge in die Klassenzimmer zu tragen und zu verteilen.

Unsere Lehrerin in den ersten drei Schuljahren (Unterstufe) empfand ich als alt, streng und böse. Ich kann mich nicht erinnern, sie einmal lachen gesehen zu haben. Dafür hatte sie oft gemeine Sprüche parat, die sie gewissen Schülern immer wieder mal an den Kopf warf: „(Name), wenn Blödheit quietschen würde, müsstest du den ganzen Tag mit dem Ölkännchen 'rumrennen!" usw. Auch war es normal, dass – wenn sie durch die Reihen ging – sie unaufmerksamen Schülern ihren Schlüsselbund auf den Kopf schlug.

Einmal bekam auch ich ihren Schlüsselbund auf dem Kopf zu spüren: Wir sollten uns am Ende der Stunde in Zweierreihe anstellen. Meine beiden Freundinnen standen bereits zusammen. Da wir eine ungerade Anzahl von Schülern in der Klasse hatten, war für mich klar, dass eine/r allein stehen musste, also stellte ich mich gleich als Dritte zu meinen

Freundinnen. Natürlich bekam ich prompt den Schlüsselbund zu spüren, mit der Bemerkung: „Was habe ich gesagt?!". Ich war empört, verletzt, verärgert! Was erlaubte sie sich! Ich war eine gute Schülerin, die nie negativ auffiel! Und auch jetzt hatte ich nichts Unrechtes getan. Auf meine Rechtfertigung ging sie nicht ein.

Ich war wirklich sehr beleidigt und enttäuscht. Wie oft hatte ich dieser Lehrerin in den Pausen von dem Kiosk vor unserer Schule eine Bockwurst gekauft, weil sie mich darum bat. Ich tat es einfach, ohne dass ich – außer einem „Danke" – etwas davon hatte. Und jetzt knallte sie mir ihren Schlüsselbund auf den Kopf!

Am folgenden Morgen hatte ich keine Lust zum Unterricht dieser Lehrerin gehen. Als meine Mutter das Haus verlassen hatte, beschloss ich, einfach zu Hause zu bleiben. Und – weil ich ja eigentlich meinen Bruder in den Kindergarten hätte bringen müssen, durfte der gleich auch noch da bleiben. Mein Bruder hatte im Kindergarten eine Freundin, die immer morgens zu uns kam und dann mit uns in den Kindergarten ging (war ja gleich nebenan), der erlaubte ich dann auch noch bei uns zu bleiben. So machten wir uns dann einen schönen Tag. Leider flog das Ganze auf, als die Mutter der Freundin meines Bruders diese im Kindergarten abholen wollte. Sie sprach natürlich mit meiner Mutter, als diese kam, aber ich hatte sogar die Möglichkeit, mich zu erklären.

Ich kann mich nicht erinnern, daraufhin von meiner Mutter bestraft worden zu sein. Aber eine Entschuldigung hat sie mir auch nicht geschrieben. Und – was das Interessanteste für mich an der Sache war – auch meine Lehrerin fragte nicht nach. Und ich hatte keinen unentschuldigten Fehltag im Zeugnis!! Für mich ein Triumph!

Das war übrigens das erste Mal, dass ich mich zur Wehr setzte, ich war stolz auf mich!

Da ich nach dem Unterricht immer in den Schülerhort ging, verbrachte ich auch dort meine Freizeit. Erst als ich etwas älter war, durfte ich mit meinen Freundinnen weggehen. Voraussetzung war immer, dass ich meine häuslichen Pflichten erledigt hatte. Manchmal halfen mir meine Freundinnen dabei.

Wir gingen auch gemeinsam Altpapier, Flaschen und Gläser und manchmal auch Schrott sammeln, alles Aktionen, die von der Schule organisiert worden waren. Wir waren alle bestrebt, so viel wie möglich zusammen zu bekommen und freuten uns riesig, wenn jemand seinen Keller öffnete und uns so viele Flaschen und Gläser entgegen purzelten, dass unser Handwagen im Nu voll war. Wir traten förmlich einen Wettbewerb gegeneinander an. Ich weiß gar nicht mehr, ob wir den Erlös behalten durften.

In den Ferien fuhr ich leidenschaftlich gern zu Oma und Opa aufs Dorf. Bei ihnen fühlte ich mich unwahrscheinlich wohl. Ich genoss die Aufmerksamkeit, Wärme und Liebe, die sie mir gaben, träumte viel durch die Gegend, hatte Freundinnen, mit denen ich meine Freizeit verbringen konnte und die wenigen Pflichten waren mir nicht lästig, eher sogar angenehm. Ich liebte die Ruhe, die Felder und Wiesen, das Krähen der Hähne, die gesunde Luft, das kleine Lebensmittelgeschäft, die Früchte im Garten, einfach alles. Ewig konnte ich durch die Felder ziehen, dem Bauer bei der Feldarbeit zuschauen, das Vieh beobachten oder einfach nur im Gras liegen und träumen.

Von ihnen wurde ich christlich erzogen, ging mit in den Kindergottesdienst, lernte Gebete und erlebte sie in ihrer Gläubigkeit; Dinge, die ich von zu Hause nicht kannte, die mir aber ein Gefühl von Zugehörigkeit und Geborgenheit vermittelten. Auch die Hausbewohner hatten fast alle ein sehr herzliches Verhältnis zueinander, ich fühlte mich immer wie in einer großen Familie dort. Es war mein Nest, wo ich mich geborgen und angenommen fühlte.

In den Sommerferien fuhren wir oft auch in ein Pionierlager. Es waren riesige Lager, in denen wir in Baracken oder auch in großen Armeezelten wohnten. Es gab viele Gruppen im Lager, getrennt nach Alter und Geschlecht. Natürlich hatte auch hier alles seine Ordnung. Es gab geregelte Tagesabläufe und Appelle. Aber die Ferienlager hatten mir immer Spaß gemacht. Die Gruppenleiter waren immer freundlich und gut gelaunt, sie unternahmen viel mit uns, machten Ausflüge, Spiele, Wanderungen, bereiteten Feste mit uns vor, ohne uns durch ein Überangebot zu erdrücken. Wir hatten immer noch genug Zeit, um uns zurückzuziehen und uns eigenen Interessen zu widmen.

Ganz besonders liebte ich den Winter und die Weihnachtszeit. Da wurde alles irgendwie stiller, gemütlicher, harmonischer. Ich liebte es, wenn es schneite. Alles sah dann draußen so sauber aus, die Geräusche waren gedämmt. Zum Teil war es bitterkalt. Die Leute zogen ihre Mützen tief in die Stirn und den Kopf noch tiefer in den mit einem dicken Schal umwickelten Mantelkragen hinein. Die Hände mit Handschuhen in den Manteltaschen vergraben, liefen sie schnell und leicht nach vorn gebeugt.

Wir Kinder holten dann unsere Schlitten raus und gingen rodeln. Wenn wir nach Hause zurückgingen, hatte sich meistens der Schnee an unseren Handschuhen und Stulpen festgefressen, wir waren halb durchgefroren, aber wir fühlten uns wohl und freuten uns auf die schöne warme Wohnung.

Am Wochenende wurde dann immer der große Kachelofen im Wohnzimmer geheizt. Es dauerte eine Weile, bis das

Zimmer aufgeheizt war, aber dann war es herrlich warm und gemütlich darin.

In der Vorweihnachtszeit wurden überall die Fenster mit Lichtern geschmückt. Es sah – besonders im Erzgebirge – wie verzaubert aus. Wenn es dann noch schneite und die Glocken läuteten, die großen Pyramiden sich drehten, konnte es kaum idyllischer sein. Auch die Bergmannsaufzüge waren immer sehr schön.

Und in der Wohnung wurde der Weihnachtsschmuck aufgebaut. Irgendwie machte sich eine andere Stimmung breit, alles wurde ruhiger, langsamer und friedlicher.

Jedes Jahr haben meine Eltern viele Stollen gebacken, einen ganzen großen Wäschekorb voll. Alle Zutaten wurden von Hand gemacht – Zitronat geschnitten, Mandeln erst gekocht, dann aus der Schale geschnippt und gehackt, die Rosinen gewaschen und in Rum getränkt usw. Als wir etwas älter waren, durften wir mithelfen. Den Wäschekorb voller Zutaten brachten meine Eltern dann zum Bäcker. Der vermengte alles und formte Stollen daraus, welche meine Eltern am darauf folgenden Tag fertig gebacken abholen konnten. Dann zog ein wunderbarer Duft durch unsere Wohnung. Aber die Stollen durften noch nicht angeschnitten werden, sondern wurden zunächst für einige Zeit in Tüten verpackt und in Tücher eingeschlagen.

Einige der Stollen verschickte meine Mutter als Weihnachtsgeschenk dann an ihre Geschwister. Und wenn wir unseren ersten Stollen rausholten, war das dann auch ein ganz besonderes Ereignis. Der Stollen wurde dann mit viel warmer Butter bestrichen, dann grob mit Zucker bestreut und dann folgte eine dicke Schicht Puderzucker. Ich liebe diese Stollen noch heute!

Kurz vor Weihnachten kam noch einmal Hektik auf, es gab noch einiges zu erledigen, damit das Fest dann pünktlich am Heilig Abend um 18:00 Uhr mit dem Festschmaus beginnen konnte. Meiner Mutter war es immer sehr wichtig, dass das Essen mit dem Gongschlag um 18:00 Uhr serviert wurde.

An den Weihnachtsfeiertagen gab es immer leckeren Weihnachtsbraten und grüne Klöße, zusätzlich auch Orangen, Nüsse und natürlich Stollen. Es schmeckte uns allen sehr. Wir alle liebten diese Festessen und freuten uns jedes Jahr wieder darauf.

Wenn wir dann alle satt und zufrieden waren und das Geschirr wieder verräumt war, saßen wir Kinder alle ganz aufgeregt und Weihnachtslieder singend in der Küche – wir durften nicht raus – und warteten auf die Bescherung. Manchmal kam der „Weihnachtsmann" zu uns und brachte Geschenke (ich weiß noch heute nicht, wer es gewesen ist, sah immer ziemlich echt aus). Manchmal klingelte es nur und dann hörten wir eine tiefe Stimme und ein lautes Stapfen über den Flur und unsere Mutter rief dann, dass wir kommen sollten, der Weihnachtsmann sei da gewesen.

Und dann gab es Geschenke, über die wir uns immer sehr freuten.

Auch wurde meine Puppenstube aufgebaut, die das ganze Jahr über auf dem Speicher war. Wir spielten mit unseren neuen Geschenken und auch unsere Eltern spielten mit uns, hatten Zeit für uns, waren ruhig und freundlich, lachten und scherzten. Und wir durften länger aufbleiben als sonst, das war auch etwas ganz Besonderes für uns.

Als ich 12 Jahre alt war, bekamen wir unser erstes Auto. Mein Vater, der ja immer noch auswärts arbeitete, war somit nicht mehr auf den Bus angewiesen und schneller und öfter zu Hause.

Von da an waren wir an den Wochenenden oft mit dem Auto unterwegs. Manchmal packten wir Essen, Bälle, Federballschläger und Bücher ein und machten Picknick auf einer großen Wiese. Oder wir besuchten unsere Verwandten, die in der ganzen DDR verstreut angesiedelt waren, von Erzgebirge bis Ostsee.

Anfangs scheuten wir uns vor den Autofahrten, uns Kindern wurde von dem Geruch im Auto (es roch alles noch so neu) meistens schlecht. Später machte es uns Spaß. Irgendwie waren meine Eltern in der Regel gut drauf, was sich natürlich auf uns Kinder übertrug. Meistens sangen wir auf der Fahrt und quietschten vor Vergnügen, wenn mein Vater den Rhythmus zeitweise mit der Hupe unterstützte. Das waren dann immer schöne Wochenenden.

Eines Tages – es war im August 1968 - war in unserer Straße plötzlich ein immer lauter werdendes, dumpfes Grollen zu hören. Ich konnte das Geräusch nicht deuten. Was war das? Es wurde lauter und lauter und lauter. Ich lief zu meiner Mutter:

„Was ist das Mutti, hör mal!"

Wir gingen alle ans Fenster.

„Das sind unsere Panzer, die da kommen, da vorne rollen sie die Straße lang!"

„Was denn für Panzer? Wo fahren die denn hin? Ist jetzt Krieg?" fragte ich ängstlich.

„Nein, es ist kein Krieg. Die fahren in die Tschechoslowakei, da ist ein Aufstand."

„Und warum fahren da unsere Panzer hin?"

„Alle Bruderstaaten müssen jetzt dahin fahren und die tschechischen Freunde unterstützen."

„Wer sagt denn das?"

„Das ist im Warschauer Pakt so festgelegt, den haben auch wir mit unterschrieben."

„Ist Vati auch dabei?"

„Ja, du wirst gleich seinen Panzer sehen. Die nächste Kompanie, da sitzt er im ersten Panzer."

Langsam schob sich ein Panzer nach dem anderen an unserer Straßeneinmündung vorbei, es war ein richtig lautes Donnern bei geöffnetem Fenster.

„Da, pass auf, gleich kommt Vatis Panzer! Da ist er!"

„Vati, Vati" rief ich und winkte heftig mit den Armen. Aber weder wird er mich gehört, noch gesehen haben. Und schon war sein Panzer vorbei.

Noch immer rollten die Panzer, weitere und weitere und weitere, unzählig viele.

„So viele Panzer!"

„Ja, es sind viele. Und von den anderen Bruderstaaten kommen auch welche."

„So viele? Ist der Aufstand so groß?"

„Ja, deswegen fahren ja so viele Panzer dahin."

„Schießen die auch mit den Panzern?"

„Das kann passieren."

„Aber da können sie ja auch Vatis Panzer treffen!"

„Wir wollen hoffen, dass es nicht soweit kommt!"

„Ich hab Angst! Ich will nicht, dass Vati etwas passiert!", weinte ich.

Meine Mutter schloss wieder das Fenster.

„Das will ich auch nicht! Jetzt wollen wir mal hoffen, dass gar nicht geschossen werden muss und Vati schon bald wieder hier ist."

Ich hatte trotzdem Angst, noch lange Angst um meinen Vati. Sie hielt an, Minute für Minute, Stunde für Stunde, Tag für Tag, so lange, bis mein Vater endlich wieder bei uns war.

Gott sei Dank, Vati ist wieder da! Es ist ihm nichts passiert, er ist wieder da! Er ist wieder da! Vati ist wieder da!

„Habt ihr mit den Panzern geschossen, Vati?"

„Nein, das mussten wir nicht! Es hat schon gereicht, als sie sahen, wie viele wir sind. Die Tschechen konnten es alleine klären, wir konnten schon bald wieder zurückfahren."

Aber die Angst blieb in mir, war nur ein bisschen vergraben. Jetzt war es erst mal gut, Vati war wieder da. Aber es könnte ja wieder passieren.

Erst als Erwachsene erfuhr ich , dass sich der Aufstand am 21.08.1968, genannt der Prager Frühling, gegen das sozialistische Regime gewendet hatte und die Staaten des Warschauer Paktes aus diesem Grund gemeinsam in die Tschechoslowakei einmarschierten.

In der achten Klasse wurden wir FDJler, also Mitglieder der Freien Deutschen Jugend. (In der DDR gab es für vieles nur männliche Bezeichnungen, obwohl die Gleichberechtigung ganz groß an die Glocke gehängt wurde.) Die Pionierkleidung wurde gegen die blaue FDJ-Bluse/das FDJ-Hemd ersetzt. FDJler zu werden, machte uns stolz! Jetzt gehörten wir zu den Großen! War ein tolles Gefühl. Zusätzlich begannen für uns Jugendstunden, die eine Vorbereitung für die am Ende des Schuljahres stattfindenden Jugendweihen waren. Die Jugendstunden waren Pflichtveranstaltungen.

Der Gruß zu Beginn einer jeden Unterrichtsstunde (außer Sport) lautete nun „Freundschaft!", worauf auch wir mit „Freundschaft" antworteten. Klang aber eher wie ein Befehlston als freundschaftlich.

Ach, was sich auch noch änderte und für uns ganz neu war – wir wurden nun plötzlich mit „Sie" angesprochen. Das war ganz ungewohnt, ein ganz neues Gefühl, machte stolz – jetzt zählten wir zu den „Großen", aber war auch bisschen komisch, wenn wir bei Lehrern aus dem Vorjahr Unterricht hatten, die uns da ja noch geduzt hatten.

Ich war noch immer eine ruhige, fleißige, brave, gute, gewissenhafte Schülerin, die tat, was man von ihr erwartete, nicht negativ auffiel und weiterhin gute bis sehr gute Zeugnisse nach Hause brachte, meistens mit zusätzlichen Urkunden und Auszeichnungen. Da meine Eltern beide in der Partei waren, womit die SED bezeichnet wurde, die Partei, die prozentual am stärksten in der DDR vertreten war und die führende Partei war, war es eine Selbstverständlichkeit, dass sie uns Kinder auch in diesem Sinne erzogen.

Auch in der Schule wurden wir im Sinne der Partei der Arbeiterklasse (so wurde die SED bezeichnet) erzogen, so dass sich für mich alles ganz normal anfühlte. In den Unterrichtsstunden, in denen politische Themen angesprochen wurden, gab ich immer die Antworten, die man von uns Schülern erwartete, ich hätte aufgrund meiner Erziehung auch keine andere gewusst. Manchmal wunderte ich mich eher, wenn ich daraufhin von manchen Mitschülern so komisch belächelt wurde. Auch verstand ich nicht, dass in den Jugendstunden Diskussionen aufkamen, weil manche Schüler bzw. Schülerinnen christlichen Glaubens keine Jugendweihe haben wollten. Aber da wurden keine Zugeständnisse gemacht und es gab keine Ausnahmen - jeder hatte an der Jugendweihe teilzunehmen. Punkt. Keine Diskussion. Christen konnten sich ja auch noch konfirmieren lassen, aber um die Jugendweihe kamen sie nicht herum.

Ich freute mich auf die Jugendweihe, für mich war das ein großes Ereignis, schließlich sollten wir da - wie es hieß - in den Kreis der Erwachsenen aufgenommen werden!

In den Winterferien zog unsere Familie in eine andere Stadt, einige Kilometer entfernt. Meinem Vater, der bisher immer wieder zu anderen Dienststellen versetzt worden war, war nun zugesichert worden, dass er nur noch innerhalb dieser Stadt versetzt werden würde.

Allerdings blieb ich als einzige von uns Geschwistern noch zwei Monate in meiner alten Schule am alten Wohnort. Der Grund war, dass in der Schule, wo meine Eltern uns angemeldet hatten, nur Englisch unterrichtet wurde und nicht Französisch, welches ich als zweite Fremdsprache gewählt hatte.

Ich wohnte in der Zwischenzeit bei einer ehemaligen Arbeitskollegin meiner Mutter, zu der wir guten Kontakt hatten. Das war ein ganz neues Gefühl für mich, nicht bei meiner Familie zu wohnen. Ich hatte nur wenige Verpflichtungen, aber es gab feste Regeln. Ich fühlte mich sehr wohl dort, Tante H. war sehr herzlich. An den Wochenenden fuhr ich mit dem Bus nach Hause.

Als dann auch für mich eine passende Schule gefunden worden war, zog auch ich zu meinen Eltern und Geschwistern.

Anfangs hatte ich ein bisschen Schiss vor dieser großen Stadt. Meine Eltern hatten erzählt, dass dort Straßenbahnen fahren würden. Ich hatte überhaupt keine Ahnung, was ich mir darunter vorstellen musste, in meiner Phantasie waren es Züge, die ich vom Bahnhof her kannte, die dort in der großen Stadt dann durch die Straßen fahren würden. Der Gedanke flößte mir Furcht ein. Ich hatte sogar Alpträume davon.

Worüber ich mich allerdings riesig freute, das war mein eigenes Zimmer. Wir hatten jetzt drei Kinderzimmer, nur noch meine beiden Schwestern mussten sich ein Zimmer teilen. Bisher hatte ich mit meinen drei Geschwistern in einem Zimmer geschlafen. Ich war ja mittlerweile 14 Jahre alt, es war für mich ein prickelndes Gefühl, „mein eigenes Reich" (wie ich mein Zimmer betitelte) zu haben.

Es war mittlerweile April, als ich in die neue Schule wechselte. Trotz, dass das Schuljahr dem Ende zuging, fand ich in der Klasse schnell Anschluss und auch Freundinnen. Allerdings bekam ich jetzt Probleme in Mathematik, was mir überhaupt nicht gefiel. In meiner alten Schule hatte ich zu den besten Mathematikschülern der Schule gehört, durfte aus diesem Anlass sogar einmal an einer Matheolympiade teilnehmen. Und jetzt kam ich einfach nicht mehr mit. Mein neuer Mathelehrer war mit dem Unterrichtsstoff bereits wesentlich weiter, ich hatte einige Kapitel nachzuholen. Es war frustrierend für mich. Auch in Französisch musste ich den Anschluss finden, da unsere Lehrerin an der ehemaligen Schule wegen Schwangerschaft ausgefallen war und es keinen Ersatzlehrer dafür gegeben hatte.

Meine Jugendweihe wollte ich noch mit den Schülern meiner alten Klasse zusammen begehen, was mir auch ermöglicht wurde.

Die Jugendweihe fand in unserem Kulturhaus statt. Es war ein ganz besonderer Tag für uns, der als große Festveranstaltung begangen wurde und an dem viele unserer Verwandten teilnahmen.

Für diesen Tag wurde ich komplett neu eingekleidet und mein Haar wurde vom Friseur besonders toll hergerichtet. Wir Jugendweihlinge wurden alle einzeln mit Namen aufgerufen und mussten auf die Bühne, wo wir uns in einer Reihe aufstellten. Nachdem wir ein Gelöbnis gesprochen hatten, wurde jedem von uns gratuliert und wir erhielten alle ein Buchgeschenk „Weltall-Erde-Mensch" und – wenn ich mich recht erinnere – einen Blumenstrauß.

Auch von unseren Eltern, Großeltern, Paten und anderen Verwandten bekamen wir schöne Geschenke, ich von meinen Eltern meine erste Damenarmbanduhr von Ruhla, auf die ich ganz stolz war. Diese Uhren waren in der DDR sehr teuer.

Nach der offiziellen Veranstaltung wurden die Feierlichkeiten im privaten Rahmen fortgesetzt. Wir gingen dann noch in ein teures Restaurant und feierten dort bis zum Abend. Das Essen schmeckte mir vorzüglich und es war für mich ein ganz tolles Gefühl, an diesem Tag der Mittelpunkt für meine Familie gewesen zu sein.

Mit dem Umzug waren wir nun endlich eine richtige Familie, denn mein Vater war jeden Tag zu Hause. Das war schön und auch neu für uns alle, wir mussten uns neu organisieren in unserer Aufgabenverteilung. Mein Vater scheute sich nicht, mit zu helfen. Meistens war er nun schon früher zu Hause als meine Mutter, die ihre alte Arbeitsstelle nicht aufgeben wollte und somit sehr früh aufstehen musste und erst spät nach Hause kam. Oft war sie dann auch sehr müde, weshalb ich, als „die Große", versuchte, meiner Mutter so viel wie möglich an Hausarbeiten abzunehmen, abgesehen davon, dass wir alle unsere Aufgaben hatten. Wir mussten die Einkäufe unter der Woche erledigen, staubsaugen, das Geschirr spülen, im Winter Kohlen aus dem Keller holen und Feuer machen, die Schuhe putzen, beim Vorbereiten des Abendessens helfen, am Wochenende Staub putzen und die Wohnung durchwischen. Ich half zusätzlich noch beim Wäschewaschen und Bügeln mit. Und sonntags war im Wechsel immer ein anderer von uns mit dem Vorbereiten des Frühstücks dran.

Irgendwie zog langsam mehr Harmonie in unser Familienleben ein. Sicher gab es auch Zeiten, wo uns unsere Mutter gereizt war, uns anschrie und mit unschönen Namen betitelte, was uns Kinder sehr verletzte, aber insgesamt war es ruhiger geworden. Wir unternahmen an den Wochenenden auch oft etwas gemeinsam, was uns viel Spaß machte. Ich erinnere mich da an viele gemeinsame Ausflüge. Auch sahen wir unsere Eltern manchmal zusammen auf der Couch sitzen bei einem Glas Wein, ein Bild, welches ich aus früheren Zeiten nicht kannte. Es tat mir gut, diese Harmonie zu spüren.

Was mir auch immer wieder angenehm auffiel, war, dass sich meine Mutter morgens – sie musste sehr zeitig aufstehen - leise wie ein Mäuschen verhielt, um uns beim Schlafen nicht zu stören. Auch wenn sie mal zu Hause war (z. B. an ihrem Haushalttag) und wir später Unterrichtsbeginn hatten, ließ sie uns ausschlafen. Das empfand ich immer als sehr liebevoll. Mein Vater dagegen war der Meinung, dass wir ruhig zeitig aufstehen könnten, um dann schon etwas im Haushalt zu erledigen und polterte entsprechend laut durch die Wohnung.

In den Sommerferien nach der 8. Klasse unternahm ich meine erste Fahrt ins Ausland. Eine aus Polen stammende Mitschülerin meiner ehemaligen Klasse, der ich in Deutsch viel Nachhilfe gegeben hatte, lud mich ein, die Ferien gemeinsam mit ihr bei ihrer Verwandtschaft in Polen zu verbringen. Es sollte ein Dankeschön für alles sein.

Für mich war das umwerfend! Zum ersten Mal würde ich in Polen sein. Und das allein mit einer Freundin bei deren Verwandtschaft. Dazu kam, dass sie schon eher hinreisen würde als ich, ich mich also ganz alleine auf diese Reise begeben sollte. Immerhin war es noch vor meinem 15. Geburtstag!

Mein Vater suchte für mich alle Zugverbindungen heraus und bald war es dann soweit, ich fuhr allein mit dem Zug nach Polen.

An der Endstation sollte ich dann in einen Bus umsteigen. Ich war nicht schüchtern und sprach Leute an, die mir – als ich die Adresse meiner Gastfamilie zeigte – die Bushaltestelle zeigten. Den Busfahrer fragte ich dann ebenfalls und er sagte mir, wo ich aussteigen musste.

Und da stand ich dann an der Haltestelle in dem Ort und wusste nicht weiter. Also ging ich in eine Gaststätte und hielt dem Wirt wieder meinen Zettel mit der Anschrift vor die Nase. Der winkte einen Mann ran und sagte mir, dass dieser mich zu den Leuten bringen würde.

Dann stiegen wir beide in sein Auto ein. Ein bisschen komisch war mir dabei schon, ich kannte den Mann ja überhaupt nicht. Wir fuhren dann bestimmt noch 10 Minuten durch die Gegend, irgendwelche Feldwege oder schlechte Straßen entlang. Mir war etwas mulmig dabei, aber ich versucht mich damit zu beruhigen, dass ja viele in der Gaststätte die Situation mitbekommen hatten. Schließlich hielt der Mann vor einem Haus und meinte, das sei die Adresse.

Ja, und dann war ich da. Es war wirklich ganz unkompliziert, alle waren total hilfsbereit und nett.

Die Verwandten meiner Freundin waren auch nett. Sie waren noch ziemlich jung, hatten zwei Kinder, das eine noch ein Baby. Das Häuschen war nicht groß, drei Zimmer und große Wohnküche. Es war alles sehr ärmlich eingerichtet. Wasser holten wir im Garten, wo sie selbst einiges anbauten, aus dem Brunnen. Toilette gab es keine im Haus, nur eine Hütte hinter dem Haus, ein Holzverschlag. Alles landete irgendwann auf dem Misthaufen, also noch sehr ländlich. Und ein Badezimmer gab es natürlich auch nicht, gewaschen wurde sich mit einer Schüssel Wasser, welches vorher auf dem Herd erhitzt wurde. Für mich war das alles in Ordnung. Und die Verwandten selbst machten auch einen glücklichen Eindruck, ich fühlte mich wohl.

Meiner Freundin schienen diese ärmlichen Verhältnisse aber peinlich zu sein. Sie sagte mir, dass wir nur vorübergehend hier wohnen würden, den Rest der Ferien könnten wir zu anderen Verwandten, die in der Stadt wohnen würden und bei denen es wesentlich schöner wäre.

Wir fuhren diese Tante dann auch besuchen. Sicherlich hatte diese wesentlich mehr Geld und eine Stadtwohnung mit allem Komfort. Aber es entstand keine Beziehung zwischen ihr und mir, ich fühlte mich nicht wohl. Und als ich mich dann entscheiden durfte, entschied ich mich für das Landleben.

Ich bekam dann auch viel von dem Leben auf dem Lande mit. Sonntags ging es in die Kirche. Ich glaube, dass das ganze Dorf dort war, denn die Kirche war bis auf den letzten Platz besetzt. Ich sollte auch mitkommen, mich schön anziehen. Und ich zog die Sachen an, die mir am besten gefielen. Nur leider fiel ich damit total auf, denn ich hatte mich für meine rosa Bluse und rosarote Strickjacke entschieden. Ich war der einzige Farbklecks in der Kirche, alle anderen waren grau, schwarz, weiß oder dunkelblau gekleidet.

Die polnische Sprache beherrschte ich natürlich nicht, meine Kenntnisse waren mehr als nur dürftig. Ich hatte ein kleines Wörterbuch, welches ich bereits vor meiner Reise ausgiebig studiert hatte, um die für mich zunächst wichtigsten Wörter auch richtig auszusprechen.

Anfangs ging ich zusammen mit der Tante einkaufen. Schnell hatte ich mir die wichtigsten Wörter eingeprägt und konnte dann schon bald alleine kleine Einkäufe tätigen. Darauf war ich ganz stolz.

Ich hatte das Gefühl, dass der Zusammenhalt auf dem Land sehr groß war, es war eine richtige schöne Gemeinschaft. Die Leute halfen sich untereinander. Als die Ernte eingeholt wurde, fanden sich alle auf einem großen Dorfplatz ein. Ich weiß heute nicht mehr, was da für eine Maschine stand, vielleicht eine Dreschmaschine, keine Ahnung, aber alle kamen und nutzten diese. Die Frauen saßen abends oft bei einem Schwätzchen zusammen auf einer Bank, noch bekleidet mit ihren Kittelschürzen und Kopftüchern, manche hatten auch Gummistiefel an. Die Männer trafen sich in der Kneipe. Wenn ein wichtiges Fußballspiel war, fand sich das halbe Dorf in der Kneipe ein. Dort stand ein Fernseher, man schaute sich gemeinsam das Spiel an.

Ich tat in diesen Ferien nicht das, was ich sonst in den Ferien machte – ins Schwimmbad oder ins Kino gehen, lesen, ... - ich nahm einfach nur an dem Leben dieser Leute teil und es machte mir Spaß.

Allerdings hatte ich auch ein Erlebnis, mit dem ich nicht umgehen konnte, das ich nicht einzuordnen verstand. Als ich eines Abends in der Küche stand und mich abseifte, kam der Onkel meiner Freundin rein. Er verschloss die Tür hinter sich. Er habe noch etwas in der Küche zu erledigen, gehe gleich wieder, ich soll mich nicht stören lassen.

Doch er schaute immer wieder zu mir herüber. Dann kam er zu mir, sagte, er wolle mich nur anschauen, ich sei so schön. Und dann streichelte er zärtlich mein Haar und begann mich zu küssen. Ich konnte gar nicht richtig deuten, was ich dabei empfand, war verwirrt. Einerseits waren es sehr angenehme Gefühle, andererseits war er doch der Mann der Tante. Und er war bestimmt um die 30. Er sah nicht schlecht aus, aber das alles war doch nicht in Ordnung. Ich lief dann sehr verwirrt davon und verschloss die Tür hinter mir. Meine Freundin und ihr Bruder schliefen, sie hatten wohl nichts mitbekommen. Von da an ging ich dem Onkel aus dem Weg. Sicherheitshalber bat ich meine Freundin, mich bitte immer zuerst waschen gehen zu lassen. Sie saß dann mit in der Küche. Folglich kam der Onkel auch nicht mehr rein.

Einmal trampten wir – die Tante und meine Freundin - auch in eine größere Ortschaft, um ein paar Dinge einzukaufen, die die Tante benötigte. Trampen war zu dieser Zeit übrigens in. Jeder trampte. Zur Mittagszeit gingen wir in eine Gaststätte essen. Später musste ich mich ständig übergeben. Und weil es überhaupt nicht besser wurde, ich nichts mehr essen konnte und immer schwächer wurde, mussten wir schließlich einen Arzt aufsuchen. Der diagnostizierte dann eine Fleischvergiftung. Und da ich absolut nicht reisefähig war, mir ging es richtig schlecht, musste mein Visum um eine Woche verlängert werden. Als es mir dann endlich wieder besser ging, organisierten die Verwandten für mich noch ein schönes Abschiedsfest und schon bald darauf musste ich die Heimreise antreten.

Nach der achten Klasse wechselte ich von der Allgemeinbildenden Polytechnischen Oberschule auf die Erweiterte Oberschule (Bezeichnung für das Gymnasium in der DDR, welches wir von der 9. bis zur 12. Klasse besuchten).

Die schulischen Anforderungen waren nun höher und meine vielen häuslichen Pflichten nach dem langen Unterricht eine zusätzliche Belastung (wir hatten von Montag bis Samstag Schule, außer samstags fast täglich 8 Unterrichtsstunden), da ich dadurch erst spät abends zum Erledigen meiner Hausaufgaben und zum Lernen kam, teils dann selbst müde und erschöpft mich mit Cola und Erdnussflips munter haltend, noch am Lernen, wenn alle schon schliefen.

In meiner Klasse fühlte ich mich wohl. Ich hatte einige Freundinnen, mit denen ich meine Freizeit verbrachte oder auch lernte. Bei allen spürte ich zu Hause eine angenehme warme Atmosphäre. Eine meiner Freundinnen war christlich und ich hatte immer das Gefühl, sie hätte mehr Halt als ich, etwas, was ihr Kraft, Ruhe, Sicherheit und Geborgenheit geben würde. Zum Teil beneidete ich sie um ihren Glauben, der für sie so selbstverständlich war.

Trotz, dass ich mich gern und viel sportlich betätigte, war ich in der Klasse wohl eher ruhig und zurückhaltend, blühte aber im Kreise meiner Freundinnen so richtig auf. Ich war gern mit ihnen zusammen und wir hatten viel Spaß miteinander. Besonders gern erinnere ich mich dabei an die Zeit, die wir im Sommer in unserem Schullager auf der Insel Rügen verbrachten.

Im Unterricht wurde ich in Fächern, in denen Politik thematisiert wurde, manchmal etwas unsicher, wenn ich nach meiner Antwort von Mitschülern komisch angeschaut wurde. Ich konnte das damals gar nicht nachvollziehen. Aber Probleme hatte ich damit nicht, denn seitens der Lehrer wurde mir immer das Gefühl gegeben, das Richtige gesagt zu haben. Und niemand, auch nicht meine Freundinnen, sprach mich nach dem Unterricht daraufhin an.

In der 9. oder 10. Klasse bekamen wir dann plötzlich einen neuen Mitschüler. Der Buschfunk munkelte etwas von – der Vater sei ein „hohes Tier" gewesen (im Ministerrat) und aus politischen Gründen in unsere Stadt strafversetzt worden.

Von ihm, Bodo, erfuhren wir noch, dass sie vier Geschwister waren, drei Jungs und ein Mädchen.

Bodo war anders als die Jungs unserer Klasse, unterschied sich schon allein durch sein Äußeres. Er bevorzugte legere Kleidung, trug meistens Jeans und ein kariertes Hemd, ab und zu noch lässig einen auffälligen Schal und eine Art Baskenmütze. Sein Gang war eher kleinschrittig, immer etwas hektisch, seine Haltung leicht nach vorn gebeugt und nachdenklich wirkend. Und er rauchte, nicht wenig und keine leichten Zigaretten. Mit seiner Meinung hielt er nicht „hinterm Berg", sie prasselte manchmal auch etwas „ungalant" auf uns hernieder. Aber so war er eben, er verstellte sich nicht.

Im Unterricht fiel er durch großes Interesse auf, seine Fragen waren zum Teil provokativ, aber immer im Rahmen, was den Unterricht interessanter machte.

Ich habe immer noch die Französisch-Stunde vor Augen, wo wir durch die Stadt spazierten und uns nur französisch unterhalten sollten. Bodo kam total echt rüber, wie ein Franzose, noch dazu mit seinem roten Schal und der lässig aufgesetzten Baskenmütze. Und er rauchte. Unserer Französischlehrerin, die sowieso auf uns sehr unsicher wirkte, gelang es nicht, ihn davon abzuhalten, er war schlagfertig und hatte immer entsprechende Argumente parat. Er konnte sehr gut

Französisch sprechen und die Passanten schauten uns mit weit aufgerissenen Augen neugierig hinterher. Es machte uns einen Riesenspaß, wir hatten Mühe das Lachen zu unterdrücken.

Ja, Bodo war ein interessanter Typ, der den tristen Schulalltag angenehm aufmischte.

Von der Schule aus hatten wir die Möglichkeit, ein Theateranrecht in Anspruch zu nehmen. So gingen wir dann ab und zu noch abends unter der Woche ins Opernhaus, um uns Opern, Operetten, Ballett oder Konzerte anzusehen bzw. anzuhören oder auch ins Schauspielhaus. Ich fand das größtenteils sehr interessant, ging gerne dahin.

An den Wochenenden war gelegentlich Disco angesagt, das aber eher seltener, da wir meistens viele Haus-aufgaben über das Wochenende zu erledigen hatten.

Manchmal hing ich mit ein paar gleichaltrigen Mädchen, die bei mir im Nachbarhaus wohnten, nur auf dem Spielplatz mit ein paar Jungen rum und wir unterhielten uns und hörten dabei ein bisschen Musik aus ihren Kofferradios. Oder wir fuhren mit den Jungs auf ihren Mopeds mit durch die Gegend. Fand ich immer toll.

Irgendwann luden mich die Jungs dann auch ein, mal mit in den Jugendclub zu kommen. Da ich neugierig war, was da so abging, tat ich es auch schon bald. Aber ich fand ihn nicht besonders. Ein paar Jugendliche saßen da und spielten irgendwelche Spiele, hörten dabei Musik. Die Räume wirkten nüchtern, kalt und ungemütlich auf mich, es war nichts, was mich dorthin gezogen hätte. Außerdem war der Jugendclub in unmittelbarer Nähe unserer Wohnung, mir viel zu nah, da ich das Gefühl hatte, von meinen Eltern kontrolliert werden zu können, was ich nicht wollte. Ich wollte im Jugendclub frei und unbeobachtet sein, so wie die anderen Jugendlichen auch, und einmal das tun, wozu ich Lust hatte.

Ein Junge sagte mir dann, dass sie sich zusätzlich in einem anderen Jugendclub im Nachbarort treffen würden. Das reizte mich natürlich viel mehr. In diesem Jugendclub gefiel es mir deutlich besser. Es war eine angenehme Atmosphäre, die Leute waren mir sympathisch. Die meisten waren in meinem Alter oder etwas älter. Ich fühlte mich richtig wohl.

Ich ging dann öfter mal in diesen Club. Meistens trafen wir uns an den Wochenenden. Außer dass wir Musik hörten und tanzten, unterhielten wir uns, machten auch Spiele und unternahmen auch mal was zusammen. Hier fühlte ich mich richtig wohl. Natürlich wurde auch Alkohol getrunken und geraucht, was meine Eltern nicht hätten mitbekommen dürfen.

In dieser Zeit lernte ich auch einen Jungen aus unserer Straße näher kennen. Er war irgendwie anders als die anderen, hatte seine eigene Meinung, trat viel selbstbewusster auf, ließ sich auch nicht alles gefallen. Das machte ihn interessant für mich.

Allerdings begannen dann irgendwann meine Probleme mit meinen Eltern, nämlich genau zu der Zeit, als ich von diesem Freund sprach, der für mich hauptsächlich eine Art Kumpel war. Er faszinierte mich, denn er erzählte mir Dinge, von denen ich bisher noch nichts gehört hatte.

Meine Begeisterung war mir seitens meines Vaters wohl anzusehen und wir unterhielten uns über den Jungen. Dann wollte mein Vater von mir wissen, wie sein Name ist und wo er wohnte.

Und wenige Tage danach nahm mich mein Vater zur Seite. Er verlangte von mir, dass ich den Kontakt zu diesem Jungen sofort abbreche, mit der Begründung, dass dieser Westverwandtschaft habe.

Ich verstand das nicht.

Mein Vater erklärte mir dann nur, dass er zu solchen Leuten keinen Kontakt haben dürfe und ich auch nicht, da ich seine Tochter sei. Würde ich mich nicht daran halten, könnte es passieren, dass mein Vater Probleme in seiner Dienststelle bekäme. Wenn es zu irgendwelchen Zwischenfällen käme, würde man meinen Vater mit verdächtigen.

Mehr an Erklärungen gab es nicht.

Ich war wie vor den Kopf geschlagen. Ich verstand es nicht! Was war daran so schlimm??

Ich wusste, dass auch meine Mutter Westverwandtschaft hatte, ich diese aber nie angeben durfte, wenn wir irgendwelche Formulare auszufüllen hatten, wo danach gefragt wurde. Ich sollte immer bei Westverwandtschaft „nein" eintragen. Das verstand ich damals schon nicht, auch nicht, als meine Mutter schlecht über ihre Schwester sprach und äußerte, dass sie nichts mehr mit ihr zu tun haben wolle. Sie hatte doch trotzdem Verwandtschaft, auch wenn sie keine Beziehung pflegte.

Aber warum durfte ich zu einem Gleichaltrigen keinen Kontakt mehr haben, dessen Eltern Westverwandtschaft hatten? Ja, die im Westen, die wurden ja alle als Klassenfeind deklariert, einfach schon deshalb, weil sie außerhalb der DDR-Grenze lebten. Ein regelrechter Hass wurde gegen sie alle geschürt, den ich ebenfalls nicht nachvollziehen konnte.

Trotzdem, was hatte der Junge denn nun damit zu tun, so dass ich den Kontakt zu ihm meiden sollte?!

Das Ganze war sehr hart für mich, zumal ich einerseits die Begründung nicht nachvollziehen konnte, meinem Vater aber andererseits auch keinen Schaden zufügen wollte.

Ehrlich wie ich war, sagte ich dem Jungen aber Bescheid, was mir nicht leicht fiel und was ich heimlich tun musste, da ich den Kontakt ja sofort abbrechen sollte. Ich hatte dabei ein ganz komisches Gefühl. Ich fühlte mich schlecht, ich musste etwas tun, was ich eigentlich nicht tun wollte, ich musste diesen Jungen, von dem ich so begeistert war, von dem ich so schwärmte, regelrecht vor den Kopf stoßen. Ich musste es tun, auch wenn ich es eigentlich überhaupt nicht wollte, aber, um meinen Vater zu schützen! Um meinen Vater davor zu schützen, dass er zur Zielscheibe seiner Vorgesetzten wurde.

Damals wurde ich das erste Mal mit dem Thema DDR/BRD so konfrontiert, dass meine so klare Weltanschauung, wenn man davon in diesem Alter schon sprechen konnte - wohl eher hatte ich bisher die Meinung meiner Eltern einfach nur aufgenommen und wiedergegeben – einen kleinen Riss bekam.

Von da an kam es immer öfter vor, dass ich sagen musste, zu wem ich Kontakt hatte, Namen und – wenn ich wusste – Adressen nennen musste und, dass von mir verlangt wurde, Kontakte abzubrechen. Manchmal weinte ich bittere Tränen, da ich diejenigen mochte, manchmal war ich auch bockig. Schließlich waren es meine Freunde, ich verstand mich mit ihnen gut, wir verbrachten die Freizeit miteinander und hatten unseren Spaß. Wie sollte das denn funktionieren, dass ich zu einigen den Kontakt abrechen sollte?

Durch die Forderungen meines Vaters fühlte ich mich mehr und mehr gefühlsmäßig zerrissen und in eine Außenseiterrolle gedrängt. Ich konnte nicht mehr so entspannt sein im Umgang mit meinen Freunden, mir meine Freunde nicht mehr nach meinen Vorstellungen suchen, sondern musste sie „durch die Brille meines Vaters" betrachten. Ich verlor dadurch etwas von meiner Leichtigkeit und Fröhlichkeit, die ich mittlerweile durch diese Kontakte gewonnen hatte, und es rebellierte immer häufiger in mir.

Mit der Zeit hatte ich immer weniger Lust, über meine Freunde zu reden. Zwar konnte ich die Argumentation meines Vaters aus seiner Sicht nachvollziehen, aber ich hatte einfach keinen Bock, so zu leben.

Bisher war ich immer stolz gewesen eine Offizierstochter zu sein. Jetzt begann ich andere Jugendliche zu beneiden, deren Eltern normale Berufe hatten und nicht derartiges von ihren Kindern verlangten. Sie hatten in meinen Augen ein viel leichteres, sorgloseres Leben.

Zu dieser Zeit fing ich auch heimlich zu rauchen an. Natürlich durften meine Eltern nichts davon wissen. Sie hätten bestimmt gleich wieder irgendwelche Verbote ausgesprochen, in dem Sinne „entweder du hörst sofort mit dem Rauchen auf, oder du gehst nicht mehr in den Jugendclub". Es reizte mich sogar irgendwie etwas zu tun, was meine Eltern sicher nicht billigen würden.

Auch hatte ich mir ein Tagebuch gekauft, mein erstes (der Grund war eigentlich, dass ich mich in einen Jungen unserer Schule verknallt hatte), in welches ich nun unter anderem begann, meinen Frust niederzuschreiben.

Ein wenig entspannter wurde es dann für mich, als ich mit 17 bei einer Faschingsdisco meine Jugendliebe kennen gelernt hatte. Frank gefiel mir sofort, ich fand ihn unheimlich süß, besonders, wenn er lächelte, und sehr sympathisch.

Ich war stolz, wenn ich an seiner Seite lief. Er war groß, hatte eine sportliche Figur und süße O-Beine (sicher vom Fußballspielen), auf die ich total stand. An ihm gefiel mir einfach alles.

Da ich mich mit ihm auch an den Wochenenden treffen wollte, musste ich natürlich meinen Eltern wieder alles mitteilen, was ich über ihn und seine Familie wusste. Gott sei Dank schienen seitens der Überprüfung seiner Eltern wohl auch keine Beanstandungen vorzuliegen, denn gegen ihn gab es keine Einwände. Ich glaube, da wäre ich dann auch ausgerastet, ich war zu verliebt.

Einmal hatte meine Mutter wohl schlechte Laune, irgendetwas lief ihr gegen den Strich, da sagte sie, dass ich zur Strafe mich nicht mit meinem Freund treffen dürfe. Ich war sehr verletzt, da ich total viel geputzt und ihr bei der Hausarbeit geholfen hatte. Wegen irgendeiner Kleinigkeit wollte sie mir nun das Einzige verbieten, worauf ich mich die ganze Woche freute! Ich erwiderte, dass das nicht gehe, wir seien bereits verabredet und wollten uns zu einer bestimmten Zeit in der Stadt treffen, doch meine Mutter erwiderte nur, ich soll eben anrufen und absagen. Es fiel mir nicht leicht, die Nummer zu wählen. Aber mein Freund war bereits unterwegs, er wohnte einige Kilometer entfernt. Ich war froh darüber und umso mehr entsetzt, als meine Mutter meinte, er würde es schon merken, wenn ich nicht komme. Ich war damals richtig sehr verzweifelt. Wir wohnten im Erdgeschoss und ich wollte gerade über die Balkonbrüstung springen und abhauen, als ich meinen Vater vom Dienst kommen sah. Meine Mutter war vor dem Haus und pflanzte Stiefmütterchen, so dass mir nun beide Wege versperrt waren. Es blieb mir nichts anderes übrig, als noch einmal auf meine Mutter einzureden. Ich fand es gemein, meinen Freund einfach zu versetzen und ich hatte natürlich Angst, ihn dadurch zu verlieren. Meine Mutter gestattete mir schließlich zu ihm zu fahren und abzusagen, dann sollte ich sofort wieder nach Hause kommen. Ich war heilfroh. Nichts wie weg! Dass ich sofort wiederkommen würde, könnte sie vergessen, dachte ich noch.

Als ich Frank dann endlich traf – ich musste auch noch eine halbe Stunde mit der Straßenbahn fahren – wollte er gerade gehen, hätte schon geahnt, dass irgendetwas dazwischen gekommen sei. Ich erzählte es ihm und sagte, dass ich nicht im Traum daran denke, nach Hause zu fahren, dass es mir auch egal sei, was dann passiert. Aber er war schrecklich vernünftig (obwohl er auch nur ein halbes Jahr älter war als ich) und meinte, ich solle lieber an die Zukunft denken und nach Hause fahren. Es fiel mir unendlich schwer, aber ich sah ein, dass das wohl die bessere Lösung war.

Und als ich zu Hause eintraf, hatte meine Mutter plötzlich die beste Laune und war ganz nett zu mir. Sie machte mir dann auch nie wieder solche Probleme.

Damals war ich froh, dass mein Freund so weitsichtig war, denn ich wäre mit Sicherheit „mit dem Kopf durch die Wand gegangen".

Als ich irgendwann von Frank zu Hause abgeholt wurde, meinte ich zu spüren, dass er auch meinen Eltern sympathisch war. Sie waren total nett zu ihm.

Schon bald wurde ich auch von seinen Eltern eingeladen und wir verbrachten dann die Wochenenden entweder bei ihm oder bei mir, wobei es mir bei ihm besser gefiel. Seine Eltern wohnten im eigenen Haus. Die Atmosphäre bei ihnen war einfach angenehm, so warmherzig, ich fühlte mich sofort wohl, so, als würde ich mit zur Familie gehören.

Aber auch in unserer Familie bekamen die strengen, eingefahrenen, kontrollierten Abläufe plötzlich angenehme Risse, wurde die Atmosphäre durch Franks Anwesenheit entspannter.

Einmal, als er bei mir übernachtet hatte, saß er dann Sonntagmorgen mit am Frühstückstisch. Ich stellte fest, dass die Atmosphäre viel entspannter war als sonst immer. Dann wurde es echt lustig:

Bei uns war ja alles genau vorgegeben, selbst die Reihenfolge, in der gegessen wurde. So aßen alle aus meiner Familie ihr Frühstücksei immer als Erstes.

Während wir nun alle zu unserem Ei griffen und es mit einem seitlichen Messerhieb aufschlugen, erlaubte sich doch mein Freund, sein Ei noch stehen zu lassen und mit einem Brötchen beginnen zu wollen! Alle Blicke richteten sich auf ihn. Keine Reaktion seinerseits! Da erlaubte ich mir zu sagen:

„Wir fangen alle immer mit dem Frühstücksei an."

Alle schauten wir nun zu ihm, direkt oder vorsichtig, nur mit den Augen, ohne den Kopf dabei in seine Richtung zu drehen. Doch er antwortete unbeeindruckt:

„Ich esse mein Ei später."

Das war geil! Das war was Neues! Es interessierte ihn einfach nicht, was wir taten. Wir Kinder schmunzelten alle in uns hinein, spannten dabei vorsichtig die Lauscher auf, ob meine Eltern noch was sagen würden, aber – sie sagten nichts! Das war neu! Neu und gut!

Noch einmal mussten wir schmunzeln, als Frank sich vom Tatar nahm (den gab es jeden Sonntag zum Frühstück). Das Tatar war in gleichmäßige Segmente aufgeteilt, so dass alle die gleiche Menge bekamen. Wir kratzten jeder ganz korrekt unseren Anteil raus.

Mein Freund hielt sich gar nicht an diese „Vorgaben". Sofort ging ein Gezeter los, als er in einen benachbarten Abschnitt gekommen war. Trotz dass die Unterteilung des Häufchens auf dem Teller wohl sehr eindeutig war, wurde ihm nun erklärt, warum das so sei. Doch er nahm das gar nicht ernst und lachte.

Ein köstliches Frühstück! Hat richtig Spaß gemacht!

Was meine Eltern nicht wussten, war, dass seine Eltern – trotz dass sie wohl nach Überprüfung ihrer Daten als „geeignet" galten - Westfernsehen sahen. So etwas gab es ja bei uns zu Hause gar nicht! Tatsächlich nicht! Dazu hätten ja entsprechende Antennen da sein müssen. Und da wir in einem Offiziershaus wohnten, war das ja schon von Vornherein ausgeschlossen. Es war indiskutabel, es waren die Sender des „Klassenfeindes"! Mehr Worte als Argumentation bedurfte es hierzu nicht.

Für mich war es natürlich ganz was Neues und höchst Interessantes, nun mal bayrisches Fernsehen zu schauen. Ich fand nichts Schlimmes, hörte auch keine Hetze gegen die DDR, wovon ja angeblich alle Westsender ständig Gebrauch machen würden. Größtenteils wurde hier ja sowieso Fußball geschaut. Noch dazu fand ich den bayrischen Dialekt total süß, er gefiel mir.

Bei uns zu Hause wurde ja nicht einmal Westradio gehört. Aber welcher junge Mensch hatte denn ständig nur Bock auf die DDR-Schlager? Wenn meine Eltern noch nicht daheim waren, suchte ich immer im Radio nach gescheiter Musik. Und das waren dann natürlich die „Feindsender". Und wenn ich plötzlich hörte, dass mein Vater nach Hause kam, musste ich immer blitzschnell wieder DDR-Sender einstellen, was mir mit dem alten Radio, wo man den Sender noch eindrehte, auch gelang.

Selbst bei meiner Oma markierte mein Vater am Radio die DDR-Sender, damit sie nicht versehentlich einen anderen einstellte.

Übrigens gab es in der DDR natürlich auch fast ausschließlich Schallplatten mit DDR-Musik. Sollte tatsächlich mal eine Westplatte auf den Markt kommen, so sprach sich das über den „Buschfunk" herum, offizielle Informationen darüber gab es wohl nicht, ich wüsste jedenfalls nicht wo. Das hätte auch nichts gebracht, denn in den Musikgeschäften erschien nur eine verschwindend geringe Anzahl der Platten. Ein Teil davon ging natürlich noch „unter dem Ladentisch" weg. Der klägliche Rest musste schwer erstanden werden, im wahrsten

Sinne des Wortes. Schon Stunden vor den offiziellen Ladenöffnungszeiten fanden sich die ersten Interessenten ein und standen Schlange. Ja, diese Platten waren gefragt, wer eine erstanden hatte, konnte sich glücklich schätzen. Selbst wenn kein eigener Bedarf bestand, hatte man doch damit wieder große Chancen, an andere Mangelwaren heranzukommen ...

Einen Teil unserer gemeinsamen Zeit verbrachten Frank und ich auf dem Fußballplatz, da Frank oft am Wochenende ein Spiel hatte. Ich schaute ihm dann zu, zusammen mit seinem Vater und seinem jüngeren Bruder.

Manchmal gingen wir auch tanzen. Tanz war in der Regel in den Speisesälen großer Betriebe, aber es gab auch große Säle in kleineren Gemeinden. Obwohl die Säle riesig waren, waren die Tanzflächen brechendvoll, man konnte sich in der Regel nur auf der Stelle bewegen. Gespielt wurde Musik der 70er, größtenteils natürlich von DDR-Gruppen. „Westmusik" durfte nur zu einem festen Prozentsatz laufen, ich glaube es waren 30 Prozent. Der „Klassenfeind" sollte uns mit seiner Musik nicht „negativ beeinflussen".

Als Frank dann irgendwann von einem anderen Mädchen aus seinem Ort zu schwärmen anfing, krampfte sich mir das Herz zusammen und ich hatte so meine Befürchtungen. Und irgendwann sagte er mir dann, dass Schluss sei, er habe eine andere Freundin. Es war dieses Mädchen. Das hat mir unwahrscheinlich wehgetan und mich sehr verletzt. Sie gefiel ihm einfach besser, teilte er mir mit.

Ich konnte mit dem Ende dieser Beziehung nur sehr schwer umgehen. Ich entwickelte einen regelrechten Hass gegen alle Jungs. Nie wieder wollte ich mich so verletzen lassen, stand für mich fest. Das hieß für mich, ich wollte mich gefühlsmäßig nie wieder so tief einlassen, damit es nicht so wehtun würde.

Ich hatte dann nur noch kurze, oberflächliche Beziehungen. Warum auch immer - mich reizten dabei immer die frechen Jungs. Hatte ich mal einen kennen gelernt, der nur nett war, war der mir ganz schnell zu langweilig und ich stahl mich wieder davon. Zwar taten sie mir ein bisschen leid, aber aus Mitleid wollte ich auch nicht bei ihnen bleiben.

Irgendwann tauchte Frank, meine große Liebe, plötzlich wieder auf. Ich beendete sofort die Beziehung, die ich gerade hatte. Obwohl mir Frank damals unendlich wehgetan hatte, war ich einfach nur glücklich, dass er wieder zu mir zurückgekommen war.

Unser Verhältnis zueinander war dann trotzdem nicht mehr so wie am Anfang und hielt nicht lang. Einmal hatte mir Frank beim Abschied alles Gute gewünscht. Danach meldete er sich nicht mehr und ich kapierte, dass Frank die Beziehung beendet hatte.

Das hatte mir nun noch einmal einen Hieb versetzt. Und irgendwie fühlte ich mich in meiner Theorie bestätigt, dass ich mich in keinen Jungen mehr verlieben sollte, sondern nur noch genießen, und mich nicht mehr zu tief emotional einlassen sollte.

Ich verbrachte dann wieder mehr Zeit im Jugendclub und kam so ganz gut über meine erste große Enttäuschung hinweg. Aber ich blieb trotzdem bei meiner Theorie. Ich wollte mich nicht mehr verlieben, sondern nur noch mit gutaussehenden Jungs meinen Spaß haben.

Unsere Schule hatte ein Sommerlager und wir hatten die Möglichkeit, einen Teil der Sommerferien dort zu verbringen. Es war an der Ostsee auf der Insel Rügen.

Ich fuhr jedes Jahr dorthin, es gefiel mir unheimlich gut dort, das Lagerleben machte mir Spaß. An einem schönen Fleckchen waren unsere Zelte aufgeschlagen, große Zelte, in denen wir mindestens zu fünft waren. Ringsherum Hügellandschaft, kleine Wäldchen, keine 5 min. von uns entfernt unser - fast privater - Strandabschnitt. Wir waren inmitten der Natur und fühlten uns pudelwohl, obwohl alles sehr primitiv war.

Zum Waschen gab es eine lange Wanne oder so was ähnliches, ähnlich einer Kuhtränke, in Abständen mit mehreren Wasserhähnen versehen. Das Wasser war eiskalt.

Die Toiletten waren einige Meter entfernt in einem Wäldchen, ein paar aneinander gereihte Holzhütten mit Herzchen in der Tür, alles sehr natürlich - Plumpsklo. Mit Sicherheit hielten wir uns dort nicht länger als nötig auf.

Zum Lager gehörten dann noch ein Volleyballplatz und ein Platz, an dem wir dann hin und wieder ein großes Lagerfeuer machten. Das war auch immer schön. Meistens spielte jemand Gitarre und wir sangen.

Der Wirtschaftstrakt war bisschen weiter weg, er befand sich im Dorf. Noch heute erinnere ich mich genau an den Duft des Wäldchens, welches wir durchqueren mussten, um zu dem Wirtschaftsgebäude zu gelangen. Sobald ich irgendwo diesen Geruch in die Nase bekomme, denke ich sofort an die schöne Zeit, die wir in den Ferien in diesem Schullager verbrachten.

Außer zu essen, hatten wir im in diesem Gebäude dann auch die Möglichkeit, richtig zu duschen. Außerdem feierten wir dort dann auch Lagerfeste, die immer sehr beliebt waren.

Das Dorf selbst bot nichts Besonderes. Für die Dorfjugend - das waren nicht viele – war wohl unser Sommerlager das größte Ereignis. Sie kamen meistens dazu, wenn wir feierten. Wir kannten sie schon alle.

Wenn wir mal was anderes erleben wollten, zum Beispiel einen Ostseebadeort aufsuchen, mussten wir über den Berg (Hügel) - ein langer Fußmarsch. Aber mindestens einmal musste es sein, denn auf dem Weg gab es eine „Klitscherbude", die machte ganz leckere Reibekuchen. Sie war so bekannt, dass prinzipiell mit einer längeren Wartezeit zu rechnen war, ehe man selbst die leckeren Klitscher endlich verzehren konnte.

Zu einer bestimmten Zeit sollten wir aber von den Ausflügen zurück sein und jeder sollte sich im eigenen Zelt und eigenen Bett befinden. Es gab täglich eine Lagerwache – jeder war mal dran – die dies unter anderem kontrollieren musste. Von Zeit zu Zeit kam dann ein Lehrer (Lagerleitung) vorbei, um nach dem Rechten zu sehen.

In diesem Schullager verliebte ich mich dann doch erneut. Es war das letzte Mal, dass wir hier in unserem Sommerschullager waren.

Irgendwann tauchten drei Jungs auf unserem Zeltplatz auf. Sie waren mit ihrem Zelt unterwegs, suchten einen Platz, wo sie es aufschlagen konnten und stießen so zufälligerweise auf unser Lager. Ausnahmsweise wurde es ihnen sogar genehmigt, bei uns zu zelten.

Natürlich waren wir Mädchen neugierig und stellten auch schon bald fest, dass diese Jungs wesentlich interessanter als die unserer Schule waren. Schon bald hatten meine beiden Freundinnen und ich uns mit den dreien angefreundet, und verbrachten nun unsere Zeit mit ihnen gemeinsam. Da sie ein Auto dabei hatten, machten wir auch größere Ausflüge. Es war alles wunderschön und machte uns sehr viel Spaß.

Ich habe mich dann unheimlich in Jürgen verliebt. Er sah gut aus, war auch Sportler und hatte süße O-Beine (darauf stand ich einfach!), war intelligent und sehr liebevoll. Alles war wunderschön mit ihm. Ich wusste nicht, ob die Beziehung eine Zukunft haben würde, da mir Jürgen erzählte, er habe eigentlich eine Freundin und dieser sogar versprochen, dass er treu sein werde. Er schämte sich einerseits, sie zu betrügen, andererseits verstanden wir beide uns unwahrscheinlich gut. Und ich wollte einfach nur die schöne Zeit mit ihm genießen und nicht an die Zukunft denken.

Laut Lagerordnung mussten wir ab einer gewissen Zeit im Zelt sein. Mich zog es aber zu Jürgen, und ich hatte keine Lust, mich an diese Ordnung zu halten. Also sagte ich im Zelt - falls ein Lehrer zur Kontrolle käme, sollten sie sagen, ich sei auf dem Klo. Aber das Ganze flog auf. Ich sollte mich am nächsten Tag bei der Lager-leitung melden. Am nächsten Tag wurde mir dann mitgeteilt, dass ich - aufgrund des Verstoßes gegen die Lagerordnung - nach Hause fahren musste. Und das von meinem Lieblingslehrer!! Ich versuchte ihn zu erweichen, er solle mir doch noch eine Chance geben, es sei doch das erste Mal gewesen und wir waren ja auch schon volljährig, aber es war nichts zu machen. Es sei nicht nur seine Entscheidung, die Lagerleitung habe es mehrstimmig beschlossen, sagte er.

So habe ich dann wohl oder übel packen und mich auf den Heimweg begeben müssen. Ich fand es übelst, war einerseits total verärgert, andererseits sehr traurig, da ich nicht wusste, ob ich je wieder etwas von Jürgen hören würde.

Natürlich traute ich mich nicht, nach Hause zu fahren. Ich konnte mir nicht vorstellen, was meine Eltern sagen oder tun würden, wenn sie erfahren hätten, weswegen ich abreisen musste. Und das, obwohl ich bereits volljährig war!

Also beschloss ich für ein paar Tage bei meiner Tante unterzutauchen. An dem Tag, wo die anderen zu-rückfahren würden, würde ich das dann auch tun.

Meine Tante, die Schwester meiner Mutter, war irgendwie ganz anders als meine Mutter, viel lockerer. Wir hatten sie ab und zu besucht, und es hatte mir immer Spaß gemacht. Meine Tante rauchte wie ein Schlot, was schon mal was ganz anderes war. Ich musste mich wundern, dass meine Eltern für mehrere Tage immer zu ihr fuhren, obwohl sie das Rauchen so sehr verabscheuten. Diese Tante hatte mich einmal gefragt, ob ich schon einen Freund hätte. Und sie meinte: „Mir kannst du ruhig alles erzählen."

Auch meine beiden Cousinen waren für mich sehr interessant. Sie waren ganz anders als wir Kinder, nicht so brav und schüchtern, auch viel selbstsicherer in ihrem Auftreten. Und sie erzählten interessante Sachen und hatten interessante Bücher. Die eine Cousine sah ganz hübsch aus, aber sie war wohl auch ein Luder. Das fand ich anziehend. Wir mussten immer artig sein, hören, sonst wurden wir bestraft. Bei meiner Tante war das irgendwie eine ganz andere Atmosphäre. Ich fand es unwahrscheinlich spannend, wenn mich meine Cousinen irgendwohin mitnahmen, es war eine andere Welt für mich.

Tante Lore ließ sich alles erzählen, was im Schullager vorgefallen war, lachte und verstand mich. Leider hatte sie aber was vor, einen Betriebsausflug glaube ich, so dass ich nicht lange bei ihr bleiben konnte. Nach ein paar Tagen bin ich dann halt nach Hause gefahren. Ich weiß aber überhaupt nicht mehr, was ich meinen Eltern damals erzählt habe.

Von Jürgen hörte ich dann nichts mehr. Ich war schon traurig darüber, aber es war auch zu erwarten gewesen.

Irgendwann bekam ich auch wegen meiner Kleidung Probleme mit meinen Eltern. Sie war in ihren Augen für eine Offizierstochter nicht angemessen. Da wir in unmittelbarer Nähe der Kaserne wohnten, in einem Haus, in dem nur Offiziere und Unteroffiziere wohnten, hätten mich die Genossen ja so sehen können, was wieder ein schlechtes Bild auf meinen Vater hätte werfen können. Obwohl es ja DDR-Kleidung war, die ich trug, und diese nun wirklich nicht sehr rebellisch war, stieß ich damit doch immer wieder bei meinen Eltern auf Miss-fallen. So hatte ich mir mal einen langen schwarzen Mantel gekauft. Und es gefiel mir viel besser, ihn offen zu tragen, es sah einfach schicker und auch flippiger aus in meinen Augen, nicht so „zugeknöpft". Aber schon solche Kleinigkeiten störten meine Eltern. Als Offizierstochter hatte ich ordentlich angezogen zu gehen. Leider war mit meinen Eltern diesbezüglich nicht zu reden.

Da mein Vater teilweise vor mir aus dem Haus ging, nutzte ich die Möglichkeit, mich ihm so zu zeigen, wie er es wünschte und mich später schnell umzuziehen. Ich wollte mich in meiner Kleidung wohl fühlen, und das war mit dem Geschmack meiner Eltern nun leider nicht immer zu vereinen. Erwischen lassen hätte ich mich dabei allerdings nicht dürfen, ich glaube im Befehlston hätte ich mich sofort umziehen müssen. Erklärungen meinerseits waren für meine Eltern diesbezüglich uninteressant bzw. wurden als Widerwort empfunden, was nur neue Drohungen mir gegenüber nach sich zog.

Als ich später dann studierte, hatte ich es einfacher, denn ich war in der Regel nur noch an den Wochenenden zu Hause. Allerdings hatte ich da auch mal ein übelstes Erlebnis:

Ich hatte mir ein Paar braune Wildlederschuhe gekauft, mit Fransen, war unheimlich stolz darauf, das war zu der Zeit richtig in! Außerdem hatte ich auch noch passende Lederarmbänder mit Fransen, selbst gemacht! Ich fand mein Outfit richtig gut! Meine Mutter war natürlich alles andere als begeistert, als sie mich so gekleidet am Wochenende wieder sah.

„So läufst du nicht rum! Wie eine Gammlerin siehst du aus!"

„Mir gefällt es", war meine Antwort.

„Aber uns nicht! Und deshalb wirst du die Schuhe nicht wieder anziehen!"

Das war nicht nur so nebenbei gesagt, das war ein Befehlston.

Als ich am nächsten Tag meine Schuhe holen wollte, fand ich diese nicht an der Stelle, wo ich sie abgestellt hatte. Ich fragte meine Mutter, die mir dann freudig verkündete, dass meine Schuhe im Ofen gelandet seien, „da, wo sie hingehörten", antwortete sie. Sie hatte sie verbrannt!!

Auf diese Art und Weise setzte meine Mutter ihren Willen durch. Sie diskutierte nicht! Sie legte fest, wir hatten zu gehorchen oder wir wurden vor vollendete Tatsachen gestellt. Schläge bekam ich jetzt, wo ich älter war, kaum noch, aber sie wurden mir angedroht, meistens mit den Worten „Dich werde ich schon wieder zur Vernunft bringen!" oder „Du wirst schon noch lernen, mich zu respektieren!".

Das einzige, was meine Mutter allerdings damit bei mir erreichte, war eine Trotzreaktion. Ich war verärgert, verletzt, beleidigt, durfte mich ja aber nicht wehren. Also zog ich mich immer mehr zurück von ihnen und tat heimlich doch, was ich für richtig hielt.

Einmal verbrannte meine Mutter auch die Lieblingscordhose meiner Schwester.

Und mein Bruder, der nicht zum Friseur gegangen war, weil er sein Haar ein klein wenig länger tragen wollte (Beatle-Zeit), bekam deshalb mal unheimlichen Ärger. Ich weiß noch, wie er geweint hat, zu erklären versuchte, dass doch alle in seiner Klasse die Haare länger trugen. Aber das interessierte meine Eltern nicht!

„Unser Sohn läuft nicht rum wie ein Gammler! Wie ein Beatle siehst du aus!".

Ob meine Eltern damals zur Strafe die Schere selbst angesetzt hatten, weiß ich nicht mehr, nur noch, dass seine Haare dann kurz waren, so kurz, wie die Soldaten ihr Haar tragen mussten, wenn sie eingezogen wurden, und dass mein Bruder unheimlich weinte.

Das Problem für uns Kinder war nicht nur, dass unsere Eltern zum Teil gewaltsam ihren Willen durchsetzten. Es führte auch dazu, dass wir uns dadurch schon rein äußerlich (Kleidung, Haarschnitt) von den anderen unterschieden. Mein Bruder, der als Jugendlicher zusätzlich noch klein und dünn war, wurde daraufhin oft von den Jungs aus seiner Klasse nicht nur gehänselt, sondern regelrecht gequält, „in die Mangel genommen". Gegen die großen, kräftigen Burschen war er völlig hilflos. Er weinte oft, wenn er aus der Schule kam und wollte nicht mehr hin.

In der 11. Klasse stand dann auch die Berufswahl als Thema im Raum. An einem Nachmittag bekamen wir in einem Berufsbildungszentrum erklärt, welche Berufsausbildungen in der Zukunft die größten Chancen hätten und wo Bewerbungen wenig Sinn machten.

War gar nicht so einfach. Ich hatte keine großen Vorstellungen, was ich einmal machen sollte. Ärztin oder Lehrerin waren immer die Berufe gewesen, die mich interessiert hatten. Aber um Ärztin zu werden, war mein Notenschnitt nicht gut genug.

Für einen Lehrerberuf war ich sogar einmal vorgeschlagen worden – mein Physiklehrer kam zu uns nach Hause und sprach mit meinen Eltern darüber. Es ging um ein Fachlehrerstudium, Physik in Kombination mit einem anderen Fach. Aber ich konnte mich nicht dafür begeistern. Mich hätte es nur gereizt, Lehrerin für die Unterstufe (war in DDR 1. - 3. Klasse) zu werden. Für die wäre allerdings kein Abi notwendig gewesen, weshalb meine Eltern mir davon abrieten, aus demselben Grund auch für eine Ausbildung zur MTA (Medizinisch Technische Assistentin), wofür ich mich bewerben wollte, um wenigstens im medizinischen Bereich tätig zu sein.

Da ich in einem Praktikum die wissenschaftlich-technische Arbeit, in der es um die Optimierung von Verkehrswegen ging, mit sehr gut abgeschlossen hatte und mir das auch sehr viel Spaß gemacht hatte, bewarb ich mich schließlich an der Hochschule für Verkehrswesen. Allerdings erhielt ich eine Absage. Obwohl mir Mathe immer Spaß gemacht hatte, war meine Note für das Studium wohl nicht ausreichend.

Schließlich machten meine Eltern mich auf eine Anzeige einer Ingenieurschule aufmerksam. Viele Vorstellungen hatte ich nicht, was das Studium beinhalten sollte, ich meinte es hätte was mit Kleidung und Mode zu tun, und dass das ja sicher auch ganz interessant sein würde. Also bewarb ich mich dann dort und erhielt auch eine Zusage.

Im Herbst – unmittelbar nach dem Abitur - begann ich dann mein Studium, welches ich nach drei Jahren erfolgreich als Ingenieur-Ökonom abschloss.

Die Studentenzeit war ganz ok. Ich bewohnte zunächst mit vier weiteren Studentinnen ein 6-Bett-Zimmer in einem Studentenwohnheim. Das Wohnheim war nicht sehr komfortabel. Allein die Zimmer waren nicht sehr groß und nur auf das Notdürftigste eingerichtet: 3 Doppelstockbetten, 2 dreitürige Kleiderschränke, Spind ähnlich, und ein langer Tisch mit sechs Stühlen. Wir hatten das Glück, dass eine Studentin bald schon das Studium abbrach und zwei Heimfahrerinnen waren, so dass wir letztendlich meistens nur zu zweit waren. Auf der ganzen Etage hatten wir für alle (ich weiß gar nicht mehr, wie viele Zimmer es waren, vielleicht 10) eine kleine, schmale Küche und einen Gemeinschaftsraum mit Fernseher. Die Duschen waren im Keller.

Unter unserer Etage befand sich die Mensa. Das war natürlich sehr praktisch. Nach dem Essen konnten wir uns immer noch ein paar Minuten ablegen, ehe es weiterging. Die Vorlesungs- und Seminarräume waren größtenteils in unmittelbarer Nähe. Und auch der Studentenclub, was auch ganz praktisch war.

Uns ging es also gar nicht schlecht.

Im Herbst halfen viele von uns auf dem Land bei der Kartoffelernte, beim Heueinfahren- oder beim Strohmietenbauen. Das machte den meisten von uns viel Spaß, und zusätzlich konnten wir uns ein Taschengeld dazuverdienen.

Bereits während meiner Schulzeit hatte ich mir eine Gitarre gekauft. Es war keine besondere, so viel Geld hatte ich nicht, aber ausreichend, um ein bisschen herumzuklimpern. So spielte ich auch im Wohnheim ab und zu ein bisschen. Gut spielen konnte ich nicht, ich hatte nie Gitarrenunterricht gehabt, sondern hatte es mir von einer Schulfreundin ein bisschen beibringen lassen. Aber es machte Spaß. Meistens hatte ich ein paar Leute um mich rum, wenn ich spielte. Irgendwann sollte dann eine Schulband gegründet werden, und eine Mitstudentin und ich wurden gefragt, ob wir mit in der Band spielen würden. Ich sagte, dass ich dafür wirklich nicht gut genug bin, aber man bot uns beiden sogar an, dass wir Unterricht nehmen könnten, die Ingenieurschule würde für die entstehenden Kosten aufkommen. Ich überlegte wirklich lange und die Entscheidung fiel mir überhaupt nicht leicht, es war ein super Angebot. Allerdings hätten wir mit dem Unterricht sofort beginnen müssen. Und das Schlechte daran war, dass gerade eine Menge Prüfungen anstanden, für die wir sowieso nur wenig Zeit zum Lernen hatten. Beides zusammen war praktisch unmöglich. So entschieden wir beide uns leider gegen die uns angebotene Ausbildung.

Kaputt gemacht habe ich mich während des Studiums nicht, so sehr interessierte es mich dann doch nicht. Mit Mode hatte es leider auch nichts zu tun. Im letzten Studienjahr war ich sogar nahe daran abzubrechen, hatte einfach keinen Bock mehr auf so viel Ökonomie. Da mich Mode nach wie vor faszinierte, machte es mir viel mehr Spaß, in Kurzwarenläden nach Stoffen zu stöbern und mir daraus schöne Klamotten zu nähen.

Ich hatte dann die Idee, mich lieber selbstständig machen zu wollen mit einer eigenen Schneiderei. Mein Vater riet mir allerdings, erst einmal mein Studium abzuschließen, was ich dann auch tat und was letztendlich wohl auch viel vernünftiger war.

Während des Studiums lernte ich, als wir wieder einmal in einer Disco waren, Lutz - meine dritte große Liebe - kennen. Lutz erzählte mir damals, dass er in Scheidung lebe. Ich war sehr verliebt in ihn und ließ alles stehen und liegen, wenn er kam, ließ Vorlesungen sausen und mich für Seminare entschuldigen. Lutz war Fernfahrer bei der Post, leider nicht sehr oft bei uns in der Gegend unterwegs, im Schnitt einmal im Monat. Ursprünglich hätte er auch studieren wollen, erzählte er mir, aber seine Frau sei schwanger geworden und sie brauchten das Geld. Und so habe er sich für diesen Job entschieden.

Wenn wir uns nicht sehen konnten, schrieben wir uns Briefe, unendlich viele. Die Briefe sollte ich immer direkt bei der Post hinterlegen lassen, damit er sie schneller bekommt. Ich selbst konnte es kaum erwarten, bis morgens die Post eintraf. Meistens war ein Brief für mich dabei.

Ich war richtig sehr verliebt und malte mir mein späteres Leben an seiner Seite in seiner Heimatstadt aus.

Einmal besuchte er mich auch, als ich zu Hause bei meinen Eltern war. Mein Vater hatte ihn kurz gesehen und war wohl angenehm beeindruckt, denn er fragte immer wieder mal, was denn mein „Postkutscher" mache.

Irgendwann kamen dann allerdings keine Briefe mehr von Lutz. Und er selbst kam auch nicht. Ich verstand die Welt nicht mehr. Meine Briefe an ihn blieben unbeantwortet. Und eine andere als die postlagernde Adresse hatte ich nicht von ihm.

Als Lutz nach langer Zeit dann eines Tages wieder vor mir stand, sah er sehr bedrückt aus. Dann erklärte er mir, dass wir uns das letzte Mal sehen würden, dass es die letzte Tour sei, die er in diesen Bereich bekommen hätte, dass alles aufgeflogen sei.

Er habe gelogen, sagte er mir dann, er habe nicht in Scheidung gelebt. Aber seine Frau habe daraufhin nun von Scheidung gesprochen. Da er die Scheidung nicht wollte, müssten wir die Beziehung beenden.

Das war's dann!

Ich wollte es lange nicht wahrhaben. Ich hatte doch auch seine Liebe gespürt. Ich konnte mir einfach nicht vorstellen, dass er nur gespielt hatte, hoffte eine lange Zeit, dass er sich wieder melden würde.

Ich spielte mit dem Gedanken, ihn ausfindig zu machen, ihn zu suchen, wollte in seinen Heimatort fahren, bei ihm klingeln...

Aber ich tat es nicht.

(Viele Jahre danach erfuhr ich zufällig, dass seine Frau sich nur wenig später von ihm scheiden lassen habe. Es hätte noch andere Frauen gegeben. Ich fühlte mich elend als ich das hörte – Lutz, meine dritte große Liebe!)

Und irgendwann ließ Jürgen dann plötzlich wieder von sich hören und besuchte mich kurz danach am Studienort. Zwischen ihm und seiner Freundin war auch etwas zerbrochen, als er ihr ehrlich gestand, im Urlaub nicht treu gewesen zu sein.

Als wir am Abend in einer Gaststätte waren, holte Jürgen plötzlich den Verlobungsring seiner ehemaligen Freundin aus der Tasche und bat mich, diesen anzuprobieren. Er passte. Und es war ein wunderschönes Gefühl. Aber ich gab ihm den Ring zurück, denn ich sollte ihn ja nur anprobieren.

Jürgen besuchte mich dann öfter. Und im Sommer fuhr ich in seinen Heimatort, um mit ihm dort gemeinsam Urlaub zu machen. Ich lernte seine Familie kennen, die mich unwahrscheinlich liebevoll bei sich aufnahmen.

Während dieses Urlaubs hatte ich meinen Geburtstag. Und ich hoffte insgeheim darauf, dass mich Jürgen nun bitten würde, diesen Ring zu tragen. Ich sehnte meinen Geburtstag – in dieser Hoffnung – richtig herbei.

Aber nichts dergleichen geschah. Ich erhielt Geschenke, aber weder diesen, noch einen anderen Ring. Im Gegenteil, Jürgen begann mehr und mehr über seine Ex-Freundin zu sprechen, ihr nachzutrauern und sogar zu weinen. Und er zog es plötzlich vor, alleine in seinem Bett zu schlafen. Als ich ihn daraufhin mitteilte, dass ich den Urlaub abbrechen möchte, schien ihm das sehr recht zu sein, er hatte nichts dagegen.

Also packte ich und fuhr zurück nach Hause, wieder eine dicke Enttäuschung im Gepäck.

1976 während des Studiums wurde ich Kandidat(in) der Partei (SED, alle anderen Parteien waren zahlenmäßig wohl so uninteressant, dass die SED als „die Partei" bezeichnet wurde).

Die Aufnahme verlief folgendermaßen:

Es saßen einige Genossen im Gremium und ein paar Kandidaten in einer Stuhlreihe gegenüber. Wir wurden gefragt, ob wir der Ausbürgerung eines bekannten Liedermachers der DDR zustimmen würden - bedrohliche Miene des Fragenden im Sinne „sagt ja nichts Falsches!" Natürlich sagten wir alle „ja". Begründen brauchten wir nichts. Der Fragende lächelte und verkündigte mit erfreuter Miene, dass wir somit als Kandidaten der Partei aufgenommen sind.

Upps - das war ja nun wirklich gar nicht schwer! Stolz nahmen wir das Parteiabzeichen entgegen.

Dieser Liedermacher war auch Thema in unserer Seminargruppe gewesen.

Wir wussten nicht viel von ihm.

Es hieß, er hätte staatsfeindliche Texte in seinen Liedern gehabt und sollte deshalb aus der DDR ausgebürgert werden.

Ich war damals so überzeugt davon dass die führenden Politiker das Richtige taten, dass ich diese Entscheidung nicht in Frage stellte. Umso mehr staunte ich über die Frage einer Mitstudentin, ob sie mal hören dürfte, was er denn geschrieben habe, um sich eine Meinung bilden zu können. Unserem Seminarleiter verschlug es kurz die Sprache. Aber da meldete ich mich zu Wort. Und ich war damals mächtig stolz auf mich, als ich – vollkommen überzeugt - antwortete:

„Wenn unsere Staatsführung Liedtexte dieses Liedermachers als Hetze und staatsfeindlich bezeichnet, so zweifle ich nicht an der Richtigkeit der Aussage, sondern habe Vertrauen und unterstütze diese Entscheidung."

Unser Seminarleiter nickte mir lächelnd zu und keiner sagte mehr etwas dazu. Damit war das Thema abgehandelt.

Übrigens - Jahre später kam ich über meinen Freund (und späteren Ehemann) tatsächlich an die Texte, womit dieser Liedermacher sich strafbar gemacht hatte. Natürlich nicht offiziell, so was wurde unter größter Vorsicht weitergegeben. Wenn sein Vater, der auch überzeugter Kommunist war, diese gefunden hätte, hätte es sicher mehr als nur ein Donnerwetter gegeben. Und sicher hätte sich sein Vater selbst auch bald in die Hosen gemacht, da sich diese Bänder in seiner eigenen Wohnung befanden. Nicht auszudenken, wenn seine Genossen diese Bänder in seiner Wohnung gefunden hätten… Schließlich vertrauten sich die Genossen selbst untereinander nicht und beschnüffelten sich gegenseitig.

Ja, und die Texte selber? Die waren zum Lachen! Sie handelten unter anderem von der Armeezeit. Einige Situationen wurden – natürlich übertrieben – durch den Kakao gezogen. Aber – so der Kommentar von denjenigen, die schon bei der Armee gewesen waren – „so war's!" Allerdings hätte sich keiner wagen dürfen, diese Meinung in der Öffentlichkeit zu äußern, zumal man sich ja schon strafbar machte, wenn man nur im Besitz dieser „staatsfeindlichen" Texte war.

Mir gab es allerdings schon zu denken, als ich nun die Texte der Lieder, die eine Ausweisung aus der DDR zur Folge hatten, selbst gehört hatte.

Und wieder wackelte meine Grundfestung ein bisschen. Und irgendwie schämte ich mich für meine „überhebliche" – wie ich es jetzt sah – Aussage im Seminar. Leider hatte ich auch das Gefühl, dass sich seitdem einige Mitstudentinnen weniger kontaktfreudig mir gegenüber zeigten.

Leider! Schade!

Ich war wieder mal mit meiner Freundin Sylvia unterwegs. Wir gingen an den Wochenenden ab und zu gemeinsam weg, entweder nur bummeln, in ein Café, eine Bar oder auch zur Disco.

In einer Disco lernte ich dann Wolfgang kennen. Eigentlich hatte ich nur Augen für seinen Freund - ein Schwarm aus meiner Schulzeit, der wohl schönste Junge am Gymnasium und Liebling mehrerer Mädchen. Aber dieser interessierte sich mehr für meine Freundin. Als dann Wolfgang mit mir tanzte und wir dabei mehr und mehr ins Gespräch kamen, begann ich mich zunehmend für ihn zu interessieren.

Meine Schwärmereien für seinen Freund wurden dann schlagartig zerstört und mein Schwarm sank für mich für immer und ewig in die tiefsten Abgründe, als ich von Sylvia erfuhr, dass er sich mit Gewalt nehmen wollte, was Sylvia ihm nicht freiwillig geben wollte. Von da an war seine schöne Fassade schlagartig zerbröckelt und er für mich für immer gestorben.

Mit Wolfgang habe ich mich dann weiterhin getroffen. Ich fand ihn sympathisch und zunehmend interessanter. Er wusste sehr viel über die Natur zu erzählen, kannte sich sehr gut bei Tieren und Pflanzen aus, ich konnte da eine Menge von ihm lernen. Wenn wir spazieren gingen, machte er mich auf vieles aufmerksam, was mir bisher überhaupt nicht aufgefallen war oder was ich überhaupt nicht beachtet hatte.

Er beschäftigte sich sehr intensiv mit diesen Dingen und konnte sicher sowohl in seiner Berufsausbildung, als auch seinem Studium davon zehren. Überhaupt hatte ich das Gefühl, dass das alles bei ihm Hand und Fuß hatte, alles zusammenpasste.

Abgesehen von seinem Wissen, wirkte er auch sehr selbstbewusst auf mich. Er kannte sich in vielen Dingen aus und hatte seine Meinung, die er vor anderen auch offen vertrat.

Das gefiel mir! Und - obwohl Wolfgang eigentlich gar nicht mein Typ war, fand ich ihn zunehmend interessanter.

Vielleicht war ja auch das die Lösung, dachte ich. Vielleicht sollte ich nicht zuerst auf das Äußere schauen, sondern zuerst den Menschen kennen lernen?

Trotzdem gab es auch Situationen, die mich zweifeln ließen. Irgendwie wollte ich auch spüren, dass sich mein Freund für mich begeisterte, von mir schwärmte, gern mit mir zusammen war. Und das vermisste ich hin und wieder.

Auch sonst gingen wir meistens nur nebeneinander, nicht wie ein Liebespaar Hand in Hand oder mit seinem Arm über meiner Schulter. Das vermisste ich auch. Diesbezüglich wirkte er so nüchtern, gar nicht so verliebt, wie ich es aus früheren Beziehungen kannte.

Was mich auch noch störte war die Art, wie er mit seiner Mutter sprach. Ich hatte das Gefühl, dass da die Achtung fehlte, es war ihr gegenüber zum Teil sogar verletzend. Dabei schwärmte er von seiner Mutter, wenn er erzählte.

Mich wunderte es oft, dass sie sich das gefallen ließ. Es dauerte oft sehr lange, bis sie sich diesen Ton von ihm verbot. Oft lachte er dann noch, nahm sie gar nicht ernst.

Ich dachte damals nur – mit mir dürfte er nicht so sprechen.

Dennoch verliebte ich mich immer mehr in ihn.

Auch seine Eltern schienen wohl der Überprüfung standgehalten zu haben, denn nachdem ich mitgeteilt hatte, wo und in welcher Funktion diese tätig waren (bei der Wismut – ich hatte damals übrigens nie richtig verstanden, warum die Wismut so viel Macht und Einfluss hatte), war Wolfgang sofort akzeptiert worden. Auch wenn ich in den Augen meiner Eltern ihm gegenüber nicht die Sympathie erkennen konnte, die ich bei Frank oder Lutz gesehen hatte.

Gegen Ende des Studiums wurde ich in eine kleine Fabrik vermittelt. Diese hatte mit meiner Fachrichtung nicht viel zu tun, aber uns wurde allen eine Arbeitsstelle zugewiesen. Dort bekam ich das Thema für meine Ingenieurarbeit mitgeteilt und begann in diesem Zusammenhang ein betriebliches Praktikum.

Nach der erfolgreichen Verteidigung meiner Ingenieurarbeit hatte ich dann mein Studium abgeschlossen und erhielt die Berufsbezeichnung als Ingenieur-Ökonom.

Und somit begann nach meinem Sommerurlaub meine Berufstätigkeit in diesem Betrieb als Nachwuchskader der Werkleitung.

Zu Beginn machte ich einen so genannten „Durchlauf", um alle Abteilungen und auch die Produktion kennen zu lernen. Das war sehr interessant. Mir gefiel auch, dass ich auch bei den Arbeiterinnen und Arbeitern gern gesehen war, nicht als „eine von oben" behandelt wurde. Aber ich brachte ihnen auch echte Achtung entgegen, denn auch diese monotone Arbeit wollte getan sein. Und die Maschinen waren auch nicht gerade leise, und das den ganzen Tag. Ich hatte selbst in den Ferien schon Jobs in der Produktion angenommen, um mir bisschen Taschengeld dazu zu verdienen. Ich hatte mich unter den Leuten immer wohl gefühlt, sie waren so locker, haben miteinander gelacht und gelitten, sich füreinander interessiert. Und ich habe auch Achtung vor den Leuten bekommen, die den ganzen Tag lang so monotone Arbeiten verrichteten, den ganzen Tag auf den Beinen waren, das Gedröhne der Maschinen erst richtig registrierten, wenn Feierabend war und es plötzlich so ruhig war, dass sie das Zwitschern der Vögel und andere Geräusche wieder wahrnehmen konnten, sich nicht mehr anschreien mussten, um den Maschinenlärm zu übertönen. Ja, auch diese Arbeiten müssen verrichtet werden.

Während dieser Zeit wurde ich auch feierlich beglückwünscht, nun Mitglied der SED zu sein, meine Kandidatenzeit von einem Jahr war abgelaufen.

Ja, eigentlich war diese Tätigkeit als Nachwuchskader ganz interessant, nur war die Werkleiterin erst Mitte 40 und es gab auch noch einen Stellvertreter, so dass ich mir ausrechnen konnte, wie lange ich wohl Nachwuchskader bleiben würde.

Die Werkleiterin selbst mochte ich nicht besonders, sie war mir unsympathisch. Manchmal bekam ich mit, wie der stellvertretende Werkleiter ihr etwas erklärte oder die Arbeiten für sie erledigte. Aber sie verkaufte sich gut, tat so, als sei alles ihr Verdienst. Sie galt als gute Genossin, wirkte auf mich allerdings kalt und berechnend, zeigte wenig Verständnis und Mitgefühl für Probleme der Belegschaft und stellte ihre Forderungen ohne Berücksichtigung privater Probleme. Sie war nicht beliebt bei den Arbeitern, was sie nicht zu stören schien. Siegessicher und arrogant, mit erhobenem Haupt schritt sie durch die Produktionsräume. Nein, solche Menschen mochte ich nicht.

Lag es an meiner Liebe zu Wolfgang oder war die Zeit einfach reif? Seit einiger Zeit schaute ich sehnsüchtig in fremde Kinderwagen. Der Wunsch nach einem eigenen Kind wurde immer stärker in mir.

Ich weiß nicht, was mich zu diesen Gedanken bewegte, aber ich hatte einfach das Gefühl, dass ich meiner Rolle als Frau erst dann richtig gerecht geworden bin, wenn ich ein eigenes Kind zur Welt gebracht habe. Ich sehe nur aus wie eine Frau, dachte ich, aber ich habe das, was mir gegeben wurde, noch nicht ausgeschöpft. Ich habe durch meine Weiblichkeit die Möglichkeit, ein Kind zur Welt zu bringen. Und ich kann es einfach nicht erwarten, zu spüren, dass ich Mutter werde, dass ein Kind in mir heranwächst.

Wolfgang hatte ich – je länger ich ihn kannte – immer mehr zu lieben gelernt, auch wenn es nach wie vor Dinge gab, die mir an ihm nicht gefielen.

Und so wünschte ich mir schon wenige Monate nachdem wir uns kennen gelernt hatten ein Kind von ihm und hörte auf, die Pille einzunehmen.

Der Wunsch in mir war so stark, dass ich über die finanzielle Seite oder Wohnung und dergleichen über-haupt nicht nachdachte. Diese Dinge waren ganz weit weg. Und kreuzten derartige Gedanken mal kurz mein Bewusstsein, so waren sie schon bald wieder beiseitegeschoben. „Kommt Zeit, kommt Rat!" oder „es wird schon irgendwie gehen!" dachte ich nur. Diese Gedanken waren für mich nebensächlich, obwohl ich gerade erst mit dem Studium fertig war und Wolfgang noch studierte.

Nicht etwa, dass ich mich auf meine oder seine Eltern stützen wollte, nein, „wir werden das schon irgendwie hinkriegen", dachte ich.

Allerdings hatte ich dann doch noch einige unschöne Erlebnisse, die mich etwas zweifeln ließen, ob Wolfgang mich wirklich auch liebte.

Den Sommerurlaub wollten Wolfgang und ich gemeinsam mit meiner Freundin Sylvia und ihrem Freund auf einem Zeltplatz an der Ostsee verbringen. Allerdings verkündete uns Sylvia dann kurz vorher, dass ihr Freund Schluss gemacht habe und sie nun nicht mitfahren würde.

Wolfgang wollte aber keinesfalls ohne Sylvia fahren, mit mir alleine habe er keine Lust, sagte er. Das gab mir etwas zu denken.

Sylvia entschied sich dann doch, allein mitzukommen.

Warum auch immer, ich musste dann fortlaufend feststellen, dass Wolfgang ständig bemüht war, Sylvia das Gefühl zu geben, dass sie nicht alleine sei. Mehr und mehr kam ich mir vor, als sei ich die Dritte im Bunde. Sicher, Sylvia sah auch gut aus. Auch äußerlich waren gleiche Geschmacksrichtungen nicht zu übersehen. Während ich eher „zivilisiert" gekleidet war, liebte es Sylvia eher lässig, so wie Wolfgang auch. Jeans – sie durften gern uralt und abgewetzt sein, Studentenkutte, Jesuslatschen. Ich hatte solche Klamotten gar nicht. Passte Sylvia besser zu Wolfgang? Aber – falls sie ihm besser gefiel, warum hatte er sich dann für mich entschieden?

Eines Tages wollten wir eine Radtour machen. Sylvia kannte da in einer wenige Kilometer entfernten Ortschaft ein älteres Ehepaar, die wollte sie besuchen. Das erste Stück der Tour ging ständig nur bergauf. Oben angekommen war ich fix und fertig, mir war schlecht, alles drehte sich, ich konnte einfach nicht mehr, musste verschnaufen, obwohl wir erst kurze Zeit unterwegs waren. Wolfgang und Sylvia wurden schon bald ungeduldig. Dann meinte Sylvia, sie würde schon mal fahren. Und der Hammer war – Wolfgang war mir gegenüber dann sehr ungehalten. Schließlich ließ er mich stehen und fuhr Sylvia nach, ich könne ja nachkommen, wenn es mir besser gehen würde.

Da stand ich nun und sah, wie er ihr nachradelte.

Als es mir wieder einigermaßen besser ging, war von den beiden weit und breit nichts mehr zu sehen. Ich fuhr noch ein Stückchen in ihre Richtung, sah dann aber schon bald keinen Sinn mehr darin und drehte um, da ich nicht einmal das Ziel der Radtour kannte. Außerdem hatte mich Wolfgangs Verhalten sehr verletzt.

Die beiden kamen dann erst sehr spät am Abend zurück.

Noch während des Urlaubs stellte ich dann fest, dass ich meine Tage nicht bekam. War ich bereits schwanger? War mir deswegen bei der Radtour gleich schlecht geworden? Nach der Enttäuschung über Wolfgangs Verhalten wusste ich meine Gefühle bezüglich einer Schwangerschaft gar nicht mehr einzuordnen. Als nach einem weiteren Monat meine Menstruation wiederum ausblieb, ging ich zum Frauenarzt.

Und als dieser mir dann bestätigte, dass ich schwanger sei, freute ich mich riesig darüber. Alles, was mich in unserem Urlaub verletzt hatte, war in diesem Moment nicht mehr interessant. In mir wuchs ein kleines Menschlein! Ich würde ein Kind bekommen! Ich freute mich unwahrscheinlich darauf, es Wolfgang mitzuteilen.

Für Wolfgang schien es aber wohl doch etwas zu früh zu sein, seine Begeisterung hielt sich in Grenzen. Obwohl er damals, als ich eröffnete, mir ein Kind von ihm zu wünschen, nichts dagegen geäußert hatte.

Wenig später informierte ich dann auch meine Eltern über die Schwangerschaft. Mein Vater war alles andere als begeistert. Kein Wunder, er würde ja noch ein sehr junger Opa sein. Aber so ist es eben, wenn man selbst jung Vater wird.

Einmal, als ich mit meinem Vater in der Stadt unterwegs war, fragte dieser mich, ob mich Wolfgang heiraten würde. Ich entgegnete – Verständnis für Wolfgang zeigend - dass er gesagt habe, von einer Ehe halte er noch nichts, da er seine Freiheit nicht verlieren wollte. Mein Vater fand das nicht gut, antwortete, dass man zu seinem Kind stehen sollte. Und ich war in Wirklichkeit auch von Wolfgangs Reaktion enttäuscht gewesen, auch wenn ich das meinem Vater gegenüber nicht eingestehen wollte.

Als Wolfgang in den Semesterferien zu Hause war, er wohnte auch noch bei seinen Eltern, verbrachten wir sehr viel Zeit miteinander. Sehr oft ging ich nach der Arbeit direkt mit zu ihm nach Hause und von dort aus morgens wieder zur Arbeit. Seine Eltern schienen es zu akzeptieren. Seine Mutter siezte mich allerdings weiterhin, obwohl ich bereits schwanger war – inzwischen für jedermann auch zu erkennen. Ein komisches Gefühl.

Meine Schwangerschaft verlief wohl ziemlich normal. Aber im Gegensatz zu manch anderer Schwangeren war mein Bauch nicht besonders groß. Natürlich machte ich mir da schon Sorgen, hatte Angst, es könnte nicht alles dran sein an dem kleinen Körperchen. Aber irgendwann wurde dann ein Ultraschall gemacht. Ich erkannte natürlich zunächst überhaupt nichts. Aber fasziniert ließ ich mir den kleinen Körper zeigen und erklären – mein Baby! War das ein schönes Gefühl, das war mein Kindchen, was da heranwuchs, in mir! Ein Wunder! Und mir wurde auch bestätigt, dass alles in bester Ordnung sei. Gott sei Dank – ich war glücklich.

Kurz vor Weihnachten bekamen Wolfgang und ich dann noch einmal richtige Probleme. Er öffnete nicht die Tür, als ich klingelte und ließ mich schließlich wissen, dass es ihm ziemlich egal sei, ob ich da bin oder auch nicht, dass ich von ihm aus auch gehen könne.

Was ich daraufhin auch tat.

Ich wartete dann lange darauf, dass sich Wolfgang melden würde. Er tat es nicht.

Ich konnte es einfach nicht glauben, wollte es nicht wahrhaben.

Ich suchte nach einen Grund, ihn besuchen zu müssen: Die Weihnachtsgeschenke! Ich hatte sie noch in seinem Zimmer liegen. Bald würde Weihnachten sein, ich musste sie holen.

Meine Mutter riet mir davon ab, ich soll ihm nicht nachlaufen, die Geschenke könnte ich ihnen auch nach Weihnachten geben.

Aber ich war froh, einen Anlass gefunden zu haben. Ich wollte sehen, wie er reagieren würde, wenn er mich sieht.

Als ich bei ihm klingelte, öffnete seine Mutter. Sie strahlte mich an, bat mich herein und rief sogleich nach Wolfgang.

„Wolfgang, komm mal, du hast Besuch!"

Als mich Wolfgang dann sah, war nicht zu übersehen, dass auch er sich freute.

„Ich möchte die Weihnachtsgeschenke holen, die ich noch bei dir liegen habe" sagte ich.

„Komm nur erst mal rein" war seine Antwort, während er mir die Tür zu seinem Zimmer offen hielt.

„Willst du mit uns essen?", fragte seine Mutter.

„Nein, ich will nur die Weihnachtsgeschenke abholen, die ich hier noch liegen habe, dann gehe ich gleich wieder", antwortete ich.

„Willst du wirklich gleich wieder gehen? Ich freue mich, dass du da bist. Hab auch schon überlegt, ob ich dich mal anrufe", entgegnete Wolfgang.

Natürlich wollte ich nicht gleich wieder gehen! Ich war ja so froh, dass er so reagierte, hatte solche Angst, dass er mir gleichgültig gegenüberstehen könnte und mich nicht davon abhalten würde, sofort wieder zu gehen.

Ja, und so sind wir dann wieder zusammengekommen.

Ob es sich sonst je so ergeben hätte, ob Wolfgang irgendwann wirklich angerufen hätte oder zu mir gekommen wäre? Ich weiß es nicht.

Meine Schwangerschaft hatte nun schon die erste Hälfte überschritten und langsam fing ich an Einkäufe zu planen. Außerdem wohnte ich ja noch bei meinen Eltern. Obwohl ich da mein eigenes Zimmer hatte, wollte ich nun doch langsam eine eigene Wohnung.

Da mein Vater die Dienststelle gewechselt hatte, mussten nun auch meine Eltern sich nach einer neuen Wohnung umschauen. Mittlerweile waren auch meine Geschwister nur noch zeitweise zu Hause, so dass sich meine Eltern räumlich verkleinern wollten. Sie fädelten das dann ganz geschickt ein, sodass auch für mich eine kleine Wohnung dabei heraussprang.

Es war nichts Besonderes, eigentlich eher schlecht als recht, eine Wohnung, bestehend aus einem Zimmer, ca. 25 qm, und einer Küche, ca. 12 qm. Den Eingangsbereich, ca. 1,5 x 1,5 qm, in dem sich vier Türen befanden, nutzten wir gemeinsam mit unseren Nachbarn. Die Wohnung befand sich in einem Hinterhaus, Altbau, das Erdgeschoss bereits nicht mehr bewohnbar, weil die Wände feucht waren, Trockenklo im Treppenhaus eine Treppe tiefer. Aber es war Wolfgangs und meine erste Wohnung, unsere gemeinsame, eigene Wohnung, und das allein war schon etwas ganz Besonderes!

Wir richteten uns nun so gut es ging ein. Viel Geld hatten wir nicht. Wolfgang studierte noch, ich war auch erst ein paar

Monate berufstätig. Größtenteils waren es alte, ausrangierte Möbelstücke meines Großvaters, die Küchenstühle von meinen, der alte Fernseher von Wolfgangs Eltern. Aber es war okay für uns, wir hatten uns ein gemütliches Zuhause eingerichtet. Wolfgang baute dann noch eine schöne Blumenbank und unter die Fensterfront ein Regal.

Übrigens – im Fernsehen gab es ja nur zwei Programme, DDR I und II. Wolfgang wollte aber unbedingt auch ein Westprogramm. Offiziell waren Westantennen zum damaligen Zeitpunkt allerdings verboten.

Noch Jahre vorher sollte es eine FDJ-Aktion gegeben haben, veranlasst von dem damaligen Staatsratsvor-sitzenden Walter Ulbricht, wo Westantennen von den Dächern heruntergerissen worden waren.

Inzwischen gab man sich heimlich Infos, wie man sich – ohne dass es groß auffiel – etwas basteln konnte, womit man Westempfang hatte, allerdings nur den bayrischen Sender.

Meine Eltern hätten das natürlich nicht wissen dürfen. Für sie stand es außer Frage, sich „Feindsender" – wie sie es nannten – anzuhören oder anzusehen. Entsprechendes verlangten sie allerdings dann auch von uns, da wir ihre Kinder seien. Ich hatte immer Schiss vor Auseinandersetzungen mit meinen Eltern.

Wolfgang ließ sich aber da nicht reinreden. „Es ist meine Wohnung", sagte er „und da kann ich tun und lassen was ich will!" Er hatte Recht. Aber ich scheute die Konsequenzen meiner Eltern, die dann bedeuteten, dass sie uns da eben nicht mehr besuchen könnten, da sie mit „solchen Leuten" nichts zu tun haben wollten. Also kurbelte ich das Radio schnell auf DDR-Sender, bzw. änderte das Fernsehprogramm, wenn sie zu Besuch kamen, um politischen Diskussionen aus dem Weg zu gehen, die von meinen Eltern äußerst hart und unnachgiebig geführt wurden, nicht überzeugten, sondern nur bedrohlich auf mich wirkten.

Um kurz vor der Geburt nicht alleine in der Wohnung zu sein, Wolfgang kam ja nur an den Wochenenden, schlugen mir meine Eltern vor, vorübergehend wieder bei ihnen zu wohnen.

Ich fand das sehr liebevoll von ihnen und nahm das Angebot gerne an. Sie waren noch nicht umgezogen und ich hatte noch immer mein Zimmer dort. Auch war ihre Wohnung wesentlich komfortabler, denn hier gab es ein Bad mit Badewanne und Wasserklosett.

Der Geburtstermin rückte immer näher. Für den Fall, dass ich diesen um vier Tage überschreiten würde, bekam ich für diesen Tag einen Vorstellungstermin um 09:00 Uhr in der Frauenklinik, um das Stadium der Schwangerschaft mittels Fruchtwasserspiegelung festzustellen.

Und mein Baby ließ mich warten!

In der Nacht vom dritten auf den vierten Tag nach berechnetem Geburtstermin konnte ich dann schlecht schlafen. Ich hatte immer wieder Rückenbeschwerden, schlief kurz ein und wälzte mich dann wieder schlaflos hin und her.

Gegen Morgen weckte ich dann meine Eltern. Sie wollten mir noch ein Frühstück machen, aber ich hatte weder Hunger, noch Appetit und immer wieder ziehende Schmerzen.

Mein Vater brachte mich dann auf die Entbindungsstation.

„Verabschieden sie sich von Ihrem Mann", sagte die Schwester, was meinen ja noch so jungen Vater die Brust schwellen ließ.

„Es ist mein Vater!" verriet ich ihr.

Dann das wohl übliche Procedere: Ich sollte mich ausziehen, bekam ein Entbindungsnachthemd hingelegt und sollte

– nachdem ich einen Einlauf bekommen hatte, den ich halten sollte (wie soll das denn gehen!?!), noch ein Bad nehmen.

Plötzlich war das Ziehen in meinem Rücken, was mir die Schwester als Wehen bestätigt hatte, weg! Da war nichts mehr, gar nichts mehr! Ich rief die Schwester, da ich vermutete, dann wieder nach Hause gehen zu können. Aber sie erklärte mir nur, dass das normal sei.

Kurz darauf stellten sich die Wehen wieder ein und ich wurde in den Kreissaal gebracht. Vermutlich war er groß, ich konnte es nicht erkennen, da neben dem Bett, in welches ich mich legen sollte, eine weiße Wand aus Tuch gespannt war. Aber ich hörte andere Frauen stöhnen, Neugeborene schreien und die Schwestern Daten rufen - Uhrzeit, Geschlecht, Namen.

Dann konnte ich mich darauf nicht mehr konzentrieren, denn meine Wehen wurden heftiger und heftiger. Und plötzlich konnte ich mir nicht vorstellen, mein Kind auf diese Art und Weise zu gebären. Ich glaubte nicht, dass ich es schaffen würde, es war so wahnsinnig anstrengend. Immer wieder Wehen, immer wieder die Worte der Hebamme: „Pressen! Feste pressen!"

„Jetzt nicht pressen, nur atmen, hecheln!"

„Jetzt wieder pressen, pressen!"

Doch dann wieder eine Wehe, ein Schnitt und – dann war es geschafft! Ich hatte mein Kindchen zur Welt gebracht, es war plötzlich aus mir geglitten.

Die Hebamme hielt es hoch. Ein Junge! Mein Kind! Mein Philipp! Und dann schrie er aus Leibeskräften! Gibt es etwas Schöneres, als einem Kind das Leben schenken zu dürfen? Wohl kaum!

Mein Kind, mein Sohn, Philipp! Alles war dran an ihm, alles in Ordnung, wurde mir von der Hebamme bestätigt.

Messen, wiegen, erste Impfung für Philipp.

Das Kuriose: Er war vier Tage nach dem berechneten Geburtstermin gekommen, um 09:00 Uhr hätten wir zur Fruchtwasserspiegelung kommen sollen – seine Geburtszeit war 09:05 Uhr!

Das anschließende Nähen des Dammschnittes war dann weniger angenehm, mir schlotterten die Knie dabei. Aber als ich dann mein Söhnchen in den Arm gelegt bekam, war aller Geburtsschmerz erst einmal vergessen. Stolz hielt ich mein erstes Kind im Arm, meinen Sohn! Es war wirklich wie ein Wunder! Endlich sah ich dieses kleine Menschlein, was in mir herangewachsen war, was ich immer nur gefühlt oder undeutlich beim Ultraschall auf dem Bildschirm gesehen hatte.

Da war er, mein Sohn! Ich liebte ihn vom ersten Augenblick an. Er war das schönste Kind im ganzen Zimmer für mich (wir waren zu fünft oder zu sechst). Ich konnte mich nicht satt sehen an den winzigen Händchen, Füßchen, dem kleinen Gesichtchen. Als wir die Erstausstattung geholt hatten und ich mir die kleinsten Strampler ansah, fand ich diese so winzig, bangte, dass sie zu klein sein könnten. Aber sie waren sogar noch zu groß! Kaum zu glauben.

Mein Philipp hatte nicht viel Geburtsgewicht, aber er hatte einen gesunden Appetit. Jedes Mal nach dem Stillen wurden die Kinder gewogen und uns im Nachhinein mitgeteilt, wie viel jedes Kind getrunken hatte. Philipp war immer Spitzenreiter. Allerdings übernahm er sich auch hin und wieder mal, dann teilte mir die Schwester mit, dass er teilweise wieder erbrochen hätte.

Unsere Babys blieben nicht bei uns im Zimmer. Sie wurden uns zum Stillen gebracht, blieben dann noch ein Weilchen – was wir total genossen – und wurden dann auf die Säuglingsstation gebracht. Dort versorgten sie die Säuglingsschwestern weiter.

Ja, ich war total stolz auf meinen Sohn!

Meine Mutter war dann die Erste, die mich nach der Entbindung besuchte. Sie freute sich ungeahnt mit mir, machte einen glücklichen Eindruck und war sehr einfühlsam, als ich ihr schilderte, wie anstrengend ich die Geburt empfunden hatte.

Wolfgang kam erst später, er war ja nicht am Wohnort. Als er allerdings sein Söhnchen betrachtete und dann bemängelte, Philipp hätte eine flache Stirn und ein Fliehkinn, war ich sehr verletzt und enttäuscht, dass er ihn so sah. Für mich änderte sich aber dadurch nichts, ich liebte meinen Sohn vom ersten Augenblick an.

Noch in der Klinik lernten wir dann unsere Babys zu wickeln und bekamen wichtige Tipps und Hinweise für die Körperpflege der Säuglinge, auch, wie wir mit dem Rest der Nabelschnur umgehen sollten. Und man teilte uns mit, in welchem Rhythmus wir unsere Kinder bei der Mütterberatung vorstellen sollten, wo die Entwicklung und Gesundheit unseres Kindes kontrolliert und wichtige Impfungen durchgeführt werden würden.

Auch hörten wir einen Vortrag über das Stillen, zu welchem ein Arzt in jedes Zimmer ging.

Wochenbettgymnastik hatte ich leider nicht, da diese nur an Wochentagen durchgeführt wurde. Ich hatte an einem Freitag entbunden und an dem darauf folgenden Montag fiel sie aus, danach wurde ich nach Hause entlassen.

So unmittelbar nach der Geburt konnte ich mir allerdings nicht vorstellen, in meiner eigenen Wohnung zu wohnen, das Plumpsklo war mir da doch nicht so geheuer, ich fand es inzwischen sehr unhygienisch.

Meine Eltern boten mir dann erneut an, doch zu ihnen zu kommen. Und ich war ihnen sehr dankbar, dass ich noch einige Zeit bei ihnen wohnen durfte. Dort war alles schön sauber, es gab ein Bad (hatten wir ja auch nicht in unserer Wohnung, nicht mal eine Dusche!), und da ich mich noch sehr schwach fühlte, war ich froh, nicht auf mich allein gestellt zu sein, sondern meine Mutter an der Seite zu haben, die mich in allem sehr unterstützte.

Stolz ging ich mit meinem Sohn spazieren. Damals waren die Kinderwagen mit den Panoramafenstern aktuell und ich hatte so einen bekommen. Natürlich nicht im Geschäft - die Kinderwagen waren sehr teuer, das Geld hatten wir nicht - ich hatte einen über eine Anzeige gekauft. Zwar war dieser rot, aber das war nicht so schlimm.

Irgendwann zog ich dann mit meinem Sohnemann in unsere eigene Wohnung ein. Die ganze Woche über waren wir dann leider allein, denn nach wie vor war Wolfgang nur an den Wochenenden zu Hause. Manchmal war das Geld ganz schön knapp. Ich weiß gar nicht mehr, was ich zur Verfügung hatte, es reichte immer gerade so von Monat zu Monat. Wolfgang konnte noch nichts dazu geben, er studierte ja noch. Ich erinnere mich noch, dass ich zeitweise an meinem Essen sparen musste, um mein Söhnchen gut versorgen zu können. Dabei war die Miete wirklich sehr niedrig, nicht so aber die anderen Kosten. Bei den Nahrungsmitteln war es unterschiedlich, Brot war sehr billig – 2 Pfund 52 Pfennige, Butter kostete aber 2,40 Mark, Wurst und Fleisch waren auch nicht billig. Im Detail weiß ich die Preise nicht mehr. Es summierte sich eben schnell. Ich war auch nicht verschwenderisch, im Gegenteil.

Bereits als ich noch schwanger war, sprach Wolfgangs Mutter ihn immer wieder an, warum wir nicht heiraten würden. Wir könnten dann den zinslosen Kredit vom Staat in Anspruch nehmen, der jungen Eheleuten geboten wurde. Das waren 5000 Mark, wovon bei Geburt des 1. Kindes 1000 Mark erlassen wurden, bei weiteren Kindern innerhalb eines gewissen Zeitraumes (ich weiß es nicht mehr genau, ich glaube es war innerhalb von fünf Jahren nach Inanspruchnahme des Krediktes) wurden – wenn ich mich recht erinnere – sogar 1500 Mark erlassen. Damit sollte die Geburtenrate in der DDR gefördert werden.

Und eines Tages, unser Philipp war inzwischen schon auf der Welt, fragte mich Wolfgang in der Küche, während ich gerade Philipp versorgte und er mir dabei zuschaute, ob wir heiraten wollen. Ich war natürlich überrascht, denn bisher war er den Fragen seiner Mutter diesbezüglich immer nur ausgewichen, hatte ihr gegenüber genervt reagiert.

„Wieso willst du plötzlich heiraten?" wollte ich von ihm wissen. Und seine Antwort lautete: „Du kannst so gut mit Kindern umgehen."

Ja, das war seine Begründung mich heiraten zu wollen. Nicht unbedingt das, was ich mir als Heiratsantrag erträumt hatte und auch nicht der entsprechende Rahmen.

Ein viertel Jahr nach Philipps Geburt heirateten wir dann. Es war wohl mehr aus Vernunftgründen und, um von den finanziellen Vorteilen, die Ehepaaren bei der Geburt eines Kindes geboten wurden, Gebrauch zu machen.

Natürlich fehlte uns auch das Geld für eine üppige Hochzeit, was die Vorbereitungen sehr erschwerte. Zudem hatten beide Elternteile sehr unterschiedliche Vorstellungen von der Hochzeitsfeier. Meine Eltern stellten sich eher eine unseren finanziellen Möglichkeiten entsprechende Hochzeitsfeier vor, Wolfgangs Mutter hingegen reservierte einen Gesellschaftsraum in einem der teuersten Hotels unserer Stadt.

Um dann wenigstens die nächsten Angehörigen einladen zu können, beschränkten wir die Feier auf Mittagessen und

Kaffeetrinken. Leider hatten nicht alle Verwandten für unsere Entscheidung Verständnis.

Von unseren Eltern bekamen wir nach der Feier dann noch Umschläge mit einem Geldbetrag. War schade, dass wir das vorher nicht gewusst hatten, denn selbst mein Hochzeitskleid musste ich mir im Second Hand kaufen und auch Wolfgang konnte nicht nur neue Kleidung am Hochzeitstag tragen. Kein gutes Omen, denn wie man so sagte, sollte das Brautpaar von Kopf bis Fuß neu eingekleidet werden.

Übrigens – Eheringe gab es auch nicht einfach so zu kaufen. Sicher waren da sehr schöne in der Auslage zu sehen, aber diese bekam man nur gegen Abgabe von Altgold, nur ein paar ganz einfache, die uns aber überhaupt nicht gefielen, hätte man direkt kaufen können. Also hieß es nun für uns Altgold aufzutreiben. Da wir selbst keins hatten, gingen wir zu einer Versteigerung und waren – Gott sei Dank - erfolgreich.

Ich liebte mein Söhnchen unwahrscheinlich. Er war so süß, für mich das schönste Baby.

Philipp hatte nicht allzu viel Geburtsgewicht gehabt, aber er entwickelte sich prächtig. Er war auch ein sehr pflegeleichtes Kind, schrie nur in den ersten drei Nächten, nachdem wir von der Klinik nach Hause gekommen waren, dann schlief er durch.

Es war so ein tolles Gefühl, Mutter zu sein. Mit Liebe wusch ich die täglichen Wäscheberge, bügelte alles, auch die Unterwäsche und sogar die Windeln. Es waren damals noch Baumwollwindeln, und gebügelt waren sie richtig schön weich. Es tat mir einfach gut, wenn es meinem kleinen Spatz auch gut ging.

Auch wenn wir zunächst gar nicht viel Geld hatten – es war wirklich manchmal erschreckend wenig – war das trotzdem eine sehr schöne Zeit für mich.

Nachdem ich anfangs meinen Tagesablauf völlig neu organisieren und auch ganz schön rotieren musste, um auch Zeit für ein bisschen Erholung zu finden, hatte ich irgendwann alles im Griff. Philipp war ein friedliches Baby. Er schlief die Nächte durch und auch tagsüber nach den Mahlzeiten schlief er.

Ich genoss die Zeit mit meinem Baby, ging viel mit ihm spazieren und konnte mich in den Wachzeiten viel mit ihm beschäftigen. Seine großen neugierigen blauen Kulleraugen und seine blonden Löckchen faszinierten mich. Und das schönste Geschenk war, wenn mich mein Söhnchen anlachte, wenn ich ihn fröhlich strampeln sah, ihn munter brabbeln hörte, seine ersten Sitz- und Krabbelversuche beobachtete, wenn ich sah, dass er glücklich und zufrieden war.

Trotz allem fehlten mir dann doch auch bald die Kontakte zu anderen Menschen. In meiner Wohnumgebung waren diese sehr dürftig, da die meisten Leute zur Arbeit gingen. Bis auf die wenigen Worte beim Einkaufen, hatte ich unter der Woche kaum Leute zum Reden. Das fehlte mir schon irgendwie, so schön es auch mit meinem Sohnemann zu Hause war. Leider lernte ich auch beim Spazierengehen keine andere Mutter kennen, obwohl ich den Umkreis immer mehr vergrößerte. Aber bei mir in der Wohngegend gab es wohl nicht so viele, die gerade ein Baby bekommen hatten und noch zu Hause waren.

Ab und zu besuchte ich eine langjährige Freundin und ehemalige Mitschülerin und Mitstudentin, die in einem Betrieb ganz in der Nähe meiner Wohnung arbeitete. Wir unterhielten uns unter anderem über unsere beruflichen Tätigkeiten und sie schlug mir vor, mich doch in ihrem Betrieb zu bewerben. In der Abteilung, wo auch sie tätig war, sei noch eine Stelle frei.

Da sich ihre Arbeit ganz interessant anhörte und ich in meinem Betrieb nicht wirklich das Gefühl hatte als Nachwuchskader geschult zu werden, sondern mehr oder weniger dort einspringen musste, wo gerade eine Abteilung unterbesetzt war, trug ich mich mehr und mehr mit dem Gedanken, meine Arbeitsstelle nach der Babypause zu wechseln. Auch würde ich in meinem Betrieb wohl mindestens die nächsten 10 Jahre nur Nachwuchskader bleiben, da die Werkleiterin noch nicht so alt war und es auch noch einen Stellvertreter gab.

Am liebsten hätte ich nach der Babypause dann nur für ein paar Stunden am Tag gearbeitet. Einfach, um einerseits wieder mehr unter Leuten zu sein, aber andererseits auch für meinen kleinen Schatz da sein und seine Entwicklung miterleben zu können. Allerdings hätte ich dazu eine stundenweise Betreuung für Philipp gebraucht. Meine Mutter und

Schwiegermutter, die Omas, kamen dafür nicht in Frage, die gingen selbst noch zur Arbeit. Und von einer privaten Kinderbetreuung habe ich in der DDR nie gehört.

Aber es gab ja Kinderkrippen!

Als ich in einer Kinderkrippe in unserer Wohnortnähe wegen eines Halbtagesplatzes nachfragte, erklärte man mir jedoch, dass es so etwas nicht geben würde. Kinderkrippenplätze standen nur für Vollbeschäftigte zur Verfügung.

Und das war nicht nur in dieser Kinderkrippe so, sondern generell. Ich brauchte mir also gar nicht die Mühe machen und mich woanders umzuschauen.

Philipp den ganzen Tag in die Kinderkrippe zu geben, konnte ich mir überhaupt nicht vorstellen. Er war ja noch viel zu klein und brauchte meiner Meinung nach auch noch viel meine Nähe, Körperkontakt, Zärtlichkeiten. Außerdem konnte ich mich auf ihn einstellen, mich mit ihm beschäftigen, wenn er munter war, ihn schlafen legen, wenn er das Bedürfnis hatte. Wie sollte so etwas in einer Kinderkrippe funktionieren, wo die Babys nur eines von vielen waren?! Unvorstellbar für mich!

Aber ich musste mich entscheiden, entweder den ganzen Tag (Vollzeit) zur Arbeit zu gehen oder ganz zu Hause zu bleiben.

Okay, wollte man ganztags arbeiten, so standen wenigstens Kinderkrippenplätze zur Verfügung. Aber stundenweise oder halbtags zu arbeiten und einen Krippenplatz in Anspruch zu nehmen, diese Möglichkeit gab es gar nicht.

Aber Vollzeit zu arbeiten würde für mein Kind bedeuten, morgens ab 06:OO Uhr bis abends gegen 17:00 Uhr in der Kinderkrippe sein zu müssen. Wenn ich die notwendigen Einkäufe vorher erledigte, dann noch länger, bis maximal 18:00 Uhr.

Das bedeutete außerdem kurz nach 05:00 Uhr morgens meinen Schatz wecken zu müssen, um dann spätestens um 05:45 Uhr loszugehen – Gott sei Dank war die Kinderkrippe in der Nähe, sonst hätten wir noch früher aufstehen müssen. Hörte sich schrecklich an!

Ich verstand nicht, warum den Müttern nicht die Möglichkeit eines Teilzeitarbeitsplatzes mit Teilzeitkrippenplatz eingeräumt wurde. Man tat so, als wollten alle Mütter unbedingt wieder in Vollzeit arbeiten und die Kinder den ganzen Tag in eine Tageskrippe geben.

Ich sah damals nur eines dahinter – das, was man nach außen hin immer demonstrieren wollte: „Unsere Frauen wollen alle Vollzeit arbeiten und wir, die Deutsche Demokratische Republik, können ihnen sowohl einen Vollzeit-Arbeitsplatz bieten, als auch einen Ganztags-Kinderkrippenplatz zur Verfügung stellen!"

Nie hatte ich von einer Umfrage gehört, was die Mütter wirklich wollten!

Gerne hätte ich – zum Wohle meines Kindes - nur Teilzeit gearbeitet, auch wenn wir dann wieder etwas genauer auf das Geld hätten schauen müssen. Aber ich hatte gar keine Möglichkeit dies selbst zu entscheiden!

Vieles weiß ich schon gar nicht mehr so genau. Ich glaube bei dem ersten Kind bekam man wohl 6 Wochen vor dem Geburtstermin und 20 Wochen nach der Geburt das volle Gehalt weiter gezahlt. Wie viel es dann gab, habe ich vergessen. Nicht viel sicherlich, denn mir fehlte oft das Geld für das Nötigste. Das aber längstens bis zur Vollendung des 1. Lebensjahres des Kindes, danach gab es dann kein Geld mehr.

Der Arbeitsplatz wurde einem ein Jahr lang erhalten, die Arbeitsstelle drei Jahre.

Aber wer konnte sich schon leisten, drei Jahre zu Hause zu bleiben?! Zwar waren in der DDR Mietpreise wirklich kein

Thema, aber zum Leben gehörten eben noch einige Sachen mehr als die Mieten. Und mit einem Gehalt zu dritt, das war nur in sehr wenigen Familien möglich.

Trotz unserer anfänglichen Euphorie, endlich auf eigenen Beinen zu stehen und eine eigene Wohnung zu haben, wurde die Situation immer unerträglicher.

Das Haus war nicht unterkellert, das Erdgeschoss nicht mehr zu benutzen, da die Wände fast bis unter die Decke mit Salpeter durchzogen waren. Dadurch war der Fußboden kalt, obwohl wir im 1. OG wohnten. Auch zu den Fenstern zog es im Winter rein. Es waren einfache, alte Fenster. In der kalten Jahreszeit wurden die Winterfenster zusätzlich eingehängt und als zusätzlicher Schutz legten wir jeweils eine Decke zwischen die beiden Rahmen.

Die Toiletten waren eine halbe Treppe tiefer - zwei Plumpsklos, durch nur einen Eingang zugänglich, für drei Wohneinheiten. Das Fallrohr hatten Risse, das war total eklig! Ehe man sich auf das Klo setzen konnte, musste man jedes Mal alles abwischen und desinfizieren. Reparaturen an den Fallrohren wurden – trotz Eingaben - seitens der Gebäudewirtschaft (staatlicher Eigentümer) abgelehnt, das würde sich nicht mehr lohnen in den alten Häusern. Also blieb alles so, wie es war, wurde höchstens noch schlimmer, geändert wurde nichts!

Bei Minusgraden froren die Wasserleitungen zu. Ich musste dann das Wasser eimerweise aus dem Keller des Vorderhauses holen (Wolfgang studierte zu der Zeit noch und war unter der Woche nicht zu Hause), recht viele Eimer, da ich täglich mit einem Säugling Windeln (wir hatten Baumwollwindeln) und Babywäsche zu waschen hatte. Ich musste das Wasser dann immer mit Eimern in die Waschmaschine gießen, da sie ja kein Wasser ziehen konnte.

Wenn es nur knapp unter 0 Grad war hatten wir Glück, dann fror nur die Leitung zwischen Hausflur und unserer Wohnung ein und ich konnte sie mit einer Rotlichtlampe auftauen.

Ja, und unseren Philipp schob ich mit dem Bettchen immer hin und her. Abends stellte ich sein Bettchen in die Küche, damit er in Ruhe schlafen konnte. Dafür konnte ich aber in der Küche nichts mehr erledigen.

Als Philipp etwas größer war und sich in seinem Bettchen stellte, bestand die Gefahr, dass er die Finger zwischen Tür und Rahmen steckte. Leider gab das Zimmer, welches gleichzeitig als Wohnzimmer, Schlafzimmer und Flur diente, nicht allzu viel an Möglichkeiten her, für Philipp ein ruhiges Eckchen zu finden. Wir versuchten das Möbel umzustellen, fanden aber keine befriedigende Lösung.

Jedes Wochenende gingen wir zu Wolfgangs Eltern, zu denen es näher als zu meinen war, um ein Bad zu nehmen. Wir hatten ja nicht einmal eine Dusche in der Wohnung, konnten uns nur am Waschbecken waschen. Bei ihnen schlugen aber nicht nur wir auf, sondern auch Wolfgangs Bruder mit Frau und zwei Kindern, die in ebenfalls kein Bad in ihrer Altbauwohnung hatten.

Meine Schwiegermutter kochte dann noch zusätzlich für die ganze Familie. Und da wir viele waren, dauerte es lange, bis wir alle gebadet hatten.

Es war also dringendst an der Zeit, eine andere Wohnung zu finden. Das bedeutete für uns allerdings, immer wieder aufs Wohnungsamt zu gehen, sich stundenlang in Warteschlangen einzureihen, um letztendlich immer wieder nur auf endlose Wartelisten verwiesen zu werden.

Trotz der vielen Missstände in unserer Wohnung, wurde unser Fall nicht als dringend behandelt! Es gebe noch viel dringendere Fälle, bekam ich nur zu hören.

Ich wurde daraufhin sehr ärgerlich. ‚Das kann doch nicht wahr sein!', dachte ich. ‚Das sind doch keine zumutbaren Zustände!'

Ich machte eine Eingabe und verlangte, dass sich die Angestellten des Wohnungsamtes vor Ort die Wohnbedingungen anschauten. Zusätzlich bat ich die Werkleiterin meiner Arbeitsstelle mitzukommen und erwartete von ihrer Seite Unterstützung.

Allerdings war ich dann wie vor den Kopf geschlagen, als die Damen nur bewundernd feststellten, wie schön eine Wohnung doch in einem so alten Haus sein kann, von der Dringlichkeit eines Wohnungswechsels aber nicht zu überzeugen waren, trotz dass ich alle Missstände aufzählte und zeigte. Ich war so entsetzt, dass ich zu der Werkleiterin, die mit Mann und einer Tochter in einem Einfamilienhaus wohnte, sagte:

„Wenn Sie sich hier so wohl fühlen, können wir ja gerade tauschen, sie sind ja auch nur zwei Erwachsene und ein Kind!"

Ihr verschlug es zunächst die Sprache. Dann sagte sie mir, ich sei eine unverschämte Person, stand auf und ging.

Vom Wohnungsamt wurde uns dann mitgeteilt, dass wir nun zwar Anspruch auf eine Zweizimmerwohnung hätten, aber auf der Warteliste stehen würden, da es zurzeit keinen freien Wohnraum geben würde. Allerdings hätten wir keinen Anspruch auf Bad bzw. WC, da ja zwei Zimmer gegenüber einem Zimmer bereits eine Verbesserung unserer Wohnverhältnisse bedeuten würde. Außerdem seien Wohnungen mit

Bad/WC den Leuten vorbehalten, die bereits Wohnungen mit dieser Ausstattung hätten und sich vergrößern wollten.

Ich glaubte abermals nicht recht zu hören! Das bedeutete ja – einmal eine schlechte Wohnung, immer eine schlechte Wohnung, das konnte doch keine Gerechtigkeit sein! Das sollte Sozialismus sein?? Gleiche Rechte für alle?? Ich hatte so einen Zorn im Bauch, auch über die Angestellten, was die sich anmaßten, wie verachtend die mit uns sprachen. Wieso sollten andere bessere Chancen haben als wir?? Wer legte so etwas fest??

Ich war unwahrscheinlich verärgert, fühlte mich gedemütigt und verletzt. Wie konnte man derartig mit uns umgehen?! Wieso hatten Angestellte das Recht, derartige menschenverachtende, unwürdige Entscheidungen zu treffen?! Ich fühlte mich elend, wie eine Aussätzige und gleichzeitig so hilflos und ausgeliefert.

Und dann musste ich einmal mit anhören, wie eine sehr junge Kollegin von mir hingegen folgendes erlebte:

Eines Tages teilte sie uns mit, dass sie vor einer schwierigen Entscheidung stehen würde. Sie suche Wohnung und – da sie ja noch alleine sei, würde ihr vorerst eine Ein-Zimmer-Neubauwohnung mit Küche und Bad genügen. Ihr Vater riet ihr aber, doch gleich eine 3-Zimmer-Wohnung zu nehmen, da sie ja irgendwann einmal Familie haben würde und dann müsste sie erneut umziehen.

Diese Entscheidung nun treffen zu müssen war ihr Problem!

Ich traute meinen Ohren nicht! Wie sie denn auf die Idee käme, dass sie gleich so eine große Wohnung bekommen würde und auch Neubau mit Küche und Bad, fragte ich sie. Die Antwort war, ihr Vater sei in der Bezirksparteileitung tätig und habe ihr gesagt, sie soll ihm sagen, was sie sich für eine Wohnung wünschen würde.

Es war auch kein Bluff, sie hatte beide Wohnungen (1- und 3-Zimmer-Wohnung) schon besichtigen können, müsse sich nun nur noch entscheiden.

Ich versuchte mir bei meinen Eltern Luft zu machen, das alles konnte doch nicht wahr sein und würde doch sicher durch meine Eltern keine Unterstützung finden, dachte ich.

Wie konnte es sein, dass wir mit Säugling in einer derartigen Wohnung hausen mussten, die einfach nicht mehr zumutbar war, dass uns – nach langem Kampf auf dem Wohnungsamt – keine Besserung der Wohnverhältnisse an sich, sondern lediglich eine Vergrößerung der Wohnung von ein auf zwei Zimmer in Aussicht gestellt wurde, und dass andererseits eine 18-jährige, alleinstehende, junge, kinderlose Frau über ihren Vater, der in der Bezirksparteileitung angestellt ist, sofort eine 3-Zimmer-Neubauwohnung mit allem Komfort geboten bekommt?! Ist das der Sozialismus – alle haben gleiche Rechte – von dem wir immer reden?!

Aber das Einzige, was mein Vater darauf entgegnete, war:

„Fang doch bei der Polizei an, da bekommt ihr gleich eine anständige Wohnung!"

Das aber war nicht die Art Hilfe und Unterstützung oder Erklärung, die ich erwartet hatte, im Gegenteil! Wieso machte man in einem sozialistischen Staat derartige Unterschiede? Warum wurden wir wie Menschen zweiter Klasse behandelt?

Mir war nicht danach bei der Polizei zu arbeiten, um sofort die Wohnung zu bekommen, die mir ja eigentlich zustehen müsste. Ich lehnte diesen Vorschlag auch deshalb ab, weil ich nicht wollte, dass meine Kinder meinetwegen mal so leiden müssten, wie ich es musste, als die Angaben meiner Freunde immer überprüft wurden. Nein – ich verbündete mich im

Gegenteil mit allen, die sich in einer ähnlichen Situation wie ich befanden.

Es war nicht in Ordnung! Ich war enttäuscht, dass meine Eltern diese Ungerechtigkeiten billigten, indem sie mir nur vorschlugen, wie ich auch an den Vorteilen einiger Auserwählter teilhaben könnte.

Meine Schwiegermutter war auch Genossin, aber sie war sehr empört, als wir ihr das alles erzählten, konnte es nicht gutheißen. Sie verschloss nicht die Augen vor der Realität, versuchte nicht unsere Probleme als nichtig hinzustellen oder zu bagatellisieren und setzte sich sehr engagiert gegen Ungerechtigkeiten ein.

Wie meine Eltern, schaute auch sie sich nach leer stehendem Wohnraum um.

Als sie dann erfuhr, dass in unmittelbarer Nähe zu ihrer Wohnung ein älterer Mann verstorben sei und diese Wohnung frei werden würde – eine Zweizimmerwohnung mit Küche und Bad – ging sie sofort auf die zuständige Außenstelle der Gebäudewirtschaft, um dies anzuzeigen, mit dem Hinweis, dass wir auf der Warteliste stehen würden.

Die Wohnung wurde nun als freiwerdend aufgenommen, wir wurden als Interessenten angegeben, und das Ganze an das Wohnungsamt weitergeleitet.

Vom Wohnungsamt bekamen wir allerdings dann die Mitteilung, dass unserem Antrag nicht entsprochen werden kann, da die Wohnung leider bereits vergeben sei. Womit Schieberei auf dem Wohnungsamt für uns eindeutig nachweisbar wurde und meine Schwiegermutter auch sofort eine entsprechende Eingabe formulierte.

Wir bekamen daraufhin die Wohnung! Und wir waren natürlich superglücklich, trotz des vielen Ärgers und den bitteren Erfahrungen, die damit verbunden gewesen waren.

Die beiden Zimmer der Wohnung waren nicht groß, aber für uns war es eine riesengroße Errungenschaft. Zwei Zimmer! Und noch dazu ein Bad mit Wanne und Wasserklosett! Das war wirklich im Verhältnis zu der vorherigen Wohnung Luxus! Dass das Haus an einer sehr befahrenen Straße lag, an der auch zwei Straßen-bahnlinien entlang führten, war anfangs für uns etwas gewöhnungsbedürftig, es war schon ziemlich laut. Aber das war für uns zweitrangig.

Bis uns ein Krippenplatz zur Verfügung gestellt werden konnte, vergingen dann noch einige Monate, so dass ich mit Philipp letztendlich neun Monate zu Hause bleiben konnte. Noch länger zu Hause zu bleiben wäre mit nur einem Gehalt nicht möglich gewesen, wir hätten die Grundbedürfnisse unserer kleinen Familie damit nicht decken können.

Nun musste der Alltag wieder neu organisiert werden, denn jetzt hieß es morgens mein Söhnchen in die Kinderkrippe zu bringen, ehe ich zur Arbeit ging, ihn nach der Arbeit abzuholen, zu versorgen und mich dann der täglichen Hausarbeit zu widmen. Wieder eine große Umstellung für uns und natürlich auch Herausforderung für mich, alles auf die Reihe zu kriegen.

Das Härteste aber war, dass ich das kleine Kerlchen morgens um 05:00 Uhr, spätestens 05:15 Uhr, aus dem Bettchen reißen musste! Es war Winter, noch dunkel und kalt. Es zerriss mir jeden Morgen aufs Neue das Herz. Philipp war ein sehr lieber kleiner Schatz, und schon das morgendliche Wecken fand ich schrecklich. Er war noch so müde, wollte weiterschlafen, aber ich musste ihn aus dem Bettchen nehmen und fertigmachen. Ich machte ihm morgens nur eine Tasse Milch warm, zum Essen war es noch zu früh.

Wir standen dann immer um 06:00 Uhr vor der Kinderkrippe und ich hoffte jeden Morgen, dass die „Tanten"- so wurden die Säuglings- bzw. Kinderkrankenschwestern bezeichnet - pünktlich sind, schließlich musste ich spätestens zu Beginn meiner Arbeitszeit um 06:30 Uhr bei der Arbeit sein.

Es kam auch immer darauf an, welche Tante Frühdienst hatte. Philipp dann zu übergeben, war fast jeden Morgen ein Kampf, er klammerte sich mit seinen kleinen Ärmchen an meinem Hals fest und schrie und weinte erbärmlich, besonders schlimm, wenn eine Tante da war, die er wohl auch nicht mochte und die auch ich als eine Zumutung für die Kleinen empfand. Sie war sehr hart, schimpfte mit den Kindern und riss sie förmlich weg von den Eltern. Die anderen Schwestern waren wesentlich liebevoller und einfühlsamer.

Anschließend das Gerenne zur Straßenbahn, die um diese Zeit meistens so voll war, dass man sich nur noch reinquetschen konnte. Und wehe, man verpasste sie oder schaffte es nicht, sich da hinein zu quetschen und kam demzufolge erst kurz nach 06:30 Uhr bei der Arbeit an! Verständnis gab es da kaum, nur ein vorwurfsvolles auf die Uhr schauen. Manchmal sahen mich Arbeitskollegen aus der Kinderkrippe eilen und nahmen mich mit dem Motorrad oder Auto mit. Darüber war ich dann immer sehr froh, denn so kam ich wenigstens pünktlich zur Arbeit.

Philipp war dann auch immer wieder krank, hatte Husten, Schnupfen oder auch Halsweh. Die Kinder steckten sich wahrscheinlich auch untereinander immer wieder an.

Wenn wir dann deswegen beim Kinderarzt waren, wurden meistens gleich Antibiotika verschrieben. Darüber dachte ich aber erst nach, als ich einmal mit einer Mutter ins Gespräch gekommen war, die selbst Krankenschwester war. Sie erklärte mir, dass es überhaupt nicht gut sei, den Kindern bei jedem Infekt gleich Antibiotika zu verabreichen. Das Immunsystem würde sich daran gewöhnen. Sie müssten einiges auch selbst auskurieren. Außerdem müsse man einen normalen Husten und Schnupfen nicht damit bekämpfen, das sei nicht gut. Es gebe auch andere Mittel und Möglichkeiten. Sie jedenfalls, so sagte sie, würde das nicht tun. Dann würde es eben bisschen länger dauern, bis die Kinder wieder richtig gesund sind, aber das sei wohl auch die Ursache, weshalb man gleich mit „Bomben auf Spatzen schießen" würde.

Zum damaligen Zeitpunkt hatte ich noch viel Vertrauen zu den Ärzten, meinte, sie wüssten es sicher besser als eine Krankenschwester. Erst viel später, als Philipp bereits in den Kindergarten ging und wieder einmal eine Angina hatte und das Fieber trotz Antibiotika nicht runter ging, sondern weiter stieg, wurde mir das Ganze richtig bewusst. Beim Kinderarzt bekam Philipp dann gleich eine Spritze mit einem höher dosierten Antibiotikum, die üblichen Antibiotika waren nicht mehr ausreichend!!

Ja, so sah dann unser Alltag aus. Ich hatte nicht mehr viel von meinem Baby. Wenn ich Philipp nach der Arbeit gegen 17:00 Uhr aus der Kinderkrippe abholte, war er meistens schon sehr müde. Auf dem Nachhauseweg erledigte ich dann oft noch kleine Einkäufe. Zu Hause dann Abendessen für Philipp, ihn baden und dann musste ich ihn schon ins Bettchen bringen. Wenigstens versuchten wir diese wenige Zeit noch so schön wie nur möglich zu gestalten. Ich redete viel mit Philipp und wenn ich ihn ins Bettchen brachte oder auch morgens, wenn ich ihn weckte, sang ich ein kurzes Liedchen.

Das hatte ich aus meiner Kinderzeit so von meiner Mutter in schöner Erinnerung. Sie hat auch immer ein Liedchen gesungen, wenn wir aufstehen sollten – „Aufstehen, aufstehen, aufstehen, aufstehen, aufstehen liebe Kinder …". Aufstehen so früh war nie schön, aber mit einem Liedchen fiel es uns doch etwas leichter.

Nur an den Wochenenden hatten wir mehr Zeit füreinander. Da konnte Philipp ausschlafen und wurde meistens nicht vor 07:00 Uhr munter. Das war auch noch früh, aber der Hunger meldete sich dann bei ihm.

Trotz dass ich nun an den Wochenenden auch größere Hausarbeiten zu erledigen hatte, die ich in den Abendstunden unter der Woche nicht mehr geschafft hatte - Wolfgang war mir da keine Hilfe - hatten wir nun auch Zeit zum gemeinsamen Spielen, Singen, Bücher anschauen, Spazierengehen.

So ging die Zeit dahin. In der Woche flog sie leider viel zu schnell von einem Tag zum anderen, war oft von Gehetze geprägt und wir hatten nicht viel voneinander. Ich fühlte mich ziemlich ausgelaugt, da so gut wie alles an mir hängen blieb. Wolfgang kümmerte sich weder um seinen Sohn, noch um Hausarbeit. Er stand morgens auf, trank gemütlich seine Tasse Kaffee und ging dann zur Arbeit. Oft war er bereits vor mir zu Hause, machte es sich dann aber nur vor dem Fernseher bequem.

Wenn ich nach der Arbeit und nachdem ich Philipp aus der Kinderkrippe abgeholt hatte dann zu Hause ankam, kümmerte ich mich um unser Söhnchen, versorgte ihn, brachte ihn ins Bett und widmete mich, nachdem auch wir dann zu Abend gegessen hatten, den anfallenden Hausarbeiten. Wolfgang regte sich dann eher noch auf, wenn ich damit nicht um 20:00 Uhr fertig war, denn da wollte er spätestens in Ruhe Fernsehen schauen. Wir hatten einige Auseinandersetzungen deswegen, Wolfgang bagatellisierte ständig den Umfang der anfallenden Hausarbeiten und war lange nicht bereit, mich auch nur ein wenig zu unterstützen.

Als Philipp dann etwas älter war, aßen wir gemeinsam Abendbrot, dann, nachdem ich Philipp abgewaschen hatte – er liebte es zu baden, so dass ich ihn abends immer in eine große Schüssel setzte und ihn darin abwusch – gab es noch das Sandmännchen und dann ging es ins Bett. Dort erzählten wir dann meistens noch ein bisschen, denn Philipp ging viel durch den Kopf und er kam nicht so schnell zur Ruhe. Das genoss ich immer sehr, da konnte ich richtig für ihn da sein. Auch wenn ich ihn morgens in den Kindergarten brachte (dieser war übrigens in unserer unmittelbaren Nähe, nur fünf Minuten von unserer Wohnung entfernt) oder abends abholte, nutzten wir die Zeit für Gespräche. Das fand ich immer sehr schön, es tat uns gut. Ich sagte Philipp auch, dass wir sicher nicht viel Zeit unter der Woche füreinander haben, dass er aber immer, wenn wir zusammen sind, zu mir kommen soll, wenn er etwas auf dem Herzen hat.

Wolfgang versuchte ich zu vermitteln, wie schön es war, Philipp aus dem Kindergarten abzuholen, dass das kleine Plappermäulchen dann unwahrscheinlich viel von dem Tag zu berichten hatte und natürlich auch viele Fragen hatte. Aber Wolfgang nahm die Gelegenheit Philipp abzuholen nur selten wahr.

Meine Arbeitsstelle hatte ich – wie vorgehabt – gewechselt. Ich arbeitete nun zusammen mit meiner Freundin in der Buchhaltung. Unsere Aufgabe bestand hauptsächlich darin, innerbetriebliche Abläufe zu kontrollieren, größtenteils im Verwaltungsbereich. Da unser Betrieb einige Außenstellen innerhalb der Stadt hatte, waren wir auch ab und zu mal dienstlich unterwegs. Die Arbeit machte mir Spaß, es war eine selbstständige Tätigkeit und sie war abwechslungsreich. Auch mit den Kollegen verstand ich mich ganz gut.

In diesem Betrieb gab es sehr viele Männer, so dass wir jungen Frauen auch da unser Vergnügen hatten. Es gab immer irgendwelche Späßchen und Neckereien. Und hin und wieder hatten wir auch mal einen Anlass zu feiern nach der Arbeit. Es war eine schöne Zeit.

Eines Tages stellte mir meine jüngste Schwester ihren Freund vor und nach einiger Zeit kündigten sie dann auch ihre baldige Hochzeit an.

Als in diesem Zusammenhang die Einladung der Hochzeitsgäste anstand, fingen meine Eltern an, Bedingungen anzuführen.

„Ladet ihr auch den Peter mit seiner Freundin ein?"

„Natürlich, es ist doch mein Bruder!"

„Wenn Peters Freundin mitkommt, kommen wir nicht!"

„Warum denn nicht, was habt ihr denn gegen sie?"

„Du kannst entscheiden, wen du dabei haben willst, deine Eltern, oder die Freundin von Peter!"

„Was soll denn das?! Ich werde wohl meinen Bruder einladen dürfen!"

„Deinen Bruder – ja, aber die Freundin nicht! Wie gesagt, du kannst entscheiden! Die oder wir!"

„Ich will gar nichts entscheiden, ich will euch alle als Gäste haben. Und Peters Freundin gehört nun mal zu ihm."

„Peter kann von uns aus kommen. Wenn er seine Freundin mitbringt, musst du dich entscheiden, wen du bei deiner Hochzeit dabeihaben willst!"

Wir waren alle entsetzt, als uns Bettina mitteilte, dass meine Eltern ihr Bedingungen bei der Einladung ihrer Gäste stellten. Noch dazu, als es sich um unseren Bruder handelte. Wie konnten sie nur! Sie mit ihren „entweder wir oder die anderen"! Sie selbst hätten sich entscheiden müssen, ob sie der Hochzeit ihrer Tochter fernbleiben wollten oder nicht und nicht ihr diese Entscheidung aufdrängen.

Damit hatten sie natürlich Bettina im Vorfeld ihre Hochzeitsfeier schon vermiest, die Stimmung war bereits gesunken. Bettina hatte nichts gegen Monika, die Freundin meines Bruders, von ihr aus konnte diese gerne bei der Hochzeitsfeier dabei sein, sie empfand es sogar als normal, dass Peter seine Freundin mitbringen wollte.

Als Peter davon hörte, war er natürlich sehr verletzt. Er liebte dieses Mädchen nun einmal. Aber sie schien wohl nicht nach den Vorstellungen zu sein, die die Eltern von ihrer zukünftigen Schwiegertochter hatten.

Wie auch ich es zur Genüge kannte, so wurden natürlich auch bei den Partnern meiner Geschwister Nachforschungen betrieben. Man hatte dann festgestellt, dass der Vater von Monika ein Zeuge Jehovas war. Monikas Eltern hatten sich aus diesem Grunde scheiden lassen, da die Mutter nicht wollte, dass ihre Kinder in diesem Sinne erzogen werden. Trotzdem war es für meine Eltern von Bedeutung. Hinzu kam, dass es wohl Westverwandtschaft gab. Und außerdem hatte Peters Freundin ein Kind, war schon geschieden.

Meine Eltern verlangten also von meinem Bruder, dass er die Kontakte zu dieser Frau abbrechen sollte, wozu mein Bruder nicht bereit war.

Und dann kam es irgendwann - mein Bruder war inzwischen mit seiner Freundin zusammengezogen - zu einer Auseinandersetzung zwischen meinem Bruder und meinen Eltern. Mein Bruder hatte ein Sparbuch, was wohl meine Eltern für ihn als Kind angelegt hatten. Als mein Bruder seine Armeezeit absolvierte, zahlte er auf dieses Sparkonto einiges ein, da er nicht viel von dem ausgezahlten Wehrsold benötigte. Nun brauchte er Geld, da ihnen die Waschmaschine kaputtgegangen war. Zu diesem Zweck ging er zu meinen

Eltern, um sein Sparbuch, welches meine Eltern noch immer bei sich hatten, abzuholen. Er kam mit dem Sohn seiner Freundin, der damals höchstens fünf Jahre alt war.

Als meine Eltern ihn mit dem Jungen sahen, sagten sie sofort, dass dieser nichts in ihrer Wohnung zu suchen habe, er müsse vor der Wohnungstür warten. Zu einem fünf Jahre alten Kind! Was hatte denn dieser kleine Kerl ihnen getan!

Peter erklärte dann den Anlass seines Besuchs. Allerdings wurde er von meinen Eltern abgewiesen. Das Sparbuch hätten sie angelegt und demzufolge entscheiden sie auch, ob sie es aushändigen oder nicht. Auch auf Peters Argument, dass er während der Armeezeit regelmäßig Geld auf dieses Sparkonto eingezahlt hatte und er dieses, sein Geld, wenigstens jetzt haben will, ließen sie sich nicht ein.

„Für die (damit war Monika gemeint) kriegst du kein Geld von dem Sparbuch!"

Peter war damals fertig mit der Welt. „Mit welchem Recht?" fragte er. Sie können ihr Geld behalten, aber ihm doch sein Geld nicht verwehren!

Meine Eltern gaben nicht nach. Auch die Dringlichkeit des Neukaufs einer Waschmaschine beeindruckte sie nicht.

Peter war verletzt, verärgert und verzweifelt. Er war damals bei mir, wusste sich keinen Rat mehr. Was sollte er tun? Seine eigenen Eltern verweigerten ihm die Herausgabe seines Geldes! Er konnte doch seine eigenen Eltern nicht anzeigen! Das wollte er auch nicht, es waren doch seine Eltern! Andererseits fühlte er sich so ungerecht behandelt und als Sohn so gedemütigt und verletzt. Warum taten sie ihm das an?

Auch diese Härte, diese Kälte, wie sie sich dem Sohn seiner Freundin gegenüber verhalten hatten! Wie konnte man nur so herzlos einem Kind gegenüber sein?! Und warum taten sie ihm, Peter, so weh? Musste denn alles nach ihnen gehen? Hatte sich prinzipiell jeder nach ihnen zu richten?

Wieso maßten sie sich an zu entscheiden, mit wem Peter eine Partnerschaft eingehen durfte? Warum diese Erpressung: „Du brauchst dich nur von dieser Frau zu trennen, schon wirst du das Geld bekommen, aber nicht für die, keinen Pfennig!"

Das nur oder hauptsächlich, weil ihr Vater Zeuge Jehovas war und die Eltern Westverwandtschaft hatten? War das Glück ihres Sohnes meinen Eltern gar nicht wichtig? Ging es ihnen immer nur um Politik??

Sie versuchten dann sogar einen Keil zwischen uns Geschwister zu treiben, indem sie - wenn sie auf Besuch kamen - fragten, ob Peter da sei. Als ich dies einmal bestätigte – „ja, warum nicht, er ist doch mein Bruder" – antworteten sie, dass sie dann nicht hereinkämen. Ich ließ mich aber nicht erpressen, sondern antwortete:

„Von mir aus könnt ihr gerne reinkommen, ich habe nichts dagegen.

Allerdings erwiderte mein Bruder dann, sichtlich verletzt:

„Ich geh schon!"

Überlegten sie sich überhaupt dabei, was sie in uns, ihren Kindern, damit auslösten, wie weh sie uns damit taten? Ja, es betraf Peter, aber er ist unser Bruder. Und es schmerzte auch uns sehr, miterleben zu müssen, was sie Peter – unserem Bruder und ihrem Sohn - da antaten.

Und nun stand Bettinas Hochzeitsfeier an, und wieder hatten meine Eltern die Bedingungen gestellt!

Um es Bettina zu erleichtern, legte Peter fest, dass er – wie er bereits versprochen hatte – die Hochzeitsgäste chauffieren, im Anschluss aber die Feierlichkeiten verlassen würde. Seine Freundin gehörte nun mal zu ihm. Und er würde – bloß weil die Eltern ihre Anwesenheit nicht erwünschten – nicht alleine kommen.

Als Peter sich dann verabschiedete, tat uns das allen sehr weh. Er gehörte doch zu unserer Familie, war doch unser Bruder! Unglaublich, dass meine Eltern so gleichgültig reagierten!

Irgendwann beschloss dann auch Peter zu heiraten. Er fragte mich, was er machen soll. Er würde – trotz allem – gerne seine Eltern zur Hochzeit einladen. Es seien doch seine Eltern! Aber er ist sich nicht sicher, ob er das, nach allem, was bisher geschehen war, tun sollte. Peter fragte, was ich machen würde. Und ich antwortete, dass ich ihnen eine Einladung schicken würde. Sie könnten dann selbst entscheiden, ob sie zur Hochzeit ihres einzigen Sohnes kommen würden oder nicht.

Peter schickte ihnen eine Einladung.

Dann war es soweit. Wir wurden alle in einen Raum auf dem Standesamt geleitet, es war nur ein kleiner Kreis an Gästen. Peter und alle anderen schauten sich noch immer um, ob meine Eltern nicht doch noch kommen würden. Aber sie kamen nicht!

Die Zeremonie der Eheschließung begann. Dann sollte das Brautpaar nach vorne kommen. Zur Seite der Braut und des Bräutigams wurden die jeweiligen Eltern gebeten. Monikas Mutter ging nach vorn, stellte sich neben Monika. Peters Seite blieb leer! Es war wie ein Stich in die Brust, dies mit ansehen zu müssen!

Dann plötzlich sprang meine Tante, die Schwester meiner Mutter auf, stupste ihren Mann an und sprach: „Komm!" Und die beiden gingen nach vorn und stellten sich neben meinen Bruder.

Uns schossen die Tränen in die Augen! Die Situation war so überwältigend! Die eigenen Eltern blieben der Hochzeit ihres Sohnes fern. Und die Schwester meiner Mutter hielt es nicht aus, ihren Neffen so elternlos da vorn stehen zu sehen und stellte sich mit ihrem Mann an Eltern statt neben meinen Bruder. Das drückte so viel Mitgefühl aus!

Und es zeigte meinem Bruder deutlich: ‚Du bist nicht allein, wir sind an deiner Seite!'

Übrigens – zu dieser Schwester (meiner Tante) und deren Mann, hatten meine Eltern jahrelang einen herzlichen Kontakt. Ich freute mich auch immer sehr auf Besuche von und bei ihnen, da dann immer sehr viel gelacht wurde.

Allerdings wurde mein Onkel eines Tages vor eine Entscheidung bezüglich der Übernahme des Hauses seiner Mutter in Westdeutschland gestellt. Entweder sollte das Haus als finanzielle Sicherheit für eine Einrichtung seines behinderten Bruders zur Verfügung stehen, oder mein Onkel würde das Haus unter diversen Bedingungen überschrieben bekommen.

Und als diese Entscheidung für das Haus und eine damit verbundene lebenslange Pflege seines behinderten Bruders (oder sogar Stiefbruders) fiel und meine Tante und mein Onkel in diesem Zusammenhang den Ausreiseantrag stellten, kannte meine Mutter ihre Schwester plötzlich nicht mehr.

Wenn ich in Gesprächen deren Namen erwähnte, fragten meine Eltern: „Welche Karin?"

„Na Tante Karin!" antwortete ich, „Muttis Schwester!".

„Wir kennen keine Karin!" war die Antwort meiner Eltern.

Neben meiner langjährigen Freundin Marion hatte ich dann auch zu einer weiteren Kollegin, Carmen, ein sehr gutes Verhältnis. So erfuhr ich dann auch viel über Carmens Familie, ihre Eltern und Geschwister. Während Carmen mit ihrem Mann und Sohn in der DDR lebte, waren ihre Eltern mit allen Geschwistern in den Westen übergesiedelt. Carmen wollte damals nicht mit, da sie ja eigene Familie hatte und sich auch in der DDR ganz wohl fühlte. Trotzdem hatte sie natürlich den Kontakt zu Eltern und Geschwistern nicht abgebrochen. Sie telefonierten miteinander oder trafen sich auch mal in der CSSR. Wobei letzteres immer mit vielen Schikanen verbunden war. Carmen war oftmals sehr verärgert über das Verhalten unserer Zöllner. Sie wurde vor den Leuten regelrecht bloßgestellt, indem im Zug ihre Wäsche vor den Augen der anderen Leute durchsucht wurde, auch die Schmutzwäsche.

„Warum tun die das, warum schikanieren die uns so?!" fragte Carmen verärgert. Ich hatte immer das Gefühl, dass sie besonders mich fragte. „Sollen wir dafür bestraft werden, dass wir damals mit meinen Eltern nicht in den Westen übergesiedelt sind? Wollen die uns vergraulen? Wir sind hier geblieben, weil wir uns hier wohl gefühlt haben? Passt denen das nicht? Wollen die uns hier 'raushaben?"

Eines Tages bekam Carmen, die eigenartigerweise den ganzen Tag über immer wieder sagte: „Ich habe heute so ein komisches Gefühl, irgendetwas ist passiert", einen Telefonanruf: ihr Bruder sei tödlich verunglückt. Carmen war natürlich fix und fertig, die Bindung unter den Geschwistern sei sehr eng gewesen. Sie stellte daraufhin in der Abteilung Inneres einen Antrag auf besuchsweise Ausreise aus der DDR in die BRD.

Dem Antrag wurde nicht stattgegeben. Begründung gab es keine. Man müsse es ihr nicht begründen, sei die Antwort gewesen.

Zu einem späteren Zeitpunkt stand die Hochzeit ihrer Schwester an. Wieder stellte Carmen einen Antrag auf besuchsweise Ausreise aus der DDR. Und auch diesen Antrag lehnten die Behörden ohne Begründung ab.

Und auch als ihre Eltern Carmen anlässlich ihrer Silbernen Hochzeit einluden, wurde Carmens Antrag unbegründet abgelehnt.

Carmen konnte das alles nicht begreifen, empfand es als blanke Schikane, denn es gab Gesetze, in denen stand, bei welchen Anlässen eine besuchsweise Ausreise beantragt werden durfte, und diese, ihre Anlässe gehörte dazu. Carmen entwickelte durch dieses Verhalten der Angestellten der Abteilung Inneres mehr und mehr das Gefühl, dass man sie rausekeln wollte.

Zu alledem kam Post von ihren Eltern teilweise nicht bei ihr an, in Päckchen fehlten hin und wieder einige Sachen und immer wieder diese Schikanen der Grenzbehörden der DDR, wenn sie sich mit ihrer Familie in der CSSR traf.

Irgendwann wollte ihre Mutter mit dem jüngsten Bruder Carmen besuchen, sie hatte alle notwendigen Papiere für die Einreise in die DDR erhalten. An der Grenze wurde sie von unseren Beamten ohne Begründung zurückgeschickt.

Und dann reichte es Carmen und ihrem Mann, das Maß war voll! Sie stellten einen Antrag auf ständige Ausreise aus der DDR und Übersiedelung in die BRD.

Natürlich passierte diesbezüglich nichts. Bei Rückfragen erhielten sie immer wieder die Antwort, es gebe noch keine Entscheidung.

So entschieden sie sich eines Tages während ihres Urlaubs kurzfristig, die Deutsche Botschaft aufzusuchen.

Schon allein dies sei nicht einfach gewesen, beschrieb uns Carmen, ständig wären bewaffnete Polizisten vor dem Eingang zur Botschaft auf und ab gelaufen. Carmen und Lars mussten möglichst unentdeckt bleiben und einen günstigen Moment abpassen, um hineinzuhuschen. Sie seien beide sehr aufgeregt gewesen und hätten nicht wenig Angst dabei gehabt.

Wieder am Heimatort angelangt, seien auf dem Rückweg vom Busbahnhof nach Hause plötzlich zwei Wartburgs um die Ecke geschossen gekommen, aus denen Leute in Zivil sprangen. In den einen hätte man Lars, ihren Mann, in den anderen sie hineingedrückt. Dann wurden sie zum Bezirksgericht gebracht und natürlich auch getrennt verhört.

Als sie sich auf ihren Anwalt beriefen, bekamen sie zur Antwort: „Der Anwalt wird von unserer Seite gestellt!"

Zwischenzeitlich, so habe sie es später von einer befreundeten Nachbarin erzählt bekommen, musste diese den Wohnungsschlüssel von Carmen aushändigen und man hätte die Wohnung durchsucht. Dabei fand man Lars' Tagebücher, die einbehalten wurden.

Ihren Sohn hatten sie an diesem Tag in den Kindergarten gebracht, damit er die Strapazen der langen Fahrt nicht mitmachen müsste. Nun machte sich Carmen Sorgen, denn die Untersuchungshaft dauerte Stunden und ihr Sohn musste bis spätestens 18:00 Uhr aus dem Kindergarten abgeholt werden. Man wollte sie dann zwingen zu unterschreiben, dass ihre Schwiegereltern – zu denen sowohl sie, als auch ihr Mann kein gutes Verhältnis hatten – berechtigt seien, für die Dauer der U-Haft das Kind in ihre Obhut zu nehmen. Carmens Schwiegereltern waren beide Mitglieder der SED und arbeiteten in der Bezirksparteileitung. Aber Carmen hatte Angst, dass die Schwiegereltern dann alles tun würden, damit Carmen und Lars ihren Sohn nicht wiederbekommen würden. Nach allem, was sie bereits erlebt hatte, traute sie diesen so etwas zu.

Carmen wurde dann spät abends aus der U-Haft entlassen, ihren Mann behielt man dort. Er habe sich mit Betreten der Deutschen Botschaft strafbar gemacht, da er mit Beendigung der Armeezeit unterschrieben habe, dass er für eine bestimmte Zeitdauer kein kapitalistisches Territorium betreten dürfe. Die Botschaft der Bundesrepublik Deutschland zählte dazu.

Lars wurde aus der U-Haft direkt nach Bautzen (Gefängnis für politische Gefangene) gebracht. Jedes Mal, wenn Carmen von einem Besuch zurückkam, war sie schockiert.

„Schon alleine die Atmosphäre dort, die vielen Gittertüren, die vor einem auf- und dann wieder zuge-schlossen wurden, die lauten Kommandostimmen. Und dann Lars!"

Sie habe ihn fast nicht wiedererkannt, so abgemagert sei er gewesen. Und total fertig hätte er ausgesehen.

Durch Gespräche zwischen ihnen erfuhren beide, dass sowohl Lars, als auch Carmen immer wieder mal über eine lange Zeit keine Post erhalten hatten, obwohl beide geschrieben hatten.

Auch würde man Lars seine Herztropfen nicht geben. Und er würde immer wieder nächtlichen Verhören ausgesetzt werden. Man hätte ihn dazu Mitten in der Nacht geweckt, manche Nacht sogar mehrmals, er habe in einem Raum auf einem Stuhl gesessen, die ganze Zeit über voll von einem Scheinwerfer angeblendet.

Wochen später wurde Carmen mitgeteilt, dass ihr Mann demnächst nach Hause kommen würde, sie soll sich schon mal nach einer Arbeitsstelle für ihn umschauen.

Aber er kam nicht. Dafür erhielt sie irgendwann einen Anruf von ihm aus dem Westen.

Lars hatte man erzählt, dass keine Post mehr von Carmen kommen würde und man erfahren hätte, dass sie sich von ihm scheiden lassen wolle. Nichts davon stimmte, es war alles gelogen.

Nachdem Carmen erfahren hatte, dass Lars nun im Westen sei, gab es für sie keinen Halt mehr. Da bezüglich einer Genehmigung ihres Antrages auf ständige Ausreise nach wie vor nichts geschah, empfahl ihre Mutter ihr, einen Anwalt zu nehmen, einen bestimmten, was Carmen dann auch tat.

Aber dieser Anwalt, den sie dann mehrfach aufgesucht hatte, schien keine wirkliche Hilfe für sie zu sein. Es sei schwer, bei ihm einen Termin zu bekommen und er würde sehr viel Geld verlangen, erzählte Carmen, könne aber nicht versprechen, dass es klappt, auch nicht vorhersagen, wie lange es dauern würde. Trotzdem organisierte Carmen schon so viel wie möglich für die Übersiedlung.

Und irgendwann hörte ich dann von Marion, dass sie es geschafft habe, dass Carmen nun mit ihrem Sohn im Westen bei ihrer Familie sei.

Wir freuten uns mit ihr, dass sie diese Strapazen und ewigen Schikanen endlich hinter sich hatte.

Aber gleichzeitig fragte ich mich, warum man sie und ihren Mann so schikaniert hatte, obwohl sie sich ja dafür entschieden hatten, weiter in der DDR leben zu wollen, als Carmens Familie in den Westen übergesiedelt war.

Warum tat man das? Was bezweckte man damit?

Ich fand die Antwort nicht.

Mein Vater hatte mich einmal angesprochen wegen Carmen, einiges gefragt. Er gab mir den Tipp, mich von ihr fernzuhalten, es sei nicht gut für mich, so einen Kontakt zu haben. Ich sah das aber nicht ein. Es war meine Freundin. Und im Gegenteil, ich fand nicht in Ordnung, was man ihr antat. Mit Sicherheit würde ich sie in dieser Situation nicht hängen lassen.

Auch von meinem Schwager Sven erfuhr ich Dinge, die nur mein Unverständnis und Empörung her-vorriefen. Sein Vater – ein ehemaliger Parteisekretär, der viele Enttäuschungen während seiner Tätigkeit hin-nehmen musste – stellte als Frührentner mit starken gesundheitlichen Beeinträchtigungen den Antrag auf Übersiedlung in die BRD, zusammen mit seiner Frau (nicht die Mutter von Sven, diese sei durch „Ärztepfusch" – wie er sagte - früh verstorben). Sie bekamen die Ausreise sehr schnell. Warum wohl?

Leider lebte sein Vater dann nicht mehr sehr lange. Als Sven die Nachricht vom Ableben seines Vaters erhielt und der Termin für die Trauerfeier mitgeteilt wurde, stellte auch er sofort einen Antrag auf besuchsweise Ausreise, um seinem Vater ein letztes Geleit geben zu können.

Die Beamten prüften ewig. Trotz dass Sven immer wieder auf diesen Termin hinwies, den man nicht verschieben konnte, erhielt er erst zu einem Zeitpunkt die Zusage, als es ihm mit keinem Verkehrsmittel mehr möglich gewesen wäre, rechtzeitig vor Ort zu sein.

Leider entwickelten sich zwischen meiner Freundin und Arbeitskollegin Marion und mir mit der Zeit einige Unstimmigkeiten, die uns das gemeinsame Arbeiten erschwerten. Vielleicht war es einfach zu viel, einerseits so eng befreundet zu sein, so viel Persönliches voneinander zu wissen, und andererseits tagtäglich nur zu zweit in einem Büro zusammenzuhocken?

Einmal wurde unsere Abteilung für längere Zeit zur Unterstützung einem Ingenieurbüro zugeteilt. Auch diese Arbeit machte mir Spaß. Und da man dort weiterhin wissenschaftliche Mitarbeiter suchte, nutzte ich die Gelegenheit für einen Wechsel.

Das Ingenieurbüro war als Wissenschaftlich Technisches Zentrum einem Dienstleistungskombinat zugeordnet worden und noch im Aufbau. Und der Chef und seine Sekretärin hatten ein gutes Händchen für Personal, sie stellten ein tolles Team zusammen. Unsere Zusammenarbeit klappte hervorragend und wir verstanden uns auch privat alle sehr gut. Ich ging immer wieder gern zur Arbeit.

Auch hatte ich durch die neue Arbeitsstelle keinen längeren Arbeitsweg. Und der Kindergarten, war ja eh ganz in der Nähe unserer Wohnung.

Das war wirklich eine sehr gute Sache, es gab viele Kinderkrippen und Kindergärten, so dass man immer in unmittelbarer Nähe zur Wohnung eine Einrichtung vorfand.

Leider bekamen wir irgendwann einen neuen Chef vor die Nase gesetzt. Der neue Chef zog sich dann auch bald eine andere Sekretärin an Land, eine sehr junge, die mit ihren Launen den „Laden" aufmischte. Wenn ihr etwas nicht passte, knallte sie beim Chef die Tür, bockte, wenn sie etwas nicht wollte. Es wurde gemunkelt, dass ihr Vater in der Bezirksparteileitung arbeitete, sie sich wohl deshalb einiges leisten konnte und der Chef „den Schwanz einzog".

Obwohl unser alter Chef unserer Meinung nach wesentlich geeigneter war, sowohl vom Fachlichen, als auch von der Personalführung her, wurde er mehr und mehr an den Rand gedrängt. Der neue Chef war Mitglied der SED, der alte nur in einer kleinen Randpartei.

Unsere frühere Sekretärin wurde durch die neue dann auch zunehmend verdrängt, fühlte sich immer weniger wohl und kündigte schließlich, nachdem auch unser alter Chef das Handtuch geworfen hatte.

Das Team veränderte sich mehr und mehr durch Neueinstellungen, die der neue Chef vornahm. Ein Zusammenhalt wie früher war nicht mehr spürbar, auch das Vertrauen, was wir damals alle zueinander hatten, konnte so in dem neuen Team nicht mehr entstehen. Leider.

Nachdem zu Anfang noch getestet wurde, welche Leitungsaufgaben vom Hauptsitz unseres Kombinates zu uns verlegt werden könnten, hatten wir schließlich alle ein festes Aufgabengebiet bekommen. Ich war in der Markt- und Bedarfsforschung tätig, ein sehr vielseitiges und interessantes Gebiet. Da unser Dienstleistungskombinat neben einer geringen Eigenproduktion von Maßbekleidung für Damen und Herren sich hauptsächlich auf Reparaturen von Schuhen, Lederwaren und Kleinelektrik spezialisiert hatte, waren wir in der Markt- und Bedarfsforschung damit beschäftigt, statistische Erhebungen zu machen, Kundenbefragungen durchzuführen, hatten Kontakt zum Marktforschungsinstitut und zu den Kombinatsleitungen von Betrieben unserer Leistungspalette. Wir besuchten Messen und sogar die jährlichen Modeschauen in der Hauptstadt, die uns Anregungen für die Fertigung unserer Maßbekleidung geben sollten.

Allerdings wurde uns auch gerade bei der Leipziger Messe seitens anderer Aussteller aus der DDR deutlich gezeigt, dass sie doch wesentlich mehr an westlichen Besuchern interessiert waren. Stellten wir an den Ständen Fragen, die unser Aufgabengebiet betrafen, so wurden wir in der Regel mit kurzen Sätzen abgespeist. Auch Informationsmaterial, welches an westliche Messebesucher ausgehändigt wurde, erhielten wir in der Regel nicht, sondern wurden auf Infotafeln verwiesen, die an den Wänden hingen - wir könnten uns dort abschreiben, was uns interessieren würde, wurde uns gesagt. Tolles Gefühl!

Trotzdem machte mir meine Arbeit Spaß, ich empfand meine Aufgaben als vielseitig und interessant.

Doch dann gab es leider auch immer wieder Leitungssitzungen, die mir die Nackenhaare aufrichteten:

Unser Maschinenpark war nicht nur veraltet, sondern bereits viele Jahre abgeschrieben. Trotzdem wurde von Jahr zu Jahr verlangt, dass die Produktion mit den vorhandenen Mitteln weiter erhöht werden sollte. Es war für alle klar, dass das nicht mehr möglich war.

Eigenartigerweise wurde uns jeweils am Jahresende immer wieder gratuliert, wir hätten den Plan wieder überboten. Wie das zustande gekommen sein sollte, hätte uns wohl keiner erklären können. Allerdings war man auch nicht gut daran, wenn man etwas infrage stellte.

Ich erinnere mich an einen Kollegen, ebenfalls in leitender Position, der aus irgendwelchen, für uns damals unerklärlichen Gründen psychosomatische Beschwerden entwickelt hatte. Er war daraufhin längere Zeit krankheitsbedingt ausgefallen.

Als er dann endlich wieder da war, wollte er „nicht mehr hinterm Berg halten". Er fragte also, wie das alles bitte schön funktionieren soll. Nur diese Frage. Die Antwort war: „Wenn Sie sich nicht dazu in der Lage fühlen Ihren Aufgaben gerecht zu werden, werden wir sicher für Sie einen Ersatz finden!"

Damit war die Diskussion beendet. Und für den Kollegen mit Sicherheit auch der Therapieerfolg.

Und diejenigen, die so „tolle Töne schwangen", waren unsere Vorgesetzten! Natürlich alle Parteigenossen, keine Frage! Vielleicht wussten sie selbst keine Antwort, dass sie so barsch reagierten. Vielleicht hatten sie diese Antwort in ihren Kreisen bei einer Leitungssitzung schon einmal gehört und gaben sie nun „siegessicher" weiter? Vielleicht hatten auch sie Angst, die falsche Antwort zu geben??

Auf alle Fälle war das für mich alles andere als eine befriedigende Antwort. Das hatte nichts mit Zusammenarbeit und Gemeinsamkeit zu tun, das war ein Befehl, der keine Widerrede duldete.

Auch Wolfgang, der inzwischen in einem Baubetrieb tätig war, hatte oftmals von dem täglichen Ärger durch unsinnige Entscheidungen und haarsträubende Forderungen die Nase voll. – Übrigens, man hatte Wolfgang sogar angeboten Betriebsleiter werden zu können. Allerdings könne diese Position nur von einem Mitglied der SED begleitet werden. Wolfgang sagte, dass es zu viele Sachen geben würden, die ihn davon abhielten, dieser Partei beizutreten.

Die Antwort war, es sei nicht wichtig, ein überzeugtes Parteimitglied zu sein. Es reiche, wenn er den Antrag auf Aufnahme in die SED unterschreiben würde, dann hätte er den Posten.

Unglaublich! Es ging ihnen gar nicht um eine ehrliche Mitgliedschaft. Wie viele derartige Mitlieder gab es denn bereits? Waren wirklich nur Zahlen wichtig? Die Anzahl der Mitglieder der Partei der SED erhöhte sich ja ständig. Kein Wunder allerdings, wenn man nur ein-, aber nicht austreten konnte! So ein Ansturm auf diese Partei! Sieht doch gut aus! Alle wollen nur in diese Partei, die SED, eintreten, das zeugt doch von deren Richtigkeit der Ideologie, oder??

So kann man natürlich auch einen Schein erwecken. Scheinideologie! Der Schein prägt das Bewusstsein?? …

Wolfgang trat natürlich nicht der SED bei, um Nutznießer dieser ihm angebotenen Position zu werden, so etwas war nicht sein Ding. Diese Einstellung gefiel mir sehr an ihm, es war Ehrlichkeit.

Wolfgang erzählte dann manchmal von „Hirnrissigkeiten" – wie er es nannte – seiner täglichen Arbeit. Als Operativtechnologe war er immer dafür verantwortlich, dass es auf dem Bau lief, das heißt, dass keine Wartezeiten entstehen, weil vielleicht gerade irgendwelches Material nicht vorhanden ist. Und da es ständig an irgendwelchen Materialien mangelte – trotz Planwirtschaft und Über-erfüllung der Jahrespläne! – musste mal hier abgezogen und nach da gebracht werden, dann wieder umgedreht, usw. Wenn bei den bewaffneten Organen ein Defizit vorhanden war, mussten die Baubetriebe Material abtreten, auch wenn es dann bei ihnen wieder fehlte. Die Bauarbeiter machten dann eben Pause und Wolfgang bekam eine Standpauke, weil die Baustellen nicht liefen und er verantwortlich war. Logisch, dass er dann „kochte", denn er bekam Anweisung „von oben", dass Material an die bewaffneten Organe abzutreten ist, der er sich natürlich nicht widersetzen konnte, dann aber gleichzeitig einen Anschiss, weil die Baustellen nicht liefen.

Hinzu kamen dann sinnlose Beschäftigungen der Bauarbeiter, die angeordnet wurden, damit diese etwas zu tun hatten.

Und das sture Durchführen der Planwirtschaft, ohne Angebot und Nachfrage zu berücksichtigen, fand auch im Bauwesen seinen Niederschlag.

So wurden zum Beispiel nach wie vor meterweise Rundstrickstoffe produziert, weil es in dem Fünfjahresplan eben so vorgesehen war. Allerdings produzierte man die Anzüge aus diesen Stoffen bereits nicht mehr. Wohin also mit den vielen Stoffen, die Produktion lief ja trotzdem weiter. Ein „kluger Kopf" hatte dann auf die Idee, diese doch in die Straßendecken einzuarbeiten.

Wolfgang berichte immer wieder über derartige Abläufe, natürlich hinter vorgehaltener Hand. Das war in-offiziell, darüber durfte nicht gesprochen werden.

Immer wieder nur Kopfschütteln über derartige Entscheidungen.

Andererseits die Wirtschaft der DDR vor Augen, die immer mehr – für jedermann sichtbar und spürbar - „den Bach runter ging", auch wenn auf Partei- und Festtagen immer das Gegenteil posaunt wurde. Das Schlimmste hierbei war aber, dass es als Verleumdung galt, wenn man solche offensichtlichen Mängel laut ansprach, geschweige sogar kritisierte.

Als Philipp drei oder vier Jahre alt war teilte mir Wolfgang mit, dass wir die Möglichkeit hätten, ein Gartengrundstück in einer Gartenkolonie zu bekommen. Es war ein Grundstück der LPG, welches verpachtet werden sollte und natürlich erst noch urbar gemacht werden musste. Das Grundstück war ca. 20 km von unserem Wohnort entfernt.

Ich war zunächst gar nicht begeistert. Ein Gartengrundstück! Das bedeutete Pflanzen anbauen, Unkraut jäten, ernten, einkochen – also alles in allem noch mehr Arbeit. So jedenfalls sah ich es damals. Wolfgang aber zählte die Vorteile auf und schaffte es schließlich, mich davon zu überzeugen.

Wolfgang, der auch im Vorstand der Gartenkolonie war, war dann in der Regel nach Feierabend auf dem Grundstück, denn es gab unheimlich viel zu tun.

Wir hatten ein Eckgrundstück und somit eine schöne Lage. Seitlich wurde es durch eine Wiese begrenzt, auf der Schafe weideten, unten durch einen kleinen Bach, an dem Sträucher mit leckeren Himbeeren wuchsen.

An den Wochenenden fuhren wir manchmal gemeinsam mit dem Wartburg der Schwiegereltern auf das Grundstück. Wolfgang hatte eine kleine Holzhütte gebaut, in der er Werkzeug und Geräte abstellte und wir die Möglichkeit hatten, uns umzuziehen und nach der Arbeit etwas abzuwaschen. Wenn Wolfgang schon vor uns auf dem Grundstück war, fuhren Philipp und ich mit dem Bus nach. Allerdings fühlten wir uns dann bei der Rückfahrt so notdürftig gereinigt zwischen den geschniegelten Sonntagsausflüglern meistens doch etwas unwohl.

Mit dem Grundstück kam wirklich viel Arbeit auf uns zu, um erst einmal einen Garten daraus zu machen. Aber ich spürte, wie gut es uns tat, so viel an der frischen Luft zu sein, noch dazu war es Landluft, kein Stadtmief!

Auch waren wir alle zusammen, wodurch auch Philipp viel mehr von seinem Vater mitbekam. Das kleine Kerlchen wollte übrigens immer mit helfen. Er war so goldig!

Nachdem Wolfgang zunächst zwei Kollegen beim Bau ihres Gartenhäuschens geholfen hatte, ging er nun daran, unseres zu planen und das entsprechende Baumaterial zu bestellen.

Einer der Kollegen kannte übrigens meinen Vater. Er war jahrelang mit ihm in einer Dienststelle gewesen, damals als Politoffizier, und an den Wochenenden mit meinem Vater gemeinsam im Bus nach Hause gefahren. Inzwischen arbeitete er in einem Betrieb. Ich sollte meinem Vater einen Gruß ausrichten. Eigenartigerweise meinte mein Vater aber ihn nicht zu kennen, den Namen nie gehört zu haben.

Da wir keine großen Ersparnisse hatten, versuchten wir das Gartenhäuschen größtenteils aus Abbruchziegeln zu bauen, da hatte Wolfgang eine ganze LKW-Ladung für wenig Geld erstehen können. Aber die Ziegel mussten alle geputzt werden, womit ich dann größtenteils beschäftigt war. Philipp half natürlich tüchtig dabei.

Als wir dann endlich den Grundriss auf den Boden zeichneten und die Grundmauern setzten, wirkte alles unwahrscheinlich klein. Aber es war ein richtiges schönes Gefühl, da was Eigenes hochzuziehen, es machte mir riesigen Spaß. Und – obwohl es zusätzliche Arbeit war - empfand ich das Ganze doch viel eher als Bereicherung für uns alle.

Über die Wintermonate konnten wir natürlich nicht weiterbauen. Aber diese Zeit genossen wir dann auch sehr in unserer Wohnung, wo im Wohnzimmer noch ein großer Kachelofen stand, der eine gewisse Behaglichkeit ausstrahlte, wenn er seine Wärme verströmte.

Tagebuchauszug vom 02.01.83

„Das neue Jahr hat angefangen. Morgen müssen wir wieder zur Arbeit. Das Schlimmste daran - zeitig aufstehen, relativ spät zu Hause, weniger Freizeit.

Philipp muss nun auch wieder so zeitig raus, tut mir leid! Er hat sich über die Feiertage relativ gut erholt, obwohl er seinen Husten nicht loswurde. Hat schöne runde Bäckchen bekommen. Das Schlafen schien ihm gut getan zu haben.

Heute schläft er ewig nicht ein, dabei ist es schon gleich 21:00. Ist sicher auch aufgeregt. Hoffentlich schläft er wenigstens fest. Morgen früh muss ich pünktlich aufstehen, damit wir keine Hektik haben."

Um 05:15 Uhr musste ich Philipp immer wecken, es tut mir in der Seele weh, wenn ich nur daran denke! Der kleine Kerl, noch keine fünf Jahre alt. Er ist jeden Morgen müde und will nicht aufstehen, will weiterschlafen. Und ich muss ihn zwingen aufzustehen! Um 06:00 Uhr müssen wir am Kindergarten sein – der Gott sei Dank in unmittelbarer Nähe ist-, damit ich es schaffe, pünktlich 06:30 Uhr bei der Arbeit zu sein. Mörderische Zeiten!

Philipp hat dann auch einen richtigen „Arbeitstag" vor sich, denn im Kindergarten läuft auch alles nach Plan. Einfach mal hinlegen, weil man müde ist, so was gibt es nicht. Und der zusätzliche Stress durch die strenge Erziehung! Philipp erzählte mir mal, dass er nicht mit in den Garten spielen gehen durfte, weil er sein Mittagessen nicht aufgegessen hatte. Es hatte ihm nicht geschmeckt. Er war sehr traurig darüber, als einziges Kind im Zimmer bleiben zu müssen. Ich empörte mich sehr darüber, sprach es auch an. Wieso zwingen sie die Kinder aufzuessen? Abgesehen davon, dass sie vielleicht satt sind, mögen sie eventuell gewisse Sachen auch nicht essen. Oder es könnte ebenso ein Zeichen sein, dass das Kind krank ist oder wird, wenn es keinen Appetit hat. Noch dazu darf es dann zur Strafe nicht an die frische Luft spielen! Unglaublich! Auch mein Kind braucht das Spiel, die frische Luft, Bewegung und Geselligkeit!

Aber meine Argumente interessierten nicht! Der Kindergarten war eine staatliche Einrichtung und in der Zeit, wo die Kinder dort untergebracht waren, entschieden die Erzieherinnen. Sie hielten das, was sie getan hatten, durchaus erzieherisch für richtig, sagten sie, und - daran würde sich auch in Zukunft nichts ändern.

Na super …, da weiß man doch sein Kind gut aufgehoben in der Zeit, wo man bei der Arbeit ist!!

Es hätte auch keinen Sinn gehabt die Einrichtung zu wechseln, denn dort wurde nach den gleichen einheitlichen Vorstellungen erzieherisch auf die Kinder eingewirkt. Ich konnte meinen Sohn nur trösten.

Wenn ich ihn dann nach der Arbeit endlich abhole, ist es auch schon kurz vor 17:00 Uhr. Dann noch was einkaufen, Abendessen, ins Bad, Sandmännchen und ins Bett, damit er wenigstens knappe 10 Stunden Schlaf zusammenbekommt.

Tagebuchauszug vom 25.01.83

„… haben wir festgestellt, dass 19:00 Uhr zu Bett sicher schon zu spät ist für Philipp. Gerade vorgestern … noch eine Gute-Nacht-Geschichte, und es war 19:30 Uhr. Früh weckte ich ihn um 07:00 Uhr (Anmerkung: war eine Ausnahme). Und da machte er noch Rabatz, er habe noch nicht ausgeschlafen und, und, und. Ich machte mir meine Gedanken und sprach mit Wolfgang. Einmal in der Richtung, dass er eben eher ins Bett muss – wollen es mal nach dem ersten Sandmännchen versuchen, also 18:00 Uhr, und sollte das nicht helfen, dann evtl. mal mit Philipps Kinderarzt reden, damit

ich eine ärztliche Befürwortung dafür bekomme, Philipp später in den Kindergarten zu bringen. So 1,5 Stunden später, das würde schon viel ausmachen.

Haben auch überlegt, ob er vielleicht deshalb so mager geworden ist, weil es ihn zu sehr anstrengt, jeden Morgen so früh geweckt zu werden und aufstehen zu müssen, ohne dass er ausgeschlafen hat. Es macht mir richtig zu schaffen, dass Philipp so dünn ist. Ich freue mich über jedes Pfund, das er zunimmt. …"

Wir hatten festgestellt, dass Philipp seine 12 Stunden Schlaf brauchte, nach 12 Stunden erwachte er von allein. Allerdings war es nicht möglich, dies für ihn unter der Woche umzusetzen, denn das würde bedeuten, dass er 17:15 Uhr im Bett liegen müsste. Es wäre eher purer Stress und die reinste Abfertigung für ihn – essen, waschen, ins Bett.

Abgesehen davon, dass es in weniger als einer halben Stunde wohl nicht zu schaffen gewesen wäre, hätten wir voneinander gar nichts mehr gehabt, sein Familienleben wäre dann unter der Woche gegen Null gegangen, alles nur schnell, schnell, damit er ins Bett kommt. Ich bezweifle, dass das dem kleinen Kerlchen besser getan hätte.

Natürlich war es nur ein Wunschtraum, eine Befürwortung vom Kinderarzt zu bekommen, dass Philipp später in den Kindergarten gebracht werden soll. Ich hätte ja dann nicht mehr Vollzeit arbeiten können und derartige Genehmigungen (verkürzte Arbeitszeit) gab es so gut wie gar nicht.

Eine Kollegin hatte einen Sohn, der in der Schule sehr große Probleme mit dem Lernstoff hatte. Sie versuchte mit ihm zu üben, aber wenn sie am Abend endlich zu Hause war, konnte ihr Kind auch nichts mehr auf-nehmen. Außerdem musste er dann auch bald ins Bett, da er morgens auch früh aufstehen musste. Sie beantragte verkürzte Arbeitszeit, um mit ihrem Sohn üben zu können, aber dem wurde nicht stattgegeben.

Eine andere Kollegin hatte ein an Neurodermitis erkranktes Kleinkind. Das Kind schlief aufgrund der Erkrankung sehr schlecht, wachte oft nachts auf und weinte, weil die Haut so juckte und es sich nicht kratzen konnte (vorsichtshalber wurden nachts die Arme, die hauptsächlich befallen waren, mit Binden umwickelt). Außerdem musste es morgens immer noch ein spezielles Bad bekommen, um den Juckreiz zu lindern.

Die Kollegin hatte noch zwei weitere Kinder, eins davon ging wohl schon zur Schule. Das kranke Kind nahm sehr viel Zeit in Anspruch, besonders auch deswegen, weil es morgens noch ein spezielles Bad bekommen musste, so dass diese Kollegin körperlich ziemlich fertig war.

Auch sie beantragte aus diesem Grund eine verkürzte Arbeitszeit und auch ihr Antrag wurde abgelehnt.

Ich konnte derartige Entscheidungen nicht nachvollziehen! Das war doch richtig kinderfeindlich! Wo dachte man denn dabei an das Wohl der Kinder?? Oder auch an das der Mütter? Bloß, um nach außen hin die DDR als ein Land darzustellen, in dem x Prozent (wahrscheinlich 99,9) aller Mütter einer Vollbeschäftigung nachgehen!?

Sicher war es toll, dass man die Möglichkeit hatte einer Vollbeschäftigung nachzugehen, weil dafür Kinderkrippenplätze und Kindergartenplätze oder für die Schulkinder ein Kinderhort zur Verfügung standen. Nahm man dies in Anspruch, so konnte man sicher sein, dass die Kinder den ganzen Tag über versorgt waren. Das war wirklich eine gute Sache (auch wenn die Gruppen in den Kinderkrippen meiner Meinung viel zu groß waren). Aber warum legte man den Müttern, die verkürzt arbeiten wollten, um mehr Zeit für ihre Kinder zu haben, Steine in den Weg?

Ich konnte das einfach nicht verstehen und ärgerte mich über diese Art von Entmündigung!

Die morgendliche Hektik belastete mich sehr. Es tat mir immer wieder weh, Philipp zum Aufstehen zu veranlassen, obwohl er noch zu müde war und nur weiterschlafen wollte. Zum anderen hatten wir dann immer wieder Hektik morgens, denn Philipp war einfach sehr langsam, wenn er müde war und auch sensibel und trotzig. Und ich befürchtete immer zu spät zur Arbeit zu kommen. Meine Nerven waren deswegen oftmals total angespannt.

Trotzdem war ich im Nachhinein erschüttert, als ich mein altes Tagebuch las, in dem ich unter anderem einmal niedergeschrieben hatte, dass ich Philipp in dieser Hektik am Morgen geschlagen hatte.

Es ist für mich beschämend und unverständlich, wie ich das diesem kleinen Kerl antun konnte, mir rollen die Tränen, wenn ich es lese. Ich kann nicht nachvollziehen, dass ich – die ich meinen kleinen Sohn doch von Herzen liebte – so brutal sein konnte. Ich kann es nicht verstehen, verachte mich zutiefst dafür, kann nicht nachvollziehen, dass ich so etwas getan habe.

Es kostet mich Überwindung, es hier einzufügen, so entsetzt bin ich über mein Verhalten. Wo kam diese Brutalität her? Wie kann man so gegen die eigenen Gefühle handeln? Wie konnte ich nur dazu in der Lage sein, mein eigenes Kind zu schlagen!?!

Ich selbst und auch meine Geschwister wurden als Kinder viel geschlagen, wobei ich mich nicht erinnern kann, dass es bereits in diesem Alter gewesen wäre. Ich hatte mir geschworen, meinen Kindern so etwas niemals anzutun, denn ich hatte das als etwas ganz Schreckliches in Erinnerung.

Und jetzt?! Jetzt schlug ich selbst mein Kind!!

Ich sehe andere Mütter vor mir, die dies tun, für die ich keinerlei Verständnis habe, die ich zutiefst verurteile, für deren Verhalten ich keine Entschuldigung habe, keine Rechtfertigung akzeptiere.

Das kann nicht sein! Das darf nicht sein! Soweit darf man sich nicht gehen lassen, auf ein kleines wehrloses Kind einzuschlagen!

Es entsetzt mich, dass ich das getan habe! Etwas, was ich mir in meinem ganzen Leben nie verzeihen kann!

Wenn ich noch einmal etwas an meinem Leben ändern könnte, so wäre mir dies das Wichtigste! Könnte ich diese Wunden, auch seelische Wunden, die ich meinem Kind damit zugefügt habe rückgängig machen, ich gäbe alles dafür!!

Ich schäme mich zutiefst, aber ich werde es niederschreiben, einfach, um es nicht unter den Tisch fallen zu lassen. Es ist entsetzlich, auch wenn ich es nicht nachvollziehen kann, dass ich das war, die das getan hat. Würde ich es nicht ansprechen, könnte Philipp den Eindruck gewinnen, dass meine Reaktion damals für mich in Ordnung war.

Nein, ich muss es schreiben, weil ich mich selbst zutiefst dafür verurteile. Ich kann nur hoffen, keine zu großen „Narben" bei meinem Sohn hinterlassen zu haben!

Verzeih mir, mein Schatz, dass ich, deine Mutter, dir das antun konnte! Ich selbst werde es mir nie verzeihen können!

Unsere Ehe war nicht die glücklichste. Nach zwei Jahren hatte ich das Gefühl gehabt, mit dem falschen Mann verheiratet zu sein. Dann gab es ein ständiges Auf und Ab. Da wir aber beide zwei Kinder gewollt hatten, auch Philipp fragte immer wieder, warum andere Kinder Geschwister haben und er nicht, entschlossen wir uns dann dennoch für ein zweites Kind, in der Hoffnung, unsere Eheprobleme in den Griff zu kriegen (wir hatten uns sogar die Eheringe nachträglich gravieren lassen). Wolfgang meinte, ich sollte nur den Frauenarzttermin im April noch abwarten, um auch sicher zu gehen, dass alles in Ordnung ist. Da dem so war, ließe ich mir – mit der Begründung, ein weiteres Kind zu wollen – keine weiteren Antibabypillen verschreiben.

In unserer Beziehung zueinander gab es keine wesentlichen Veränderungen. Es gab Zeiten, in denen ich Wolfgangs Launen nur ertrug und versuchte, mir nichts anmerken zu lassen, Zeiten, in denen wir uns übelst stritten und andere, in denen ich glaubte, wir hätten es geschafft, da ich mich glücklich fühlte.

Im Haushalt war mir Wolfgang kaum eine Hilfe, da musste ich alles so gut wie alleine bewältigen. Abgesehen davon, dass er dazu auch nicht bereit war, es bagatellisierte, wenn ich ihn um Unterstützung bat, schmiss er mir sogar Sätze an den Kopf wie:

„Und du willst noch ein zweites Kind haben, wo du jetzt schon jammerst, dass dir die Hausarbeit zu viel ist!"

Wolfgang kam oftmals erst spät am Abend nach Hause, verbrachte viel Zeit im Garten oder hatte andere Verabredungen. Zeitweise wurde ich diesbezüglich misstrauisch, da unser Sexualleben auch sehr darunter litt. Wolfgang gab meistens nur noch an müde zu sein, wenn er endlich nach Hause kam.

Auch unternahmen wir kaum noch etwas miteinander und fuhren nicht mehr in den Urlaub, immer mit der Begründung, dass dafür keine Zeit sei, da sonst der Garten nicht fertig werden würde.

Ein Argument, dem ich nicht genug entgegensetzen konnte. Ich hoffte nur, dass er wirklich bald soweit fertig sein würde, damit wir als Familie wieder etwas mehr voneinander hätten.

Dann stellte ich erfreut fest, dass meine Regel ausgeblieben war. Als ich Wolfgang meine Vermutung schwanger zu sein mitteilte, reagierte er zu meinem Entsetzen alles andere als begeistert. Er zweifelte jetzt plötzlich, ob es eine richtige Entscheidung gewesen sei, ein weiteres Kind in so eine Ehe zu setzen. Vielleicht sollte ich es lieber „wegmachen lassen", meinte er.

Für mich war diese Reaktion von ihm unfassbar!

„Wenn ich diese Schwangerschaft abbrechen lasse, weil deiner Meinung diese Ehe wohl keinen Sinn mehr hat, dann werde ich mich anschließend auch scheiden lassen" erwiderte ich.

Den Gedanken die Schwangerschaft abzubrechen und mich scheiden zu lassen konnte ich aber kaum ertragen. Das war nicht mein Ziel, das wollte ich auch für Philipp nicht! Ich wollte Philipp eine gute Familie bieten, Mutter und Vater, möglichst noch ein Geschwisterchen, eine Familie aber, in der er sich wohl fühlen konnte.

Für mich begann dann eine furchtbare Zeit. Meine Nerven waren aufs Höchste angespannt. Wolfgang konnte sich weder für, noch gegen das Kind entscheiden. Ich aber musste wissen, woran ich war, da ein Abbruch nur in den ersten zwölf Schwangerschaftswochen möglich war.

Meine Tage blieben dann wieder aus und ich ging daraufhin zu meiner Frauenärztin, die die Schwangerschaft mit den Worten bestätigte, dass das Absetzen der Pille erfolgreich war.

Als ich ihr dann jedoch mitteilte, dass mein Ehemann nicht wüsste, ob er das Kind haben will, meinte sie, dann hätte es keinen Sinn und stellte mir eine Überweisung an die Frauenklinik für eine Unterbrechung der Schwangerschaft aus. Ich war bereits in der 8. Schwangerschaftswoche, sollte mich schnellstens in der Frauen-klinik um einen Termin bemühen.

Sehr niedergeschlagen, mit Embryo im Bauch und Überweisung für Abbruch in der Tasche, ging ich dann nach Hause. Ich fühlte mich elend! Warum? Warum sollte ich diese Schwangerschaft abbrechen lassen? Wir waren doch eine Familie und wollten eine bleiben! Wir hatten doch zwei Kinder gewollt und waren der Über-zeugung gewesen, unsere Eheprobleme mit der Zeit in den Griff zu kriegen! Warum also das Ganze? Warum durfte ich mich nicht auf das Kind freuen??!

Ich teilte Wolfgang mit, dass ich die Überweisung für einen Abbruch der Schwangerschaft habe, mich nun in der Frauenklinik zwecks Terminvereinbarung melden müsste. Er nahm es lediglich zur Kenntnis, keine eindeutige Reaktion darauf. Er ließ es laufen. Noch war ja Zeit, ich hatte ja den Termin noch nicht.

Dann stand auch dieser fest – wir hatten noch zwei Wochen bis dahin.

Ich wartete, dass Wolfgang irgendwie Position bezog. Aber außer einem Gleichgültigen: „Da behalten wir's eben" kam nichts. Gesprächen ging er aus dem Weg, indem er fast täglich abends erst sehr spät nach Hause kam, immer mit einer anderen Begründung.

Meine Nerven waren aufs Höchste angespannt. Ich war ziemlich fertig. Ich konnte mir nicht vorstellen, dieses kleine Lebewesen, was da in mir heranwuchs, einfach töten zu lassen. Wir hatten es uns doch gewünscht! Und nun war ich schwanger! Wie konnte Wolfgang nur so kalt, so gleichgültig, so gefühllos reagieren. Da wuchs ein Kind in mir heran, unser Kind, unser Baby! Ich hatte mir immer ein zweites Kind gewünscht. Und jetzt sollte ich es „wegmachen" lassen!

Ich habe mich in der Zwischenzeit viel mit meiner Freundin und einer meiner Schwestern unterhalten, da ich mich absolut nicht in der Lage fühlte, eine Entscheidung zu treffen. Ich wusste nicht mehr, was richtig und was falsch war. Die beiden versuchten mir Kraft und Zuversicht zu geben, egal, wie ich mich auch entscheiden würde, glaubten aber eher, dass ich vielleicht irgendwann mit einem anderen Mann glücklich werden würde.

Dann die letzte Nacht vor dem Termin zur Interruptio!

Tagebuchauszug 09.12.83

„... Der Einzige, der nicht mit mir sprach, war mein Mann. Von ihm kam zwar ab und zu die Bemerkung: "Da behalten wir's eben", aber für mich war das eine tiefere Entscheidung, ich erwartete mehr als diesen Satz von ihm. ...

Der Termin rückte näher und näher, meine Nerven waren angekratzt, nach außen wirkte ich nur noch kühl und nüchtern..., stellte alle Gefühle ab und arbeitete nur noch mit dem Verstand, der mir eiskalt sagte: Es ist sinnlos, mit Wolfgang wirst du nicht glücklich, trenne dich, fange mit Philipp neu an!

Bis zur letzten Minute wartete ich, dass Wolfgang mit mir sprach am letzten Abend. Marion hatte mir vorausgesagt (in leiser Ahnung), dass Wolfgang nicht mit mir reden wird, sondern nur Fernsehen gucken wird – Fußball – und dann schlafen gehen.

Und so kam es. Das Einzige, er fragte, ob ich ihn noch was zu sagen hätte, was ich verneinte. Ob er nun am nächsten Tag Philipp holen solle und wie lange es dauert.

Als er davon anfing, ob er mich besuchen soll mit Philipp am Sonntag, sagte ich ihm, dass ich ihn nicht sehen will, Philipp dürfte sowieso nicht rein. Und dann fragte er noch, was er meinen und seinen Eltern sagen sollte und Philipp, falls sie fragen.

Doch da reagierte ich scharf, Philipp hätte ich vorbereitet, dass Mutti vielleicht ins Krankenhaus muss und ansonsten könne er sich was einfallen lassen.

Wolfgang ging dann ins Bett. Ich hatte – wie immer – noch bis zur letzten Minute gehofft und packte nun meine Tasche. Ich konnte es mir nicht vorstellen, das Kind wegmachen zu lassen!

Ich hatte Angst, am nächsten Tag in der Klinik zusammenzubrechen, oder – falls ich das noch wie im Trauma durchstehe – hinterher entweder einen Knacks zu kriegen oder ein Mensch zu werden, der nicht mehr lachen kann, weil ihm so viel angetan wurde (von dem Menschen, den man sich als Partner gesucht hat!!!!)

Ich schlief schlecht. Am Morgen fragte Wolfgang, wann ich draußen sein müsse und meinte:

„Meinetwegen brauchst du nicht gehen."

Ich ging ihn sofort an, er soll mich jetzt in Frieden lassen, er hatte lange genug Zeit, mit mir zu sprechen.

Als wir kurz vor dem Aufbrechen waren, fing Wolfgang an:
"Wollen wir's behalten?"

Ich konnte dann nicht mehr und weinte nur noch. Meine Nerven standen das nicht mehr durch.

Wolfgang redete so lange auf mich ein, bis ich sagte, ich würde zur Arbeit gehen.

Und das tat ich dann auch und rief an, dass ich das Kind behalte. ..."

Nachdem damals feststand, dass ich ein zweites Kind bekommen würde, stand für uns natürlich auch wieder das Problem einer größeren Wohnung. Noch wohnten wir in dieser Zweizimmerwohnung, die damals eine große Errungenschaft für uns war. Aber die Zimmer waren relativ klein, das Schlafzimmer hatten wir durch Querstellen der Schränke provisorisch geteilt, wodurch Philipp einen kleinen Bereich für sich hatte. Aber ein weiteres Bett würden wir nicht stellen können.

Also hieß es wieder für uns, sich in die Schlangen auf dem Wohnungsamt einzureihen, eine sehr undankbare Aufgabe, wenn man die vielen Suchanzeigen in der Zeitung allein sah.

Es war uns schon im Vorfeld ziemlich klar, dass man unseren Fall als „nicht dringend" einstufen würde.

Noch war das zweite Kind ja nicht da, sagte man uns, und natürlich konnten sie uns wieder Fälle aufzählen, die vordringlicher waren.

Wir gingen dann trotzdem abwechselnd auf das Wohnungsamt, denn wir wollten mit dem Umzug nicht erst warten, bis das Baby da ist. Aber uns wurde immer wieder nur mitgeteilt, dass es dringendere Fälle gebe als unseren. Noch hätten wir ja genug Platz.

Unsere Ehe gestaltete sich weiterhin sehr wechselhaft. Eines Tages – wir hatten uns gerade mal wieder gestritten (meistens war es wegen Wolfgangs Faulheit und Egoismus, er war nicht bereit im Haushalt zu helfen, spielte alles herunter), spürte ich einen Knoten am Hals. Ich vermutete zunächst, dass dieser mit dem Stress zusammenhängen würde. Aber als ich einige Tage später zur Schwangerenberatung musste, war der Knoten immer noch da, so dass ich langsam Bedenken hatte und ihn der Frauenärztin zeigte. Diese schaute ihn sich kurz an und sagte nur, dass er nichts mit der

Schwangerschaft zu tun habe, da er oberhalb des Bauchnabels sei. Sie gab mir aber eine Überweisung für einen Chirurgen mit, bei dem ich mich in den nächsten Tagen vorstellen sollte.

Da die Weihnachtsfeiertage vor der Tür standen, ging ich dann nach dem 2. Weihnachtsfeiertag – ich hatte sowieso Urlaub - zu einem Chirurgen. Dieser begutachtete den Knoten und sagte, dass er entfernt werden müsste. Ich bräuchte mir allerdings keine Gedanken zu machen, in 99 Prozent der Fälle sei dies gutartig. Allerdings habe er selbst keine Möglichkeiten dazu, ich sollte mich deshalb an ein Krankenhaus wenden.

Dort war ich dann einen Tag später. Die Schwester, bei der ich mich meldete, gab mir ein Gefühl, als müsste ich mich eigentlich dafür entschuldigen, dass ich zwischen Weihnachten und Silvester einen Arzttermin wollte. Sie gab mir einen Untersuchungstermin im neuen Jahr. Auch als ich ihr sagte, dass ich bereits am Vortag von einem Chirurgen untersucht worden sei und ihr die Bescheinigung vorlegte, ließ sie nicht davon ab, mir nur einen erneuten Untersuchungstermin zu geben. "Die Ärzte im Hause würden selbst entscheiden, was zu tun sei" entgegnete sie nur auf die Überweisung des Chirurgen.

Nach einer weiteren Woche stellte ich mich dann zum Untersuchungstermin in der Chirurgie des Krankenhauses vor. Die Ärztin schaute sich den Knoten an und sagte, dass er unbedingt entfernt und das Gewebe zur Untersuchung eingeschickt werden muss. Im Gegensatz zu meiner Frauenärztin und dem anderen Chirurgen ließ sie sich damit aber keine Zeit, sondern bestand darauf, es sofort zu tun, da ich schwanger sei.

Sie fragte mich dann, ob ich Haustiere hätte. Wir hatten einen Wellensittich, der vor kurzem gestorben war. Als ich sein Verhalten vor dem Tod schilderte, vermutete die Ärztin einen Zusammenhang zwischen der Erkrankung des Wellensittichs und meinem Knoten am Hals, da auch ich diejenige war, die sich um ihn gekümmert hatte. Die Ärztin erklärte mir dann, dass Vögel mitunter an Toxoplasmose erkranken und diese für Menschen ansteckend sei. Allerdings sei das im Allgemeinen weniger schlimm, wir würden die Erkrankung wie eine Grippe durchmachen. Die meisten Menschen, die Tierkontakt haben, hätten unbewusst schon eine Toxoplasmose hinter sich und seien nun immun. Gefährlich sei es allerdings, wenn man in einer Schwangerschaft an Toxoplasmose erkrankt, da hierdurch der Embryo schwer geschädigt werden könnte oder es zu einer Fehlgeburt kommen würde. Aus diesem Grunde war es notwendig, das Ergebnis der Untersuchung so schnell wie möglich zu bekommen, um gegebenenfalls noch so früh wie möglich medikamentös behandeln zu können.

Puh! Das war ein Schlag! Nun hatte ich natürlich ganz schöne Angst! Und ich war verärgert über die Ärztin in der Schwangerenberatung, die sich sowieso – nachdem ich mindestens eine Stunde lang im Wartezimmer gesessen hatte, was bei ihr die Regel war, - dann für meine Untersuchung und meine Bedenken kaum Zeit genommen hatte und mir gesagt hatte, dass dieser Knoten nichts mit der Schwangerschaft zu tun habe. Und das als Frauenärztin! Es hätte bei ihr „klingeln" müssen, sie hätte eine sofortige Untersuchung in der Chirurgie veranlassen müssen! Es war eine eindeutige Fehldiagnose!

Meine Familie versuchte mich zu beruhigen, ich solle mich nicht verrückt machen, nicht „den Teufel an die Wand malen". Aber ich hatte schreckliche Angst, sah nun plötzlich auch den Zusammenhang zwischen dem Tod des Vögelchens und dem Knoten an meinem Hals, der kurze Zeit später plötzlich Kirschkern groß da war.

Ich hatte inzwischen nachgelesen, welche Erkrankungen in der Schwangerschaft besonders gefährlich sind – Toxoplasmose war mit aufgeführt gewesen. Und da stand: ... kann zu einer Fehl-, Früh- oder Todgeburt oder zum Tod in den ersten Lebenstagen führen, andere Auswirkungen auf die Frucht sind Sehschwäche oder geistiges Zurückbleiben .... Oh Gott, wie furchtbar!

Als ich nach ein paar Tagen zum Fäden ziehen ging, lag der Untersuchungsbefund bereits vor. Es würde aller Wahrscheinlichkeit doch mit dem Haustier zusammenhängen. Toxoplasmose KBR stand auf dem Untersuchungsschein. Es müsste nun noch eine Blutuntersuchung gemacht werden, ich sollte mir hierzu einen Termin holen.

Nun hatte ich eine unheimliche Angst. Man konnte zwar weiterhin lesen, dass alles von mehreren Faktoren abhängig ist, so z. B. vom Zeitpunkt der Ansteckung sowie von der Stärke der Infektion, und dass nur jedes 2000ste Kind angesteckt wird ... Auch, dass durch Medikamente geholfen werden kann.

Ich konnte nur hoffen und hoffen. Wieder musste ich warten – auf den Blutuntersuchungstermin und dann auf die Ergebnisse. Sollte sich die Toxoplasmose auch bei meiner Blutuntersuchung bestätigen, so wäre bis dahin doch noch einmal viel Zeit vergangen, ehe mit einer medikamentösen Behandlung begonnen werden könnte. Und da hieß es – je früher, umso aussichtsreicher!

Bei dem Gedanken, wie lange dies jetzt alles schon ging – es waren bereits vier Wochen vergangen – wurde mir immer banger. Andererseits verspürte ich auch einen Zorn, denn es ging um mein Kind, um dessen Leben oder Gesundheit, und es wurde zunächst eine Fehldiagnose von der Ärztin der

Schwangerenberatung gestellt, dann dauerte alles ewig, ehe Untersuchungsergebnisse vorlagen und weitere Schritte veranlasst wurden. Gerade wenn es heißt: „Je früher mit der Behandlung begonnen wird, desto aussichtsreicher ist der Erfolg", ist es für mich in keiner Weise nachzuvollziehen, wieso man sich so viel Zeit lässt! Ist das ungeborene Leben so wenig wert? Kann man sich so wenig in eine Schwangere einfühlen? Die ganze Zeit mit dieser Angst leben, Stunde für Stunde, Tag für Tag, und das seit vier Wochen! Die einzige Ärztin, die eine Gefahr für die Schwangerschaft erkannte und sofort operierte, mir nicht erst einen weiteren Termin für eine OP gab, war diese Chirurgin im Krankenhaus. Allerdings hätte man meiner Meinung nach ebenso gleich eine Blutuntersuchung veranlassen können, um Zeit zu gewinnen.

Wegen des Befundes sollte ich mich telefonisch melden. Mit weichen Beinen ging ich an diesem Tag in die Telefonzelle (wir hatten – wie die meisten - kein eigenes Telefon).

Und da wurde mir als Untersuchungsergebnis Toxoplasmose bestätigt! Ich sollte mich umgehend zur medikamentösen Behandlung im Krankenhaus einfinden.

Ich war ganz nervös! Sofort ins Krankenhaus - ich hatte noch Urlaub, Philipp war bei mir. Ich konnte ihn doch nicht alleine lassen! Ich musste Wolfgang erreichen, damit er nach Hause kam. Und dann meine Tasche packen und los. Wie lange die Behandlung dauern würde, konnte man mir nicht sagen.

Da lag ich nun im Krankenhaus und hoffte, dass alles gut werden würde. Ich bekam zwei verschiedene Medikamente zur Bekämpfung der Toxoplasmose verabreicht.

Nur wenige Tage später bekam ich Pickel auf der Brust, dann am Hals, es wurden immer mehr. Als ich diese bei der Visite dem Arzt zeigte, vermutete man eine Allergie. Ich bekam ein Medikament gegen die Allergie verabreicht und hoffte, damit wäre dieses Problem gelöst.

Doch dann bestellte mich eine Ärztin zu sich ins Zimmer und erklärte mir, dass die Behandlung abgebrochen werden müsse, da ich vermutlich ein Medikament nicht vertrug. Es weiter zu nehmen wäre unverantwortlich, da ich mit einem allergischen Schock reagieren könnte, der unter Umständen sogar zum Tod führen könnte. Die Behandlung mit nur einem Medikament fortzusetzen würde bedeuten, dass ich zwar über einen längeren Zeitraum die Toxoplasmose bekämpft hätte, diese aber den Embryo zwischenzeitlich infizieren könnte, so dass dieser eine Hirnhautinfektion durchmachen würde, welche dann – falls es nicht zur Fehlgeburt käme – bei dem Kind zu Schädigungen führen könnte oder auch zu einem Wasserkopf.

Die Ärztin riet mir davon ab, so ein Risiko einzugehen, die Entscheidung musste ich allerdings selbst treffen.

Ich wurde dann zu einem weiteren Gespräch in die Frauenklinik gefahren, wo mich ein Oberarzt über weitere Behandlungsschritte aufklären sollte.

Auch dieser Oberarzt hatte noch die Hoffnung, unser Kind retten zu können. Er erzählte mir, dass der Zeitpunkt der Ansteckung entscheidend sei. Im ersten Drittel der Schwangerschaft gebe es nur zwei Möglichkeiten: entweder es käme sofort zur Fehlgeburt, oder der Embryo würde nicht infiziert werden, da der Mutterkuchen noch sehr stark sei. Zum anderen wollte er die Kreisärzte und zusätzlich die Forscher auf diesem Gebiet konsultieren, ob es vielleicht noch andere Behandlungsmöglichkeiten gäbe. In der Zwischenzeit sollte ich in die Frauenklinik verlegt werden.

Da der Hautausschlag – trotz, dass ich die Medikamente abgesetzt hatte und etwas gegen die Allergie ein-genommen hatte - sich weiter vermehrt hatte, wurde ich einem Hautspezialisten vorgestellt, um eventuell auszuschließen, dass es sich um eine Allergie handelte. Dieser konnte auch nur eine allergische Reaktion vermuten, aber nicht eindeutig bestätigen. Es hätten langwierige Hauttests durchgeführt werden müssen, meinte dieser, um zu einer eindeutigen Aussage zu kommen. Dazu sei die Schwangerschaft aber bereits zu weit fort-geschritten.

Zwischenzeitlich bekam ich von einer Oberärztin mitgeteilt, dass es noch ein weiteres Medikament gibt. Es würde in den nächsten Tagen eintreffen.

Bereits seit 14 Tagen war ich im Krankenhaus. Es passierte nichts mehr. Ich wartete nur Tag für Tag auf das Medikament, welches aus der Hauptstadt kommen sollte. Meine Angst wurde immer größer, dass es irgend-wann für die Behandlung zu spät sein könnte.

Wolfgang „kochte": Erst hieß es – sofort ins Krankenhaus, mit der Behandlung muss sofort begonnen wer-den, jetzt vergeht die Zeit, ohne dass irgendetwas geschieht. Er verlangte einen Gesprächstermin bei der Ober-ärztin, den wir auch umgehend erhielten. Die Oberärztin meinte, dass ein Zeitraum von 14 Tagen nichts aus-machen würde.

Es verging wieder eine Woche, ohne dass die Medikamente eintrafen. Die Oberärztin hatte erklärt, dass diese Medikamente für Devisen eingekauft werden müssten und es deshalb wahrscheinlich auch so lange dauern würde, bis diese zur Verfügung stünden.

Ich hatte es langsam satt. Seit drei Wochen lag ich im Krankenhaus, ich konnte langsam nicht mehr. Ich wollte nach Hause, wollte zu meinem Sohn, wollte mich mit ihm beschäftigen, ihn in den Arm nehmen, ihn ins Bettchen bringen … Ich wollte endlich wieder einen ganz normalen Alltag erleben.

Der Gedanke, dass ich – wenn das Medikament endlich da sein würde - für weitere vier Wochen im Krankenhaus bleiben müsste, erschien mir fast unerträglich. Erschwerend kam hinzu, dass eine Oberschwester, die ihre Position unbedingt zur Geltung bringen wollte, eines Tages festlegte, dass Kinder auf dieser Station nichts verloren hätten. Es war für mich eine fürchterliche Entscheidung, gegen die ich mich sogleich massiv wehrte. Es war schlimm genug, so lange von meinem Kind getrennt zu sein, ich konnte es nur kurz zu Besuchszeiten sehen. Und das wollte sie nun auch noch verbieten!? War ich hier in einem Gefängnis oder in einem Krankenhaus?! Sie konnte mir nicht einmal einen richtigen Grund dafür nennen, sagte nur, dass sie auf dieser Station keine Kinder mehr sehen will.

Dann werde ich zu den Besuchszeiten eben die Station verlassen, entschied ich.

Wolfgang besuchte mich mit Philipp so oft es ging. Ich war immer sehr froh, Philipp sehen zu können. Wolfgang dagegen war oft sehr gereizt und nicht gerade liebevoll. Im Gegenteil, er verletzte mich sehr oft mit seiner barschen Art. Sicher brauchte es da bei mir auch nicht viel, ich war mittlerweile sehr zartbesaitet.

Ich erinnere mich daran, als mir meine Schwiegermutter einen kleinen Fernseher mitbrachte, damit ich etwas mehr Abwechslung habe. Auch meine Mutter war an diesem Tag zu Besuch und brachte mir einige Sachen mit. Ich bat Wolfgang – nachdem ich festgestellt hatte, dass das alles zu schwer für mich war - mir beim Tragen zu helfen. Er war aber nicht einmal bereit aufzustehen, antwortete nur, dass ich das schon schaffen werde. Meine Mutter sprang dann auf und half mir.

Aber auch zu Philipp war er sehr streng und wenig einfühlsam. Philipp reagierte zum Teil trotzig oder weinte auch schnell. Für ihn war es ja auch eine Riesenumstellung. Ich hoffte nur, dass das alles bald vorbei sein würde und wir wieder ein normales Leben führen könnten.

Aber es sollte noch schlimmer kommen!

Es vergingen weitere Tage, ohne dass das Medikament eintraf. Die Oberärztin erklärte mir, dass – da das Medikament bei uns nicht erhältlich sei und somit Devisen gezahlt werden mussten – man noch dabei wäre, meine Daten zu überprüfen.

Eine sehr lange Prüfung!! Ich hoffte nur, dass es nicht zu spät sein würde, wenn diese Überprüfung endlich abgeschlossen war!

Zwischenzeitlich wurde dann auch noch einmal Blut abgenommen und eingeschickt, über den langen Zeit-raum war es durchaus möglich, dass sich die Werte weiter verschlechtert hatten.

Nachdem ich Anfang Februar in die Frauenklinik verlegt worden war, waren die Medikamente dann endlich gegen Ende Februar eingetroffen! Sofort begann ich mit der Einnahme. Wenn ich dieses Medikament vertragen würde, läge die Wahrscheinlichkeit, ein gesundes Kind zur Welt zu bringen bei 99 Prozent, sagte man mir.

Gott sei Dank vertrug ich die Tabletten gut. In vier Wochen sollte die Toxoplasmose auskuriert sein. Vielleicht durfte ich ja vorher schon – endlich – nach Hause? Ich hatte Hoffnung, denn mir ging es gut.

Zwischenzeitlich musste ich auch noch einmal zum Ultraschall. Dem Baby schien es gut zu gehen, rein äußerlich war alles normal entwickelt, es gab keine Besonderheiten im Vergleich zu anderen Schwangerschaften, hieß es.

Eines Tages sollte ich mir plötzlich etwas überziehen und mitkommen. Es hieß, ich sollte einer Ärztekommission vorgestellt werden.

Ich betrat dann einen Raum, in welchem – neben dem Chefarzt der Klinik und meiner Oberärztin - unheimlich viele Ärzte zu sehen waren, ich schätzte die Anzahl zwischen 10 und 15. Mir wurde ganz komisch. Aus Verlegenheit lächelte ich, das Lächeln wurde mir allerdings sofort mit den Worten des Chefarztes aus dem Gesicht geschlagen, was es denn zu lächeln gebe?! Die Angelegenheit sei ernst genug!

„Du Blödmann!" – dachte ich nur, „was erzählst du mir das! Schließlich geht es hier um mich! Ich bin diejenige, um die es geht, die das alles durchstehen muss, die darunter leidet!" Mein Lächeln war Verlegenheit und natürlich die leise Hoffnung, wenn ich so vielen Ärzten vorgestellt werde, dass mir geholfen werden kann!

Es folgten ein paar nüchterne Fragen zur Schwangerschaft von ihm, Fakten, dann sollte ich mich auf den Stuhl legen, er wollte mich untersuchen. Wie peinlich, dachte ich nur, vor allen Leuten! Ok, es sind alles Ärzte, versuchte ich mich zu beruhigen. Der Chefarzt untersuchte mich, alle Ärzte standen im Halbkreis um ihn her-um. Ich war froh, als ich wieder runter konnte vom „Bock"!

Ich soll mich anziehen und draußen warten, sagte er dann.

Dann stand ich da im zugigen Treppenhaus, wartete. Was sollte das Ganze? Was berieten sie??

Es dauerte eine ganze Weile, dann wurde ich wieder hineingerufen. Todernste Gesichter starrten mich an.

Der Chefarzt machte es kurz:

Tagebuchauszug vom 03. März 1984

„... Die Tests waren inzwischen alle eingegangen. Insgesamt war daraus zu schließen, dass die Infektion im 2. Drittel der Schwangerschaft erfolgt war. Außerdem hatten einige Werte die Höchstgrenze, andere diese bereits überschritten.

Insgesamt bedeutete alles, dass mit einem kranken Kind gerechnet werden musste.

Es bestand auch die Möglichkeit, dass das Kind verschont bliebe, aber ...

Ich sollte mir alles überlegen, ob ich das Risiko auf mich nehmen wollte, oder nicht. ..."

Ich sollte mich entscheiden!!! Ich sollte mich für oder gegen das Kind entscheiden! Das war's, was er mir zu sagen hatte, ich könne jetzt wieder in mein Zimmer gehen, soll der Oberärztin spätestens morgen Bescheid geben, wie ich mich entschieden habe. Die Entscheidung würde drängen, da ich bereits in der 26. Schwangerschaftswoche sei und nur bis zum Ende dieser ein Abbruch aus medizinischen Gründen erfolgen dürfe. Ab der 27. SSW müsste die Geburt (Todgeburt) dem Standesamt gemeldet werden, das Kind müsste einen Namen bekommen und beerdigt werden ...

Das war zu viel! Ich glaubte, mir würden die Beine versagen. Die Oberärztin kam zu mir, sagte, ich soll erst mal mit in ihr Zimmer kommen, sie möchte in Ruhe noch einmal alles mit mir besprechen.

Ich soll es mir gut überlegen! Die Wahrscheinlichkeit, ein gesundes Kind zu bekommen würde bei maximal 30 Prozent liegen, das sei nicht viel, ein sehr hohes Risiko für ein Kind mit einer Behinderung. Ich sollte meinen Mann anrufen, alles in Ruhe mit ihm besprechen.

Ganz mechanisch lief ich zur Telefonzelle. Ich wählte die Nummer einer Nachbarin, die einen Telefonanschluss hatte. Ob sie mir bitte meinen Mann ans Telefon holen könnte, es sei dringend.

Wolfgang meldete sich. Doch ich brachte nur noch „Wolfgang" heraus, dann brach ich zusammen.

Ich hörte Wolfgang noch rufen: „Ich komme!" und konnte die Telefonzelle lange nicht verlassen.

Irgendwann bekam ich dann etwas zur Beruhigung.

Ich versuchte – noch ehe Wolfgang kam - eine Lösung zu finden, war aber nicht dazu in der Lage. Ich sah nur meinen Bauch, spürte die Bewegungen meines Babys darin und konnte mir nicht vorstellen, dass es krank sein sollte. Es war doch auch beim Ultraschall alles normal gewesen. Und wenn es doch gesund ist? Ich hatte bereits eine innige Beziehung zu dem Kind aufgebaut, liebte es bereits, noch ungeboren. Nein, dachte ich, ich werde auch ein behindertes Kind lieben, es ist doch mein Kind! Ich kann es doch nicht einfach „wegmachen" lassen, bloß weil die Wahrscheinlichkeit besteht, dass es infiziert wurde! 70 Prozent mindestens! Doch, das ist sehr hoch, eine hohe Wahrscheinlichkeit, dass das Kind krank ist! Aber ich spürte es in mir, es fühlte sich doch nicht krank an! Die Schwangerschaft selbst war ansonsten bisher ganz normal verlaufen!

Wie sollte ich mich bloß entscheiden?? Ich wusste es nicht!

Wolfgang fiel es ebenso wenig leicht sich zu entscheiden, wie mir, aber er sah die Prozentzahlen, die doch sehr für ein krankes Kind sprachen.

Auch meine Schwestern, Freundinnen, meine Mutter und meine Schwiegermutter sprachen mit mir. Alle rieten mir, es mir genau zu überlegen, auch wenn es jetzt sehr wehtun würde, aber die Wahrscheinlichkeit eines behinderten Kindes sei doch so hoch.

Erst das, was, dann meine Schwiegermutter sagte, brachte für mich eine Entscheidung:

„Bedenke, du hast schon ein Kind, ein gesundes Kind! Philipp braucht dich auch! Du wirst mit einem behinderten Kind keine Zeit mehr für ihn haben, dieses Kind wird dich voll und ganz brauchen, ein Leben lang! Und du bist noch jung, du kannst noch ein gesundes Kind bekommen."

Ja! Mein Philipp! Alles hatte sich in letzter Zeit nur noch um das Baby in meinem Bauch gedreht. Mein Schatz besuchte mich, aber auch zu diesen Besuchen ging es fast ausschließlich um das Baby. Schon da war er viel zu kurz gekommen. Ja, ich hatte einen Sohn, einen Sohn, der darauf wartete, dass seine Mama endlich wieder aus dem Krankenhaus nach Hause kommen würde, einen Sohn, den ich so liebte und der so viel zurückstecken musste in letzter Zeit. Wie konnte ich nicht daran denken! An meinen Philipp!

Nein, auch wenn die Entscheidung noch so wehtat, aber meine Schwiegermutter hatte Recht! Philipp würde darunter leiden müssen, wenn das Kind behindert sein würde, er hätte nichts mehr von mir, denn das behinderte Kind würde meine volle Aufmerksamkeit und ganze Kraft benötigen. Das wollte ich meinem Sohn nicht antun. Auch er war mein Kind! Für ihn wollte ich mindestens genauso da sein!

Meine Entscheidung war gefällt.

Genau zwei Tage nachdem der Chefarzt der Klinik mit mir gesprochen hatte, war der Termin für die Schwangerschaftsunterbrechung.

Am Morgen wurde ich noch einmal untersucht und ein Schlauch wurde in meine Gebärmutter eingeführt.

Trotz, dass ich eine Entscheidung gefällt hatte, ging es mir nicht gut, meine Nerven waren angekratzt, ich war ständig am Weinen.

Die Oberärztin, die mir wirklich immer mit viel Verständnis und Einfühlungsvermögen zu Seite stand, versuchte mich dann noch zu beruhigen: „Ich hätte ungewöhnlich viel Fruchtwasser", sagte sie, „das könnte darauf hinweisen, dass mit der Schwangerschaft etwas nicht in Ordnung sei".

Sie gab mir dann eine Beruhigungsspritze, wie sie sagte.

Nach der Untersuchung wurde ich wieder in mein Zimmer zurückgebracht und an einen Tropf angeschlossen (ich glaube mit Traubenzucker), um die Wehen einzuleiten. Ich lag den ganzen Tag da, ohne dass irgendetwas passierte. Ich hatte nur sehr schwache Wehen.

Am späten Abend kam der diensthabende Oberarzt, schaute nach, wie weit das Ganze fortgeschritten war. Aber mein Muttermund war noch fest verschlossen, wie er sagte. Mein Körper wehrte sich wahrscheinlich dagegen, dass Baby herzugeben.

Er sagte dann, es würde jetzt mal ein bisschen wehtun, aber er würde nachhelfen, damit es vorwärts geht. Er griff mir mit seinen dicken Fingern in die Scheide und dann spürte ich einen heftigen Schmerz. Er habe den Muttermund versucht gewaltsam etwas zu öffnen, sagte er, damit ich es eher hinter mir habe.

Ich schlief sehr unruhig in der Nacht, obwohl ich bezüglich Wehen noch immer nichts spürte. Gegen Morgen bekam ich dann doch langsam heftige Wehen. Und nach 24 Stunden, um 08:35 Uhr, war das Baby da. Eine Schwester, die während der Presswehen neben meinem Bett gestanden und mich liebevoll getröstet und gestreichelt hatte, fing es sofort auf - mit einer Nachtschüssel! – und deckte es ab. Vergeblich hatte ich versucht das Baby bei der Geburt zu sehen. Die Schwester lief auch sofort schnellen Schrittes mit meinem Baby davon.

Dann war plötzlich Ruhe im Zimmer! Ich war allein, ganz allein. Keiner da, auch kein Baby mehr in mir. Leer! Leer der Bauch! Alles weg! Kein Baby mehr! Eine unglaubliche Leere in und um mich!

Als die Schwester später noch einmal nach mir schaute, fragte ich, was es denn gewesen sei. „Ein Mädchen", antwortete sie.

Ein Mädchen war es! …

Später wurde ich noch ausgeschabt, alles wieder fein gesäubert… Jetzt war gar nichts mehr da von der Schwangerschaft.

Man trug mir dann die Daten des Babys in den Schwangerschaftsausweis ein:

„Am 1.3.84 medizinisch indizierter Schwangerschaftsabbruch (Toxoplasmose, akut) in der voll. 26. SSW.

(850 g, 38 cm, ♀)."

Das Baby, sagte man mir, würde in der Pathologie untersucht werden. Die Befunde würde man uns dann schriftlich mitteilen. Es könnte allerdings einige Wochen dauern.

Wolfgang hatte immer wieder angerufen und gefragt, wie es mir geht. Das fand ich sehr lieb von ihm. Als er mich dann am Abend besuchte, sah er auch sehr mitgenommen aus. Es schien ihn wohl auch alles sehr zu belasten. Und als er hörte, dass es ein Mädchen gewesen sei, wirkte er zusätzlich sehr traurig.

Die Oberärztin führte auch noch ein Abschlussgespräch mit uns. Sie versuchte uns in unserer Entscheidung zu bestärken und Mut zu machen. Schließlich würde die Toxoplasmose bald auskuriert sein und in einem halben Jahr habe sich mein Körper sicher auch genug erholt, um wieder schwanger zu werden.

Sie wünschte uns alles Gute und wir bedankten uns noch einmal sehr für ihre Unterstützung. Sie hatte sich für mich wirklich immer Zeit genommen, mir das Gefühl gegeben, dass sie jederzeit für mich ansprechbar sei. Das hatte mir in dieser Zeit sehr geholfen.

Ca. eine Woche später konnte ich endlich nach so langer Zeit das Krankenhaus wieder verlassen. Aber ich war nun nicht mehr schwanger, hatte kein Baby mehr im Bauch. Es war schon ein schmerzliches Gefühl, mit dickem Bauch in die Klinik gegangen zu sein und nun wieder zurückzukehren, ohne Bauch und ohne Baby.

Aber jetzt war ich wieder zu Hause, endlich! Endlich konnte ich mein Söhnchen wieder jeden Tag in den Arm nehmen, mich ihm widmen, ihn ins Bettchen bringen. Philipp war sehr ernst, als er mich fragte, wo unser Baby sei. Als ich ihm sagte, dass es krank gewesen sei und die Mama deshalb kein Baby bekommen hatte, weinte er.

Aber auch ich weinte, und mein kleines Söhnchen versuchte mich zu trösten. Er war so lieb!

Nach vier Wochen hatte ich eine Nachuntersuchung, bis dahin war ich krankgeschrieben gewesen. Und dann hatte uns schon bald der Alltag wieder.

(Die Untersuchungsergebnisse wurden uns nie mitgeteilt. Allerdings fragte ich auch nicht mehr nach. Ich hatte Angst vor der Möglichkeit hören zu müssen, dass das Baby nicht an Toxoplasmose erkrankt gewesen sei.)

Obwohl Philipp nach der Geburt einen guten Appetit hatte und schön zugenommen hatte, dauerte es dann nicht sehr lange, und der Babyspeck war weg. Philipp war ein schlechter Esser. Und ich wartete jedes Mal geduldig, bis Philipp endlich mit dem Essen fertig war.

Eine Kollegin, der ich meine Sorgen diesbezüglich mitgeteilt hatte, riet mir, Philipp nicht zum Essen zu zwingen, Kinder würden sich schon melden, wenn sie Hunger hätten. Sie gab mir noch ein paar Tipps, die ich gerne annahm, denn ihre inzwischen erwachsenen Kinder sahen beide sehr gesund aus. Zusätzlich kaufte ich mir noch ein Buch über Kinderpsychologie, da ich darin auch ein Kapitel über Essprobleme entdeckt hatte.

Und so fing ich an, meine diesbezüglichen bisherigen Praktiken umzustellen. Und tatsächlich, ich konnte beobachten, dass Philipp zunehmend mehr Gefallen am Essen fand.

Aber nicht nur für uns änderte sich etwas, sondern auch meine Eltern wurden damit konfrontiert, von denen ich wohl einiges bewusst oder unbewusst übernommen hatte (obwohl ich mein Kind nie dazu nötigte, etwas zu essen, was ihm nicht schmeckte).

Ich erinnere mich an eine Geburtstagsfeier bei meiner Schwester. Leckere Kuchen standen auf dem Tisch. Philipp machte große Augen und sagte mir gleich, welches Stück er haben wollte.

Meine Eltern saßen uns gegenüber und reagierten sofort mit den Worten:

„Du isst, was du auf den Teller kriegst!"

Philipps Vorfreude war sofort dahin. Traurig und lustlos sank er in sich zusammen! Aber ich war die Mutter! Und ich entschied! So fragte ich Philipp, worauf er denn Appetit habe.

Sofort richtete er sich wieder auf, seine Augen wurden ganz groß und er zeigte auf ein Kuchenstück.

„Natürlich kriegst du das", sagte ich, und legte es ihm auf den Teller.

„Glaubst du, dass du das ganze Stückchen schaffst?" fragte ich. Philipp bejahte es natürlich und machte sich sofort mit großem Appetit daran, das Stückchen in seinen Bauch zu befördern. Nachdem er ungefähr die Hälfte gegessen hatte, sagte er leise zu mir:

„Mama, ich schaffe es doch nicht."

„Macht nichts", sagte ich, „das war auch ein ganz schön großes Stück! Komm, gib mir den Rest, die Mama ist es auf."

Sofort hängten sich wieder meine Eltern dazwischen:

„Du hast das Stückchen gewollt, jetzt wird es auch aufgegessen!"

„Nein, sagte ich, das muss er nicht aufessen, es war ein sehr großes Stück."

„Natürlich nicht!", antworteten meine Eltern zynisch, „erst will er unbedingt dieses Stück, die Augen immer größer als den Magen, dann braucht er das angegessene Stück nicht mal aufessen!"

„Ich werde es aufessen" entgegnete ich, „es war ein großes Stück".

„Ja, mach du nur! Das wird schon richtig sein", reagierten meine Eltern zynisch. „Ihr wisst ja alles besser als wir. Ihr macht ja immer alles richtig! Wir haben ja alles nur verkehrt gemacht!"

Philipp rutschte unsicher auf seinem Stuhl hin und her, denn er spürte die vorwurfsvollen Blicke der Großeltern. Auch mir bekam nach diesem Disput der Kuchen nicht mehr so sehr, denn es war sofort eine sehr gespannte Atmosphäre am Tisch. Meine Eltern duldeten keinen Widerspruch. Sie brummelten ständig vor sich hin, dass uns unsere Kinder auf dem Kopf rumtanzen könnten, tun könnten was sie wollten, erst so, dann so ...

Sie unterhielten sich nicht mit uns über Meinungsverschiedenheiten, das war kein Austausch, kein Fragen, warum wir das taten, es waren einfach nur Vorwürfe. Vorwürfe, etwas anderes zu tun, als sie uns beigebracht hatten und noch immer für richtig hielten.

Diese zynische, vorwurfsvolle, teils sogar beleidigende Art meiner Eltern vertrug ich sehr schlecht. Ich bekam davon Magenschmerzen.

Wolfgang hörte sich das Gezeter nicht lange an und sagte schließlich zu meinen Eltern:

„Wir sind die Eltern und wir entscheiden! Ganz einfach! Und jetzt ist es mal wieder gut!"

Ich war stolz auf Wolfgang, dass er so Kontra bot, das gefiel mir sehr an ihm. Ich unternahm auch hin und wieder Versuche, merkte aber, wie ich dabei immer in eine große Anspannung geriet, mir ganz heiß wurde und mein Herz raste. Ich hielt diese vorwurfsvolle Art meiner Eltern mir gegenüber nur schwer aus. Meistens war mir dann nach Weinen zumute. Sie hingegen setzten oftmals noch eins obendrauf, wenn es nicht nach ihnen ging, reagierten beleidigt und verabschiedeten sich mit Worten wie:

„Naja, hier scheint man ja kein großes Interesse an unserer Anwesenheit zu haben, also werden wir gehen".

Womit dann meistens uns allen die Stimmung endgültig versaut worden war.

Also, ich will damit nur sagen, dass – auch wenn sich in unseren Köpfen und Praktiken etwas geändert hatte, wir doch immer wieder auf Widerstand stießen.

Trotz dass das Essen nun Philipp viel mehr Spaß zu machen schien, brachte er noch immer nicht das für die Einschulung erforderliche Gewicht auf die Waage. Ihm wurde daraufhin eine Erholungskur verschrieben, wo man versuchte, ihn innerhalb kurzer Zeit so viel wie möglich an Kilo anzufüttern.

Tatsächlich erkannte ich mein Kind kaum wieder, als es von der Kur zurückkam, so rund war das Gesichtchen geworden. Wirklich! Als der Bus hielt und die Tür geöffnet wurde, stieg ich ein und hielt nach Philipp Ausschau, sah ihn aber nicht.

„Mama, hier bin ich!" hörte ich dann. Philipp hatte unmittelbar vor mir gesessen, ich hatte ihn wirklich nicht gleich erkannt!

Philipp erzählte mir dann, dass er bei der Kur immer morgens eine dicke Milchsuppe essen musste. Sicherlich war auch der Tagesablauf für ihn dort etwas ruhiger und entspannter, so dass ich ganz froh war, ihn so wieder in die Arme nehmen zu können.

Übrigens – ich hatte ein kleines Geschenk für Philipp dabei. Wir hatten ihn sein erstes Matchboxfahrzeug gekauft, einen gelben Bagger, an dem man den Baggerarm bewegen konnte und Türen öffnen usw. Philipp war natürlich hellauf begeistert. Der Bagger war auch richtig stabil, im Gegensatz zu den DDR-„Matchbox"-Autos, die aus dünnem Plastik gepresst waren und wo sich lediglich die Räder drehten.

Es war übrigens das erste Mal, dass wir Westgeld hatten. Wolfgangs Bruder sagte uns, er könnte uns welches besorgen. Wir fragten, woher er das habe. Eine Kollegin, meinte er wohl, die Westbesuch hatte. Der Tauschsatz sei günstig – 1:8, also mussten wir 8 DDR-Mark für 1 DM tauschen. Aber das machten wir gern! Endlich konnten wir mal was in den Intershops, die mehr und mehr auftauchten, kaufen und mussten uns nicht nur an den Scheiben die Nasen platt drücken.

Es war überwältigend für uns, im Intershop einkaufen zu gehen. Schon allein der Duft, wenn man da hin-einging! Es war auch alles viel farbenfroher. Ich selbst kaufte mir damals eine gute Gesichtscreme. Wie die duftete! Ich fühlte mich gleich als etwas Besonderes!

Eines Tages fasste ich den Entschluss, aus der Partei auszutreten. Meine Gedanken hierzu hatte ich in mein Tagebuch geschrieben. Hier einige Auszüge:

Tagebuchauszug vom 19.04.1984

„Habe gestern einen für mich sehr schweren Entschluss gefasst, den Austritt aus der Partei!
Dieser Entschluss kam nicht von ungefähr.
Als mir der Gedanke durch den Kopf schoss, dass ich noch von Januar an Beitrag nachzahlen muss (aufgrund meiner Krankheit), widerstrebte mir das, wie schon so oft in letzter Zeit. Es ist mir einfach zu viel Beitrag (bei vollem Gehalt 26,75 M im Monat). Der Beitrag stieg um über 6 M, als ich Brutto 30,- M mehr verdiente. Netto waren es bloß noch ca. 20,- M ... Das fand ich schon so unmöglich.
Im Jahr sind das über 300,- M!
Und wofür das? Wofür bezahle ich so viel Beitrag? Ich weiß es nicht, aber ich sehe, was sich die Bezirksleitung für Bauten hinsetzt und ich kenne einige Räume und höre, dass das, was in letzter Zeit erbaut wurde, von der Inneneinrichtung superexklusiv ist.
Und das ist ein Gedanke, der mir widerstrebt, meinen Beitrag zu bezahlen.
Dann der Gedanke an die Parteiversammlungen, aus denen ich in letzter Zeit hätte ausreisen können, weil so schrecklich blind diskutiert wird, weil – wenn etwas nicht in Ordnung ist – diejenigen beschimpft werden, die es sowieso auszubaden haben, weil man nicht den Sachen auf den Grund zu schauen versucht, es nicht will.
Andere Probleme, wie die Wohnungspolitik, wo in der Zeitung „dieses" dokumentiert wird und die Praxis doch so anders aussieht... Alles nur noch Schwindel und Heuchelei. Eine Zeitung fürs Ausland, damit die sehen, wie gut es uns doch schon geht!
Warum keine Ehrlichkeit?! ...

Wie kann es passieren, dass solche Unterschiede gemacht werden?! Und warum haben gewisse Leute Narrenfreiheiten und Vorrechte gegenüber anderen bzw. sogar Sonderrechte, die einem als Durchschnittsbürger nicht zustehen?

Die gesamte Preisentwicklung, das Warenangebot, die zunehmenden Exquisit- und Delikat-Geschäfte...

Die Produktion vorrangig fürs Ausland. Wobei diejenigen, die predigen, dass wir das verstehen müssen, an Sachen herankommen, wovon wir nur träumen, usw.

Es ist zu viel geworden in letzter Zeit, um noch auf den Namen „Genossin" stolz sein zu können.

Es wirkt beschämend für mich dies zu bekennen, weil ich mit eigenen Augen so viel Ungerechtigkeit sehe und sie selbst spüre.

Dabei finde ich die Theorie, das, was man wollte, gut, richtig. Dafür könnte man sich einsetzen, wenn die Praxis doch nicht so falsch wäre.

Man hat das Gefühl, das zwei Klassen von Menschen heranwachsen, die, die predigen und an alles herankommen und diejenigen, die verstehen sollen und selbst zusehen müssen, wie sie es schaffen.

Trotzdem muss ich sagen, dass ich nach wie vor einiges sehr hoch schätze:
- *Das ist einmal das konsequente Eintreten für den Frieden*
- *Das ist die kostenlose Gesundheitsbetreuung*
- *Das sind die sozialpolitischen Maßnahmen wie Kredit für junge Eheleute, Erlassung von 1000 M pro Kind (müssen nicht zurückgezahlt werden)*
- *Und das ist nicht zuletzt eine Sicherheit, die wir haben, womit wir unser Leben und das unserer Kinder planen können.*

... Obwohl ich im Gesundheitswesen schon wieder Abstriche machen muss. Denn es wird immer häufiger, dass die Kinder nicht

mehr ausreichend krankgeschrieben werden, dass sie mit schwerer Medizin vollgestopft werden, bloß, damit die Mütter arbeiten gehen.

Und da – bei so viel Rücksichtslosigkeit den Kindern gegenüber – hört bei mir der Humanismus auf.

Ebenso, wenn ich als Mutter nicht selbst entscheiden kann, wie lange ich arbeite, da Teilzeitbeschäftigung in der Regel abgelehnt wird. Auch etwas, was ich überhaupt nicht akzeptiere. Keiner denkt dabei an die Kinder. ...

… auch keine Bedenken, diesen Austritt nicht vertreten zu können, wenn es zu Aussprachen kommt.

Aber die Eltern! Ich sehe schon ihren enttäuschten Blick! Sie waren stolz, als ich Genossin wurde. Und ich kann sie verstehen. Denn das, wofür sie sich mit aller Kraft eingesetzt haben, das war eine ehrliche Sache. Dafür könnte ich mich auch zu jeder Zeit einsetzen.

Aber das, die „Gerechtigkeit", die heute fabriziert wird, kann man damit nicht mehr vergleichen. Es ist zu viel Lüge, als dass man noch „hurra" schreien könnte.

Das Schlimmste ist, dass viele, die selbst Genossen sind, ihre Parteizugehörigkeit missbrauchen, womit sie diesen Schaden anrichten, womit sie sich unglaubwürdig machen.

Und es sind zu viele, als dass man da noch eine Veränderung erwarten könnte!

Keine Ehrlichkeit mehr unter den Genossen, was soll man da noch erwarten?!

Ich glaube, das Regime mit seiner guten und richtigen Theorie ist auf einen verkehrten Pfad geraten.

Noch ist es nicht zu spät! Aber es kocht bereits unter den Massen, die sich doch so viel gefallen lassen!

…

Ich kann nur hoffen, dass wenigstens eines wahr ist, nämlich, dass jeder aus dieser Partei wieder austreten kann. Ich vermute leider, dass es Folgen haben wird.

Die Hauptsache, die Eltern verstehen mich und für Philipp, der ja für nichts kann, entstehen keine Nachteile.

Sollte das für die Eltern und Philipp doch der Fall sein, so ist das für mich nur ein Beweis für die Ungerechtigkeit! Was natürlich nicht gerade für diese Partei sprechen würde!

Nun habe ich die ganze Zeit "gepinselt" und die Arbeit wartet. Aber es musste zu Papier gebracht werden.

Dann wieder das Anstehen nach Fleisch und Wurst für Ostern – es kotzt mich an!"

Tagebuchauszug vom 24.04.1984

„*(Gleich 21:15 h, Wolfgang ist noch nicht da! Wollte in den Garten – ist bisschen lang für meine Begriffe. Wird ja schon ca. 20:00 Uhr dunkel.)*

Habe nun gestern den Brief – meine Austrittserklärung – per Einschreiben geschickt. Seitdem habe ich eine totale innere Unruhe.

Heute früh saßen vier aus der Leitung der Partei zusammen. Waren so komisch, ich weiß nicht.

Mein Brief könnte ja schon da gewesen sein, aber ich glaube nicht, dass das Gespräch schon in diese Richtung ging. Trotzdem hatte ich ein komisches Gefühl – Druck auf den Magen, schneller Puls, Aufregung ...

Es war bisschen viel für den ersten Arbeitstag nach so langer Zeit, konnte lange nicht einschlafen, die Gedanken kreisten. ...
Überlegungen, ob alles richtig war.

Die Angst vor dem, was kommen wird, die Ungewissheit.

Meine größte Angst, dass man mir mein Denken vorwirft, dass ich unberechtigt behandelt werde, dass man auf einmal niemand mehr ist, als ein negatives Element für die Gesellschaft, dass Konflikte entstehen, die auf Philipp mit übergreifen. Davor habe ich richtige Angst.

Ich kann fast den Begriff ‚Existenzangst' nachfühlen. Zwar fühle ich mich nicht sozial bedroht, sondern ich befürchte, dass man sich nicht die Mühe geben wird, mich richtig zu verstehen, mich einfach verurteilt und mir Steine in den Weg legt.

Ich habe mir auch fest vorgenommen, ganz sachlich zu bleiben.

Ich sehe vieles, was gut ist bei uns, möchte nicht woanders leben, da mir das zu viel Unsicherheit geben würde.

Das werde ich auch bestätigen.

Aber diese Ungerechtigkeiten, diese Gewalt gegenüber Menschen, die andere Standpunkte vertreten, diese Schnüffelei und, und, und.

Ich habe Angst, dass diese Menschen, die glauben über alles bestimmen zu können und keine andere Meinung akzeptieren, dass die mein Leben kaputtmachen!

(21:30 Uhr – Wolfgang ist noch nicht da!)"

Tagebuchauszug vom 12.05.1984

„Es ist inzwischen viel geschehen und leider viel Schlechtes.

Zu meiner ersten Aussprache wurde ich ohne vorherige Anmeldung zu Koll. X. gerufen.

Er gab mir zu verstehen, dass ich ihn sehr verblüfft hätte und ich sollte Beweise aufführen, für das, was ich behauptet hatte. Ich führte einige auf, nach ca. 1/4 Stunde wurde das Gespräch unterbrochen …

Fortsetzung war am nächsten Tag von 10:15 bis 12:30 Uhr. Nachdem Koll. X. mir Vorwürfe gemacht hatte in der Hinsicht, ich hätte es doch so gut und würde nur das Negative sehen, und ich das verneint hatte, da ich eben hinter einer ganzen Menge nach wie vor stehe, zählte ich weitere Beispiele auf, wie Wirtschaftspolitik, Preispolitik, politischen Zwang, Ideologie, Einmischen in private Entscheidungen ...

Am Ende der Aussprache sagte mir Kollege X., er würde meinen Entschluss weitermelden an Kollegen Y. und Kollegin Z. benachrichtigen.

Er hatte übrigens mitgeschrieben, wogegen ich nichts hatte, da ich sogar dafür bin, dass die Gründe, die ich habe, gemeldet werden.

Weiterhin sagte Koll. X, ich habe mit Folgen zu rechnen, wie z. B., dass ich nicht mehr VD-berechtigt bin (VD = Vertrauliche Dienstsache, wichtige Voraussetzung, um meine Arbeit durchführen zu können).

Ich stellte ihm sofort die Frage, mit welchem Recht man mich für etwas bestrafen will, was laut Statut vereinbart und genehmigt ist, und seit wann die VD-Berechtigung von Mitgliedschaft in der SED abhängig ist, andere wären auch kein Mitglied.

Mir wurde geantwortet, ich hätte mit Folgen zu rechnen und mit weiteren Aussprachen.

Vergangenen Freitag, dem 04. Mai 84, kündigte Kollege X. seine nächste Aussprache an. Als ich ihn fragte, ob diese wieder mit ihm sei, sagte er ja, er sei hartnäckig.

Über gewisse Gespräche glaubte ich herauszuhören, dass Kollege Y. im Haus sei (sein Arbeitsort ist W.). Ich ahnte sofort etwas.

Für 13:00 Uhr war ich einbestellt. Und wie erwartet und befürchtet saßen da auch Kollege Y. und extra noch Kollegin Z. ...

Ich durfte nochmals sämtliche Gründe aufführen.

Die Aussprache ging bis 16:00 Uhr, also drei Stunden.

Meine aufgeführten Gründe und Beweise wurden entweder als nichtig oder als Einzelbeispiele oder als unwahr hinge-stellt, die Ursachen dafür einzelnen Leuten in die Schuhe geschoben, usw.

Keineswegs waren diese Gründe aber für sie Grund genug auszutreten. Man hielt mir vor, mich mit dem Antrag auf Austritt gegen die Friedenspolitik, gegen unsere Sozialpolitik, überhaupt gegen die Klassenaufgabe der Arbeiterklasse zu richten.

Koll. Y. drohte mir an, dass ich, falls ich dabei bleibe, nicht mehr im DB WuT (Direktionsbereich Wissenschaft und Technik) arbeiten könnte.

Ich fragte sofort, mit welchem Recht, da andere auch keine Genossen seien und er erwiderte, dass aber dort immer mehr Genossen tätig sein sollen.

Ich sagte, dass ich das als Drohung auffassen würde, was gegen das Statut verstößt und gegen die Verfassung der DDR.

Kollege Y. entgegnete, dass er nicht wüsste, ob es dazu käme, die Grundorganisation müsse dies entscheiden.

Mir wurde vorgehalten, dass das alles keine Gründe seien, die einen Austritt erklären, dass man – die Partei – es sich nicht erlauben könne, solchen Anträgen stattzugeben, da die aufgeführten Gründe auch andere Genossen betreffen, der DB eine gewisse Vorbildwirkung hätte und demzufolge dann ja auch andere den Austritt fordern könnten.

Ich führte als weiteren Grund – was ich heute zutiefst bereue (extra unterstrichen) – die Sache mit Peter an.

Kollege Y. machte sich darüber Notizen.

Am Ende der Aussprache betonte er noch einmal, dass alle von mir aufgeführten Gründe keinen Austritt erklären, dass ich nur das Negative sehe, die ganzen anderen Sachen nicht beachte oder die für mich schon selbstverständlich sind und man will mir nochmals eine Woche Zeit geben, alles zu überdenken.

Ich fühlte mich nach der Aussprache wie ein Verbrecher. Meine Gründe waren für sie keine, man unterstellte mir, alles andere würde ich in Anspruch nehmen, sei für mich selbstverständlich geworden ...

Das Schlimmste ist, dass das nicht wahr ist. ...

Wolfgang war zum Glück da und rückte mich zurecht.

Trotz allem ließ ich mir noch einmal alles genau durch den Kopf gehen und las das Statut, was man mir mitgegeben hatte.

Dort stand unter anderem etwas von Streichung, welche beinhaltet, dass man die Verbindung zur Partei verloren hat und momentan nicht gewillt ist, bestimmten Verpflichtungen nachzukommen. ...

Nach einigen Überlegungen war ich der Meinung, dass die Streichung eigentlich das ist, was ich meine.

Denn ich bin nach wie vor mit den theoretischen Zielstellungen einverstanden und ich akzeptiere und stehe hinter Friedenspolitik und Sozialpolitik.

Und die Gründe, die ich aufführte, könnten ja irgendwann, nämlich, wenn andere Beschlüsse gefasst würden, hinter denen ich stehe, nichtig werden, so dass ich der Partei wieder verbunden wäre.

Das Ganze wollte ich natürlich schriftlich formulieren und dann einreichen, damit man mir nicht Sachen unterstellen könnte.

Noch ehe ich alles verfasst hatte, wollte Kollege X. von mir wissen, wie ich mich entschieden hatte. Allerdings kam bei ihm wieder was dazwischen und so stellte er mich erst am Donnerstagmorgen zur Rede, als ich alles verfasst hatte.

Dass es eine Streichung als Mitglied gab, war ihm unbekannt und neu. Er las es sich im Statut durch. Meinen erneuten Antrag wollte er nicht sehen, nur 2 – 3 Sätze hören, wie ich mich entschieden hatte.

Den Antrag sollte ich Kollegin Z. bringen, die vorher benachrichtigt wurde. Diese sagte nur noch, dass ich mit weiteren Aussprachen zu rechnen habe.

Am Donnerstagabend (als wir bei Bettina zu R.s Geburtstagsfeier waren) trat Mutti an mich heran. Sie wollte wissen, wo wir am Wochenende sind, da uns die Eltern besuchen wollten. Sie hätten etwas zu besprechen mit mir, unter Genossen.

Es regte mich sogleich auf, dass ich nun wieder eine Aussprache hatte. Jedem war ich Rechenschaft schuldig.

Ich ging dann zu Mutti und sagte, wenn sie nur deswegen kämen, sollten sie nicht kommen, da ich in letzter Zeit auf Arbeit sehr häufig und sehr lang Aussprachen hatte und ich mich einfach am Wochenende mal entspannen wolle.

Aber da entgegnete Mutti, sie müssten mit mir sprechen, sie hätten einen Parteiauftrag.

Mutti sagte mir, dass sie mich nicht verstehen würde, so einen Schritt zu gehen, der das Schlimmste sei, was man tun konnte und dass sie auch unseren Parteisekretär gerne mal gesprochen hätte, der die Schuld in erster Linie im Elternhaus sah.

Ich versuchte Mutti meine Beweggründe zu erklären und sie verzweifelte immer mehr, bis sie schließlich schrecklich weinte und sagte, dass sie das noch mal nicht durchsteht, dass man sie aus der Partei ausschließen wollte, wenn sie mich nicht überzeugen könne die Erklärung zurückzuziehen.

Ich war verzweifelt. Man wollte meiner Mutter die Schuld in die Schuhe schieben für meine Handlung und sie bestrafen, falls ich meinen Antrag nicht zurückziehe. Und das Schlimmste, was ich glaubte herauszuhören, sie wollten sie vor die gleiche Entscheidung setzen wie bei Peter.

Ich finde das nicht nur ungerecht, sondern unmenschlich und brutal!

Diejenigen, die ihr das androhen, kennen sie ganz genau. Sie wissen ganz genau, dass sie – was ich auch verstehe – mit Leib und Seele Genossin ist. Sie hat das alles von Anfang an mit aufgebaut und hat ihre Ideale und es wäre das Schlimmste für Mutti, aus der Partei ausgeschlossen zu werden, weil sie ihr ganzes Leben darauf aufgebaut hat, weil sie dafür geschuftet hat und entbehrt hat und eben dafür ist.

Aber andererseits ist sie auch Mutter und wir sind ihre Kinder.

Und ich kann verstehen, dass sie bei solchen Androhungen verzweifelt.

Aber was sind das für Menschen, die so unmenschlich sind, die keine Rücksicht auf sie nehmen und das bewusst - für ihre Interessen, für die Einhaltung einer statistischen Zahl - ausnutzen?

Es sind keine Menschen!

Was ist der Y. für ein Mensch! Er hat meine Achtung und mehr verloren, ihn gibt es für mich nicht mehr! Wer so rücksichtslos und bewusst vorgeht, obwohl oder weil er weiß, welche Folgen das für die Mutter und die Familie hat, der ist kein Mensch.

Diese Methoden kommen mir so bekannt vor!

Ich sah vor langer Zeit mal einen Kriegsfilm, wo Kommunisten verfolgt wurden, auch Frauen darunter und wo man die Frauen zu Aussagen erpressen wollte, indem man ihr Kind über kochendes Wasser hielt und drohte es hineinfallen zu lassen, und wo das Kind verzweifelt nach der Mutter rief.

Und nun stelle ich – wozu ich laut Statut das Recht habe – einen Antrag auf Austritt. Und da droht man mir, die VD-Berechtigung zu entziehen, aber es nützt nichts, und droht man mir, dass ich den Arbeitsplatz verliere und die Drohung nützt ebenfalls nichts, und da geht man an den schwächsten Punkt, wo man mich vor die Frage stellt: „Willst du nun in der Partei bleiben oder willst du, dass deine Mutter ausgeschlossen wird oder dass sie noch mal vor die

Entscheidung wie bei deinem Bruder gestellt wird, wo du weißt, weil du deine Mutter kennst, das wird ihr Herz nicht mitmachen."

Sind das Menschen, die so weit gehen?!
Und das sind Genossen, auch Genossen!
Und zu solchen soll man Vertrauen haben? Mehr Vertrauen, als vorher!

Ich weiß nicht, was ich tun soll. Für mich steht fest, dass ich das mit meiner Mutter nicht machen lasse. Da würde ich doch lieber noch alles zurückziehen.

Aber andererseits streikt es in mir umso mehr, gerade nun, wo ich die wahren Gesichter einiger Genossen kennen gelernt habe, gerade da wieder zu denen zu gehen.

Am liebsten würde ich eine Eingabe gegen den Y. an die Kreisparteiorganisation machen, weil er so droht. Und alles aufführen. Aber ich habe schon wieder Angst, dass da ebensolche wie er sitzen, und dass es wieder auf meine Mutter zurückkommt. Ich traue ihnen so viel Rücksichtslosigkeit und Unmenschlichkeit zu.

Das Nächste: Carmen kommt bald ins Krankenhaus. Sie fragte mich, ob ich mich um ihren Sohn kümmern würde.

Und ich sage mir – ja, denn der kleine Kerl kann doch nicht sich selbst überlassen werden.

Aber ich muss schon wieder Angst haben, dass wieder etwas passiert und weitergemeldet wird. Schließlich ist es ja das Kind von welchen, die ausreisen wollen!

Und wer sieht da noch, ob es ein Kind ist und wen interessiert denn da, was sie für Beweggründe haben?

Ja, so ist es. Ich stehe im Widerspruch! Im Widerspruch zu dem, woran ich einmal glaubte und zu der wirklichen Praxis."

Tagebuchauszug vom 18.05.1984

„Wolfgang ist noch nicht da! Er würde heute die 2. Schicht einweisen und so kommen, wie sonst, wenn er aus dem Garten kommt. Aber inzwischen ist es 20:30 Uhr! Er hat schon mal die 2. Schicht eingewiesen, da war er aber 16:30 Uhr da! Ich habe kein richtiges Vertrauen mehr! War in den letzten Tagen auch wieder so komisch. Ich war sehr schnell bei ihm eine „dumme Kuh" und „blöde Gans".
…
Die Parteisache hat mir sehr zu schaffen gemacht und an den Nerven gezehrt. Letztendlich wurden ja die Eltern noch informiert und Vati führte am Montag dieser Woche ein Gespräch mit mir.

Ich gebe ihm ja in so vielem Recht. Auch darin, dass man dem, was nicht in Ordnung ist, nachgehen muss.

Aber – erstens bin ich nicht der Mensch dazu, der seinen Kopf ständig für solche Grundsatzdiskussionen hinhalten kann, mich reibt das einfach zu sehr auf, und zweitens würde ich damit doch nur an einer winzigen Stelle eingreifen und vielleicht sogar was ändern, doch aber im Großen und Ganzen nicht.

Naja, hin und her, auch für Vati war alles (was ich aufführte) kein Grund, aus der Partei zu gehen. Man müsste das Große und Ganze sehen. Und ob ich etwas gegen die Partei der Arbeiterklasse habe.

Das, was Vati erzählt hat, ist ja alles gut und schön und richtig, aber ich bin der Meinung, dass die Praxis zur Zeit eben weit von dem abgekommen ist und die Praxis wird nun mal durch Genossen praktiziert.

Trotzdem sagte ich Vati zu, drinnen (in der Partei) zu bleiben.
Warum? Warum wohl?!
Weil es für sie eben kein Grund ist, weil sie Verrat dahinter sehen, einen Klassenfeind und, und, und …Weil sie mich nicht verstehen und ich nicht weiß, wie ich es ihnen erklären soll, dass ich

der Partei an sich zustimme, aber nicht der jetzigen Praxis mit meinen aufgezählten Begründungen.

Weil ich nicht will, dass sie ein falsches Bild von mir bekommen und sich von mir trennen.

Trotzdem bin ich mir nicht mehr richtig gut.

Warum wird Verrat dahinter gesehen, wenn man momentan – eben, weil die Praxis der Theorie so häufig widerspricht – nicht bereit ist, sich für die Partei einzusetzen.

Warum verstehen sie mich nicht, warum muss ich entweder genau wie sie oder gleich ein Klassenfeind sein und meine Zwischenstellung existiert für sie nicht?

Vati hatte am nächsten Tag Kollege X. bereits benachrichtigt, noch ehe ich bei ihm war und alles zurückgezogen hatte.

Ich erfuhr von Kollegen X. durch ein: "Dankeschön!", dass er Bescheid weiß.

Selbst rang ich noch, da ich es nicht so gewollt hatte und es auch nicht getan hätte, wenn die Eltern mich akzeptieren würden mit meiner Meinung und nicht so abstrakt alles sehen würden und sich dabei selbst nicht so quälen würden.

Dass Vati der Anrufer war, erfuhr ich von ihm selbst, als ich mit Vati telefonierte und er mich fragte, ob ich alles geregelt hätte.

Ich regte mich sehr darüber auf, kam ich mir doch vor wie ein Kind, mit dem man nicht fertig wurde und wo Elternhaus und Betrieb Rat halten mussten.

Alles über meinen Kopf hinweg – erst Benachrichtigung der Parteisekretäre der Eltern, dann Rückruf der Eltern in meinem Betrieb mit Benachrichtigung über meine Entscheidung.

Entmündigung!!!

Es hat mich sehr verletzt, denn ich bin kein Kind mehr, stehe für das, was ich getan habe, gerade.

Ich komme mir so beschissen vor, weil ich wie ein dummes, unreifes Kind behandelt werde, was Unfug gemacht hat.

Wolfgang ist noch nicht da, es ist bereits 21:00 Uhr! ..."

Zu Muttis 50. Geburtstag waren drei schwangere Frauen anwesend, eine russische Freundin von ihr, meine Schwester Regina und – ich!

Ja, ich war wieder schwanger! Es war sehr schnell gegangen, eigentlich zu schnell, ich sollte ja ein halbes Jahr warten. Ich hatte die Pille nach der Unterbrechung nicht wieder genommen und schon war es passiert. Zunächst waren wir erschrocken, eben weil wir etwas mehr Zeit vergehen lassen sollten, doch als ich mit der Oberärztin sprach – ich hatte sie wirklich ins Herz geschlossen und vollstes Vertrauen zu ihr – sagte sie:

„Vielleicht ist es ja sogar besser so." Vielleicht würde uns das über den Verlust des anderen Babys besser hinweghelfen.

Also freuten wir uns nun auf die erneute Schwangerschaft und sahen ihr hoffnungsvoll entgegen.

An Muttis Geburtstag war es sehr heiß. Wir feierten in einer Gaststätte, gingen dann ab und zu auch mal mit den Kindern – für die das lange Stillsitzen schwer auszuhalten war – bisschen nach draußen.

Philipp sagte dann irgendwann, dass ihm nicht gut sei. Tatsächlich hatte er ganz glänzende Augen und fühlte sich heiß an. Auch hatte er kleine Pickelchen, aber da es, nachdem bei ihm als Kleinkind schon einmal Röteln festgestellt worden waren, ja höchstens Hitzepickelchen sein konnten, machten wir uns diesbezüglich keine weiteren Gedanken.

Trotzdem ging es Philipp zunehmend schlechter, so dass Wolfgang und ich beschlossen, ihn lieber beim Kinderarzt vorzustellen.

Die Ärztin dort diagnostizierte sofort Röteln. Ich widersprach natürlich, Philipp hätte als Kleinkind Röteln gehabt und es hieß doch, man könne sie nur 1 x bekommen. Aber sie blieb dabei, zeigte mir sichere Anzeichen am Hinterkopf, die für sie ihre Diagnose bestätigten. Als sie noch hörte, dass ich schwanger bin und, dass ich als Kind nach den Angaben meiner Mutter keine Röteln gehabt hätte, veranlasste sie sofort eine Blutuntersuchung bei Philipp machen zu lassen.

Leider bestätigte man uns dann die Röteln bei Philipp. Vermutlich – so sagte man – seien es damals keine Röteln, sondern Hitzepickelchen gewesen, man würde das schnell verwechseln.

Für Philipp war das Ganze nun weniger schlimm, es war eine Kinderkrankheit. Schlimmer war es für mich! Ich dachte nur: „Das kann doch nicht sein! Es ist doch nicht möglich, dass ich schon wieder in der Schwangerschaft erkranke! Man könnte gerade das Gefühl bekommen, dass es nicht sein soll!"

Auf alle Fälle sollte ich mich nun dringend bei meiner Frauenärztin melden, die eine Blutuntersuchung bei mir machen sollte.

Das Ergebnis war ein sehr hoher Titer, was allerdings noch nichts aussagte. Erst wenn sich bei der 2. Untersuchung nach 4 Wochen dieser Wert weiter erhöht hatte, war von einer frischen Infektion auszugehen.

Wieder vier Wochen bangen! Ich hatte das Gefühl, extrem viel abzubekommen.

Nachdem der Untersuchungsbefund der 2. Untersuchung eingegangen war, stellte meine Frauenärztin erfreut fest, dass ich doch schon einmal während meiner Kindheit an Röteln erkrankt gewesen sein muss, da der hohe Titer unverändert war. Vermutlich sei es damals mit Hitzepickelchen verwechselt worden.

Mir fiel ein Stein vom Herzen! Ich hätte Luftsprünge machen können! Gott sei Dank! Ich war gesund! Dem Baby konnte nichts passieren!

Ich war unglaublich erleichtert!

Das Faszinierende: Mein Gesicht spiegelte sich auch immer gleich in Philipps wieder! Kaum war ich glücklich, strahlte auch er wieder. Unglaublich, was so eine kleine Kinderseele alles schon aufnimmt!

Nun konnte also die Schwangerschaft ihren Lauf nehmen und ich musste keine Angst haben, dass dem Baby durch eine Rötelerkrankung meinerseits etwas zustoßen konnte. Ich war glücklich und zuversichtlich. Und es war gut, dass ich so schnell wieder schwanger geworden war. Nun würde ich mein zweites Kindchen bekommen, auf das ich so lange warten musste. Es wird alles gut werden. Ich war sehr zuversichtlich.

Die Schwangerschaft verlief dann aber doch nicht komplikationslos. Vermutlich hing es noch mit dem Ein-griff des Oberarztes bei der vorhergehenden Schwangerschaftsunterbrechung zusammen, wurde mir gesagt, der mir – um mir zu helfen – den Muttermund gewaltsam geöffnet hatte. Da ich nun so schnell wieder schwanger geworden war, hatte sich dieser noch nicht wieder so richtig gefestigt. Das hieß, dass die Gefahr bestand, das Kind zu verlieren.

Wieder Ängste! Ich musste vorsichtig sein, durfte mich nicht zu sehr anstrengen, nicht schwer heben, nicht lange stehen ... Bereits wenn ich mich beim Einkaufen in die Schlange einreihte – schließlich sah man mir nicht sofort an, dass ich schwanger war, um mich dann nach vorn zu lassen - oder beim Aufschütteln der Federbetten, bemerkte ich, wie sich mein Bauch zusammenzog. Oder wenn ich den Wäschekorb anhob, oder, oder...

Übrigens – das war eine sehr angenehme Festlegung:
Mit Erhalt des Schwangerschaftsausweises war man – indem man diesen vorzeigen musste – berechtigt, beim Einkau-

fen nach vorn zu gehen, musste sich also nicht in die Endlosschlangen einreihen. Und man hatte auch Anspruch auf einen Sitzplatz in Straßenbahnen und Bussen. Meistens standen die Leute schon von alleine auf oder ließen einen vor, wenn sie sahen, dass man schwanger war. Und selbst machte man auch nicht immer unbedingt davon Gebrauch, wenn es nicht sein musste. Aber es war eine gute Sache!

Wolfgang zeigte leider für meine Probleme weniger Verständnis. Wenn ich ihn zum Beispiel darum bat, die nasse Wäsche auf den Speicher zu tragen, da sie mir zu schwer war, war das grundsätzlich mit Murren verbunden. Es war für mich schon unangenehm, ihn immer wieder bitten zu müssen.

Je weiter die Schwangerschaft fortschritt, je schwerer mein Baby wurde, desto größer war die Gefahr, es zu verlieren. Dementsprechend angespannt und ängstlich war ich natürlich. Ich wollte das Kind nicht verlieren, nicht noch einmal ein Kind verlieren. Über jede Schwangerschaftswoche, die ich geschafft hatte, war ich sehr froh. Mein Ziel war es, wenigstens die 28. SSW zu erreichen, denn dann – so sagte man mir – sei die Wahrscheinlichkeit sehr hoch, dass das Baby am Leben bleibt.

Ich bekam dann auch noch eine spezielle Kur für Schwangere. Das tat mir total gut. Ich musste den ganzen Tag nichts machen, war nur auf mich gestellt, bekam das Essen hingestellt, konnte ausgiebige Spaziergänge machen, schlafen. Die Kur war in einem landschaftlich sehr schönen Gebiet, Dörfer in der Nähe, Wald, Felder, Wiesen, gesunde Luft, das tat gut.

Wolfgang und Philipp besuchten mich auch einmal und schienen auch begeistert. Auch sie sahen erholt aus. Sicherlich tat ihnen der Abstand auch mal gut, das konnte ich schon nachvollziehen.

Dann hatte ich auch die 28. SSW geschafft und war darüber sehr froh. Wir würden unser Baby bekommen und es würde alles gut gehen.

Dieses Mal durfte Wolfgang den Namen aussuchen. Wir wussten noch nicht, ob es ein Junge oder ein Mädchen sein würde.

Tagebuchauszug vom 21.11.84

„... Irgendwann nach der Kur kam ein Brief von Carmen, dass Lars drüben wäre. Nun warte sie auf ihre Genehmigung. Es könne 3 Wochen, aber auch 3 Monate dauern, hatte man ihr gesagt.

... versuchte ich, sie bei der Arbeit zu erreichen. Als ich eines Tages Verbindung hatte, war das ihr erster Tag, an dem sie nicht mehr arbeitete.

Ich schrieb ihr einen Brief, Antwort auf ihren, der schon fast ein Abschiedsbrief war. Immer hoffte ich, sie würde sich mal sehen lassen.

Und eines Tages Marions Brief, dass Carmen schon paar Mal geschrieben hätte, ja, dass sie drüben wäre.

Ich konnte es lange nicht fassen. Irgendwie ging das nicht in meinen Kopf, dass ich sie jetzt lange nicht oder nie mehr sehen würde. ...

Ja, das ist das, was mich momentan mit am meisten beschäftigt.

Dann immer wieder die Tatsache, dass ich noch in der Partei bin, dass ich – als wäre nichts gewesen (nur ein Ausrutscher), wieder fein meinen Beitrag bezahle und an den Versammlungen teilnehme.

Andererseits wieder das blöde Gefühl, was ich dort will. Ich sitze da, höre mir alles an – Auswertungen der Zeitung und Bildung eines Standpunktes.

Keiner fragt – ‚Genossen, habt ihr Probleme?'. Und ich ringe mit mir, mal was anderes zu sagen, als sie hören wollen und bekomme den Mund doch nicht auf.

Man diskutiert über die Wahlen drüben, ich denke an unsere Wahlen, lächle innerlich bitter, aber sage nichts.

Man spricht von Einstellungsverboten für Mitglieder der KPD. Ich denke an die Aussprachen mit mir, als ich den Antrag auf Austritt gestellt hatte – ist das was anderes? Mir schlägt das Herz bis zum Hals, ich will es sagen, kein Moment ist der richtige.

Ich bin aufgeregt, alle würden lauschen, denn sie wissen es nicht. Und dann „überzeugendes Bla, Bla, Bla", was ich mir anhören müsste.

Ich lasse es sein, die Versammlung ist beendet. Die Genossen verlassen das Lokal, ich auch, komme mir vor wie ein Fremdkörper unter ihnen.

Bin nicht gut zu mir, hätte vielleicht doch den Mund aufmachen sollen.

…

Und dann gehe ich wieder einkaufen, gucke zum x-ten Male nach Stiefeln für Philipp. Und ich sehe Schlangen (50 Mann oder mehr), wo mir schlecht wird. …

Ich renne in der Woche noch mal alleine los, nichts, eine gähnende Leere blickt mir entgegen, in seiner Größe kein einziges Paar Stiefel. Etwas größer diese stockhässlichen mit dem Filz. Aber in Massen Halbschuhe! Da fragt man sich …

Haufenweise Tschechen laufen herum, alle mit schönen Schneeschuhen aus Holz in Blau und Rot.

Ich ärgere mich wieder. Philipp hat sich ja auch für Weihnachten welche gewünscht, ich hatte ein paar Mal geschaut, es gab nur kleine.

Eines Tages Philipps Größe, ich greife zu, obwohl sie 0-8-15 sind. Aber wer weiß, ob bis Weihnachten überhaupt wieder mal welche kommen! Falls nicht ärgere ich mich, weil ich bei den 0-8-15-Skiern nicht zugegriffen habe.

Und nun, wo ich welche gekauft habe, sehe ich die Tschechen mit so schönen herumlaufen.

Laufe extra wegen Stiefeln noch mal in die. K.-Straße, die letzte Einkaufsmöglichkeit hier für Kinderschuhe im Stadt-zentrum.

Und da stehe ich vor dem gleichen Problem, wie mit den Skiern! Nimmst du die, obwohl sie dir nur halb gefallen oder wartest du? Gibt es dann vielleicht gar nichts mehr oder nur noch hässlichere, oder?

Ja, so ist das bei uns. Unnormal!

Aber dafür, dass viele an der Basis so schrecklich unnormal entscheiden, dafür zahle ich fein meinen Beitrag. ..."

November/Dezember 1984. Meine Nerven lagen ziemlich brach. Ich hatte Angst, diese Schwangerschaft doch nicht zu schaffen. Ich musste ständig zur Kontrolle, weil der Muttermund schon so weit geöffnet war und fühlte mich schnell müde und schlapp. Der Arzt sagte, ich soll viel liegen, keine großen Anstrengungen.

Wolfgang zeigte dafür allerdings kaum Verständnis, war rücksichtslos und egoistisch, verbrachte seine Zeit nach der Arbeit und oft sogar an den Wochenenden immer irgendwo - mal im Garten, mal mit Freunden, mal mit Arbeitskollegen, kaum mal zu Hause, war mir keine große Hilfe. Sprach ich ihn darauf an, fühlte er sich von mir genervt. Er zügelte sich nicht, mir dafür hässliche Sachen an den Kopf zu werfen, womit er mich immer wieder sehr verletzte. Er wurde immer unangenehmer, war rücksichtslos und verlogen, tat, wozu er Lust hatte und nichts hielt ihn davon ab. Da ich nicht mehr mit weggehen konnte, ging er eben alleine, machte sich auch keine Gedanken, dass ich vielleicht plötzlich seine Hilfe gebrauchen könnte. Er fragte auch nicht, wie es mir geht, ihm schien alles ziemlich egal zu sein. Ich freute mich wie eine Alleinstehende auf ihr Kind, ihm schien ich mit meinen Sorgen eher lästig zu sein.

Ich hatte es inzwischen aufgegeben, mich mit ihm darüber zu streiten, denn ich zog immer den Kürzeren. Er tat ja doch, was er wollte.

Ich ertrug diese Atmosphäre, die zwischen uns entstanden war, nur schwer, also zog ich mich zurück, um wenigstens meine Ruhe zu haben, war ja sowieso meistens mit Philipp allein und auf mich selbst angewiesen. Aber diese ständige unangenehme Spannung tat mir nicht gut.

Leider hatte ich für meinen kleinen Schatz auch viel zu wenig Geduld. Immer wieder schrie ich Philipp an oder gab ihm Ohrfeigen. Dabei waren es oftmals nur Kleinigkeiten. Philipp war dann oft traurig und weinte. Und ich hasste mich dann dafür und es das tat mir dann in der Seele weh, denn es war so ungerecht von mir, er war im Grunde so ein lieber kleiner Kerl. Ich hatte einfach keine Geduld mehr. Ich schämte mich für mein Verhalten!

In meinem Tagebuch las ich, wie ich Philipp beim Essen immer wieder die Ellenbogen vom Tisch stoße, weil er sich nicht darauf abstützen sollte und dass ich ihn immer wieder angeschrien habe. Dass, was meine Eltern mit uns gemacht haben, mache ich nun mit meinem Kind, obwohl ich es als eine so fürchterliche Tortur für mich als Kind in Erinnerung habe. Ich hasse mich dafür! Ich wollte nie so werden, nie mein Kind schlagen. Meinen kleinen Schatz, der mir doch das Liebste auf der Welt ist!

Wie kann man nur so sein! Wie kann man es als Mutter nur fertig bringen, sein Kind zu schlagen, noch dazu so ein kleines, wehrloses Kind!! Ich schämte mich! Musste mich schnellstens ändern, wenn ich nicht erreichen wollte, dass mich mein Sohn dafür einmal hassen wird.

Ich wollte doch, dass es meinem kleinen Schatz gut geht, dass er eine schöne Kindheit hat und einmal gerne daran zurückdenkt!

Tagebuchauszug vom 14.01.85

„... Es war furchtbar. Wolfgang putzte mich nur runter, er erzählte mir, dass er es hier satt hätte, dass ich ihm mal den Buckel runterrutschen könne usw., ich sei ihm total egal geworden. Er hätte es so satt, er will endlich wieder leben können und das könne er nicht bei mir. Er will endlich wieder er selbst werden, und das kann er nicht mit mir, deshalb gibt es für ihn nur noch einen Weg, er will sich scheiden lassen. Usw. Es war furchtbar! ..."

Ich nahm Wolfgang ernst, denn was er gesagt hatte, passte zu seinem Verhalten in den letzten Wochen. Allerdings konnte ich das alles nicht mehr ertragen und rief dann meine Eltern an, ob ich am nächsten Tag mit Philipp zu ihnen kommen und auch dort schlafen könnte. Meine Mutter ahnte bestimmt schon etwas, bot mir an, dass wir auch gleich kommen könnten, aber Philipp lag ja schon im Bett. Aber ich war meiner Mutter für ihr Entgegenkommen sehr dankbar.

Am nächsten Morgen, als Philipp in der Schule war, packte ich alles zusammen. Ich wollte nur eines – abschalten und Ruhe haben.

Als Wolfgang erwachte, gab er an, nichts zu wissen, was gestern war, Filmriss. Ich konnte nicht mit ihm sprechen, war zu fertig und weinte nur ständig.

Wolfgang gab mir dann zu verstehen, dass das alles nur „besoffenes Gequatsche" gewesen sei, dem ich keinen Glauben schenken sollte.

Im Prinzip war mir diese Tatsache lieber, aber ich war fix und fertig, sehnte mich nur noch nach Frieden und Schlafen.

Mutti wollte dann trotzdem Philipp am Wochenende zum Skilaufen mitnehmen und bestand darauf. Allerdings beschwerte sie sich dann, Philipp sei ungezogen, würde nicht hören.

Als wir Philipp fragten, was er denn außer Skilaufen noch Schönes bei Oma und Opa gemacht habe, erzählte er, er habe nur einen Ball zum Spielen bekommen. Seine Kindersendung durfte er nicht anschauen, zu viel Fernsehen wäre nicht gut.

Dafür hätten sie sich aber alle zusammen Karl und Rosa Luxemburgs Ehrenfeierlichkeiten angeschaut – etwas, was er doch mit seinen sechs Jahren noch gar nicht richtig versteht und verkraften kann!

Fortsetzung Tagebuchauszug vom 14.01.85

„… fing Mutti an, sie hätte ein feines Buch gekriegt von Anna Seghers. … Sie hätte auch für mich so ein Buch bestellt. Ich darauf, ich hätte schon einige Bücher von Anna Seghers, hätte ich mal von Vati bekommen. Aber Mutti meinte nur, das hätte ich noch nicht. Und ich würde es zur Entbindung bekommen.

Na, da werde ich mich aber freuen!

Sie geht mir mit so einer aufdringlichen Art auf die Nerven. Was sie erreicht, ist eher noch Abneigung gegen diese Bücher, weil sie sie mir regelrecht aufdrängelt. Dieses Drängeln macht mich alle! Aber ich kann es ihnen nicht direkt sagen, sie werden mich nicht verstehen.

Ich würde vielleicht irgendwann mal allein in so ein Buch schauen, wenn es mir nicht schon von Vornherein so verdorben würde - nur diese Schriftsteller sind gut, nur diese Filme sind sehenswert, diese Themen müsst ihr euch unbedingt anschauen, die müsst ihr kennen, usw. Es wird einem schon vorher zu viel, man wird überfüttert und es hängt zu den Ohren raus. Man will lieber mal selbst was entdecken, erschließen, verstehen lernen.

Und es gibt auch noch andere Themen als Krieg, Verfolgung, Mord, Verbrechen.

Und auch diese anderen Themen interessieren mich, und nicht nur am Rande! Das Leben ist nun mal nicht nur Hass! Sicher sollte man das andere auch wissen. Ja, auch! Aber nicht nur!

Und wenn man sich so umschaut und umhört, in Schule und Betrieb, es zählt immer nur das eine Thema.

Versteht denn das keiner! Versteht keiner, dass das zu viel wird!

…

Warum kann sie mir nicht etwas schenken, worüber ich mich auch freuen würde. Ausgerechnet zur Entbindung, das ist doch nichts Alltägliches, da muss man doch auch mal über seine Schatten springen können! Und nicht ständig bloß agitieren!

Warum verstehen sie das nicht!

Wir haben inzwischen begriffen, dass wir mit unserer Auffassung mit ihnen nicht in jedem Fall unter einen Hut kommen. Und wir haben verstanden, dass ihre Meinungen so verhärtet sind, dass sie nicht bereit sind, sich auf normaler Ebene mit uns über alles auseinanderzusetzen. Sie sind im Vorhinein nur von ihrer Meinung überzeugt, und wenn wir nicht umgestimmt werden können, so ist es aus.

… nur deswegen immer aneinander geraten wollen wir nicht. Also lassen wir alles weg, was dazu führen könnte, obwohl das nicht immer leicht ist.

Und da drehen sie den Spieß um! Gehen uns immer wieder auf die Nerven. Wir müssen es akzeptieren, müssen unsere Meinung runterschlucken, müssen also unehrlich sein, um den Frieden in der Familie zu wahren, den wir durch unsere Auffassung, die nicht akzeptiert wird, nicht zerstören wollen. Es ist furchtbar, denn es ist so viel Lüge! Lüge in der Familie und die Hände sind einem gebunden, etwas dagegen zu tun!"

Tagebuchauszug vom 24.01.85

„Habe nun die 36. Woche geschafft, ich freue mich. Allerdings sagte der Arzt vorigen Freitag, ich müsse nun damit rechnen, dass es einmal ganz plötzlich kommt, da sich der Muttermund weiter geöffnet hat. Soll nun jeden Tag die Bewegungen zählen, zehn müssen es wenigstens sein, ansonsten muss ich am folgenden Tag zur Intensivschwangerenberatung (Anzeichen für bevorstehende Geburt).

Na, und nun freue ich mich natürlich über jeden geschafften Tag. Bis zum 04. Februar soll ich möglichst noch durch-halten, jetzt also noch 1 1/2 Wochen.

Gestern habe ich den Kinderwagen gekauft. So einen, wie ich wollte, … Alles andere haben wir nun auch ziemlich zusammen.

Wolfgang war in den letzten Tagen eigentlich wieder mal ganz lieb. Da fühle ich mich dann sauwohl, ich brauche so eine Atmosphäre. Nur gestern kam es bei ihm wieder durch. Manche Tage darf man ihm nichts sagen, schon wird er gehässig. Und ich bin da zurzeit sehr, sehr empfindlich …

Letztens habe ich auch mal mächtig geweint: Kam nun endlich von der PGH (Produktionsgenossenschaft des Handwerks) der Bescheid, dass sie mit dem Einbau des Gasdurchlauferhitzers be-

ginnen wollen, nach über einem Jahr Planung und mehrmaliger Verschiebung. Ich hatte es gleich satt, als ich das Datum hörte, am 19. Februar sollte es losgehen. Ich wollte zu der Zeit, wo – wenn ich so lange durchhielt – jeden Tag das Baby kommen konnte, nicht mehr so viel Dreck. Und ich wollte auch nicht mit dem Baby aus der Klinik in eine so dreckige Wohnung, wo gebaut wurde, oder auch nicht den Dreck und Krach mit dem Baby (wenn ich es schon hätte). Ich hatte es gleich richtig satt.

Und Wolfgang schrie mich natürlich gleich an, dass er dann eben absagen würde, nachdem wir fünf Jahre darauf gewartet hatten, oder was ich will. Aber ich wusste nur, was ich nicht will, was ihn sehr aufregte. ...

Er hatte am nächsten Tag dann angerufen, nachgefragt, wie lange es insgesamt dauern würde, man schätzte die ganze Woche. ..."

Ich konnte mir absolut nicht vorstellen, wie ich mit einem Neugeborenen, selbst noch nicht wieder richtig fit nach der Entbindung, dies in der Wohnung aushalten sollte. Es war mit viel Feinstaub aufgrund von notwendigen Bohrungen in die Ziegelwände zu rechnen, Staub, der auch in den anderen Räume dringen würde, zusätzlich Lärm den ganzen Tag lang.

Aber bezüglich des Termins kam man uns seitens des Vermieters, der Gebäudewirtschaft, in keiner Weise entgegen. Handwerker waren rar, diese bestimmten die Termine, Absagen oder Verschiebungen waren undenkbar.

Ich wollte dann mit meinen Eltern sprechen, ob ich am 18. Februar für eine Woche zu ihnen könnte.

Wolfgang fand die Idee sehr gut, er würde dann für eine Woche Urlaub nehmen, um bei den Bauarbeiten in der Wohnung zu sein.

Meine Eltern sagten sofort zu, es gab für sie diesbezüglich überhaupt keine Frage. Ich war ihnen dafür unsagbar dankbar.

Fortsetzung Tagebucheintrag vom 24.01.85:

„…, die Namen für das Baby sollte ja dieses Mal Wolfgang entscheiden. Ich hatte es bei Philipp getan. Er möchte nun bei einem Mädchen den Namen Laura, bei einem Jungen Ralph.

Na, mal sehen, was es wird!

Nun, wo ich einen roten (weinroten) Kinderwagen habe, … Bei Philipp wollte ich auf alle Fälle einen blauen mit weißen Blüten. Ich stand darauf. Dieses Mal ist mir ein weinroter lieber als ein blauer. … Na, mal sehen, ob das was besagt. Bin gespannt!

Übrigens ist Philipp auch ganz lieb in letzter Zeit zu mir. Ich freue mich darüber sehr. Vielleicht liegt es auch an mir. Habe mich nun doch schon etwas beruhigt, da der Geburtstermin immer näher rückt. Und vielleicht bin ich da auch lieber zu ihm. Er hätte eine liebe Mutti, sagte er mir gestern. Ich war darüber sehr glücklich!"

Laura ist da!!!!

Tagebucheintrag vom 02.02.85:

"Unsere kleine LAURA ist geboren!!!
Am Sonnabend früh, 08:05 Uhr, hat sie das Licht der Welt erblickt. Leider 4 Wochen zu früh.
Hatte in der Nacht noch gehofft, es seien Senkwehen. Aber sie hörten nicht auf. Und um 04:00 Uhr bin ich auf die Toilette und sah, dass blutiger Schleim abging. Habe dann Wolfgang geweckt, ..."

Leider konnte das ein Zeichen für eine nahende Geburt sein, so dass ich mich in der Klinik vorstellen musste. Es war vier Wochen vor dem geplanten Geburtstermin. Ich weinte, als ich Wolfgang weckte. Er war wohl zu müde, um mich ernst zu nehmen, war wieder erst sehr spät nach Hause gekommen, sagte nur, ich soll mich wieder hinlegen, dass sei wohl nicht so schlimm.

Fortsetzung Tagebuchauszug:

„... und um 04:30 Uhr fuhren wir in die Klinik.
Philipp hatten wir vorsichtshalber Bescheid gesagt, nicht dass er erwachte und uns nicht sah, da hätte er vielleicht sehr erschrecken können, zumal er in letzter Zeit sowieso sehr viel Angst hat.
Als ich draußen war, wurden die Wehen dann immer häufiger, aber der Kreissaal war noch voll. Habe erst noch geduscht.
Gegen 06:30 Uhr muss ich dann hineingekommen sein. ...".

Bei der Untersuchung stellte man eine Schädellage fest. Dann die übliche Routine vor der Geburt. Wieder der große Geburtssaal. Ich lag zufälligerweise wieder in dem Bett, wo ich Philipp entbunden hatte – ein gutes Omen! Eine Schwester fragte ich, ob die Oberärztin C. da sei, da sie sagte, ich solle Bescheid sagen, wenn das Baby kommt, sie würde dazukommen. Aber es war Samstag, sie hatte dienstfrei.

Dann kamen langsam und immer stärker werdend die Wehen. Irgendwie hatte ich das Gefühl, es nicht zu schaffen, meine Kraft ließ nach. Als man erneut abtastete, stellte man fest, dass sich das Baby noch einmal gedreht hatte. Plötzlich kamen mehrere Ärzte an mein Bett, ein Venentropf wurde gelegt. Ich wurde zum Teil angeschrien, ich soll fester pressen. Ich konnte nicht mehr, weinte. Eine Hand streichelte mich, die Frau sagte: „Ganz ruhig, das schaffen wir schon!" Tat mir gut!

Dann ein Schnitt und ich hatte es geschafft. Ich schaute nach dem Baby. Schrei mein Schatz, dachte ich nur, schrei!! Sie nahmen es gleich fort, ich sah noch, dass es ganz blau war. Dann endlich, es schrie! Es lebte! War ich froh! Mein Baby lebte!

Kurz danach kam die Schwester mit meinem Baby. Ein Mädchen! Meine kleine Laura! Wir hatten es geschafft! Es sei alles in Ordnung, sagte die Schwester, aber da Laura vier Wochen zu früh zur Welt gekommen sei, hätte sie noch erhebliches Untergewicht, würde nur 2400 Gramm wiegen. Vorsichtshalber müsse sie auch für 1 bis 2 Tage in den Inkubator. Ich soll mir aber keine Sorgen machen, die Organe seien alle ausreichend entwickelt.

Gott war ich froh! Es würde alles gut werden!

Wolfgang, Philipp und meine Mutter besuchten mich dann schon bald. Wir alle waren ganz glücklich, es geschafft zu haben. Endlich hatten wir unser zweites Kindchen, ein Mädchen, unsere Laura. Ich bekam unwahrscheinlich viele Glückwünsche, viele hatten mit mir gebangt und waren jetzt mit mir froh, dass es gut gegangen war.

Laura war dann nur einen Tag im Inkubator, es sei alles in Ordnung. Nur hatte sie eben noch viel Untergewicht, war selbst kaum in der Lage, ihre Körpertemperatur zu halten. Deshalb lag sie im Säuglingszimmer immer eingemummt wie ein Eskimobaby unter einem Rotlichtstrahler.

Als ich sie das erste Mal zum Stillen ins Zimmer bekam, fiel sie wegen ihrer Bekleidung – Mützchen, Jäckchen, Handschuhe – richtig auf.

Laura war ein richtiges süßes kleines Püppchen, ich hätte sie „auffressen" können.

Sie trank dann auch gut und es ging ihr gut.

Als ich nach Hause entlassen werden konnte, durfte ich Laura aber noch nicht mitnehmen, da sie noch nicht das nötige Entlassgewicht vorweisen konnte. So fuhren Philipp und ich, manchmal war auch Wolfgang dabei, dann Tag für Tag in die Frauenklinik, um unseren kleinen Schatz zu besuchen und damit ich sie stillen konnte. Laura war immer sehr müde. Um schneller an Gewicht zuzunehmen, bekam sie sieben Mahlzeiten pro Tag, zwei mehr als üblich. Das strengte natürlich auch an. Und wenn ich zum Stillen kam, schlief sie währenddessen oft ein, manchmal bekamen wir sie auch gar nicht munter.

Der Ablauf war leider meistens alles andere als liebevoll: In dem Zimmer, wo ich Laura stillen sollte, war für mich ein Stuhl bereitgestellt, worauf ich mich setzen sollte und die Brust freimachen sollte. Die Schwester brachte dann Laura, die in einem Wäschekörbchen lag (lagen alle Säuglinge) herein, nahm sie aus dem Korb und drückte sie mir zum Stillen an die freigemachte Brust. Philipp stand liebevoll lächelnd und staunend neben mir oder schaute mir über die Schultern. Wenn ich meinen kleinen Schatz streichelte, wurde mir gesagt, dass ich das seinlassen solle, da Laura davon nur einschlafen würde und nicht trinke.

Nach dem Stillen wurde mir Laura dann sofort wieder abgenommen, den Rest würde die Schwester selbst machen, ich könne wieder gehen, sie habe nicht so viel Zeit.

Ich kam mir vor wie eine Maschine, war jedes Mal froh, wenn die Schwester zwischenzeitlich das Zimmer verließ und wir mit Laura alleine waren.

Eine ältere Säuglingsschwester kniff Laura während des Stillens immer und immer wieder in die Bäckchen - damit sie nicht einschlafe, meinte sie -, worauf Laura-Schatz mit Weinen reagierte. Auch nahm mir diese Schwester Laura zwischenzeitlich weg und gab ihr Klapse auf den Po, wenn sie gar nicht wieder aufwachen wollte, was wir mit Entsetzen hinterfragten. „Wir sollten nicht so zimperlich sein", antwortete sie darauf.

Obwohl ich schon froh war abends Laura besuchen zu können, sehnte ich doch noch viel mehr ihre Entlassung herbei, denn auf der Säuglingsstation kam mir das alles wie eine Abfertigung vor, die reinste Maschinerie. Ich spürte keine Liebe und Zärtlichkeit, alles ging nur schnell, schnell, wie ein Ablauf in der Produktion.

Umso größer war meine Freude, als uns eines Abends mitgeteilt wurde, wir könnten Laura am kommenden Abend mit nach Hause nehmen."

Als wir dann am nächsten Abend auf die Station kamen, um unsere Laura endlich zu uns nach Hause zu holen, stellte die Schwester zunächst einmal fest, dass Laura nicht da war. Wir sollten warten, sie wollte sich erkundigen.

Was sollte denn das heißen?! Wir waren wie vor den Kopf gestoßen. Wir sagten ihr, dass uns gesagt wurde, wir könnten Laura an diesem Abend mit nach Hause nehmen.

Die Schwester kam dann mit der Information zurück, man habe Laura in die Säuglingsklinik verlegen müssen. Warum, konnte sie uns auch nicht sagen, wir sollten dort einen Arzt fragen.

Völlig aufgelöst machten wir uns auf den Weg in die Säuglingsklinik. Dort dauerte es eine ganze Weile, ehe überhaupt ein Arzt kam. Dieser konnte uns dann allerdings auch nichts Genaues über die Umstände der Verlegung sagen, wir sollten am nächsten Tag wiederkommen, wenn ein Stationsarzt da sei.

Im Ungewissen gelassen über die Umstände von Lauras Verlegung, besorgt und traurig traten wir dann ohne unseren kleinen Schatz den Nachhauseweg an. Wir hatten uns so sehr gefreut, hatten so gehofft, dass nun endlich unser Familienleben zu viert in unserem eigenen Zuhause beginnen konnte. Was würde der neue Tag nun wieder für Neuigkeiten für uns bereithalten?

Nicht ohne ein unangenehmes Gefühl in der Magengegend meldeten wir uns am darauf folgenden Tag beim Stationsarzt der Säuglingsklinik an.

Zunächst wurden wir vorwurfsvoll empfangen, was wir denn am Vorabend für einen Aufstand veranstaltet hätten. Aber da war mit Wolfgang nicht zu spaßen, so einen Ton ließ er sich nicht gefallen. Sofort konterte er damit, wie es uns ergangen sei, und wie wohl der Arzt an unserer Stelle reagiert hätte. (Ich hätte nicht die Kraft gehabt, so zu reagieren. Ich war voller Angst, dass etwas mit Laura sei und übersensibel diesbezüglich.)

Nach Wolfgangs heftiger Gegenargumentation entschuldigte sich der Arzt. Da müsse wohl was schiefgelaufen sein mit der Information, dass wir Laura mitnehmen könnten.

Fortsetzung Tagebuchauszug:

„... erfuhren wir, es sei wegen der Untertemperatur. Abgenommen (wie man erst erzählte) hatte sie nicht. Nun liegt sie wieder im Inkubator (wie am ersten Tag). Der Arzt hat versucht, mich zu beruhigen. Es läge einfach daran, dass das Fettpolster noch fehlt, deshalb könnte sie die Wärme nicht halten.

Nun hoffen wir, dass sie schnell zunimmt. Sie bekommt jetzt 10 Mahlzeiten.

Sehen können wir sie nicht mehr, leider! Sonst konnte ich sie wenigstens einmal täglich zum Stillen in den Armen halten.

Ich habe geweint, als ich sie mir gestern nur noch mal hinter der Scheibe ansehen durfte, es tat weh!

Wollen wir hoffen, dass es nun schnell bergauf geht mit der kleinen Maus, dass sie schön zunimmt und ihre Körpertemperatur halten kann.

Ich habe große Sehnsucht nach ihr!"

Tagebuchauszug 04.02.85:

„Heute konnten wir den Kinderarzt wegen Laura anrufen. Am Wochenende konnten wir sie leider nicht sehen, das ist erst am Mittwoch möglich, da ist Besuchszeit.

Der Arzt sagte, Laura würde die Temperatur zurzeit gut halten. Ab morgen wollten sie versuchen, sie aus dem Inkubator zu nehmen. Mahlzeiten bekommt sie nach wie vor 10, die sie auch alle selbstständig zu sich nimmt. Darüber bin ich schon sehr froh.

... nicht damit rechnen brauchten, sie nach Hause zu bekommen, da die Kinder mindestens 2500 g wiegen müssten.

Schade, ich habe so große Sehnsucht nach ihr! Ich weiß, ...,aber es ist sehr schwer, wenn man sein Kindchen, was man erst jeden Tag im Bauch gefühlt hat und dann plötzlich täglich in den Armen halten durfte, auf einmal nur noch zu den Besuchszeiten kurz zu sehen bekommt, nur zu sehen!, durch die Scheibe! Das tut schon sehr weh!

Zusätzlich, sagte die Ärztin, müsste man noch die Untersuchungen wegen Toxoplasmose abwarten.

Damit hat sie uns sofort einen großen Schreck eingejagt, schließlich hatte man mir doch eindeutig gesagt, Toxoplasmose könnte das Kind – Gott sei Dank – nicht mehr bekommen. Trotzdem läuft eine Blutuntersuchung, vorsichtshalber, erklärte die Ärztin, und der Augenarzt wird Laura auch noch untersuchen ....

Ich versuche fest daran zu glauben, dass alles nur in Ordnung gehen kann, da ich ja die Tabletten-Kur abgeschlossen hatte und somit Antikörper vor der Schwangerschaft gebildet sein mussten .... Ich will auf ein gutes Ergebnis hoffen!

Ich habe Angst, oft Angst! Und ich glaube, die wird erst vorbei sein, wenn man mir mein Kindchen übergibt und sagt, dass alles in Ordnung ist.

... Am Mittwoch können wir sie nun besuchen und am Freitag wieder anrufen."

Tagebuchauszug 07.02.85:

„Gestern waren wir nun wieder unsere kleine Laura besuchen. Philipp durfte nicht mit hinein.

Als wir sie gezeigt bekamen, haben wir beide einen großen Schreck bekommen, denn Laura hatte einen Schlauch in der Nase, was bedeutete, dass man ihr die Nahrung zuführte ....

Mir schlug das Herz bis zum Hals vor Angst, mit Laura könnte es schlechter geworden sein. Auch Wolfgang war sehr blass....

Der Arzt teilte uns dann mit, dass dies zu Lauras Entlastung sei, da das selbstständige Trinken sehr anstrengend sei und auf Kosten des Gewichtes gehen würde. Er teilte uns auch mit, dass man bei Laura im Blut Toxoplasmose Antikörper gefunden hätte. Dies sei aber noch kein Grund zur Beunruhigung. Schlimmstenfalls – so meinte er – könnte eine Erkrankung vorliegen. Falls das der Fall sei, könnte eine zunehmende Sehschwäche vorliegen....

Mir wurde fast schlecht, als ich das alles hörte! Meine kleine Laura! Oh Gott, lass es nicht wahr sein, dachte ich nur!

Der Arzt erklärte weiter, dass aber auch Hoffnung bestehe, dass Laura von mir Toxoplasmose Antikörper bekommen hat. Das könne man allerdings erst anhand der 2. Blutuntersuchung feststellen. Und so lange müsse Laura in der Klinik bleiben. Zwischenzeitlich würde man durch einen Augenarzt die Augen untersuchen lassen, wir könnten uns danach nach dem Ergebnis erkundigen.

Als ich dem Arzt dann Näheres über meine Toxoplasmose Erkrankung in der Schwangerschaft berichten sollte, meinte dieser, da sei ja alles in Ordnung. In seinen Unterlagen hätte da etwas Verkehrtes gestanden, nämlich, ich sei in dieser Schwangerschaft erkrankt.

Wieder ein Stein, der purzelte!...

Haben dann noch gesehen (durch die Scheibe), wie Laura gewindelt wurde. Konnten uns kaum trennen. ...

Übrigens, Wolfgang ist sehr, sehr lieb! Es ist wunderschön zurzeit mit ihm! Wenn es doch immer so bliebe! Ich bin da so glücklich."

Tagebuchauszug 10.02.85

"Haben heute wieder Laura besucht. Als man sie uns zeigte, hatte sie die ganze Zeit über die Augen geöffnet. Das war schön!

... hat man Philipp auch mal kurz sein Schwesterchen an der Stationstür gezeigt. In dem Moment hatte ich die Gelegenheit, Laura wieder einmal ganz nah bei mir zu haben, ohne Scheibe da-

zwischen. Habe sie auch mal kurz gestreichelt und ihr ein Küsschen gegeben. Ach, wenn wir doch die kleine Maus endlich nach Hause bekommen könnten!!! ...

Philipp hat nun am Freitag Zeugnisse bekommen, seine ersten. Naja, alles Zweien, bis auf Zeichnen und Schreiben. ...

War selbst etwas enttäuscht über sein Zeugnis, der Philipp. Wolfgang sagte noch – er war bei der Zeugnisausgabe dabei – Philipp wäre sehr nervös. Würde sich ständig auf den Lippen rum kauen.

Zu Fasching kann er nicht in den Hort. Bin enttäuscht von der Erzieherin. Das gebe es nicht. .... Entweder die ganze Woche oder gar nicht. Die Erzieherin hätte sonst am Tag 30 Kinder und sie wollen doch auch etwas von ihrem Tag haben.

Übelst! Nehmen also die Kinder auf ihre Erzieherinnen Rücksicht und feiern keinen Fasching, obwohl sie sich das ganze Jahr gefreut haben darauf! Ich bin enttäuscht! ...

Die Eltern waren am Sonnabend übrigens auch noch mal kurz da, noch mal nachfragen, wann wir zu ihnen kämen.

Mutti hatte sofort Carmens Karte in den Händen, drehte sie um und las sie durch. Ich dachte, ich spinne! Nie käme ich auf die Idee, einfach ihre Post zu lesen! Aber sie zögern nicht mal, kontrollieren dich vor deinen Augen!

Geht mir auf die Nerven, diese ewige Schnüffelei!

Dann kam auch noch eine Kontrollfrage, ob ich den Film gestern gesehen hätte. Nicht, dann hätte ich wohl ... gesehen.

Können sie's nicht lassen?! Müssen sie ständig anderen ihre Meinung aufzwingen wollen?

Hat man hier denn nicht das Recht, sein eigenes Ich zu leben?! Mit welchem Recht wird man ständig durch andere belehrt und kontrolliert!?!!

Bin ja gespannt, was ich in der Woche da draußen erlebe!! Hoffentlich lassen sie mich mit ihrer Agitation in Ruhe!
Jede Frage von ihnen ist für mich schon ein halber Vorwurf: "Hast du das … in der Zeitung gelesen?"…"

Ja, Laura durften wir dann lediglich durch die Scheibe einer Tür sehen. Sie lag in einem Säuglingsbettchen, einen Schlauch durch ein Nasenloch geführt und schlief. Es war furchtbar für mich, nicht zu meinem Kind zu dürfen. Aber der Zutritt wurde uns strengstens untersagt.

Besuchszeiten waren nur mittwochs und sonntags. An diesen Tagen konnte der Arzt über den Zustand des Kindes konsultiert werden.

Zu den „Besuchszeiten" durfte ich auf der Station Milch für Laura abpumpen, musste diese dann aber dem Personal übergeben. An den anderen Tagen brachte sie Wolfgang in die Säuglingsklinik.

Es war eine furchtbare Zeit, ständig von der Angst begleitet, dass Laura an Toxoplasmose erkrankt sein könnte.

Hoffnung schöpften wir, als uns als Ergebnis der Augenuntersuchung mitgeteilt wurde, dass diese gesund seien.

Nach vier Wochen war es dann endlich soweit! Wir hatten Bescheid bekommen, dass der Titer nicht erhöht gewesen sei und somit Laura von mir Antikörper mitbekommen hatte und gesund war! Auch hatte sie das notwendige Entlassgewicht erreicht, die Mahlzeiten waren in den letzten Tagen wieder auf sieben reduziert worden. Wir durften unseren Schatz eeeeeeendlich nach Hause holen und: Laura war gesund!!!

Es war ein unbeschreibliches Gefühl, als mir mein Baby endlich wieder in den Arm gelegt wurde. Und sie schaute mich so ernst an! Oh Gott, mein kleiner Schatz, was hast du in deinem erst so kurzem Leben schon durchmachen müssen! Und was hast du entbehren müssen!!!

Der Gedanke, dass so ein kleines Wesen zur Welt kommt und für lange Zeit ohne Kontakt zur Mutter ist, ohne die durch die Schwangerschaft vertraute Stimme, ohne Streicheleinheiten, ohne die menschliche Wärme, die es für seine Entwicklung braucht ... Unerträglich! Wie verloren muss sich mein Baby gefühlt haben, wie schrecklich muss dieses Erlebnis für ein Kind sein, so abrupt von der Mutter getrennt zu werden und dann nur noch eine Versorgung zu erhalten, aber keine Zuwendung in dem Maße, wie sie ein Neugeborenes sicher benötigt!!

Aber jetzt endlich, endlich hielt ich meinen Schatz im Arm! Und wir würden ihr alles geben, damit es ihr gut ging.

Philipp und ich saßen noch im Flur der Säuglingsklinik, warteten auf Wolfgang, der das Auto vor die Türe fuhr. Philipp, der für sein Alter schon so verständnisvoll war, so mit gelitten hatte und immer interessiert nachgefragt hatte, wie es seinem Schwesterchen gehen würde, lehnte sich jetzt an mich und betrachtete sein Schwesterchen ganz liebevoll. Wir waren einfach nur noch glücklich, endlich alle beieinander zu sein!

Es war schön, Laura endlich zu Hause zu haben. Und ich hatte das Gefühl, dass nun alles gut werden würde.

Zunächst hatte Laura aber, bedingt durch die vielen Mahlzeiten in der Säuglingsklinik, die sie - um an Gewicht zuzunehmen - bekommen hatte, viel Hunger. Ich sollte diese zwar reduzieren, aber das war nicht so einfach. Laura wachte auch in der Nacht oft auf und hatte Hunger. Und das Stillen war so gut wie nicht mehr möglich, das war ihr wohl zu anstrengend, sie schrie immer und trank kaum.

Als ich das bei der Mütterberatung ansprach, wurde mir die Wichtigkeit des Stillens erläutert. Vermutlich, so sagte man mir, habe Laura in der Klinik ein großes Loch in der Nuckelflasche gehabt. Dadurch hätten die Kinder schneller ausgetrunken und die Schwestern wären eher fertig gewesen. Nun würde es Laura daraufhin zu langsam gehen, es sei anstrengender. Aber ich soll nicht mit Flasche füttern, sondern lieber versuchen sie wieder zu stillen.

Ich bekam es nicht wieder hin. Es war auch nicht einfach nachts geweckt zu werden und es dann zu versuchen, während sie hungrig war und weinte oder sogar schrie. Sie tat mir leid. Ich hatte lange nicht stillen können, nur abpumpen, die Milch war zurückgegangen. Also gab ich irgendwann auf und fütterte Laura mit dem Fläschchen. Und es ging ihr besser damit.

Philipp war ein ganz lieber Bruder. Ich hörte ihn nicht ein einziges Mal stöhnen, wenn Laura nachts aufwachte und anfing zu weinen. Wir hatten ja noch immer die Zwei-Zimmer-Wohnung, so dass auch er alles mitbekam. Aber Philipp war höchstens besorgt um sein Schwesterchen.

Die Klärung der Wohnungssituation stand übrigens noch immer an. Nach wie vor standen wir nur auf der Warteliste, bekamen immer nur zu hören, dass wir froh sein sollten, schließlich würde es dringendere Fälle geben.

Durchaus glaubhaft, wenn ich nur an unsere vorherige Wohnung dachte. Wohnungen dieser Art gab es in unserer Stadt noch reichlich. An den Altbauten wurde so gut wie nichts gemacht, sie waren heruntergekommen und abgewirtschaftet, der von den Abgasen der Zweitakter und schmutzigen Rauch der Schornsteine grauschwarze Putz bröckelte von den Wänden und legte stellenweise Ziegel und Stahlträger frei, der letzte Anstrich war Jahrzehnte her. Reparaturen wurden – wenn überhaupt noch - nur notdürftig durchgeführt. In der Regel waren Wasser- und Stromleitungen veraltet. Bereits beim Anschluss einer Waschmaschine flogen die Sicherungen raus, wenn man zum Beispiel gleichzeitig ein Bügeleisen benutzen wollte.

Durch meine Arbeitsstelle kannte ich einen Elektriker, der mir dann in unserer Wohnung getrennte Stromkreise legte, womit dieses Problem behoben war.

Solche Beziehungen waren Gold wert, Handwerker bekam man nicht so leicht, und wenn, musste man ganz schön was hinblättern.

Auch die Schornsteine waren veraltet, nicht selten zog der Rauch beim Anheizen nicht ab, sondern quoll in das Zimmer. Oder es gab Verpuffungen.

Selbst aus nicht genutzten Öfen konnte urplötzlich Rauch in das Zimmer gelangen. Auf diese Art und Weise hätte ich Laura sogar einmal verlieren können (war aber schon in der nachfolgenden Wohnung): Damals wollte ich kurz etwas aus dem Konsum holen, während Laura schlief. Der Konsum war zwei Minuten von mir entfernt. Ehe ich ging, lauschte ich noch einmal an Lauras Zimmertür. Sie schlief, ich hörte es an dem gleichmäßigen Atmen. Doch dann meinte ich einen scharfen, beißenden Geruch wahrzunehmen und öffnete leise die Tür, um nachzusehen. Und da sah ich, wie aus den Türritzen des Dauerbranntofens, der lediglich angeschlossen, aber nie von uns benutzt worden war, Qualm in das Zimmer heraus quoll!

Schnell öffnete ich die Fenster und Türen, um die giftigen Gase abziehen zu lassen. Welch ein Glück hatte ich gehabt, dass ich diesen Geruch wahrgenommen hatte! Hätte ich nicht die Wohnung verlassen wollen, wäre ich sicher zu dieser Zeit nicht an die Zimmertür gegangen. Nicht auszudenken!!

Als ich daraufhin den Schornsteinfeger bestellte und dieser den Abzug des Ofens testete, empfahl uns dieser, das Loch zum Schornstein zu verschließen, wenn wir den Ofen eh nicht nutzen würden. An den Schornsteinen – so sagte er uns – würde in nächster Zeit sicher nichts gemacht werden.

Einmal hatten wir ein Abflussrohr zu reparieren. Der Klempner war auch aus unserem Bekanntenkreis. Neben dem Geld, was er für die Arbeit verlangte, bekam er Bier hingestellt. Und wie selbstverständlich nahm er dann an unserem Abendbrottisch Platz, den wir inzwischen eindeckten, weil es schon spät geworden war.

Trotzdem war man immer noch gut dran, wenn man Beziehungen hatte. Meldete man Bedarf über die Gebäudewirtschaft – die staatlichen Eigentümer der Stadtwohnungen – an, so konnten schon Wochen vergehen, bis ein Handwerker erschien.

Auch sonst hieß es:' Selbst ist der Mann'! Was man nicht in Eigeninitiative tat, vergammelte in der Regel. Aber da wir es ja auch ein bisschen schön haben wollten, taten wir diesbezüglich in den Wohnungen, was uns möglich war. Sanierungen waren uns natürlich nicht möglich. Und von außen sahen die Häuser immer schlechter aus. Die Farbe in den Treppenhäusern war wahrscheinlich Jahrzehnte alt. Und da waren wir noch gut dran, denn unser Haus war nach dem Krieg gebaut worden. Altbauten sahen wesentlich schlimmer aus. Dort bröckelte der Putz von den Wänden, außen und innen, sie waren über die vielen Jahre total heruntergewirtschaftet. Manchmal brachen sogar Mauerteile ab, Balkone wirkten alles andere als vertrauenswürdig, oftmals sah man von unten die Metallstreben, alles war über die Jahre brüchig geworden.

Investiert wurde seitens der Gebäudewirtschaft hauptsächlich in die Errichtung von Neubauten. Gerade in unserer Stadt entstanden gigantische neue Stadtteile. Ich konnte daran keinen Gefallen finden, fand sie kalt, nüchtern, unpersönlich. Die Wohnungen waren zwar wesentlich komfortabler, hatten Fernheizung und fließend warmes Wasser, aber die Häuser waren meistens gleichförmige hohe Betonklötzer. Bei den Wohnungen sah eine wie die andere aus und es bestanden kaum Alternativen, sich darin individuell einzurichten, eine Wohnung glich der anderen in der Anordnung des Mobiliars. Die Neubaugebiete wirkten auf mich wie Betonstädte, nüchtern, grau, riesig. Die im Verhältnis wenigen Bäume wuchsen nur langsam und würden es in ihrem Leben wohl nie schaffen, die Höhe der Betonriesen zu erreichen.

Alles wirkte nur zweckgebunden – Wohnungen, Kinderkrippen und Kindergärten, Schulen, ein Versorgungszentrum, welches ein Einkaufszentrum, Friseur, Schuster und dergleichen enthielt.

Ziel war, so vielen Leuten wie möglich innerhalb kurzer Zeit eine Wohnung zu geben. Schließlich hatte man das ja auf einem Parteitag so beschlossen – ab 1990 sollte jeder seine Wohnung haben, was bedeutete, eine Wohnung, die den eigenen Wünschen und Vorstellungen entsprach. Bis dahin gab es schon einmal ein Ziel – jedem eine Wohnung. Als 18-Jähriger hatte man nämlich nicht unbedingt Anspruch auf eine eigene Wohnung, wenn man in der Wohnung der Eltern ein Zimmer hatte.

Naja. Viele sahen das vielleicht nicht so wie ich, waren sicher anderer Meinung, sonst hätte nicht ein großer Teil der Bevölkerung unserer Stadt in diesen Neubaugebieten gelebt.

Meinen Eltern lebten auch in so einem Neubaugebiet, ihnen schien es zu gefallen. Umso weniger verstanden sie, dass ich es ablehnte zu ihnen ins Haus zu ziehen, wo eine 4-Zimmer-Wohnung freistand.

Gerade fällt mir ein, dass ich mich ja als Kind in unserer Neubauwohnung auch sehr wohl gefühlt hatte. Aber der Block war auch nicht so groß, hatte nur drei Etagen, es waren große Wiesen vor und hinter dem Gebäude und die wenigen danach entstandenen Neubauten waren in einem großen Abstand zueinander errichtet worden. Alles war aufgelockert und schön angeordnet. Und – es war auch kein neu entstandenes Wohngebiet von riesiger Fläche, sondern ein paar Neubauten inmitten eines bereits über viele Jahre bestehenden Ortsteiles – ein großer Unterschied!

Im Spätsommer – Laura war inzwischen ein halbes Jahr alt - bekamen wir dann unser erstes Wohnungsangebot, auch wieder im Stadtzentrum an einer sehr befahrenen Straße, Altbau. Aber es sollten 4 Zimmer, Küche, Bad sein. Voller Vorfreude gingen wir zur Besichtigung. Trotz Altbau, machte das Haus einen ganz vernünftigen Eindruck. Es gab einen Wäscheplatz mit etwas Rasen, nicht schlecht. Das Treppenhaus machte auch einen ordentlichen Eindruck.

Die Wohnung befand sich in der obersten Etage, das hieß kräftig Treppensteigen, ca. 100 Stufen. Und die Stufen waren steil! Fahrstuhl gab es keinen. Oben angekommen, schnauften wir ganz schön. Die Wohnung selbst war schön geschnitten, hatte einen großen Flur, von welchem aus fast alle Zimmer zugängig waren. Auch zwischen den Zimmern waren Verbindungstüren. Die Aufteilung der Wohnung gefiel uns sehr gut. Der Nachteil war, dass sie sich so weit oben befand und Ofenheizung hatte. Das würde eine ganz schöne Schlepperei werden, ob Kohlen, Einkauf, Wäsche oder auch Laura, die ja selbst noch nicht laufen konnte.

Aber wir waren noch jung, die Wohnung gefiel uns, und so sagten wir zu. Nun musste nur noch die Vor-mieterin ausziehen und die Wohnung von uns renoviert werden, wir konnten es kaum erwarten, endlich in die Wohnung einziehen zu können.

Wolfgang war unter der Woche dann viel in der neuen Wohnung am Streichen und Tapezieren, während ich mich um die Kinder und den Haushalt kümmerte. Wolfgang hatte schöne Ideen für das Wohnzimmer, baute ein Podest ein und zog die Decke optisch nach unten, indem er Balken anbrachte. Es sah wirklich toll aus.

Da sich seit der Zeit, als ich den Antrag auf Austritt aus der Partei zurückgezogen hatte, nichts in positiver Hinsicht geändert hatte, im Gegenteil, meine Unzufriedenheit weiter gewachsen war und ich mich mehr und mehr schämte, mit vielen Genossen auf eine Stufe gestellt zu werden, für Taten, die ich weder akzeptierte, noch dass ich mich je dafür einsetzen würde, ja gegen die ich sogar aufbegehrte, wurde der Wunsch in mir, endlich keine Genossin mehr zu sein, immer vordringlicher.

Und so warf ich meinen Antrag auf Streichung als Mitglied der SED eines Tages in den Briefkasten der Parteileitung ein. Ich fühlte mich gut dabei, war stolz auf mich, es war wie eine Befreiung, als sei ein Gürtel, der mich die ganze Zeit über eingeschnürt hatte, endlich zerschnitten worden. Ich war nicht mehr bereit, für die vielen Untaten und Missstände beschämt den Kopf zu senken, wenn ich dagegen aufbegehrte und man mir ins Gesicht sagte: „Du bist doch auch Genossin, also auch eine von denen!"

Nein, dazu zählte ich mich schon lange nicht mehr! Und jetzt konnte ich auch wieder in den Spiegel schau-en! Darin war ICH! Ich, und nicht diese von anderen in eine Form gepresste Persönlichkeit, die mir immer fremder geworden war.

ICH! Wer war ich die ganze Zeit über gewesen? Eine Person, die aus Rücksichtnahme wieder in ihr Schneckenhaus zurück kroch, angepasst, widerspruchslos, Diskussionen aus dem Weg gehend, starr, Aggressionen unterdrückend. Ich wollte meinen Eltern nicht wehtun, bekam aufgrund ihrer ständigen Vorwürfe Selbstzweifel, auch ein Recht auf meine Ansprüche zu haben.

Immer wieder hörte ich von Ihnen:
„Was tust du uns an?"
„Womit haben wir das verdient?"

„Du bist undankbar, egoistisch, denkst nur an dich!"

„Du trittst das, was deine Eltern aufgebaut haben, mit Füßen!"

„Wenn ihr einen Krieg erlebt hättet, dann wüsstet ihr das alles zu schätzen!"

Aber ich wurde immer starrer und innerlich leerer.

Wieso hatte ich nicht auch das Recht, meine Gedanken und Ansprüche zu äußern, meinen Idealen nachzugehen? War unsere Generation nur dazu da, die Interessen unserer Eltern zu verwirklichen? Wieso nahmen sie sich heraus, dies zu beanspruchen!

Wieso sahen sie jede Kritik als Angriff, jede Gegenargumentation als Gefahr?

Wieso hörte man uns eigentlich nicht richtig zu, wurde abgewinkt, wenn wir auf Missstände aufmerksam machen wollten, ignoriert, verharmlost? Oder wurden wir als undankbar und egoistisch hingestellt.

Ja, sie hatten etwas aufgebaut, was eine gewisse soziale Sicherheit bieten sollte.

Unter der Voraussetzung, dass ich alles widerspruchslos akzeptierte, es huldigte, dankbar annahm, alles tat, was von mir erwartet wurde, angepasst, genormt, …, hätte ich mein Leben bis ans Lebensende klar vor Augen gehabt. Es wären mir keine Steine in den Weg gelegt worden, alles war voraussehbar und planbar, es würde keine großen Veränderungen geben.

Aber gerade das wollte und konnte ich nicht mehr! Ich hielt es nicht mehr aus, glaubte zu platzen, zu viel hatte ich geschluckt, zu oft war ich für meine Eltern die, die sie in mir sehen wollten, zog mich stillschweigend zurück, reagierte nicht mehr auf Äußerungen meiner Eltern, die in mir einen Widerspruch auslösten, ging Diskussionen aus dem Weg, mimte Harmonie bei Familientreffen, schwamm mit, schaute weg, schluckte herunter, ignorierte …

Es reichte! Ich konnte nicht mehr! Ich wollte nicht mehr! Ich wollte endlich ICH sein!

Zu diesem Zeitpunkt verfasste ich unter anderem ein Gedicht mit folgendem Wortlaut:

„Wenn man
aus den Kinderschuhen
herausgewachsen ist
und wird doch
immer und immer wieder
in diese hineingezwängt,
begründet zunächst
mit fürsorglichen Worten,
doch - bei dankender Ablehnung –
nur vor die Wahl gestellt,
barfuß
laufen zu müssen,
so werden diese
ehemals als so angenehm empfundenen Kinderschuhe
bald unbequem,
schmerzhaft,
ja letztendlich sogar lästig sein."

(Heute würde ich „lästig" sogar durch „unerträglich" ersetzen.)

Die Parteileitung schien meinen Antrag einfach zu ignorieren und wollte von mir weiterhin Mitgliedsbeiträge kassieren. Ich zahlte diese natürlich nicht mehr.

Eine Genossin versuchte es auf eine ganz linke Tour: Während meiner Abwesenheit ging sie zu einer meiner Kolleginnen und bat sie, die fehlenden Beiträge für mich auszulegen, damit sie abrechnen könne. Klar, dass die Kollegin das Geld dann von mir haben wollte. Von der Genossin, die kassiert hatte, bekam ich es nicht zurück, sie stellte sich unwissend, ich sei als Mitglied geführt, sagte sie nur. Widerwillig gab ich meiner Kollegin das Geld, verkündete aber laut und deutlich für alle, dass ich keinen Mitgliedsbeitrag für die SED mehr zahlen werde. Sollte trotzdem wieder jemand für mich Geld auslegen, würde er es nicht von mir zurückbekommen.

Tagebuchauszug vom 08.08.85

„… Die Partei hat mich auch einbestellt. Aussprache. Warum ich nicht mehr zahle. Habe meine Meinung zu vielem gesagt.
Man sieht keinen Sinn mehr in meiner Mitgliedschaft.
…
Ja, ich könnte es mir einfacher machen, mitlaufen, „ja" zu allem usw.
Aber da streikt was in mir! …"

Und auch meine Eltern hatten wohl darunter zu leiden, dass ihre Tochter von dem geradlinigen Weg abgekommen war. Immer wieder führten sie Aussprachen mit mir, bei denen Wolfgang – der mir stützend zur Seite stehen wollte – aus dem Zimmer geschickt wurde, es sei ein Gespräch unter Genossen, begründeten sie es.

Ich war danach immer ziemlich fertig, denn meine Eltern hörten mich nicht, versuchten überhaupt nicht, mich zu verstehen, sondern drohten mir nur, machten mich schlecht, sagten, es würde daran liegen, dass ich mich mit den falschen

Menschen abgebe, mir die falschen Freunde suche, ich solle mal dieses und jenes Buch lesen, bei Problemen mich an Genossen wenden und, und, und …

Als das alles nicht half, versuchten sie mir ein schlechtes Gewissen zu machen, da meine Eltern ja meinetwegen – der missratenen Tochter wegen – ständig Aussprachen hätten, Bericht erstatten müssten, nicht mehr vertrauenswürdig seien usw.

Selbst als wir zur Geburtstagsfeier bei meiner Schwester waren, wurde ich wieder zur „Aussprache" in die Küche gebeten!

Meine Mutter zu mir: „Komm mal mit in die Küche, wir haben etwas zu besprechen!"

Wolfgang kam mit in die Küche.

„Wolfgang, du hast da nichts verloren! Das ist ein Gespräch unter Genossen!"

Darauf mein Schwager: „Aber ich darf mich wohl in meiner Wohnung in meiner Küche aufhalten!"

Meine Mutter: "Nein, wir müssen mal mit Petra ein Gespräch unter Genossen führen, nur zu dritt."

Bettina: „Muss das sein, heute zur Geburtstagsfeier! Das vermiest einem ja die ganze Stimmung!"

Mutti: „Ja, es muss sein, wir haben einen Parteiauftrag! Und jetzt alle anderen raus aus der Küche!"

Wenn ein Gespräch so begann – ich empfand es eher wie ein Verhör, nicht wie ein Gespräch - schlug mir das Herz bis zum Hals und mir wurde schlecht. Es war dann auch alles andere als ein Gespräch. Vorwürfe über mein Verhalten:

„Was tust du uns nur an!" Ein Versuch, mir ein schlechtes Gewissen zu machen, weil meine Eltern ‚meinetwegen' ständige Aussprachen über sich ergehen lassen mussten und weniger vertrauenswürdig erschienen. Mich ließ man kaum zu Wort kommen. Meine Erklärungen wurden mit einem

„ach Quatsch!" beiseite gewischt, lächerlich gemacht, ignoriert, verniedlicht, aber nie ernst genommen.

Als meine Mutter merkte, dass sie mit Worten nicht erreichte, was sie wollte, auch mit Beschimpfungen und Drohungen nicht, brach sie zusammen, fing an zu heulen und schrie mich an:

„Du bringst mich noch ins Grab!"

Damit tat sie mir ungeahnt was an! Mit aller Gewalt wollte sie, dass ich das tat, was sie von mir verlangte. Früher, als ich ein Kind war, war es einfacher für sie, da schlug sie mich. Aus Angst vor Schlägen machte ich damals, was sie von mir verlangte. Inzwischen war ich aber erwachsen, sie konnte mich nicht einfach mehr schlagen. Und da sie mich auch mit Worten nicht überzeugen konnte, nicht mit Beschimpfungen und Drohungen, fühlte sie sich machtlos. Und somit griff sie zum Letzten! Wenn es ihr schlecht gehen würde, sollte ich die Schuldige sein!

Ich war so verletzt! Wie konnte man als Mutter so weit gehen, so etwas sagen! Das hatte nichts mit einem Gespräch zu tun, nichts mit Meinungsaustausch, das war einfach nur ein Machtausüben!

Ein paar Tage nach der Geburtstagsfeier bei meiner Schwester Bettina, als meine Mutter nach einer Aussprache mit mir, im Auftrag der Parteileitung ihrer Dienststelle – sie sagte damals, sie müsse jede Woche Bericht erstatten – so sehr zu weinen angefangen hatte und zu mir gesagt hatte, ich würde sie noch ins Grab bringen, meldete sich mein Vater bei mir.

„Die Mutti liegt im Krankenhaus, in der Nervenklinik."

Ich schwieg. Sofort hatte ich wieder die Situation zu der Geburtstagsfeier vor Augen.

„Ich glaube sie würde sich freuen, wenn du sie dort mal besuchen würdest."

Ich schwieg noch immer.

Was würde das bringen? Sollte ich Reue zeigen? Erwarteten sie von mir, dass ich meine Meinung daraufhin ändern würde?

„Ich glaube das ist keine gute Idee" antwortete ich.

Mehr wollte ich dazu nicht sagen.

„Würdest du denn mal – jetzt, wo Mutti im Krankenhaus ist – zu mir nach Hause kommen? Ich würde gern mal mit dir reden?"

Das klang sehr liebevoll. Nicht dieser Befehlston, den meine Mutter so drauf hatte.

Ja, die Frage von Vati klang da schon anders, und ich war gerne bereit, ihn zu Hause zu besuchen.

Es war dann auch wirklich ein Gespräch, mit Fragestellungen an mich, mit seiner Meinung als Antwort. Ich fühlte mich angenommen und ernst genommen, auch wenn wir unterschiedlicher Meinung waren. Vati sagte mir, ich solle mich doch, wenn ich Probleme habe, an Genossen wenden, die wären nicht so verblendet. Auch könnte ich in Büchern einiges nachlesen und würde es damit leichter haben. Er ignorierte auch nicht, was ich entgegnete, gab mir auch in einigem Recht.

Ich fühlte mich wirklich in diesem Gespräch viel besser, auch wenn er meine Meinung nicht ändern konnte.

Wir trennten uns mit einer Verabschiedung, wie ich sie mir zwischen mir und meinen Eltern eigentlich immer gewünscht hatte – liebevoll, trotz politisch unterschiedlicher Meinungen.

Warum sollte das auch nicht so funktionieren?

Warum musste alles so hart, ungerecht, demütigend ablaufen?

Wir waren aus unterschiedlichen Generationen, in anderen Zeiten aufgewachsen, hatten unsere eigenen Probleme und dadurch unsere eigene Meinung. Warum sollte es nicht einfach möglich sein, auch die Meinung einer anderen Generation ernst zu nehmen und zu tolerieren, vielleicht auch einmal darüber nachzudenken.

Ich wollte nicht alles nur aus purem Respekt vor der Generation meiner Eltern akzeptieren, nicht nur ge-dankenlos hinnehmen, sondern auch das Recht haben, zu hinterfragen, eigene Ideen und auch kritische Bemerkungen einbringen dürfen.

Ich meine, wenn man uns ernster genommen hätte, wenn man nicht einfach versucht hätte uns mundtot zu machen, hätte vieles ganz anders laufen können. Aber die Politiker hatten ihre eigene Taktik, und die hieß Machtausübung mit Gewalt.

Ich erlebte es immer wieder, am eigenen Leibe, oder ich bekam es von Freunden mit, hörte in den Nach-richten, las in der Zeitung, wie mit „Andersdenkenden" umgegangen wurde, wie diese mundtot gemacht wurden oder „ausgelöscht" wurden.

Eine brutale „Argumentation"! Einschüchterung zum Ziel, letztendlich doch aber Unverständnis, Enttäuschung und Hass säend.

Vieles konnte ich überhaupt nicht nachvollziehen, es war lediglich Schikane. Aber warum?! Was erreichten die Politiker und ihre umsetzenden Handlanger damit?

Ich verstand auch nicht, warum da so viele Genossen überhaupt stillschweigend mitspielten. Waren sie wirklich von der Richtigkeit überzeugt oder hatten sie auch einfach nur Angst?

Meine Mutter hatte unter anderem Verwandtschaft im Westen. Wenn man bedenkt, dass vor dem Krieg Deutschland nicht geteilt war, so ist das ja auch gut möglich. Nun war Deutschland aber geteilt und wir lebten in dem Sektor, der den Russen zugeteilt worden war.

(Noch 1989 sah ich Fahrzeuge der Besatzungsmächte mit der Aufschrift „Kriegs-Komitee", natürlich in russischen Buchstaben, und das, wo man uns doch schon von früher Kindheit an beigebracht hatte, dass das unsere Freunde sind!)

Von ihr wurde nun verlangt, dass sie keinen Kontakt zu ihrer Verwandtschaft im Westen haben durfte. Ich weiß es daher, da wir oft bei irgendwelchen Anträgen riesige Formulare ausfüllen mussten, unter anderem dann lückenlos sämtliche Wohnsitze und Westverwandtschaft aufzuführen hatten. Meine Mutter sagte dann immer, bei Westverwandtschaft soll ich „keine" angeben, obwohl ich wusste, dass sie mindestens eine Schwester dort hatte.

Besonders hart aber empfand ich, als meine Oma, die Mutter meiner Mutter, einmal Besuch von Verwandten aus dem Westen empfangen wollte. Meine Mutter stellte sie vor die Entscheidung, entweder sofort sämtliche Kontakte abzubrechen, oder sie dürfe keinen Kontakt mehr zu meiner Mutter haben.

Sicher auch eine unwahrscheinlich harte Entscheidung für meine Oma. Schließlich waren das doch ihre Verwandten - Schwester, Tochter, Neffe usw.

Aber auch meine Mutter war ihre Tochter. Und meine Mutter kümmerte sich sehr viel um die Oma. Sie nahmen sie auch oft mit zu Ausflügen oder auf Urlaubsreisen.

Ich konnte mir kaum vorstellen, dass das wirklich von meiner Mutter so gewollt war, vermutete ihre Dienststelle dahinter. Wovor hatten die denn so eine Angst?

Dass eine Mutter vor so eine Entscheidung gestellt wurde, fand ich unwahrscheinlich unmenschlich!

Und ich konnte nicht nachvollziehen, dass meine Mutter wirklich hinter dem stand, was sie da verlangte.

Oder doch? Warum sah sie dann nicht, dass hier durch die Politik Familien zerrissen wurden?

Was ist denn das für eine „Politik zum Wohle aller", wie es doch auf den Parteitagen und zu den Kundgebungen am 1. Mai oder 7. Oktober oder bei jeder sich sonst bietenden Gelegenheit immer herausgeschrien wurde? Da passt doch was nicht, das kann man doch nicht übersehen!

Die Demonstrationen zum 1. Mai, das war auch so ein Thema!

Obwohl dieser 1. Mai ja auch ein Feiertag war, wurde festgelegt, wann und wo wir uns zu stellen hatten. Fahnen und Plakate wurden ausgehändigt, die Träger festgelegt. Und zu Marschmusik zogen wir dann alle brav an der Tribüne vorbei, auf der Genossen der Bezirksparteileitung und Ehrenmitglieder der Partei (der SED) standen.

Parolen wurden durch Lautsprecher gebrüllt wie: „Die Deutsche Demokratische Republik, unser sozialistisches Vaterland, sie lebe hoch, hoch, hoch!", wobei wir natürlich „hoch, hoch, hoch" mitgrölen sollten.

Ja, anfangs, in sehr jungen Jahren, da rief ich auch noch mit. Aber nach und nach kam ich mir vor, als würde ich mich damit selbst verleugnen, wenn ich mich doch über so vieles ärgerte, so vieles nicht akzeptierte, so vieles verachtete, was von den Politikern festgelegt wurde, begann mich – anfangs noch selbst Genossin – für vieles zu schämen.

Wir spielten mit dem Gedanken, eigene Plakate zu tragen. Aber das wäre ein sehr gefährliches Spiel gewesen. Leute, die dies versuchten, wurden aus den Reihen gezerrt und festgenommen. Wir wussten nicht, was mit ihnen passierte, aber es sprach sie herum, das solche „Republikfeinde" im Gefängnis landeten, in politischer Haft.

Die Einschüchterung war gelungen, wer wollte das schon? Ich hatte Familie, Kinder. Niemals würde ich dieses Risiko eingehen!

Aber war es in Ordnung?

Nein, es war auch wieder nur Diktatur, brutale unmenschliche Machtausübung!

Warum eigentlich? Warum wollte man nicht sehen, was die Menschen für Probleme hatten, was sie beschäftigte? Wahrscheinlich, weil an den Säulen, der „Richtigkeit" des Sozialismus nicht gerüttelt werden durfte. Alles sollte heil und gut aussehen, so, wie man es proklamierte! Schließlich könnte ja auch der „Klassenfeind" mitbekommen, dass in dem als so menschenfreundlich gepriesenen sozialistischen Staat doch nicht alles so gut lief, wie es überall herausposaunt und geschrieben stand?

Aber was wäre daran so schlimm gewesen? Werden nicht überall Fehler gemacht? Aus diesen kann man doch auch lernen!

Ich verstand diese Ideologie nicht, die so vieles verleugnete und Menschen, die darauf aufmerksam machten aufs Härteste bestrafte.

Die einzige Möglichkeit, die ich sah, meinen Protest zu bekunden, war, nicht mehr mit zur Demonstration zu gehen. Natürlich blieb das dann nicht unbemerkt, denn nach wie vor wurde festgelegt, wo welche Firmen zu stehen hatten. Es wurden auch Gutscheine verteilt (für Getränke und Essen glaube ich, weiß es nicht mehr genau), somit konnte man fein säuberlich streichen, wer seinen Gutschein bekommen hatte und erhielt eine genaue Übersicht über Nichtanwesende. Kluge Taktik! Aber das war mir egal.

Es wurden immer mehr, die nicht zur Demo gingen, mit der Begründung, dass es doch ein Feiertag ist und uns niemand vorschreiben kann, was wir in unserer Freizeit zu tun und zu lassen hatten. Ein stiller Protest!

Meine Eltern stellten sich Jahr für Jahr gegenüber der Tribüne auf, riefen stolz – zusammen mit den Ehrengästen auf der Tribüne - immer wieder „hoch, hoch, hoch!", nachdem vorher die seit Jahren immer wieder selben Parolen ins Mikrofon geschrien wurden.

Meistens wurden wir von meinen Eltern gefragt, ob wir uns nach der Demo bei ihnen treffen würden. Manchmal gingen wir auch hin. Dann freuten sie sich besonders. Wir gingen aber hin, um uns mit ihnen zu treffen, aus keinem anderen Grund. Ich hatte damals immer gemischte Gefühle, wenn ich, die ich mich gegen derartige Augenwischereien und Schönfärbereien einerseits widersetzte, mich andererseits dann neben meinen Eltern gegenüber der Tribüne platzierte. Ein Gefühl zwischen fehl am Platze sein und die Eltern nicht verletzen wollen. Denn dass sie es anders sahen, versuchte ich trotzdem immer wieder zu verstehen. Und immer wieder sagte ich mir – sie haben das alles mit aufgebaut, sie sehen die Erfolge, das andere wollen sie nicht sehen, das können sie einfach nicht wahrhaben. Es würde ihre ganze Ideologie ins Wanken bringen, alles zerstören, wofür sie bisher gelebt und gearbeitet hatten.

Ich erinnere mich noch daran, wie ich mit Mutti mal bei ihr in der Küche stand und wir bei der Verrichtung von Hausarbeiten in eine Diskussion über Alltagsprobleme gerieten. Meine Mutter wurde in ihrer Argumentation immer verbissener, ihre Stimme immer härter. Am Ende sagte sie mir in einem Ton, der jede Widerrede verbot: „Unsere Ideologie ist wissenschaftlich begründet von Marx, Engels und Lenin!" Ihre Stimme zitterte vor Wut.

Trotzdem wagte ich einzuwenden:

„Was richtig und nicht richtig ist, das wissen wir alle doch heute noch nicht! Ihr könnt Recht haben, aber auch falsch liegen. Die Geschichte wird es uns zeigen."

Irgendwie hatte ich die Hoffnung gehabt, dass mit unserer Ehe vielleicht doch alles noch gut werden würde.

Bisher konnte man sie nicht als gut bezeichnen. Ich war unzufrieden und schaffte es kaum, mich Wolfgang diesbezüglich mitzuteilen. Er wich Gesprächen in der Regel aus, immer wieder gab es Wichtigeres für ihn, als sich meine Probleme anzuhören. So fraß ich sie mehr und mehr in mich hinein und Wolfgang tat nach wie vor das, wozu er Lust hatte. Er informierte mich maximal darüber, dass er etwas vorhatte oder setzte mich nur vor Tatsachen. Auch an den Wochenenden war er viel unterwegs, so dass ich häufig mit den Kindern alleine war.

Auch in sexueller Hinsicht war ich alles andere als glücklich. In meinen Augen war er diesbezüglich ein träger Mann. Andererseits war Wolfgang kein Kostverächter. Er scheute sich nicht in meiner Gegenwart anderen Frauen auffällig hinterher zuschauen oder deren Blickkontakt zu suchen. Es war also nicht so, dass sich nichts in ihm rührte. Woran lag es also? War das in einer Ehe normal? Wenn es nach ihm gegangen wäre, würde jedes Wochenende zur gleichen Zeit das Ganze als Ritual ablaufen. Aber das konnte ich nicht, das war alles andere als anregend für mich, darauf konnte ich verzichten.

Als ich mich einer Freundin mitteilte, sagte diese nur: „Wer nicht will, der hat schon."

Schließlich war ich dann so verunsichert, dass ich auch andere Freundinnen fragte, wie das bei ihnen sei. Die Antworten schockierten mich! Mir wurde klar, dass in unserer Ehe etwas absolut unnormal war. Woran lag es?

Die Antwort hatte ich dann schon bald darauf!

Eines Abends – Mitte März - klingelte es. Ein Mann mittleren Alters stand in der Tür. Mit todernster Miene fragte er, ob ich die Ehefrau von Wolfgang sei, und als ich dies bejahte, ob er mich mal kurz sprechen dürfe.

Er fragte mich zunächst, wo mein Mann sei.

„Bei der Arbeit", antwortete ich, „er müsse seit einiger Zeit die 2. Schicht kontrollieren, hat er mir gesagt".

Der Mann antwortete, Wolfgang sei nicht bei der Arbeit. Er würde mich belügen.

Der Mann sei der Schwiegervater einer Frau, mit der Wolfgang seit einiger Zeit ein Verhältnis habe. Er treffe sich abends mit ihr, manchmal auch tagsüber. Sein Sohn sei oft nicht zu Hause, viel unterwegs.

Er erzähle mir das, weil Wolfgang nicht der einzige sei. Ich soll sehen, dass ich meine Ehe rette, ihn zur Rede stellen. Diese Frau wäre es nicht wert.

Dann ging er.

Ich war schockiert! ‚Was denn noch alles!', dachte ich nur. ‚Kann ich denn nicht endlich mal zur Ruhe kommen und auch glücklich werden? Es ist doch schon so viel geschehen, ich musste doch schon so viel durchmachen, warum denn nun auch das noch?!'

Ich stellte Wolfgang zur Rede. Er gab es zu, erzählte mir, wie sie sich kennen gelernt hatten und dass es schon eine Weile ging. Wolfgang versprach mir die Beziehung zu dieser Frau abzubrechen.

Einmal (Laura war noch nicht auf der Welt) wurde ich bereits von einer Arbeitskollegin, dann auch von Carmen darauf aufmerksam gemacht, ein Auge auf Wolfgang zu werfen. Ich registrierte es damals, ging der Sache aber nicht nach.

Es kamen dann immer neue Geschichten dazu. Und irgendwann reichte es mir. Mich behandelte Wolfgang wie ein Möbelstück. Er sah mich oftmals gar nicht mehr, kam, ging, wechselte kaum ein Wort mit mir. Er lebte sein eigenes Leben. Sagte ich etwas, nervte ich ihn.

Wir machten immer weniger zusammen, immer hatte er Wichtigeres zu tun. Wir bewohnten eine gemein-same Wohnung, vielmehr war es bald nicht mehr. Wir lagen im Ehebett voneinander abgerückt, jeder auf seiner Seite. Berührte ich Wolfgang, brummte er, er sei müde, ich soll ihn schlafen lassen. Also ließ ich es sein. Um uns nicht zu streiten, sprachen wir kaum noch miteinander. Ich schluckte und schluckte und schluckte, bis ich überlief. Dann sprudelten nur noch Vorwürfe aus mir heraus und Wolfgang warf mir daraufhin hässliche Wörter an den Kopf. Zu Aussprachen war er nicht bereit.

Was war ich noch für ihn? Das hatte doch mit Liebe nichts mehr zu tun! Wie wichtig war ihm noch seine Familie?

Eines Tages hatte ich die Nase so voll, dass ich die Scheidungspapiere holte. Ich sagte es Wolfgang.

Darauf kam eine kurze Zeit, die mich auch irritierte, da er plötzlich vor Liebe überquoll.

Und dann die neue Wohnung! Vielleicht ist es ja ein neuer Anfang, dachte ich, es wäre schön! Schließlich haben wir auch zwei Kinder! Und schon deswegen wäre es schön, wenn sich alles zum Positiven wenden würde. Ich möchte doch, dass es meinen Kindern gut geht, dass sie in Liebe aufwachsen, sich wohl fühlen. Dazu brauchen sie aber ein harmonisches Familienleben. Sie werden auch diese kalte Atmosphäre gespürt haben. Philipp ist immer ruhiger und ernster geworden. In der Schule hat er sich auch nicht mehr so konzentrieren können. Seine Lehrerin kündigte letztens einen Hausbesuch an.

Nein, ich will, dass das alles ein Ende hat, das wir endlich eine glückliche Familie werden. Ich hoffe auf unsere Chance!

Im September bezogen wir unsere neue Wohnung. Jetzt hatten wir Platz! Philipp hatte sein eigenes Zimmer, Laura auch, direkt neben unserem Schlafzimmer, mit Verbindungstür.

Philipp hatte es nun etwas weiter zur Schule, aber in unserer Nähe wohnten noch mehr Schüler seiner Klasse, so dass er nicht alleine laufen musste. Philipp war auch ein Typ, der schnell Anschluss fand.

Wir fühlten uns wohl in unserer neuen Wohnung, und es hätte alles so schön werden können.

Aber Wolfgang hatte schon bald wieder sein altes Verhalten. Und ich konnte bei dieser täglichen Anspannung meinen Kindern nicht die Mutter sein, die ich ihnen gerne sein wollte.

Ich verkraftete die Art nicht mehr, mit der Wolfgang mit mir umsprang. Entweder beachtete er mich über-haupt nicht, oder wenn, war es lieblos und hässlich. Er bluffte mich fast nur noch an, ich bekam auf Fragen keine oder hässliche Antworten.

Warum war ich damals nicht hellhörig geworden, als wir uns kennen gelernt hatten? Ich war entsetzt gewesen, wie er mit seiner Mutter sprach. Keinerlei Achtung vor ihr konnte ich da heraushören.

Mit mir dürfte er nicht so sprechen, dachte ich damals. Und damals tat er es auch nicht.

Noch einmal gab ich Wolfgang eine Chance. Ich bat ihn übers Wochenende im Garten zu bleiben, nicht nach Hause zu kommen. Er sollte nachdenken.

Doch er hatte die Zeit nicht dazu genutzt. Und ich wollte so nicht mehr weiterleben! Das tat weder mir, noch meinen Kindern gut. Ohne Wolfgang würde es harmonischer sein, davon war ich überzeugt. Es würde nicht einfach werden, aber es würde uns allen besser gehen, da die Atmosphäre nicht so vergiftet sein würde.

Ich reichte die Scheidung ein.

Bald darauf erhielt Wolfgang die Papiere. Ich sah ihn dasitzen und ausfüllen.

Wir waren uns einig, keinen Rechtsanwalt zu nehmen, um Kosten zu sparen. Wir hielten uns beide für vernünftig genug, um unser Eigentum gerecht aufzuteilen.

Trotzdem stritten wir uns. Wolfgang wollte seine Arbeitsleistung im Garten von mir ausbezahlt bekommen. Ich war fassungslos! Während er dort schaffte, hatte ich die Kinder und den Haushalt. Das konnte ich ihm doch auch nicht in Rechnung stellen!

Schließlich einigten wir uns.

Irgendwann sprach mich Wolfgang an, ob wir uns die Kinder teilen würden, er Philipp, ich Laura.

Es traf mich wie ein Schlag! Niemals! „Niemals!", sagte ich. „Selbst wenn ich vier Kinder hätte, würde ich dir keins davon geben!" Ich war entrüstet über diesen Gedanken. Wolfgang wirkte traurig.

Und kurze Zeit später hatten wir den Scheidungstermin.

War komisch, wir fuhren zusammen hin, saßen dort beide nebeneinander, waren beide aufgeregt. Keiner von uns kannte die Situation.

Dann wurden wir hineingerufen. Vorstellung der anwesenden Personen, Information über Mitschnitt, Vorlesen der Scheidungspapiere. Noch ein paar Worte von jeder Seite.

Dann das Urteil:

Das alleinige Erziehungsrecht für unsere Kinder erhielt ich. Wolfgang wurde zur Unterhaltszahlung für beide Kinder verpflichtet. Außerdem erhielt er Wohnrecht, bis er eine eigene Wohnung hätte. Bezüglich des Umgangsrechts schlug man uns einen Zeitrahmen vor, in welchem Wolfgang die Kinder sehen dürfe.

Ich war anderer Meinung. Ich wollte weder meinen Kindern den Vater nehmen, noch Wolfgang die Kinder. Er hatte ein gutes Verhältnis zu Philipp gehabt und Philipp hat immer an seinem Vater gehangen.

Nachdem ich von Wolfgangs Vorschlag die Kinder aufzuteilen zunächst geschockt war, hatte ich später versucht, mich auch in seine Lage zu versetzen. Und das habe ich dann als ganz furchtbar empfunden. Somit wollte ich ihm bezüglich des Umgangsrechts nicht wehtun.

Ich erklärte dem Scheidungsrichter, dass ich nicht möchte, dass die Kinder unter der Scheidung leiden, sondern dass ich mich da gerne nach den Kindern richten möchte. Philipp würde sehr an seinem Vater hängen, deshalb wäre eine feste Besuchszeitenregelung in meinen Augen nicht angebracht. Ich schlug dem Richter und Wolfgang vor, dass Philipp seinen Vater sehen darf und zu ihm darf, wenn Philipp das Bedürfnis hat.

Laura war noch zu klein. Ob zu Wolfgang so eine Bindung entstehen würde, war nicht abzusehen. Falls ja, würde ich es wie bei Philipp handhaben wollen.

Generell würde ich die Kinder nicht gegen ihren Willen zu einem Besuch beim Kindsvater zwingen.

Sowohl die Richter, als auch Wolfgang waren mit dieser Regelung einverstanden.

Da wir beide einer Scheidung zustimmten, wurde unsere Scheidung an diesem Tag besiegelt. Das Gericht sah keinen

Sinn mehr in der Fortsetzung dieser Ehe. Die Papiere sollten uns zugeschickt werden.

Damit war die Scheidung vollzogen. Wir gingen beide zum Auto. „Geschieden", sagte Wolfgang sehr nachdenklich, als würde er es erst jetzt begreifen.

Zunächst war keine große Änderung nach der Scheidung zu spüren, da Wolfgang weiterhin bei uns wohnte. Allerdings hatten wir umgeräumt, er hatte sein eigenes Zimmer.
Da er die Wohnung mitbewohnte, forderte ich von ihm Beteiligung beim Putzen, sowohl in der Wohnung, als auch im Treppenhaus.
Es war ruhiger geworden bei uns. Da ich abgeschlossen hatte, registrierte ich nun nur noch Wolfgangs spätes Erscheinen, ohne mich darüber aufzuregen. Aber weh tat es schon, wenn ich ihn so sah. Ihm schien alles kalt zu lassen, er wirkte nach wie vor mit seiner Situation zufrieden. Nun endlich musste er seine Liebschaften nicht mehr verheimlichen, konnte sie offiziell in den Garten kommen lassen. Philipp hatte es mir erzählt, er fuhr oft übers Wochenende mit dorthin. Auch, dass die neue Freundin von Papa schon bei Oma und Opa zu Besuch gewesen wäre.
Nun ja, ich sollte mich vielleicht einfach nicht dafür interessieren.

Schade war, dass Laura nun auch schon viel früher in die Kinderkrippe musste. Ursprünglich wollte ich dieses Mal mindestens 1 ½ Jahre zu Hause bleiben, so dass wir die Zeit in dem Garten voll hätten genießen können. Auch für Philipp wäre das mit Sicherheit schöner gewesen, als wenn die Mama erst am späten Nachmittag von Arbeit kommt und er so lange in den Schülerhort gehen muss. Aber es ließ sich nicht ändern.

Als es dann soweit war, dass Laura in die Kinderkrippe kam, gab es schon ein paar Verbesserungen:
Beim zweiten Kind wurden einem pro Tag 45 min. der Arbeitszeit geschenkt. Es war jeder Mutter selbst überlassen, ob sie diese 45 Minuten morgens oder abends in Anspruch nahm (einmalige Entscheidung).

Ich nahm sie morgens, denn das bedeutete, dass meine Kinder länger schlafen konnten. Ich musste somit nur noch von 08:15 bis 16:15 Uhr arbeiten, schon eine Erleichterung!

Bei Laura-Schatz gab es dann auch die Möglichkeit für die Kinder, eine Eingewöhnungszeit in Anspruch zu nehmen, was bedeutete, dass die Kinder bereits mittags abgeholt werden konnten. Wenn ich mich recht erinnere, konnte man sogar den ersten Tag in der Kinderkrippe gemeinsam mit dem Kind verbringen.

Diese Neuerungen machten es meiner Meinung den Kindern schon etwas leichter, sich an die stundenlange Trennung von den Eltern zu gewöhnen, was in diesem Alter schon eine große Herausforderung für sie war.

Aber trotz dass Laura mit einem Jahr, also zwei Monate später als Philipp, in die Kinderkrippe kam und morgens länger schlafen konnte als ihr Brüderchen damals, hatte sie sehr große Probleme, sich in die Kinderkrippe einzugewöhnen. Sie verkraftete die morgendliche Trennung von mir nicht, klammerte sich mit ihren Ärmchen fest an mich und schrie jämmerlich. Die Erzieherin riss sie dann meistens von mir weg und machte die Türe zu, damit ich es schaffte, pünktlich bei der Arbeit zu sein. Es tat mir jeden Morgen erneut weh, das miterleben zu müssen, ohne etwas tun zu können.

Andererseits konnte ich ja froh sein, dass ich als nunmehr Alleinerziehende von zwei Kindern überhaupt die Möglichkeit hatte zur Arbeit zu gehen und meine Kinder in Betreuung zu wissen.

Aber ich hatte kein gutes Gewissen dabei, ich empfand es als nicht richtig, die Kinder mit einem Jahr schon in eine Kinderkrippe zu geben.

Bei Laura war es besonders schlimm. Über eine lange Zeit wurde mir, wenn ich Laura am Abend abholte, mitgeteilt: „Sie hat heute wieder nichts gegessen." Oder auch: „Sie saß heute wieder nur da und schaute traurig vor sich hin."

Es riss mir jedes Mal das Herz raus, das erleben zu müssen und nichts dagegen tun zu können. Vielleicht, so dachte ich, hatte das etwas mit ihren ersten Lebenswochen in der Säuglingsklinik zu tun. Damals wurde sie auch plötzlich von mir getrennt, ich durfte fast vier Wochen lang nicht zu ihr, wir hatten keinerlei körperlichen Kontakt. Nicht einmal riechen oder hören konnte sie mich, denn ich durfte nur durch eine kleine Scheibe in der Tür zu ihr schauen, mehr nicht. Für ein Neugeborenes sicher mit das Traumatischste, was es erleben kann!

Und jetzt erlebte Laura dieses Losreißen erneut, jeden Tag wieder. Sicher war sie mit einem Jahr noch viel zu jung um verstehen zu können, dass sie regelmäßig jeden Abend wieder abgeholt wurde.

Irgendwann fügte sich Laura ihrem Schicksal, aber sie war sehr ernst geworden.

Da mich das immer wieder beschäftigte, sprach ich meine Mutter mal daraufhin an:

„Das ist doch unmenschlich, was da gemacht wird, die Kinder so früh von der Mutter loszureißen, den ganzen Tag in die Kinderkrippe zu stecken, wo sie in Gruppen von bis zu

18 Kindern nur eines von vielen sind. Dann abends, nach der Arbeit, kann man die Kinder auch nur noch füttern und ins Bett bringen, da sie erschöpft sind von dem langen Tag und auch am nächsten Morgen wieder so früh aufstehen müssen. Das ist doch keine Kindheit, da werden die Kinder doch früh schon kaputt gemacht!"

Meine Mutter war da anderer Meinung:

„Euch hat's doch auch nicht geschadet", antwortete sie.

„Bist du da so sicher?" erwiderte ich nur.

Ich hatte eine andere Reaktion erwartet, eine einfühlsamere. Hatte sie denn gar kein bisschen Mitleid mit den Kleinen? Diese Kälte, die aus ihren Worten sprach, schockierte mich.

Ich kann mich nicht erinnern, selbst viele Zärtlichkeiten in meiner Kindheit seitens meiner Mutter bekommen zu haben. Sie hatte vier kleine Kinder und musste montags bis samstags arbeiten, samstags bis Mittag, die anderen Tage ganztägig, von 6:45 bis 16:30 Uhr.

Unvorstellbar, wie sie das überhaupt schaffen konnte! Morgens die Kinder in Kindergarten und Kinderkrippe, dann zur Arbeit, am Abend die Kinder wieder abholen, einkaufen, Abendessen für uns richten, uns ins Bett bringen, dann die Hausarbeiten erledigen oder wieder aus dem Haus gehen, um zusätzlich noch etwas Geld zu verdienen oder zu Versammlungen.

Wo blieb da noch Zeit für Zärtlichkeiten? Es war alles straff durchorganisiert. Sie sorgte für uns, wo sollte sie noch die Kraft für mehr hernehmen? Noch dazu war sie meistens alleine, mein Vater war unter der Woche in der Regel nicht zu Hause, auch nicht jedes Wochenende.

Diese morgendlichen Belastungen zehrten an meinen Nerven. Es war oft nicht leicht, morgens rechtzeitig aus dem Haus zu kommen, um pünktlich bei der Arbeit zu sein. Die Kinder waren oft noch müde, oder verspielt, oder verträumt, oder wollten einfach noch ein bisschen länger zu Hause sein oder mit der Mutti zusammen sein, oder waren vielleicht auch ungezogen.

Das ging irgendwann über meine Kräfte – einerseits der Zeitdruck im Nacken, andererseits meine Kinder, die eben Kinder waren und nicht immer das taten, was ich gerade wollte.

Wie sollte man da noch mit Ruhe und Bedacht und wohl überlegt die richtigen Worte finden? In der Theorie ist es klar und einleuchtend, in der Praxis bei diesem Zeitdruck zu so früher Stunde nicht so einfach.

Nein, entschuldigen kann ich es nicht! Ich habe zeitweise die Nerven verloren, meine Kinder angeschrien oder meinem Philipp-Schatz eine Ohrfeige gegeben oder schlimmer noch, ihn sogar geschlagen.

Furchtbar, wenn ich heute daran denke! Ich schäme mich so dafür, es tut mir so leid. Das Liebste, was ich auf der Welt habe, meine beiden Kinder! Was für eine Mutter! Ich verachte mich dafür, dass ich das je getan habe! Und das Schlimmste: Ich kann es nie rückgängig machen!

Und doch, auch wenn ich damit mein Handeln keineswegs rechtfertigen will, bin ich der Meinung, dass es für eine Mutter zu viel ist, mit kleinen Kindern noch voll berufstätig zu sein. Schon alleine deshalb, weil die Kinder das, was sie in ihrer Kindheit so sehr brauchen - nämlich das Gefühl, dass man für sie da ist, sich für sie Zeit nimmt, ihnen zuhört, ihre kleinen großen Probleme ernst nimmt, sie in den Arm nimmt, wenn sie das Bedürfnis haben, dass sie Wärme und Geborgenheit spüren können - so nicht mehr ausreichend bekommen können, weil sie nur noch „mitgeschleift und durchgezogen" werden, weil sie hauptsächlich „funktionieren" müssen, damit man das alles überhaupt schaffen kann.

Das zu wissen, aber nichts dagegen tun zu können, gibt mir ein Gefühl von Hilflosigkeit und Ausgeliefert-sein. Und das tut weh.

Und – es hat mich die ganzen Jahre verfolgt! Ich hatte und habe immer ein schlechtes Gewissen, dass ich meinen Kindern nicht die Liebe und Wärme und Zeit gegeben habe, die ich ihnen gerne gegeben hätte und die sie so sehr gebraucht hätten, um für das Leben gewappnet zu sein.

Ich kann nur immer wieder sagen, es tut mir schrecklich leid und weh. Das einzige, was ich tun kann, ist jetzt für sie da zu sein, wenn sie mich brauchen und ihnen immer zu zeigen, dass ich sie liebe.

Ich hoffe sehr, dass sie diese Leere in der Brust – wo eigentlich die Mutterliebe wohnen müsste – nicht so stark spüren, und dass ich diese Leere mehr und mehr auch jetzt und heute noch ausfüllen kann.

So verging eigentlich ein Tag wie der andere. Es gab wenige Höhepunkte. Bei den Rennereien nach den Waren des täglichen Bedarfs, war es schon ein besonderes Ereignis, wenn man etwas zu kaufen bekam, wonach man schon ewig immer wieder nachgefragt hatte. Dass die verschiedensten Produkte Mangelware waren, war normaler Alltag. Oftmals kam ich von der Arbeit und die Milch war alle, oder es gab keine Butter mehr, oder vor mir ging das Obst aus, oder, oder. Oder ich musste ein paar Dinge nachkaufen, wie Salz oder Spülmittel oder dergleichen und fand diese nicht vor. Selbst Toilettenpapier war oft Mangelware. Wie oft ging ich umsonst in Geschäfte mit der üblichen Frage der DDR-

Bürger: "Haben Sie ...?" Sie hatten nicht. Und wenn uns der nächste Liefertermin genannt wurde, bedeutete das noch lange nicht, dass es dabei war. Logisch, dass man ein Lächeln im Gesicht trug, wenn man den heiß begehrten Gegenstand, wie zum Beispiel Toilettenpapier, dann endlich bekam. Das Toilettenpapier war übrigens unwahrscheinlich hart. Wir mussten es knüllen und reiben, um nicht wund zu werden. Vielleicht kann man so auch verstehen, dass DDR-Bürger im Ausland heimlich Toilettenpapier klauten. Kein Witz!

Auch das Einkaufen von Bekleidung machte keinen großen Spaß. Meistens waren es zu Riesenstückzahlen produzierte, nicht besonders schöne Kleidungsstücke. Hatte ich doch mal eins gefunden, was mir gefiel, so verging mir die Freude daran, wenn ich dem gleichen Teil ständig an anderen Frauen wieder begegnete.

Bei Kinderbekleidung sah das nicht anders aus. Die Freude war groß, wenn ich mal eine schöne Hose für Philipp bekam, die auch mal kindgemäß aussah, nicht nur den Stoff und Schnitt einer Männerhose in Klein-format aufwies. Nicht anders bei Pullis, Jacken usw.

In dem Jahr, als Philipp zur Schule kam zum Beispiel, wollten wir, nachdem wir aus dem Urlaub zurück waren, für den Schulanfang für ihn Kleidung einkaufen. Es gab aber einfach nichts Schönes.

Eine Verkäuferin, die ich kannte, teilte mir dann mit, dass sie ein paar schöne Sachen bekommen hatten, diese aber alle schon wieder verkauft seien. Schließlich fand sie doch noch eine braune Cordhose, die Philipp dann auch passte. Nun hatten wir eine Hose, aber noch lange keine Schuhe usw. Eine unendliche, nervenaufreibende Rennerei. Es hatte mal was gegeben, leider waren wir da aber gerade in Urlaub!

Ähnlich lief es ab, als der Winter kam. Philipp war aus seinem Anorak und den Stiefeln herausgewachsen. Ich wollte doch nur, dass er auch ein bisschen schön aussah in seiner Kleidung. Die Farben für die Kinderklei-dung waren meistens so trist - alles dunkel, grau, braun, blaugrau … Würde ich jetzt diese Sachen kaufen, die mir gar nicht zusagten, und dann würde vielleicht doch noch was Schöneres kommen, wäre das ärgerlich. Andererseits konnte es auch sein, dass ich später nichts für Philipp bekommen würde und der Winter Einzug hielt.

Eine Kollegin, deren Tochter Neurodermitis hatte, sollte ihr nur reine Baumwollwäsche anziehen. Aber auch diese gab es nur selten. So bat sie uns, mit danach zu schauen und diese zu kaufen, falls wir welche sehen würden.
Am besten war man da dran, wenn man entsprechende Beziehungen hatte.

Mehr und mehr wuchsen mit den Jahren Exquisit-Geschäfte für Bekleidung und Delikat-Geschäfte für Nahrungsmittel aus dem Boden. Die Preise waren dementsprechend. Aber es gab tolle Sachen. Und ich leistete mir insgesamt zwei Mal auch so ein edles Stück und fühlte mich dann gleich als etwas Besonderes. Es sah einfach besser aus - ein extravaganter Schnitt, besseres Material - es war besser!
Oft nähte ich mir meine Kleidung jedoch selbst, um etwas Besonderes zu haben. Und einmal hat meine Schwester von einer Exquisit-Jacke einer Freundin den Schnitt abnehmen dürfen, wir haben uns Stoff, Reißverschlüsse und Knöpfe gekauft und - jeweils etwas abgewandelt - uns jeder eine sehr schöne Winterjacke genäht. Sah wirklich super aus.
Es gab auch mehr und mehr Salamander-Schuhgeschäfte, eins ganz bei uns in der Nähe. Da machte es schon Spaß, in

der Mittagspause mal schnell vorbeizuschauen, das ließ das Herz höher schlagen. Da ich mittlerweile ganz gut verdiente, konnte ich mir auch da mal Paar Schuhe leisten, auch wenn diese sehr teuer waren.

In den Delikat-Geschäften bekam man Dinge, die wir zum Teil gar nicht kannten: Kaviar (wie es ihn hier im Aldi gibt, ein kleines Glas für 11 oder 13 Mark), Champignons in Dosen, Ananas in Dosen, besondere Gewürze, Tee, Käse, etc. Das war zwar alles sehr teuer, aber es wertete das Essen richtig auf, es machte Spaß, mal etwas im Delikat-Geschäft zu kaufen.

Zusätzlich gab es auch Intershops, deren Waren natürlich nicht für DDR-Geld erhältlich waren. Wer Glück hatte, fand jemanden zum Tauschen (ich glaube im Verhältnis 1:8), wer noch größeres Glück hatte, bekam von der Westverwandtschaft Geld in die Hand gedrückt.

Anfangs wurde in den Intershops mit Geld gezahlt, später war der Besitz von kapitalistischen Währungen nicht gestattet. Besitzer mussten das Geld bei der Bank gegen Schecks eintauschen, in Intershops durfte nur noch mit Schecks bezahlt werden.

Kann ich sogar nachvollziehen: Die DDR brauchte dringend Devisen, um auf dem internationalen Markt einkaufen zu können. Auf diese Weise schlummerten diese nicht mehr irgendwo im Privatbesitz, bis sie viel-leicht mal irgendwann ausgegeben wurden.

An den Wochenenden ging ich mit meinen Kindern gern spazieren, am liebsten in den Zoo. Oder wir besuchten Eltern, Geschwister oder Freunde oder spielten zu Hause miteinander. Ins Kino oder Theater ging ich in der Zeit, wo meine Kinder so klein waren, eher selten. Es war mir nicht so wichtig. Am liebsten beschäftigte ich mich in meiner freien Zeit mit meinen Kindern.

Nebenbei musste ich natürlich auch den Haushalt auf Vordermann bringen.

Als Berufstätige hatten wir Frauen übrigens einmal im Monat einen Haushalttag. Von meinen Eltern war ich zu Ordnung und Sauberkeit erzogen worden und hielt es nicht anders. Es war mir ein Grundbedürfnis. Ich konnte kein Buch lesen oder Film anschauen, wenn es im Haushalt etwas gab, was ich stattdessen in dieser Zeit erledigen könnte. Nur mit Spielsachen war ich nachsichtiger. Wenn meine Kinder ihr Spielzeug auf dem Teppich aufgebaut hatten, ließ ich den Staubsauger in der Ecke. Allerdings hoffte ich dann, dass nicht plötzlich jemand klingelte und in die Wohnung kommen wollte. Ich wollte nicht, dass die Leute meinten, ich sei unordentlich.

Einmal musste ich für ein paar Tage ins Krankenhaus. Gar nicht so einfach, wenn man alleinerziehende Mutter von zwei kleinen Kindern ist.

Aber – das muss ich wirklich meiner Mutter immer wieder hoch anrechnen – wenn ich sie brauchte, war sie zur Stelle, sie kümmerte sich. Auch als ich dann aus dem Krankenhaus entlassen wurde und noch nicht schwer heben durfte, kam meine Mutter zu mir nach Hause und holte mir die Kohlen aus dem Keller, trug sie in das 4. Obergeschoss!

„Das kommt gar nicht in Frage, dass du die Kohlen schleppst, die hole ich dir!"

Ja, so war meine Mutter auch!
„Dem Vati brauchst du das aber nicht zu sagen" meinte sie noch.

Ungefähr ein halbes Jahr nach unserer Scheidung lernte ich über eine Kontaktanzeige, einen sehr netten Mann kennen. Er war gerade von der Armee beurlaubt, als wir uns das erste Mal trafen. Ich war sofort von seiner unkomplizierten Art sehr beeindruckt. Er war unwahrscheinlich hilfsbereit, und man spürte, dass er es gerne war. Wir verstanden uns auf Anhieb. Und er hatte Verständnis, wenn ich für ihn gerade keine Zeit hatte, da ich mich um die Kinder kümmern musste. Es gab da keine Diskussionen, im Gegenteil, er fragte, wie er mir helfen könne, damit ich dann auch bisschen Zeit für ihn habe und packte sofort mit an. Ja, dieser Mann war wirklich unwahrscheinlich sympathisch. Auch Philipp war von ihm beeindruckt.

Am nächsten Tag stand er mit Rosen vor der Tür.

Leider spielte damals das Äußere für mich wohl eine zu große Rolle, ich setzte die Beziehung aus diesem Grunde nicht fort.

Bereue ich noch heute!

Wenige Wochen später meldete sich meine Jugendliebe – Frank - plötzlich wieder bei mir.

Wir hatten noch einmal eine schöne Zeit. Aber Frank war noch verheiratet. Zwar sprach er von Scheidung, aber aus dem, was er mir von seiner Frau erzählte, hörte ich heraus, dass sie ihn noch liebte und um ihn kämpfte. Und mehr und mehr spürte ich auch seine Unsicherheit bezüglich seiner Entscheidung.

Trotz dass er mich ‚in den Himmel hob', mich vergötterte und ich Komplimente hörte, die ich von meinem Exmann nie gehört hatte, versuchte ich ihm nahe zu legen, seine Familie nicht leichtfertig aufzugeben. Und da er sich nicht entscheiden konnte, beendete ich eines Tages diese Beziehung, obwohl es mir gar nicht leicht fiel.

Um mich so schnell wie möglich auch gefühlsmäßig und gedanklich von Frank lösen zu können, gab ich selbst eine Kontaktanzeige auf.

Kurz danach lernte ich darüber Markus kennen.

Es war für mich zunächst wirklich nur eine Möglichkeit, um Abstand zu Frank gewinnen zu können.

Weh tat es mir, als mein süßer Frank trotz allem einmal nach der Arbeit auf mich wartete. Ich war mit Markus verabredet, der ebenfalls wartete. Als ich dies dann Frank mitteilte und daraufhin zu Markus ging, tat mir das schon ganz schön weh. Besonders als ich sah, wie Frank mir nachschaute, als ich in das andere Auto ein-stieg.

Markus war dann eigentlich nicht der Mann, den ich mir für eine neue Beziehung gewünscht hätte. Aber ich hatte erst einmal eine neue Beziehung, was Frank akzeptierte und worauf er sich dann nicht mehr bei mir meldete.

Es tat schon weh, aber ich hatte gespürt, dass Frank keinen wirklichen Grund hatte, seine Familie zu verlassen. Er idealisierte mich, das war unrealistisch und würde auf Dauer nicht gut gehen. Ich fühlte mich gut bei dem Gedanken, dass er zu seiner Familie zurückkehren würde.

Markus war damals eben einfach da, wir hatten eine Beziehung. Ich kann nicht behaupten, in ihn sonderlich verliebt gewesen zu sein. Er war sehr eigenwillig, egoistisch, faul und nutzte mich wohl auch ganz schön aus. Er wohnte sehr bald bei mir und ich kümmerte mich um seine Wäsche und sein

Äußeres. Selbst seine Mutter sagte, dass er früher nie so toll ausgesehen habe, dass ich etwas aus ihm mache.

Im Gegenzug erhielt ich nicht viel von ihm, kaum, dass er sich finanziell beteiligte.

Trotz dass ich vieles feststellte, was mir nicht an ihm gefiel, blieb ich mit ihm zusammen. Es war jemand da, ich war nicht allein, und zumindest konnte ich paar seelische Belastungen abstreifen, hatte ich jemanden, der zuhörte, mich beruhigte.

Die Planung des Jahresurlaubs stand wieder an. Meistens verbrachten wir den Urlaub nur innerhalb der DDR. Auslandsreisen waren ja nur ins sozialistische Ausland möglich, zum Teil musste dafür ein Visum beantragt werden. Nach Bulgarien war es zu teuer, ebenso nach Ungarn – trotz des begrenzten Umtauschsatzes, Rumänien war zu arm, abgesehen davon, dass kaum ein Visumantrag dorthin genehmigt wurde. Unser Traum war dann jedes Jahr ein Urlaub an der Ostsee, aber da einen Ferienplatz zu bekommen, war schon etwas Besonderes.

Als Philipp noch sehr klein war, hatten wir mal das Glück, Urlaub in einem Ferienhaus – eine Art Bungalow - an der Ostsee machen zu können. Allerdings zu einer Zeit, wo das Wetter sehr unbeständig war, wir uns letztendlich kaum direkt an der See aufhalten konnten.

Ansonsten verbrachten wir die Urlaube an der Müritz, im Spreewald, in Mecklenburg oder auf Campingplätzen an Talsperren.

In der Regel organisierten wir unsere Urlaubsplätze privat.

Es gab aber auch Betriebsferienplätze des FDGB (Freier Deutscher Gewerkschaftsbund). Voraussetzung für die Inanspruchnahme war natürlich die Mitgliedschaft, aber die hatten wir wahrscheinlich alle. Allerdings war es ein „Lottogewinn", einen Ferienplatz zu erhalten, es gab nicht viele davon. Man konnte sich dafür bewerben und erhielt entweder eine Zu- oder eine Absage. Angeblich sollten diejenigen bevorzugt werden, die noch nie einen Platz in Anspruch genommen hatten.

Unser Kombinat hatte ein wirklich überdurchschnittlich schönes Ferienhaus im Fichtelgebirge neu errichtet.

Da eine Kollegin von mir nach einer Besichtigung davon unwahrscheinlich schwärmte, schauten wir es uns bei einem Wochenendausflug auch einmal an. Ich war total überwältigt von dem Luxus, den dieses Ferienhaus bot: Es lag landschaftlich wunderschön eingebunden inmitten eines Waldes auf dem Fichtelberg. Allein schon der Eingangsbereich übertraf alle meine Vorstellungen, er war mit Fliesen ausgelegt, groß, mit Bar und gemütlichen Sitzgelegenheiten. Es gab eine Bibliothek, die gänzlich holzverkleidet war und eine Sauna im Haus. Alle Gästezimmer waren mit neuem Holzmöbel ausgestattet, dessen Duft angenehm in der Luft lag. So etwas Schönes hatte ich bisher noch nie gesehen.

Wie uns dann zu Ohren kam, durften nach Fertigstellung des Ferienhauses zunächst erst einmal alle Leitungsmitglieder dieses nutzen.

Eine Kollegin von mir, deren Familie alle begeisterte Skifahrer waren, bewarb sich für einen Platz in den Winterferien, Jahr für Jahr wieder.

Als sie dann endlich eine Zusage bekam, war diese für den Herbst. Meine Kollegin vermutete zunächst eine Verwechslung, da sie sich ja, um Ski laufen zu können, ausschließlich für den Zeitraum der Winterferien beworben hatte, und versuchte dies abzuklären. Allerdings war dem nicht so. Meine Kollegin wurde für diesen ihr zugeteilten Zeitraum ausgewählt. Zusätzlich wurde ihr mitgeteilt, dass – auch bei Ablehnung ihrerseits – ihr Anspruch nach Erhalt dieses Platzes für die nächsten Jahre erlöschen sei.

Wir waren alle entsetzt, als wir von dieser Benachrichtigung hörten. Meine Kollegin weinte vor Enttäuschung und Ärger. So viele Jahre hatten sowohl sie, als auch ihr Mann regelmäßig ihre FDGB-Beiträge gezahlt, Monat für Monat (die Beiträge waren relativ hoch!), noch nie hatten sie das Glück gehabt, einen Ferienplatz der Gewerkschaft zu bekommen. Und nun diese Zusage für eine Zeit, in der die Wahrscheinlichkeit, dass auf dem Fichtelberg Schnee liegen könnte, äußerst gering war! Wir fanden keine Worte dafür. Nur verständlich, dass die Kollegin daraufhin keinen Tag länger ihre Mitgliedschaft fortsetzen wollte.

Nach langem hin und her beschlossen wir, in diesem Jahr zusätzlich einen Kurzurlaub in Ungarn zu machen, nur ein paar Tage. Wir hatten natürlich nicht viel Geld dafür zur Verfügung, aber für eine Woche Campingurlaub sollte es ausreichend sein.

Da Laura, die damals erst knapp über zwei Jahre alt war, für einen Campingurlaub unserer Meinung noch zu klein war, fragten wir, ob meine Eltern sich in dieser Zeit um sie kümmern würden. Sie sagten auch sofort zu, obwohl sie beide ja auch noch zur Arbeit gingen. Wir freuten uns sehr darüber.

Wir entschieden uns dann für Budapest, die Stadt sollte ja wunderschön sein. Außerdem gab es dort auch einen Campingplatz.

Noch bevor wir Ungarn erreichten, nahmen wir große Unterschiede zur DDR wahr. Die Straßen waren bereits im Süden der damaligen CSSR wesentlich besser als im Norden - breiter, heller und in einem Zustand, wie man sich Straßen eigentlich wünscht. Im Norden der CSSR glichen sie eher denen der DDR – schlechter baulicher Zustand, schmal, zum Teil sehr schlecht ausgeleuchtet.

Ja, hier machte es Spaß Auto zu fahren. Wir testeten sogar mal unseren Polski Fiat (1,3-l-Maschine), schafften 140 km/h und waren ganz stolz darauf. Hatten die Geschwindigkeit die der Tacho anzeigte ja noch nie austesten können, da in der DDR die Höchstgeschwindigkeit auf Autobahnen 100 km/h betrug. Bei dem schlechten baulichen Zustand der Straßen wären aber bei höheren Geschwindigkeiten wahrscheinlich auch die Autos kaputtgegangen!

Dann erreichten wir die Grenze nach Ungarn. Die Grenzbeamten wirkten hier so ruhig und gelassen – kurzer Blick in unseren Ausweis, schon konnten wir weiterfahren.

Und dann waren wir einfach nur überwältigt! Es war spät, gegen Mitternacht, aber bereits kurz nach der Grenze waren noch Stände mit frischem Obst und Gemüse geöffnet, alles hell beleuchtet, die Leute bei guter Stimmung. Das war schon eine andere Welt, ganz abgesehen von dem Angebot, was wir in der DDR ja auch so nicht kannten. Und wie lecker das alles aussah! Ob wir probieren wollten, wurden wir gefragt. Wir konnten gerade so einfach mal Pfirsich oder Melone testen. Süß und saftig waren die, kein Vergleich zu dem, was wir in der DDR erhielten.

Da gab es ab und an auch mal Pfirsiche, allerdings musste man auch gerade dazu kommen. Vielleicht hatte man Glück und es wurden gerade in der Mittagspause, die wir eh in der Regel für Einkäufe nutzten, welche angeboten und wir bekamen auch noch welche ab, was ja auch nicht immer der Fall war. Die Tüten mit gleicher Stückzahl wurden gleichmäßig verteilt, jeder bekam eine. Und wenn die Schlange sehr lang war, konnte es passieren, dass die Ware aus war, ehe man an der Reihe gewesen ist.

Über so etwas haben wir uns immer sehr geärgert. Jeder, der in der Schlange anstand, bekam eine Tüte, egal, ob es eine alte Oma war, die alleine lebte, oder ob eine Mutter da stand, die auch noch eine Familie, vielleicht sogar mit mehreren Kindern, hatte.

In den 60er Jahren – wenn ich das von der Jahreszahl noch richtig in Erinnerung habe (auf jeden Fall war es vor 1970), gab es noch Zuteilungen. Ich kann mich zum Beispiel noch erinnern, dass wir als Familie eine Butterkarte hatten. Wenn wir ein Stückchen Butter kauften, wurde das auf der Karte vermerkt. Ich glaube wir bekamen als Familie mit 6 Personen 6 Stück Butter pro Woche. Das fand ich aber wesentlich besser, da so die Ware, die nur begrenzt vorrätig war, wenigstens gerecht verteilt wurde. Später gab es auch nicht genug, aber keine Marken oder Zuteilungen mehr. Damit hätte man ja nach außen eingestanden, dass nicht genug für alle da war. So konnte man denjenigen, die eh unter diesen Zuständen leiden mussten - also der normal sterbliche Bürger ohne entsprechende Beziehungen - auch noch beschuldigen, an der Misere selbst schuld zu sein, da einige Bürger „Hamsterkäufe" tätigen würden.

Schlimm genug, wenn dadurch gleich eine ganze Wirtschaft ins Wanken gerät, oder?

Abgesehen davon, dass die Leute doch nicht ewig hamstern können! Was sollen sie denn immer mit so vielen Waren, die sie am Ende doch hätten gar nicht alle verzehren können. Und Hamsterkäufe, nur um die DDR zu schädigen - was auch behauptet wurde - und letztendlich die Waren dann wegzuwerfen? Schwer zu glauben!

Tatsächlich versuchte man derartige Gerüchte in Umlauf zu bringen, worüber wir – die Leidtragenden – uns natürlich sehr empörten, da man versuchte, uns solche Gerüchte als die Gründe für fehlende Waren unterzujubeln.

Oder es gab Zuteilungen im Geschäft, indem Schilder aufgestellt waren „Bitte nur 1 entnehmen".

Naja. Wie gesagt, Beziehungen waren in der DDR wichtig, es war gut, jemanden zu kennen, der jemanden kannte, welcher dieses gegen jenes tauschte. Wir hatten z. B. die Möglichkeit, bei uns im Kombinat verbilligt repassierte Strumpfhosen zu einem sehr günstigen Preis einzukaufen, oder auch mal Hemden oder ähnliches, da diese bei uns repariert bzw. hergestellt wurden. Diese Möglichkeiten nahmen wir dann auch regelmäßig war. Dafür rief uns dann vielleicht eine Schuhverkäuferin an und teilte mit, dass gerade ein paar (wenige) schöne Schuhe angeliefert worden seien, der wir ab und zu billige Strumpfhosen angeboten hatten oder ein paar schöne Cordhemden o. ä.

Strumpfhosen waren in der DDR auch sehr teuer gewesen. Leider habe ich auch da inzwischen Genaueres vergessen, aber das waren wohl so mindestens 8 Mark, die man ausgeben musste. Deshalb gab es ja auch diesen Repassierdienst, wo Strumpfhosen repariert wurden, wenn sie eine Laufmasche hatten.

Also abgesehen davon, dass nun hier in Ungarn alles in Hülle und Fülle und wunderschön anzusehen vor uns lag, schmeckte alles auch noch richtig gut. Hinzu kam außerdem noch, dass man sich die Früchte selbst aussuchen durfte, sogar selbst anfassen durfte man sie! Auch so etwas kannten wir ja gar nicht aus der DDR! Wir konnten ja froh sein, wenn wir überhaupt eine Tüte abbekamen. Und diese wurde von der Verkäuferin gefüllt. Da konnte schon mal ein matschiger oder schlechter darunter sein. Meistens trugen wir unsere Tüten – glücklich überhaupt eine bekommen zu haben – schnell nach Hause und entdeckten erst dort das Übel.

Auch von den Angeboten in den Geschäften waren wir überwältigt. Wir hatten das Gefühl, es gibt alles in Hülle und Fülle.
Und in den Klamottenläden war es ein Genuss einfach schon reinzuschauen. Waren das Klamotten! Richtig schick! Noch dazu schöne Farben. Und so viele, und von allen war genug da! Unglaublich!

In der DDR musste man schon sehr großes Glück haben, mal was wirklich Schönes zu bekommen. Und wir waren dann natürlich auch richtig glücklich, wenn das mal passierte. Aber die Freude hielt sich dann wieder in Grenzen, wenn wir dann immer wieder Leuten begegneten, die genau dieses Kleidungsstück auch trugen, was die Regel war, denn es wurde alles gleich in Riesenstückzahlen produziert.
Mir machte das bereits in jungen Jahren keinen Spaß, ich wollte individuell gekleidet sein und wollte mir auch gefallen in meinen Klamotten. So fing ich dann an eher schöne Stoffe zu suchen und schneiderte mir meine Kleidung teilweise selbst. Später, als ich ganz gut verdiente, leistete ich mir ab und an mal ein Kleidungsstück im Exquisit. Dort gab es wirk-

lich schöne Sachen, allerdings auch teuer. Aber wenigstens hatte man die Sicherheit, dass davon nur wenige produziert worden waren.

Was uns außerdem in Ungarn auffiel, war, dass – wenn man kurz vor Ladenschließung noch im Geschäft war – man nicht aus dem Geschäft gejagt oder ‚hinausgekehrt' wurde. Man bekam echt den Eindruck, die Leute wollten etwas verkaufen und hatten auch noch Spaß daran, denn sie waren zu alledem auch noch freundlich und meinten, wir sollen uns ruhig Zeit lassen.

Unglaublich für uns, so etwas kannten wir wirklich nicht! Das war eine ganz andere Verkaufskultur, hier machte das Schauen und Kaufen richtig Spaß! Hier fühlte man sich als Kunde wirklich wie ein König.

Die Verkäuferinnen in der DDR waren eher unfreundlich. Vielleicht auch kein Wunder bei dem Angebot und den dadurch ständig unzufriedenen und maulenden Kunden. Und wenn man auf die Fragestellung „Haben Sie …", mit der fast jeder Kunde seinen Einkauf begann so oft „nein, haben wir nicht" antworten muss, so ist das sicher auch frustrierend.

Auch gab es in Ungarn Leuchtreklamen und Werbung. Dadurch war alles viel bunter und heller und wirkte viel schöner.

Ja, das war schon was anderes. Wir stellten uns vor, dass es wahrscheinlich im Westen so sein würde.

Der Campingplatz war auch recht schön, obwohl auch sehr riesig. In unmittelbarer Nähe war ein wunder-schönes Schwimmbad mit Riesenrutsche – so was kannten wir auch noch nicht. Philipp war natürlich begeistert und ständig wieder auf der Rutsche. Wir aber auch!

Von den Preisen her lag der Campingplatz auch so, dass wir uns auch alle noch paar schöne Klamotten leisten konnten. Die Wahl fiel uns nicht leicht, so viele schöne Sachen hatten wir noch nie auf einmal gesehen. Und sie waren nicht einmal teuer!

Natürlich schauten wir uns auch Budapest an und waren von dieser Stadt sehr begeistert. So wunderschöne alte Gebäude, die Donau, die Buda und Pest verband, alles so großzügig und weitläufig gebaut. Auch türkische Bäder gab es hier, davon hatten wir noch nie etwas gehört. Wir lasen, was man da alles anbot. Klang sehr interessant und hörte sich nach Entspannung pur an, aber das konnten wir uns dann leider doch nicht noch leisten.

Als wir nach einer wunderschönen Urlaubswoche voller zahlreicher, überwältigender Eindrücke wieder in unserer Heimatstadt ankamen, hatte uns der Alltag gleich wieder.

Noch bestens von der Stimmung, gebräunt und natürlich hatten wir unsere neu erworbenen, schönen Urlaubsklamotten an, gingen wir in die Kinderkrippe, um unsere Laura abzuholen. Die Erzieherin schaute mich hasserfüllt an und begrüßte mich mit den Worten, was ich wohl für eine Mutter sei, würde selbst in den Urlaub fahren und mein Kind, was den Urlaub genau so dringend benötigen würde, meinen Eltern geben. Ich war gleich wie vor den Kopf geschlagen. Was nahm die sich denn heraus! Blöderweise rechtfertigte ich mich auch noch vor ihr, dass das nur ein Kurzurlaub war, wir den richtigen Sommerurlaub über zwei Wochen natürlich alle zusammen verbringen würden.

Woher wusste sie denn überhaupt, dass wir in Urlaub waren!? Hatten sich meine Eltern beklagt??

Wahrscheinlich, denn genau diese Vorwürfe hörten wir dann noch einmal von ihnen. Und sie sagten, dass unsere Laura jeden Tag nachgefragt hätte, wann wir wiederkommen.

Nein, ich hatte mir nichts vorzuwerfen! (Oder doch? Sie war wieder nicht bei ihrer Mutter!) Es war nur ein Kurzurlaub. Laura war noch zu klein für Campingurlaub. Außerdem waren wir sehr lange mit dem Auto unterwegs gewesen. Und für Laura war bestens gesorgt, denn meine Eltern hatten sich um sie gekümmert. Außerdem hatten wir ja noch unseren gemeinsamen Sommerurlaub vor uns.

Ja, da hatte uns der Alltag wieder! Hoffentlich konnten wir trotzdem noch ein bisschen von diesem zwar sehr kurzen, aber doch sehr eindrucksvollen Urlaub zehren, einen Urlaub, den wir uns so ja noch nie gegönnt hatten.

Eines Tages, als ich Philipp aus dem Kinderhort abholte, berichtete mir die Erzieherin, dass Philipp von einem Jungen seiner Klasse auf das Ohr geschlagen wurde. Philipp sei es danach nicht gut gegangen, ihm sei schwindlig gewesen und er habe auf dem Ohr nicht richtig hören können, sagte sie, ich soll ihn unbedingt noch dem Arzt vorstellen.

Der Junge, der geschlagen habe, wurde von ihr beschrieben, er sei „wie Schmierseife, man bekäme ihn nicht zu fassen". Die Erzieherin legte mir nahe, mich an die Mutter dieses Jungen zu wenden und ihr von diesem Vorfall zu erzählen, auch, dass dies kein Einzelfall sei, dieser Junge würde auch andere Kinder immer wieder schlagen.

Ich ging also noch an diesem Tag mit Philipp zum Arzt. Bei einem Test stellte man dann auf dem eine Hörminderung fest. Ich war entsetzt!

Noch an diesem Abend, unmittelbar nach der Vorstellung beim HNO-Arzt, suchte ich mit Philipp zusammen die Mutter des Mitschülers auf, der Philipp geschlagen hatte, sie wohnten in unserer unmittelbaren Nähe.

Aber – es war kaum zu glauben - die Mutter spielte die Angelegenheit herunter, „dass sei doch nicht der Rede wert, Kinder würden sich immer mal schlagen." Auch, als ich ihr von einer Hörminderung erzählte, und davon, dass die Horterzieherin mich gebeten hatte mit ihr zu sprechen, da dies kein Einzelfall sei, bagatellisierte sie alles nur.

Bei einem Elternabend, der kurze Zeit nach diesem Vorfall stattfand, sprach ich das Thema an. Aber statt Verständnis und Unterstützung darin, dass Schlägereien nicht stillschweigend geduldet oder verharmlost werden sollten, musste ich – zu meinem Entsetzen – das Gegenteil hören:

„Was mir eigentlich einfiel", fragte mich genau diese Horterzieherin plötzlich, „mich an diese Mutter zu wenden." Dann erzählte sie der Klasse, was diese Frau Schlimmes in ihrer Schwangerschaft (mit diesem Sohn) erlebt hatte. Die „Ohrfeige" wurde nun auch von ihr total verharmlost dargestellt. Auch die Klassenlehrerin pflichtete ihr bei, stellte Prügeleien in diesem Alter als normal hin.

Ich glaubte nicht richtig zu hören. Weitere Eltern meldeten sich zu Wort, auch diese unterstützten die Aussagen der Erzieherin und Lehrerin.

Ich war wie vor den Kopf geschlagen! Das konnte doch nicht wahr sein! Wieso drehte die Erzieherin plötzlich den Spieß um? Wieso waren der Schläger und dessen Mutter nun plötzlich die „Opfer", für die alle Partei ergriffen und ich die „Böse"?

Es tat mir unendlich weh! Mein armer kleiner Sohn! Er wurde im Hort so geschlagen, dass er hinstürzte, ihm dann schwindlig war und der HNO-Arzt - bei dem wir uns auf

Anraten der Erzieherin ja unbedingt vorstellen sollten - auch noch eine Hörminderung feststellte. Und nun wurde das so hingestellt, als würden wir der Mutter etwas antun, weil wir ihren Sohn, den Schläger, kritisierten.

Es ging wahrlich nicht in meinen Kopf! Was waren das für Menschen?! Und denen vertraute ich tagtäglich mein Kind an!!

Auf dem Nachhauseweg fragte ich meinen Begleiter, ein Vater einer Tochter dieser Klasse, wie seine Meinung sei, ob ich wirklich so schief liegen würde. Er antwortete:

„Die Mutter ist im Elternaktiv, die hat Einfluss, da kann man nichts machen."

Vatis 50. Geburtstag stand an, zu dem auch ich eingeladen war.

Damals, zum 50. Geburtstag meines Vaters, da erlebte ich mit aller Härte die Macht dieses Systems. Das war 1987. Ich hatte seit einigen Jahren gegen vieles aufbegehrt, was ich nicht in Ordnung fand, nahm vieles nicht mehr hin, sondern traf für mich Entscheidungen. Zu viel war geschehen, zu viel geschah Tag für Tag, was ich nicht mehr rechtfertigen konnte, wofür ich mich – besonders damals, als ich selbst noch Mitglied der Partei (SED) gewesen war – schämte. Und irgendwann hatte ich es satt, konnte ich mich nicht mehr damit identifizieren und hatte den Austritt aus der Partei beantragt.

Da meine Eltern für mein Handeln und meine Argumente keinerlei Verständnis zeigten, war die Beziehung zu ihnen also bereits über einige Jahre gespannt. Trotzdem wurde ich (Markus, mein damaliger Freund, wurde von der Feier ausgeschlossen) zum 50. Geburtstag meines Vaters eingeladen.

Es war eine große Feier, meine Eltern hatten einen großen Raum in einer Gaststätte angemietet. Neben meinen Geschwistern mit ihren Familien waren auch andere Verwandte anwesend und auch ein paar russische Freunde meiner Eltern.

Bereits als ich kam und meinem Vater gratulierte, fiel eine komische Bemerkung. Ich weiß sie nicht mehr genau, es hatte etwas mit dem Geschenk zu tun, so in etwa: „Ich hatte eigentlich erwartet, dass du mir ein anderes Geschenk machst." Aufgrund des vorwurfsvollen Untertones vermutete ich, dass er auf die Partei-Mitgliedschaft oder etwas in dieser Richtung anspielte. Ich hatte aber keinen Bock auf irgendwelche Diskussionen oder Rechtfertigungen dieser Art und so tat ich einfach so, als würde ich nicht verstehen und ignorierte seine Bemerkung. Innerlich hatte es mir natürlich wieder einen Stich gegeben. Kann er seine bissigen Bemerkungen denn nie lassen, dachte ich, nicht einmal an so einer Feierlichkeit? Will er mich als seinen Gast hier haben, oder um seine Sticheleien an den Mann bringen zu können?!

Mit einem Kloß im Magen nahm ich auf dem Stuhl Platz, der mir von ihm zugewiesenen wurde, gegenüber von seinen russischen Freunden, mit denen ich mich in russischer Sprache unterhalten sollte. War auch etwas, was mir gegen den Strich ging, diese Sitzordnungen! Ohne dass ich etwas gegen die Leute hatte. Aber ich hätte es bevorzugt, mir selbst auszusuchen, neben wem ich sitzen wollte. Da es mir aber nicht alleine so ging, fügte ich mich dieser Anweisung.

Dann wurde gegessen, erzählt und gelacht. Es war sogar eine angenehme Atmosphäre.

Irgendwann wurde ich dann von Markus abgeholt. Ich weiß schon gar nicht mehr, ob meine Kinder bei der Feier dabei waren, Laura war damals ja erst 2 ½ Jahre alt, glaube aber schon, auch, dass mich Markus deshalb früher abgeholt hat.

Als ich mich von meinem Vater verabschieden wollte - er wartete an der Tür auf mich - sagte dieser plötzlich ganz laut in den Raum, so dass alle es verstehen konnten, dass er sich von mir etwas anderes zum Geburtstag gewünscht hätte, nämlich, dass ich endlich zur Besinnung gekommen wäre. Aber da das offensichtlich nicht der Fall sei, bin ich ab sofort nicht mehr seine Tochter. Er will nichts mehr mit mir zu tun haben, denn er habe keine Lust, wegen meiner Launen (oder so ähnlich) sich alles kaputt machen zu lassen, was er sich über viele Jahre aufgebaut hat, und als Müllkutscher zu enden.

Absolute Stille im Saal! Ich stand fassungslos da! Dann schossen mir die Tränen in die Augen. Ich fand keine Worte. Ich stand da mit weichen Knien, mir war übel und schwindlig. Und ich konnte es nicht fassen, nicht glauben, dass das mein Vater eben zu mir gesagt haben sollte.

Ich hörte, wie viele meiner Verwandten auf meinen Vater einredeten, das könne er doch nicht machen, ich sei doch seine Tochter!

Aber mein Vater stand wie ein Fels und blieb dabei.

Ich ging, fassungslos, wie in einer unwirklichen Welt. Ich konnte es einfach nicht wahrhaben. Das brachte mein Vater übers Herz?! Er konnte sich von mir trennen, von seiner Tochter, weil er mein Handeln nicht verstehen konnte und nicht akzeptierte? Er sagte mir, ich sei nicht mehr seine Tochter, er wollte nichts mehr mit mir zu tun haben …

In meinem Kopf kreiste es, mein Brustraum schmerzte. Einen unbeschreiblichen Schmerz einerseits, andererseits konnte ich nicht fassen, was ich soeben erlebt hatte.

Wie konnte mein Vater so weit gehen?! Wieso war ich, seine Tochter, ihm so unwichtig, wieso konnte er sich so einfach von mir trennen. Hatte er nicht darüber nachgedacht, was man da von ihm verlangte! Was seine Parteigenossen, seine Dienststelle da von ihm verlangten?

Ich konnte mir nicht vorstellen, dass es die Idee meines Vaters war, sich von mir loszusagen. Ich vermutete den Druck dieses Regimes, dieser Partei, seiner Genossen, seiner Vorgesetzten dahinter.

‚Bekenne dich! Zu uns oder zu ihr!'

Wenn es so war, wie ich vermutete, warum sah er nicht, wie unmenschlich dieses System doch war!

Wenn man – und ich bin nach all den Erfahrungen, die ich selbst machen musste überzeugt davon, dass man meinen Vater vor die Wahl stellte – so etwas von Eltern verlangte, dass sie sich von den Kindern trennen sollten, die nicht mehr bereit waren für dieses System „hurra" zu schreien, politisch rebellierten, aufmüpfig waren, oder alternativ den Eltern androhte sie in Unehren zu entlassen, nach über 20 Dienstjahren, dann war das in meinen Augen nur Gewaltausübung auf unmenschlichste Art!!

Ich bedauerte zutiefst, dass mein Vater das nicht erkannte. Oder war er wirklich so überzeugt, dass er sich freiwillig gegen mich entschied und hinter derartigen Anordnungen stand? Ich kann es mir einfach nicht vorstellen!

Es war nicht so, dass ich meinen Vater nun dafür hasste oder verurteilte, ich war nur sehr, sehr traurig.

Ich versuchte ihn zu verstehen, konnte auch nachvollziehen, dass er alles, was er über Jahre aufgebaut hatte, nicht einfach wegwerfen wollte. Ich gab nicht ihm die Schuld, sondern den Machthabern dieses Staates, die ihn diese Entscheidung aufgedrängt hatten.

Aber ich konnte nicht verstehen, dass meine Eltern nicht bereit waren, über das, was ich ihnen zu sagen hatte, nachzudenken. Es wurde ignoriert, weggewischt, als nichtig und kleinlich und Laune hingestellt.

Ich dachte in der Zeit viel über meine Eltern nach. Für mich waren es nach wie vor meine Eltern und ich liebte sie nach wie vor. Sie hatten nie viel von sich erzählt, was sie als Kinder oder Jugendliche erlebt hatten. Aber – wenn ich mir ausmalte, wie klein sie waren, als der Krieg tobte, lief mir ein Schauer über den Rücken. Wie schrecklich doch war, was sie als Kinder schon erleben mussten. Dann das Kriegsende, die Not, die vielen Trümmer überall … Und dann der langsam beginnende Aufbau, als sie Jugendliche waren.

Ich erinnere mich noch, wie wir Kinder an manche Samstagen mit meiner Mutter zusammen bei NAW-Stunden (Nationales Aufbauwerk) waren, da wurden noch Ziegel geputzt, und wie eifrig sie dabei war. Ich kann mir gut vorstellen, dass meine Eltern mit viel Engagement bei allem beteiligt waren. Es war ihr Land, was sie damals aufbauten, das gab ihnen viel Kraft. Klingt für mich alles ganz logisch. Es war etwas Neues, was da entstand, ein Arbeiter- und Bauernstaat! Alle sollten gut leben, nicht nur die Reichen, es sollte alles anders werden, besser.

Ja, ich kann es sehr gut nachvollziehen. Ihre ganze Kraft haben sie all die Jahre in diese Ideen und deren Umsetzung investiert, waren an vielen Verbesserungen beteiligt und sahen sie auch mit Recht als ihr Werk an.

Und nun zählte ich so viel auf, was meiner Meinung nicht in Ordnung war, kritisierte ihren Staat, die Politik, hinter der sie standen, die Parteiführung der SED. Das verletzte sie, weil sie sich mit diesem Staat identifizierten, es war auch ihr Staat, den sie mit aufgebaut hatten.

Sie sahen wahrscheinlich nicht, dass da einige die Macht an sich gerissen hatten, denen es gar nicht mehr um das Wohl jedes einzelnen Bürgers ging. Oder sie wollten es nicht sehen, wollten es nicht wahrhaben, ich weiß es nicht.

Auf alle Fälle versuchte ich immer meine Eltern zu verstehen und bedauerte, dass es mir nicht möglich war, mit ihnen auf politischer Ebene fair zu diskutieren. Ich fühlte mich von ihnen einfach nur unverstanden, nein, ich hatte sogar das Gefühl, dass sie sich gar nicht bemühten, mich zu verstehen. Und zusätzlich war da diese Überheblichkeit, mit der meine Argumente einfach vom Tisch gewischt worden.

Der mir von meinem Vater verkündete Ausschluss aus der Familie bewirkte bei mir allerdings nicht, dass ich mich dadurch einschüchtern ließ und nun resignierte. Ich fühlte mich ungerecht behandelt, war verletzt, enttäuscht. Und ich fühlte mich im Recht, da das bisher von mir Erlebte, was mich diesen Weg hatte gehen lassen, sich tagtäglich wiederholte. Die meinem Vater aufgebürdete Entscheidung bestätigte mir nur einmal mehr, wie unmenschlich dieses Regime doch in Wirklichkeit war!

Immer weniger war ich bereit, dem Ganzen tatenlos zuzuschauen. Ergaben sich Möglichkeiten für mich, meinen Widerstand offen zu bekunden, so machte ich davon Gebrauch. Und ich fühlte mich gut dabei!

Als Mitte der 80er Jahre ein Führungswechsel im ZK der KPdSU stattfand, änderte sich auch einiges in der DDR.

Bisher hatte unsere Staatsführung die Sowjetunion immer als unseren „großen Freund und Bruder" proklamiert. Die Gesellschaft der Deutsch-Sowjetischen-Freundschaft (DSF) genoss hohes Ansehen und Wertschätzung, wir zahlten dafür Mitgliedsbeiträge. Als Kind unterstützte ich übrigens meine Mutter dabei in ihrer Funktion als Kassiererin, indem ich zu den Leuten nach Hause ging und ihnen Marken verkaufte.

Plötzlich begann man Änderungen, die nach dem Führungswechsel angestrebt wurden, mit Misstrauen zu betrachten bzw. sich davon zu distanzieren. Von führenden Parteifunktionären kamen dann diesbezüglich Argumente wie:

„Ich tapeziere auch nicht, wenn mein Nachbar tapeziert!"

Das war neu! Das hatte es unter früheren Staatsmännern der Sowjetunion nicht gegeben, da gab es Parolen wie:

„Unser Vorbild – die Sowjetunion!", da wurde alles begrüßt und gelobt.

Das größte Vermächtnis des neuen Generalsekretärs des ZK der KPdSU war die Abrüstung. Immer mehr Stützpunkte der „Roten Armee", also Kasernen der russischen Armee, wovon es noch zahlreiche in der DDR gab, wurden abgebaut. Man sah weniger Fahrzeuge mit der Aufschrift „Russisches Kriegskomitee" (in russischen Buchstaben). Es hatte mich sowieso erschüttert, diese Aufschrift Mitte der 80er Jahre noch auf den Fahrzeugen lesen zu müssen, 40 Jahre nach Kriegsende!

Außerdem trieb er den Vertrag zum Abbau der nuklearen Mittelstreckenraketen mit voran, womit er einen sehr großen Anteil am Frieden in der Welt geleistet hatte, denn die USA und die Sowjetunion galten als die beiden Großmächte.

Als es um den Abbau dieser Raketen in der DDR ging, gab es dazu sehr unterschiedliche Meinungen. Es gab Stimmen, die diese Abrüstung unterbinden wollten. Selbst in unserem Kollektiv (so wurden Arbeitsteams bezeichnet) herrschten unterschiedliche Meinungen. Und das hatte nichts mit dem Alter zu tun. Zwei Kollegen, die beide den Krieg miterlebt hatten, waren gegensätzlicher Meinung. Da mehr und mehr Stimmen gegen die Abrüstung laut wurden, verfasste man Erklärungen, die der Abrüstungspolitik des neuen russischen Generalsekretärs beipflichteten.

Auch ich setzte stolz meine Unterschrift auf so eine Erklärung, deren Inhalt sinngemäß lautete, dass es bereits genügend Nuklearwaffen geben würde, um unsere Erde mehrfach gänzlich zu vernichten. Und dass es – um den Weltfrieden zu sichern und unsere Erde zu retten - an der Zeit sei, mit der Abrüstung dieser Waffen zu beginnen, wir somit dem Vertrag, der dies anstrebte, befürworten.

Es war nicht etwa die Regel, in der DDR eine Erklärung gegen die vorgegebene Richtung der Parteiführung zu verfassen, das war ein heißes Eisen. Aber ich fühlte mich im Recht. Und ich war stolz darauf, so eine Erklärung mit unterschrieben zu haben, sah dies als einen Beitrag zur Friedenspolitik an, den ich leisten konnte.

Immer öfter wurde seitens unserer Staats- und Parteiführung sowohl an der Politik der Sowjetunion, als auch an der in Polen neu entstandene Gewerkschaft Solidarnosc Kritik geübt, distanzierte sich die DDR-Regierung davon.

Im Gegenzug begann man Plaketten mit dem Bildnis des russischen Generalsekretärs zu verkaufen. Auch ich kaufte mir eine und trug diese. Und es tat mir gut, diese Plakette zu tragen. Für mich war es – wie für viele andere wahrscheinlich auch – eine Möglichkeit, offen Widerstand zur Politik unserer Staatsführung zu bekunden, dies endlich nach außen zeigen zu können. Und – da die UdSSR ja unser „großer Bruder" war, konnte man uns keinen Strick daraus drehen! Ich triumphierte!

Aber sicherlich waren wir im Visier!

So wie wir es auch waren, wenn wir uns zur stillen Demo montags vor das Rathaus stellten. In unmittelbarer Nähe auf dem Flachdach einer Apotheke hatten sich dann Männer mit einer Kamera positioniert, die die ganze Zeit über filmten. Wir standen da nur, mehr nicht, wurden aber immer wieder von der Polizei, die natürlich auch vor Ort war, aufgefordert weiterzugehen.

Da ich ja meine beiden Kinder hatte, war das immer wieder auch mit Angst verbunden, denn keiner wusste, wie die Polizei reagieren würde. Markus dagegen provozierte, konterte, er könne stehen wo er will und so lange er will. Er provozierte, da er gehört hatte, dass man solche Leute, die Widerstand leisteten, festnehmen, namentlich registrieren und – falls sie einen Ausreiseantrag gestellt hätten – die Ausreisegenehmigung beschleunigen würden. Darauf spekulierte er.

Ich blieb dann auch den Demonstrationen am 1. Mai fern.

Auch hisste ich keine Fahne (DDR-Flagge) mehr, wozu wir alle – besonders am 07. Oktober, dem Nationalfeiertag der Gründung der DDR, am 01. und am 08. Mai aufgefordert wurden. Das war nicht ganz ungefährlich, es war eine nach außen demonstrierte Meinungsäußerung, die sehr wohl registriert und sicher auch dokumentiert wurde.

Und als wieder Volkswahlen waren, bekundete ich meinen Protest, indem ich nicht zur Wahl ging. Wir konnten ja sowieso keine andere Partei wählen, als die SED. Egal, wie wir auch die Wahlzettel ausfüllen würden, Randparteien hatten keine Chancen, die Führung in der DDR zu übernehmen. Wenigstens sollten sie durch die sinkende Wahlbeteiligung sehen, dass immer mehr Menschen sich von dieser Politik abwendeten.

Abgesehen davon, dass davon auszugehen war, dass die Wahrheit, die tatsächliche Wahlbeteiligung, nicht veröffentlicht werden würde. Die Prozentzahl, die über die Medien mitgeteilt wurden – sie bewegte sich immer in den oberen neunziger Bereichen – war einfach nicht glaubhaft. So sollte wenigstens beim Zählen die Wahrheit sichtbar werden!

Übrigens – meine Eltern hatten immer großen Wert darauf gelegt, gleich nach Öffnung des Wahllokals dieses zu betreten. Als ich noch zu Hause wohnte, traf sich am Wahlsonntag die Hausgemeinschaft morgens, um dann gemeinsam frühzeitig zur Wahl zu gehen.

Später, als ich noch junge, stolze Genossin war, beteiligte ich mich sogar als Wahlhelferin. Ich wurde dann eingeteilt, um – gemeinsam mit einem anderen Genossen - Leute, die noch nicht zur Wahl gekommen waren, aufzusuchen, um diese letztendlich von der Wichtigkeit dieses Ganges zu überzeugen. Wir bekamen hierzu im Wahlbüro die entsprechenden Informationen.

Wenn wir die Personen nicht antrafen, klingelten wir bei Nachbarn, um uns nach ihnen zu erkundigen. Zwischenzeitlich erkundigten wir uns wieder nach dem aktuellen Stand der Wählerlisten. Und oftmals suchten wir Personen mehrmals auf, die noch immer nicht zur Wahl erschienen waren.

Ja, und nun blieb ich selbst den Wahlen fern. Und sicherheitshalber hielt ich mich gar nicht zu Hause auf.

Das waren sicher alles nur kleine Unmutsbekundungen. Aber es waren welche! Viele schimpften über alles Mögliche, und dies tagein, tagaus, versuchten aber alles zu vermeiden, um irgendwie aufzufallen. Manche waren gleichgültig, andere eingeschüchtert. Wieder anderen war ihre Sicherheit wichtiger. Mit offen bekundetem Widerstand ging man immer ein Risiko ein.

„Wer still hält, für den ist gesorgt!" Und umgedreht!

Nicht, dass ich keine Angst hatte! Ich hatte mehr als genug Angst. Angst zu haben vor Bestrafung, so wurden wir ja schon erzogen, waren als Kinder bereits eingeschüchtert worden. Wir durften nicht widersprechen, mussten einfach nur tun, was man von uns verlangte. Alles andere wurde bestraft. Als Kinder bekamen wir Schläge, ohne dass wir uns rechtfertigen konnten.

„Dich werde ich schon noch zur Vernunft bringen!", ein Satz, den wir sehr oft gehört hatten. Oder: „Dir werde ich schon noch deinen Ungehorsam austreiben!" Auf Ungehorsam folgten Strafen.

Und nicht anders war dieses System. Uns wurde ständig vor Augen gehalten, wer in diesem Staat die Macht hat und was denen widerfährt, die sich versuchen dem entgegenzustellen. Ich war also vorsichtig. Und da ich Kinder hatte, war mir das umso wichtiger, denn ich hatte dann auch Angst, dass meinen Kindern etwas zustoßen könnte.

Andererseits waren da diese Ungerechtigkeiten, diese Schikanen, Brutalität und Unmenschlichkeit, diese Lügen, diese Selbstverherrlichung, …, die ich einfach nicht mehr mit anschauen wollte.

Es waren so viele Menschen unzufrieden und es hatten so viele Ängste, sich zu wehren. Aber es brodelte immer mehr. Und auch wenn es nur kleine Bekundungen waren, es bewegte sich etwas. Und mitzubekommen, dass es immer mehr Menschen waren, die einfach nicht mehr „mitspielten", die sich wehrten, das machte Mut, das gab Kraft.

„Du gibst dich mit den verkehrten Leuten ab, sprich mit Genossen!", hatten meine Eltern mal zu mir gesagt. Aber ich brauchte nicht die Genossen, um mir eine Meinung zu bilden, ich hatte selbst Augen und Ohren!

Wie hieß es doch so schön bei den Materialisten: „Das Sein bestimmt das Bewusstsein!" War sicher nicht auf die Politik bezogen, aber wunderbar anwendbar!

Ich erinnere mich noch genau an diesen Tag, der "das Fass zum Überlaufen brachte".

Ich hatte einen Gerichtstermin, den zweiten inzwischen an nächst höherer Instanz, nachdem ich Einspruch eingelegt hatte.

Es ging um das Wohnrecht meines Exmannes in meiner Wohnung, welches mein Exmann noch immer hatte. Dieses war ihm vorübergehend – bis er eigenen Wohnraum gefunden habe - bei der Ehescheidung zugesprochen worden. Da er diesen nachweislich inzwischen hatte und zwischenzeitlich bereits bei seinen Eltern im freistehenden Kinderzimmer gewohnt hatte, wollte ich nicht mehr, dass er in meiner Wohnung nach Belieben ein- und ausgehen konnte.

Da seinerseits kein Einsehen da war, wechselten wir kurzerhand das Schloss aus, woraufhin mein Exmann durch eine gerichtliche Eingabe versuchte, sich erneut Zugang zu meiner Wohnung zu verschaffen.

Nach der ersten gerichtlichen Entscheidung, welche wider Erwarten zu Gunsten meines Exmannes ausfiel, wendete ich mich an einen Rechtsanwalt. Dieser empfahl mir Einspruch zu erheben. Auch er konnte das Urteil nicht nachvollziehen und war sich sicher, dass mein Exmann kein Wohnrecht mehr erhalten würde. Seiner Meinung nach war es von meiner Seite nicht notwendig, mit einem Anwalt zu erscheinen.

Es wurde also ein zweiter Gerichtstermin einberufen, dieses Mal am Bezirksgericht.

Ich ging damals sehr zuversichtlich zu diesem Termin, auch, weil ich schwarz auf weiß hatte, dass mein Exmann bereits eine Wohnung gemietet hatte.

Mein Exmann leugnete vor Gericht alles. Als Zeugin trat seine Mutter auf, eine Genossin, die als Personalleiterin tätig war.

So ganz nebenbei ließ sie eine Bemerkung fallen, ich hätte noch ein Kinderessbesteck in meinem Besitz, welches meinem Exmann gehöre (mein Sohn hatte es einmal von ihr erhalten).

Ich entgegnete vor Gericht, dass ich nachweisbare Dokumente für meine Aussage habe, wedelte damit, denn sie lagen vor mir. In einer Anzeige hatte mein Exmann seine Wohnung zum Tausch angeboten, somit war offensichtlich, dass er eine Wohnung gemietet hatte.

Auf eine Einsichtnahme seitens des Gerichtes wurde verzichtet.

Dann sprach das Gericht das Urteil: Mein Exmann habe weiterhin Wohnrecht in meiner Wohnung.

Ich glaubte damals nicht richtig zu hören, stand auf, sagte, dass könne doch nicht wahr sein und ich will die Dokumente vorlegen, man habe keinen einzigen Blick darauf geworfen.

Die Richterin forderte mich auf meinen Mund zu halten, da ich mich ansonsten strafbar machen würde. Bezüglich meiner Dokumente meinte sie, dass das Gericht keinen Wert darauf lege Einblick zu nehmen, da Bürger, die mit Ausreisewilligen zusammenleben würden "unglaubwürdig" seien.

Damit war die Gerichtsverhandlung beendet.

Mein Exmann und seine Mutter grinsten breit.

Ich war entsetzt über das Urteil. Mir lief die Galle im wahrsten Sinne des Wortes über, ich konnte es nicht fassen. Das sollte unser Gericht sein?? Das sollten die Richter sein, die ‚Recht sprechen'?? Wo in diesem Land bekam man denn nun noch sein Recht? Was hatte das alles mit meinem Freund zu tun??

Ich war so entsetzt, dass ich mit zitternder Stimme noch laut rief: „Das soll unsere Rechtsprechung sein?? Wenn das so ist, so haben Sie nun noch eine Ausreisewillige mehr!"

Wie im Schock stand ich mit meinen Dokumenten in der Hand an meinem Platz, nicht in der Lage, mich davon wegzubewegen. Neben dem Entsetzen über den Lauf der Gerichtsverhandlung kam noch eine lähmende Angst, wegen meiner letzten Worte nun gleich festgenommen zu werden. Aber man schenkte mir keinerlei Beachtung mehr, das Gericht hatte sich inzwischen erhoben und war dabei, den Saal zu räumen. Und auch die Zuschauer waren bereits am Gehen. Fassungslos schaute ich ihnen nach.

Dann ging ich ebenfalls. Ich war wie benommen, mir knickten fast die Beine weg, als ich durch die langen Flure ging und dann die Treppe hinunter zum Ausgang. Im Treppenhaus traf ich noch meinen Exmann mit seiner Mutter. „Tolle Genossin! Lügt vor Gericht!" sagte ich im Vorbeigehen zu ihr.

Ich ging - fassungslos, entsetzt, mit einem Gefühl, als hätte man mir den Boden unter den Füßen weggezogen. So etwas hatte ich nicht erwartet! Ich hatte schon so viele Lügen erlebt und erlebte tagtäglich aufs Neue, wie Lobgesänge über unsere so „starke Deutsche Demokratische Republik" erhoben wurden, damit lebten wir, es gehörte zur Tagesordnung.

Aber dass ich selbst zu den Richtern kein Vertrauen mehr haben konnte, das konnte ich einfach nicht fassen.

Heute war mir klar geworden, dass ich in diesem Staat immer nur verlieren werde und es niemanden, kein Gericht geben wird, was mich je unterstützt, egal, ob ich im Recht sein würde oder nicht.

Und – was noch erschwerend dazu kam - auch meine Kinder würden hier in der DDR keine großen Chancen haben, denn das Elternhaus spielte bei allem eine entscheidende Rolle.

Fix und fertig schleppte ich mich nach Hause. In mir war etwas zusammengebrochen. Ich sah plötzlich in allem keinen Sinn mehr. Was hatte ich davon, mich aufzulehnen und gegen Ungerechtigkeiten, Lügen, Unmenschliches aufzubegehren? Ich änderte nichts! Es kostete nur meine Kraft! Zwar konnte ich "in den Spiegel schauen", aber ich riskierte damit auch viel. Und wen interessierte das alles letztendlich?? Ich änderte doch in diesem Land nichts damit! Stand zudem ziemlich alleine da, war Einzelkämpferin. Viele, Arbeitskolleginnen und meine Freundin Marion, sprachen zwar bewundernd über meinen Mut, pflichteten mir in vielem bei, aber machten den Rückzieher, wenn die Meinung kundgetan werden sollte. Irgendwie verstand ich sie auch - man hörte genug, was so passierte. Viele hatten Angst. Ich auch.

Aber mich dem Ganzen nun willenlos zu beugen, es über mich ergehen zu lassen, ein schönes Gesicht dazu zu machen, die alten, inzwischen verlogenen Parolen mitzubrüllen, eine brave, angenehme, unkomplizierte Bürgerin, eine Mitläuferin zu werden?? Nein, das konnte ich nicht!

Der Gedanke, alles nur einfach ertragen zu müssen, hilflos zu sein, nichts mehr bewirken zu können, der Willkür der Machthaber immer wieder ausgeliefert zu sein lähmte mich einerseits, andererseits - wenn ich meine Meinung nicht sagen durfte oder dafür bestraft werden sollte, wenn Gerichtsurteile von der Parteizugehörigkeit abhängig gemacht werden, …, dann endet mein Weg hier! Er geht nicht weiter.

Ich bin in einer Sackgasse! Ich kann nur noch rausgehen aus dieser Sackgasse und einen völlig neuen Weg einschlagen. Eine andere Möglichkeit sehe ich nun nicht mehr! Hier konnte ich nur noch verlieren!

Am 31.08.1988 habe ich meinen Antrag auf Entlassung aus der Staatsbürgerschaft der DDR und Übersiedlung in die BRD" eingereicht. Ich hatte das alles so satt, die Ungerechtigkeiten, das Falsche, die Lügen, die Bevormundungen, die Schikanen, die Bespitzelungen, die Unmenschlichkeit, die Brutalität, die Demütigungen…

In diesem Antrag habe ich zum einen Gesetze der DDR angeführt, in welchen die Rede ist vom „Recht eines jeden Bürgers, seinen Wohnsitz frei zu wählen".

Diese Gesetze hingen natürlich nicht frei und somit für jedermann ersichtlich herum. Ich erfuhr „hinten rum", dass es diese Gesetze gibt und wo ich sie finde, eine Kollegin gab mir einige Tipps, ich war ihr sehr dankbar dafür.

Und – obwohl es Gesetze der DDR waren, bzw. von den Staatsoberhäuptern in Dokumenten in internationalen Dokumenten unterzeichnet worden waren, wurde ich in der Abteilung Inneres gefragt, woher ich diese Informationen hätte. Man hat also Gesetze erlassen, wünschte aber nicht, dass die DDR-Bürger davon erfuhren, geschweige denn, sich darauf beriefen!

Zusätzlich führte ich Missstände in der DDR auf, mit denen ich nicht mehr bereit war zu leben.

Im Folgenden einige Tagebuchauszüge von mir aus jener Zeit:

Tagebuchauszug vom 08.09.88

„Habe am 31.08.88 meinen Antrag auf Übersiedlung in die BRD abgegeben. Nach langem Überlegen habe ich nun auch noch diesen Schritt getan.

Auf keinen Fall habe ich es getan, bloß um Markus nicht zu verlieren, sondern, weil ich mich hier immer weniger wohl fühlen kann. Ich ertrage diese Diktatur nicht mehr, die angeblich ein Diktatur des Proletariats ist, aber meiner Meinung eine Diktatur der SED. Sicher, sie ist die führende Partei, aber jeder, der Mitglied dieser Partei ist, glaubt sich im Recht, über andere zu bestimmen und nach seinen Erwägungen andere als positiv oder negativ oder wie auch immer einzuschätzen. Stimmst du nicht mit der praktischen Gestaltung der Politik überein, so bist du schon ein negatives Element, aufsässig, ein Nörgler oder schlimmer – ein Staatsfeind. Dieses „Einordnen" missfällt mir schon lange. Ich will das tun, was ich für richtig halte, das beanstanden, was nicht in Ordnung ist, meine Meinung sagen dürfen, ohne dafür „geohrfeigt" zu werden.

Und ich fühle mich aus anderen Gründen nicht mehr wohl. Mir macht die Arbeit keinen Spaß mehr, wo man nur als statistische

Nummer eingesetzt ist, weil es gut ist, eine MBF (Markt- und Bedarfsforschung) zu haben. Entscheidungen werden aber nicht nach uns gefällt, obwohl wir schriftlich so tun müssen, als lieferten wir das Material für Entscheidungen. Man bekommt den Schaum mit, der geschlagen wird, um gut dazustehen, man sieht, dass vertuscht wird, was schlecht ist. Und da soll man dann noch „hurra" schreien können, wenn sie den „Lobgesang" über sich selbst anstimmen. Ich kann's nicht mehr!

Viele machen mit, um ihre Ruhe zu haben, wehren sich nicht. Ob die innerlich zufrieden sind? Kopfschütteln, Abwinken, Ironie, wie oft beobachtet man das. Aber, wenn das "Halleluja" angestimmt wird, stimmt man mit ein.

Auch so, diese ganze Wirtschaft, die man dann am eigenen Leibe verspürt, ich hab's über! Rennen nach jedem Mist, rennen, rennen, rennen. Dann das Angebot, die Qualität, übelst!

Und das andere Drum und Dran. Du bist im FDGB (Freier Deutscher Gewerkschaftsbund), aber einen schönen, begehrenswerten Urlaubsplatz zu bekommen, das muss wohl ein Hauptgewinn sein.

Oder wenn ich an die großen Schiffsreisen denke, u. a. nach Kuba – über den FDGB wohlgemerkt. Aber was hat man für Chancen: Sie werden gehandhabt wie Reisen ins kapitalistische Ausland; man kann also auch abgelehnt werden. Na, was soll denn das! Wer darf denn da wieder fahren, wer sind denn die sicheren Kader?! Und die können dann wieder schön schreien, wie gut es uns geht, Moralpredigten halten.

Aber wir sind ja alle so gleich! …

Übrigens - der „Buschfunk" ließ uns dann allerdings die Information zukommen, dass einige dieser zuverlässigen Parteigenossen die Gelegenheit genutzt hatten, und nicht von der Urlaubsreise zurückgekehrt waren.

Und wie beschissen kommst du dir als DDR-Bürger vor, wenn du ins Ausland fährst, nach Ungarn? Visa muss schon beantragt werden. Andere entscheiden, ob du ins sozialistische Ausland darfst, ins sozialistische wohlgemerkt! Per Reisebüro packt man es kaum – viel zu teuer. Jedenfalls für den Normalsterblichen. Also fährst du privat.

Ungarn - ein schönes Land. Wir waren in Budapest. Doch, wenn man dann nur immer rechnen darf, die billigste Unterkunft nehmen muss, um sich auch noch verpflegen zu können, das große Warenangebot dann noch sieht und kein Geld hat, sieht, wie auf Westgeld Wert gelegt wird, nicht auf die DDR-Mark, wie kommt man sich denn da vor?!"

Dann ist eine Seite aus meinem Tagebuch entfernt. Könnte sein, dass ich diese auch herausriss, wie auch andere Seiten vor diesem Eintrag bzw. sogar ganze Tagebücher vernichtete (Zeitraum 11/85 bis 8/88), als ich damals von Carmen erfuhr, dass die Stasi beim Durchsuchen ihrer Wohnung Tagebücher von Lars mitgenommen und während der Haft dann gegen ihn verwendet hatte. Ich hatte Angst!

Philipp hatte einmal erzählt, als ich nicht zu Hause war, hätte es geklingelt, und als er die Türe öffnete, standen da zwei Männer, die vorgaben von der Versicherung zu sein und nach mir fragten. Zwei Männer von der Versicherung?? Vielleicht hatte es Philipp falsch verstanden, aber von der Versicherung war bisher immer nur eine Person gekommen. Ich vermutete die Stasi damals und gab Philipp deutlich zu verstehen, nicht die Türe zu öffnen, gleich gar nicht, wenn ich nicht zu Hause bin.

Auf der nächsten Seite setzte ich dann fort:

„Oder allgemein – ich komme mir mehr und mehr wie in einem großen Gefängnis vor. Darin darf ich mich bewegen, weiter nicht, nur mit Genehmigung. Aber da bin ich chancenlos. Warum? Ich

weiß es nicht. Hätte ich verwandtschaftliche Beziehungen, wäre eine kleine Chance da, eine kleine. Denn es heißt noch lange nicht, dass man zustimmen muss – siehe Carmen.

Machst du allerdings überall fein mit (egal, ob du anders denkst), ich denke da an einen gewissen Herrn z. B., ja dann gibt es natürlich keine Frage. Und so gibt es bei einigen keine Frage, die uns dann predigen.

Ja und so weiter. Ich könnte weiter aufzählen.

Trotz allem ist mir dieser Schritt nicht leicht gefallen. Ich lasse Verwandte, Freunde, gute Bekannte hier, fange neu an, in einer anderen Welt, mir noch fremden Welt.

Mir wäre es lieber, ich könnte hier mein Leben nach meinen Vorstellungen aufbauen, denn hier bin ich aufgewachsen.

Aber ich habe nur ein Leben, und das möchte ich zu meiner vollsten Zufriedenheit gestalten. Ich möchte gerne auf Arbeit gehen, ich möchte meine Wohnung nach meinen Vorstellungen einrichten können, ich möchte mich geschmackvoll kleiden können, möchte schöne Reisen machen. Aber das werde ich schon materiell hier nicht erschwingen können.

Ich verstehe diese Politik auch nicht! Warum werden die Menschen so eingesperrt wie in einen Käfig? Warum entscheiden andere über deine Schritte, bloß weil du hier in der DDR geboren wurdest.

Zum Teil finde ich diese Politik auch dumm! Ist doch logisch, dass die Menschen unzufrieden werden, wenn sie ihre Bedürfnisse nicht befriedigen können. Warum lässt man sie nicht ins Ausland? Im Westen gibt's alles in Hülle und Fülle. Die Händler sind froh, wenn sie ihre Waren an den Mann bringen, die Leute (DDR-Bürger) froh, wenn sie ihre Bedürfnisse teilweise befriedigen können. Da wundern wir uns, wenn wir immer so tun, als wären wir die Größten, es den Leuten einimpfen, und dann welche drüben bleiben. Warum diese Unwahrheit! Warum Probleme, die welche sind, nicht wirklich in Angriff nehmen?

Nein, wir können keine Probleme haben, wir müssen ja gut sein. Haben wir welche, dann ignorieren wir sie. Die anderen machen's ja auch, und wir wollen ja nicht schlechter, dümmer dastehen als die.

Diese Verklapserei! Wohin sie führt, sehen wir schon jahrelang.

Da stellen sie (die Partei) urplötzlich fest: "Wir brauchen mehr Konsumgüter, die tausend kleinen Dinge des Lebens fehlen."

Die Leute haben das schon lange gemerkt, waren aber eben nur Nörgler. So, und nun nehmen wir's in Angriff! Wie? "… aus eigenen Reserven"!

Die hinten und vorne nicht reichen!!

"Betriebe bringt Vorschläge bis zum …"

Und da soll man noch optimistisch sein?!

Hinten und vorne verarscht die Wirtschaft, meine Meinung. Für den stinknormalen DDR-Bürger ohne Beziehungen bleibt nicht viel.

Ein Satz blieb mir mal förmlich im Hals stecken, ich konnte ihn nicht schlucken: „Wir haben es durch den Fleiß unserer Werktätigen zu viel gebracht!" Geprägt oder wieder geprägt von unserem Parteisekretär! Ich fand den Satz so mies, so eiskalt durchdacht, so frech, ja beleidigend. Wir alle, wenn wir die Augen nicht verschließen wollen, sehen, überall fehlt es hinten und vorne. Dieser Satz sagt doch mit anderen Worten, dass das, was noch nicht erreicht wurde oder schlechter geworden ist auch nur den Werktätigen zu verdanken ist! Diejenigen, die nichts zu sagen haben, unter der Misswirtschaft leiden müssen, die sollen also die Schuldigen sein! Wie fies!!

Ich merke schon, ich finde kein Ende.

Eigentlich wollte ich darauf eingehen, was heute in der Abt. Inneres los war.

Also zunächst der Satz:

"Wir brauchen noch einige Angaben zu ihrem Wohnungswechsel." (Tatsächlich, sie sagten „Wohnungswechsel"!)

- Geburtsort der Kinder
- Tätigkeit, Betrieb Exmann
- mein erlernter Beruf, Tätigkeit, Betrieb
- Zugehörigkeit Massenorganisationen
- voraussichtlich wohin in BRD
- Bekannte oder Verwandte, zu der ich will

Weiter die Information, in 2 – 3 Wochen Einladung. Dann ausführlicher zu Beweggründen im Beisein des Betriebes. ...
Auf die Frage, was der Betrieb mit meinen Privatangelegenheiten zu tun hat, die Antwort: „Er müsste wissen, mit wem er es zu tun hat, was die Gründe sind".
Wie ein Verbrecher oder ein böses Schulkind kommt man sich da vor.
Nun ja, andere haben's auch überstanden.

Eine Kollegin sagte heute, im Juni wäre ein neues Gesetz erschienen. Sie würden nur noch hinüberlassen, wer Verwandte drüben hat.
Wenn's so wäre, würde ich wieder sagen – mit welchem Recht? Wer legt denn das fest? Die Hauptsache, die „Prediger" können fahren ...
Na ja, rankommen lassen!"

Ich kann nicht behaupten, wirklich glücklich mit Markus gewesen zu sein. Er wohnte mit bei mir und es war für ihn selbstverständlich, dass ich seine Klamotten mit in Ordnung hielt und, und, und. Aber er war faul, half nur widerwillig mit im Haushalt, fuhr lieber mit seinem Auto spazieren. Auf ihn war kein Verlass, er tat gerade das, wozu er Lust hatte, war eigentlich nur Nutznießer der Beziehung. Er war aber auch nicht bereit, darüber mit mir zu reden, antwortete einfach nicht, ignorierte mich, stellte sich schlafend oder verließ einfach wortlos die Wohnung.

Es kamen noch andere Sachen hinzu und irgendwann hatte ich das dann auch satt und wollte, dass er in seine Wohnung zurückgeht. Wogegen er sich natürlich zunächst massiv auflehnte, ohne aber irgendetwas an seinem Verhalten ändern zu wollen. Aber ich blieb dabei, und schließlich war ich wieder allein mit meinen beiden Kindern.

Und vielleicht wäre es auch so geblieben, wäre nicht sein Vater plötzlich verstorben.

Eines Tages stand Markus vor meiner Wohnungstür, und teilte mir dies mit. Er war ziemlich aufgelöst. Ich bat dann meinen Exmann, der nur zwei Minuten entfernt von mir seine Wohnung hatte, auf die Kinder auf-zupassen und fuhr mit zu Markus' Mutter.

Ich hatte dann das Gefühl, dass mich Markus brauchen würde und wollte für ihn da sein. Zunächst verbrachte er aber viel Zeit bei seiner Mutter, schlief auch bei ihr.

Und dann war er wieder bei uns, und ich gab ihm noch eine Chance. Und dann empfand ich unsere Beziehung auch wieder als angenehm.

Nach einiger Zeit fragte mich Markus, ob wir nicht heiraten wollten. Warum nicht, dachte ich, konnte mir aber dann nicht vorstellen, was das für eine Hochzeit werden sollte, da unsere Familie zerrissen war.

Markus schlug dann eine Eheschließung im engsten Rahmen vor, er hielt es für besser, nur Trauzeugen einzuladen. Auch würde er diese in einem kleinen Ort beantragen, da es da bis zum Termin nicht so lange dauern würde.

Wir einigten uns auf eine kleine Ortschaft einige Kilometer von unserem Wohnort entfernt. Und kurz darauf fuhren wir bereits dorthin.

Als wir dann unsere Papiere bei der Standesbeamtin vorlegten und Angaben zu unserer Person machten, hatte ich auf einmal das Gefühl, dass wir eigentlich ein sehr ungleiches Paar sind. Ich zweifelte plötzlich an der Richtigkeit dieses Schrittes.

Trotz meiner plötzlich aufgetretenen Bedenken ließ ich den Dingen ihren Lauf und wir legten einen Termin für die Eheschließung fest: keine vier Wochen später!

Tagebuchauszug 11.11.1988

„... Das Problem mit meinen Eltern ließ mir keine Ruhe. Sie waren am Sonntag bei mir gewesen. Hatten versucht, verzweifelt versucht, mir zu erklären, wie falsch ich mit meiner Meinung liege, und dass ich ihnen alles zerstöre, sie verachte usw.

Als dann Markus mit seiner Mutter und Frau M. kam, standen sie auf, um zu gehen. Wir wechselten noch ein paar Worte, kritische Worte, an der Tür.

Und dann fingen sie beide an zu weinen, ich soll ihnen das nicht antun, ich würde sie ins Grab bringen. Vati ging dann schnell, laut heulend hinaus, stolperte noch über Spielzeug und verzweifelte dann. Und das so sehr, dass er sich die Treppe reinfallen ließ und laut heulte und furchtbare Sachen von Selbstmord redete, weil ich meine Eltern ja nicht mehr lieben würde usw.

Es war furchtbar! Ich hatte schreckliche Angst, sie könnten sich etwas antun."

Ich erinnere mich noch heute sehr genau an dieses Ereignis, es war eine furchtbare Situation. Meine Eltern waren so verzweifelt. Aber ich konnte ihnen nicht helfen, ich konnte nicht tun, was sie von mir erwarteten. Als Vati stolperte und dann die Treppe hinunterstürzte, spürte ich so stark seine Verzweiflung. Und dann war er wirklich nahe am Durchdrehen. Er wollte ans Fenster, sagte immer etwas, dass er ‚rausspringen will, es hätte alles keinen Sinn mehr (ich wohnte in einem Altbau im 4. Obergeschoss!!). Er weinte dabei ganz schrecklich und seine Stimme überschlug sich. Mutti und ich klammerten uns an ihn, hielten ihn fest und drückten ihn vom Fenster in die Ecke. Ich weinte auch, aus Angst um meinen Vater. Ich hatte solche Angst, dass er sich etwas antat, meinetwegen! Mutti sagte mir noch, dass mein Vater so enttäuscht von mir sei. Er sei früher immer so stolz auf „seine Große" gewesen.

Markus stand oben in der Tür und rief immer nur, ich soll doch hochkommen und sie gehen lassen. Dabei grinste er noch. Das war unheimlich befremdend für mich, so abstoßend! Was war er nur für ein Mensch! Wie konnte er nur so gefühlskalt sein! Ich hatte innerlich schwer mit mir zu kämpfen, fühlte mich gefühlsmäßig zu meinen Eltern hingezogen, nicht zu diesem Mann und seiner Mutter!

Irgendwann riss sich mein Vater von mir los, sagte „komm Mutti, hier haben wir nichts mehr verloren ..." und ging mit meiner Mutter die Treppen hinunter. Ich lief hinterher. Ich hatte Angst um meinen Vater, Angst um meine Eltern. Nie und nimmer hätte ich gewollt, dass ihnen etwas passiert, denn ich hatte sie nach wie vor lieb.

Vor der Haustür suchte ich noch einmal sie zu beruhigen, aber ich wollte nicht nachgeben, ich wollte auch verstanden werden.

Sie gaben auf und gingen, sich aneinander stützend, sich gegenseitig tröstend. Wie weh mir das tat, meine Eltern so gehen zu sehen!

Fortsetzung Tagebuchauszug

„Einerseits verstehe ich, dass sie verbittert sind, weil ich anders denke als sie und mich nicht für das einsetze, was sie richtig finden. Irgendwie ist in ihnen der Hass, das, was sie aufbauen wollen, nicht zu lieben, stärker, als die Bereitschaft, jemanden, der anderer Meinung ist, verstehen zu wollen. Sie sind sich ihrer Handlungen in jeder Beziehung so sicher, sind so überzeugt davon, dass es schwer ist, für mich sogar undenkbar, sie soweit zu bringen, dass sie in Ruhe mal darüber nachdenken, warum ich denn so geworden bin. Sie haben viel zu schnell ein abfälliges Urteil bereit, noch ehe sie versuchen, jemanden zu verstehen.

Das ist es auch, was allgemein abstößt. Handelt jemand anders, als sie es tun würden, reden sie schlecht über ihn, ….

Ich habe – trotz allem was war – meine Eltern geliebt, ihre Denkweise und ihr Handeln verteidigt.

….

Aber dieses Schimpfen, Schlechtmachen, Verachten, dieser Hass, diese Wut, die sich da bei ihnen entlud, das machte sie mir fremd. Sie wurden für mich mehr und mehr dadurch zu Fanatikern.

Ja, obwohl ich nicht glaubte, dass ich mit mehreren Gesprächen meinen Eltern wieder näher kommen könnte, sagte ich doch, wir müssen mehr miteinander reden, um den anderen zu verstehen. Und, dass ich mal zu ihnen kommen werde.

Dieser Schritt fällt mir allerdings nicht leicht. Erstens habe ich große Angst, dass sie sich wieder in etwas hineinsteigern. Zweitens glaube ich nicht mehr daran, dass sie mich je verstehen könnten oder je einen Versuch machen würden, es zu tun. Und drittens sind sie mir durch ihre Art (leider) schon fremd geworden. Ja es ist so. Auch, wenn sie mir oft geholfen haben, ihre Art, dieses Fanatische und die entsprechenden Reaktionen, haben mich schrecklich abgestoßen. Sie drohen nur: „Komm bald, oder es kann zu spät sein, du bringst uns ins Grab!" Wie schrecklich von ihnen! Wie kann man auf so eine Art und Weise seine Tochter erpressen! Ich wäre egoistisch, würde nur an mich denken.

Lange, lange habe ich mit mir gekämpft, diesen Schritt zu tun. Ein Grund: meine Eltern. Aber dann habe ich gedacht: ‚Du lebst doch auch dein Leben! Und da kann ich mich doch nicht nur nach den Eltern richten.'

Sie sind meine Eltern, ja, aber deshalb muss ich doch als erwachsener Mensch das Leben leben dürfen, das mich befriedigt. Wie soll ich glücklich werden, wenn ich immer sie frage, ob es ihnen recht ist? Sie hätten sich doch auch nicht reinreden lassen!

Nun ja, morgen will ich mal ‚rausfahren. Es wird nicht leicht für mich. Regina ist da kühler, abgebrühter und kommt weiter. Bei mir wissen sie, dass ich sensibel bin.

Markus ist nicht groß darauf eingegangen, als ich ihm am Montag sagte, wie sehr mich das beschäftigt. Ihn beschäftigt seine Mutter, die einen Blutdruck von 220 hat (sehr hoch). Irgendwie befremdet mich sein Verhalten mehr und mehr …."

Markus, hatte dann, nachdem wir uns für eine Eheschließung außerhalb unseres Wohnortes eingetragen hatten und einen Monat nach dem Tod seines Vaters, plötzlich die Ausreisegenehmigung erhalten.

Hatte da mein Vater die Hand im Spiel? Er arbeitete, so wie ich gehört hatte, zurzeit in der Parteileitung in diesem Ort, musste dort einen Genossen, der erkrankt war, vertreten. Ich hielt es nicht für unwahrscheinlich, dass die Standesbeamtin meine Verwandtschaftsverhältnisse überprüft und meinen Vater informiert hatte.

Und - obwohl Markus schon lange Zeit mit bei mir wohnte, was der Abteilung Inneres sehr wohl bekannt war, schickte man ihm den Bescheid mit der Bewilligung zur Ausreise an die Anschrift seiner Wohnung (Ort und Zeitpunkt der Ausreise waren fest vorgeschrieben und sehr kurzfristig).

Zufall? Oder Taktik??

Markus hatte keine Geschwister, seine Mutter stand nun also ganz alleine da. Man brachte ihn somit – so kurz nach dem plötzlichen Tod seines Vaters – auch in einen Gewissenskonflikt, sicher nicht unbeabsichtigt.

Seine Mutter war sehr entsetzt über das Verhalten der Behörden. Nie hatten weder sie, noch ihr Mann sich etwas zu Schulden kommen lassen, hatten ihr Leben lang nur gearbeitet. Sie seien auch nicht immer zufrieden gewesen, vieles hätte ihnen missfallen, aber eine Ausreise war für sie kein Thema gewesen. Dass man ihrem Sohn aber gerade jetzt, wo sie ihn am meisten brauchte, die Ausreise bewilligte, empfand sie als sadistisch und pure Schikane, es verletzte sie unwahrscheinlich sehr.

Markus ließ sich aber nicht von seinem Vorhaben abbringen. Und da seine Mutter von den staatlichen Behörden mehr als nur enttäuscht war und auch nicht alleine zurückbleiben wollte, entschied sie sich nun ebenfalls dafür, ihre Ausreise zu beantragen, was Markus dann noch für sie organisierte.

Ich vermutete auch, dass es wohlüberlegt war, Markus vor mir die Ausreise zu bewilligen. Einer alleinerziehenden Mutter von zwei Kindern würde es sicher nicht so leicht fallen, diesen „Umzug" zu bewältigen. Vielleicht hoffte man sogar, dass ich mich diesem ganzen Stress und Druck dann nicht mehr gewachsen fühlen würde und aufgab. Oder dass – wenn Markus erst mal aus meinen Augen sein würde, ich leichter „zu bearbeiten" sei. ...

Markus musste innerhalb weniger Tage die DDR verlassen. Man hatte ihm genau vorgeschrieben, wann, wo (es war nicht sein Wohnort) und mit welchem Zug das zu geschehen hatte. Sollte er den Zug verpassen, sei seine Ausreisegenehmigung damit hinfällig.
Vorher mussten natürlich auf verschiedensten Ämtern noch Unterschriften eingeholt werden, dass alles ordnungsgemäß bezahlt und abgemeldet wurde – die reinste Rennerei.
Hätte Markus nicht im Vorfeld schon vieles organisiert gehabt, z. B. die Formulare für den Umzug, die Verpackungen usw., er hätte es nicht schaffen können. Aber man musste ja jeden Tag mit der Ausreisegenehmigung rechnen, wenn man den Antrag einmal gestellt hatte. Und so hatten auch wir uns schon vor einiger Zeit schlau gemacht, welche Formalitäten dann auf uns zukommen würden und alles, was möglich war, bereits vorbereitet.
Ich natürlich auch, wir hatten alles gleich doppelt organisiert.

Das war eigentlich auch das Zermürbende, womit natürlich auch von Stasiseite aus gearbeitet wurde. Keiner wusste, wie lange es bis zur Ausreise dauern würde. Daran änderte auch die neue Gesetzgebung nichts. Es konnte kurze Zeit nach der Antragstellung sein oder aber Monate, Jahre dauern. Wir saßen praktisch jeden Tag „wie auf Koffern", jeden Tag konnte ein entsprechendes Schreiben im Briefkasten sein.

Warten, von Tag zu Tag, zu Tag. Ständig damit rechnen, dass es losgehen könnte. Ständig unter Anspannung, leicht nervös, gereizt. Tage, Wochen, Monate, manche warteten Jahre.

Bei den Behörden nachzufragen, brachte nichts. Der Antrag sei „in Bearbeitung" hieß es nur.

Vielleicht gaben manche daraufhin auf, denn so ließ es sich keinesfalls gut leben. Zwar ging man den täglichen Pflichten nach, aber man konnte nichts mehr planen, keinen Urlaub, nichts. Es war nur noch ein Hangeln von Tag zu Tag. Aber ob es denjenigen dann besser ging?? Nach den Erfahrungen, die ich selbst bereits mit der Abteilung Inneres gemacht hatte, wohl kaum.

Ich hatte das Küchenmöbel bereits verkauft, nur das Notwendigste dabehalten, den Tisch mit Stühlen, Geschirr und Besteck. Da in der Küche ein Vorratsschrank eingebaut war, konnte ich diesen damit bestücken.

Die Kinderzimmer waren neu, die wollte ich mitnehmen, auch die schöne neue Bettcouch.

Auch auf dem Speicher hatte ich Kartons fertig stehen, nummeriert mit 1 – geht mit - bzw. 2 – bleibt da. Was dableiben sollte, war für meine Geschwister.

Natürlich war dann noch immer genug zu packen, aber ich wollte auch, dass wir uns in unserer Wohnung noch wohl fühlen konnten. Der Anblick der leeren Küche war schlimm genug. Aber ich hatte keine Wahl.

Und dann war es soweit: Wir fuhren nach L. zum Bahnhof, denn von dort sollte Markus in die BRD ausreisen.

Ich kann mich eigenartiger Weise nur noch an Details erinnern – Markus auf dem Bahnsteig, grinsend, er hatte es geschafft. Seine Mutter mit Tränen in den Augen, sich ständig die Nase putzend und ich, mich ängstlich umschauend, besorgt, ja keinen Fehler zu machen, um nicht die Stasi, die garantiert mit mehreren Personen vor Ort war, zu reizen und zu Handlungen zu veranlassen, die mich und meine Kinder gefährdeten.

Ich hatte hauptsächlich immer davor Angst, dass die Stasi mich mitnehmen würde und mir meine Kinder wegnehmen würde. Ich hatte ständig das Gefühl, dass sie nur lauerten, endlich eingreifen zu können. Vielleicht schon ein bisschen verrückt? Ich weiß es nicht. Es war nicht aus der Luft gegriffen.

Markus amüsierte mein Verhalten immer nur. Ich sei zu ängstlich. Aber der hatte auch keine Kinder (bzw. kümmerte er sich nicht um sie), wie sollte er mitfühlen, was in mir vorging. Ein ähnliches Verhalten hatte ich bei ihm ja schon einmal erlebt, als wir zu einer Montagsdemo waren.

Ich meine, wir hätten noch kurze Zeit auf dem Bahnsteig gestanden, ehe Markus einstieg, bin mir aber gar nicht mehr sicher. Ich war zu angespannt, zu ängstlich, fühlte mich dort alles andere als wohl. Wir schauten uns wohl noch um, überlegten noch, ob da auch normale Reisende im Zug sein würden oder ob das ein spezieller Transport für Ausreisende sei.

Und dann war der Zug abgefahren. Markus hatte es geschafft. Wahrscheinlich. Wir gingen davon aus, dass er uns demnächst aus Bayern, wo er hinwollte, anrufen würde. Carmen hatte ihm ihre Unterstützung für die erste Zeit zugesagt.

Wenige Monate nachdem ich meinen Antrag auf Ausreise gestellt hatte, wurde ein neues Gesetz erlassen, womit alle bis dahin gestellten Ausreiseanträge für nichtig erklärt wurden.

Es stand natürlich weder in der Zeitung, noch wurde es in den Nachrichten proklamiert. Auch erhielten diejenigen, die bereits einen Ausreiseantrag gestellt hatten keine Information darüber. Ich erfuhr es von einer Kollegin.

Neu in diesem Gesetz war, dass den Bürgern nach spätestens einem halben Jahr eine Entscheidung zur Genehmigung ihres Antrages mitgeteilt werden sollte. Bisher war das nicht üblich gewesen. Manche hatten schon viele Jahre einen Antrag laufen und bei ihrer Nachfrage lediglich – wenn überhaupt - die Antwort erhalten, dass der Antrag noch in Bearbeitung sei.

Sollte man nun eine Ablehnung erhalten, so war es erst nach Ablauf eines weiteren halbes Jahres gestattet, erneut einen Antrag auf Ausreise zu stellen. Dann ging das Ganze von vorne los.

Was hatte sich also groß geändert?? Doch nur eins, dass man bei Ablehnung wusste, dass sich im folgenden halben Jahr nichts tun würde, man diese Zeit überbrücken musste und dann wieder von vorn beginnen konnte. Taktik? Sicher! Auch sehr demütigend!

Man erwartete sicher, dass die Menschen dadurch mutlos, verzweifelt, hoffnungslos, kraftlos werden würden, schließlich irgendwann aufgeben würden. Abgesehen davon, dass sie dann wohl keinerlei Chancen mehr hatten in der DDR.

Ich stellte also einen neuen Antrag auf Ausreise aus der DDR. Eine Arbeitskollegin unterstützte mich hierbei. Sie wusste von Bekannten, in welchen nationalen und internationalen Dokumenten Rechte der Bürger der DDR aufgeführt waren, nannte mir deren Namen und den entsprechenden Wortlaut bzw. gab mir Tipps, wo ich entsprechende Unterlagen einsehen konnte. Zielgerichtet begab ich mich dann in die Bibliotheken, staatliche oder auch der Technischen Hochschule meines Wohnsitzes. Es war sehr interessant nachzulesen, dass wir DDR-Bürger das Recht hatten, einen freien Wohnsitz zu wählen.

Ich arbeitete diese meine Rechte in meinen neuen Ausreiseantrag ein und schrieb:

„Antrag auf Entlassung aus der Staatsbürgerschaft der DDR und Übersiedlung in die Bundesrepublik Deutschland

Hiermit beantrage ich, (Vorname Name), geborene (…), geboren am (…), mit meinen beiden Kindern (Vorname Name), geboren am (…) und (Vorname Name), geboren am (…) die Entlassung aus der Staatsbürgerschaft der DDR gemäß dem Staatsbürgerschaftsgesetz der DDR, GBl. Teil I Nr. 2 §12 Abs. 1 vom 20.02.1967 und die Übersiedlung in die BRD gemäß der Internationalen Konvention über politische und zivile Rechte vom 16. Dez. 1966, die am 02. Nov. 1973 von der DDR ratifiziert wurde und lt. GBl. der DDR Teil II Nr. 6 am 23. März 1976 in Kraft trat.

…"

Zudem führte ich Gründe an, die mich veranlassten, diesen Antrag zu stellen.

Es war nicht einfach, diese Gründe zu formulieren. Wie sollte man so vieles, was sich über Jahre angestaut hatte und letztendlich das Fass zum Überlaufen gebracht hatte in wenigen Sätzen ausdrücken?

Es war einfach alles in Summe. Dabei waren es nicht in erster Linie die wirtschaftlichen Zustände, sondern vielmehr diese Lügen, diese Selbstverherrlichung, diese Anmaßung, über Leben und Schicksal der Bürger in der DDR zu entscheiden, diese Entmündigung, die Demütigungen und nicht zuletzt die Kaltblütigkeit, mit der die „Staatsinteressen" durchgesetzt wurden.

Nachdem ich meinen neuen Antrag eingereicht hatte, folgten viele Gespräche in der Abteilung Inneres, in denen man mich unter anderem versuchte zu entmutigen:

Ich hätte eh kaum Chancen, denn meine Eltern seien bei den Bewaffneten Organen! Ich wüsste zu viel darüber, würde Arbeitskolleginnen und -kollegen von ihnen kennen, …

Ich erwiderte, dass ich vor über 10 Jahren aus der elterlichen Wohnung ausgezogen sei und eine eigene Wohnung und eigene Familie habe. Und dass meine Eltern auch in der Zeit, als ich noch zu Hause lebte, nicht über Dienstliches in unserer Gegenwart gesprochen hätten, geschweige denn nach meinem Auszug.

Meine Argumentation wurde nur belächelt.

Außerdem hätte mein Exmann ein Mitspracherecht wegen der Kinder. Er müsste sein Einverständnis mit meiner Ausreise schriftlich bekunden!

Ich glaubte nicht recht zu hören!

„Ich bin von diesem Mann geschieden", entgegnete ich. „Es kann doch wohl nicht sein, dass er nun noch darüber entscheiden darf, wo ich lebe!"

Ich war entsetzt, verärgert und gleichzeitig spürte ich diese Ohnmacht. Was hatte ich für Rechte? Andere legten fest wo ich leben durfte, was ich tun und lassen durfte. Ich war dieser Willkür ausgesetzt, hatte wohl kaum Möglichkeiten etwas aus eigener Entscheidung heraus zu tun. Überall, in sämtlichen Institutionen, stand die Partei hintendran, die Gesetze und Regelungen beschloss, die mir immer und immer wieder die Hände banden. Ich war ständig in Abhängigkeit, in Abhängigkeit davon, ob man meine Entscheidungen teilte oder nicht. Wenn nicht, zog ich den Kürzeren.

Und ich würde wohl immer wieder nur den Kürzeren ziehen! Ein Gedanke, der lähmt, hilflos macht und einem versucht, die Sinnlosigkeit aufzubegehren klarzumachen, mit dem Ergebnis, letztendlich zu resignieren.

‚Das wollen die doch bloß!' wurde mir dabei klar. Sie wollen uns mundtot machen. Wenn wir alle begriffen haben, dass wir nicht weiterkommen, dass wir abhängig sind, dann werden wir resignieren. Dann sind wir leichter zu handhaben! Wie Marionetten!

Eigentlich bräuchten wir ja gar nicht mehr zu denken! Damit machen wir uns doch nur das Leben schwer, machen uns selbst damit kaputt, weil wir immer wieder unsere Grenzen aufgezeigt bekommen!

Hilflosigkeit! Ohnmacht!

Aber gleichzeitig ein inneres Aufbegehren:

Das kann nicht sein! Mit welchem Recht! Warum und mit welchem Recht können andere Menschen über mein Leben entscheiden?!

Woher nehmen die sich dieses Recht?!

Warum darf auf Menschen, die in der DDR geboren sind und denen die Ausreise verweigert wird, die, wenn sie nicht weiter in der DDR leben wollen, nur noch die Alternative haben, einen Fluchtversuch zu wagen – warum darf auf diese Menschen geschossen werden??!!

Fragen über Fragen!

Warum nehmen sich andere Menschen das Recht heraus, derart über mein Leben zu bestimmen, mich in vielen Dingen einfach zu entmündigen?

Das fängt ja bereits damit an, dass man mir vorschreibt, welche Musik ich hören darf und welche Fernseh-sendungen ich anschauen darf.

Wie kann es sein, dass es in der DDR Gesetze gibt, an die sich die Behörden der DDR aber einfach nicht halten?

Wieso habe ich in diesem „Rechtsstaat" nicht die Möglichkeit gegen diese Ungerechtigkeiten vorzugehen?

Wieso werden Gerichte beeinflusst, so dass ich nicht einmal da eine Möglichkeit habe, Recht einzufordern?

Wieso werden Eltern für das Handeln ihrer Kinder zur Verantwortung gezogen, obwohl diese Kinder schon lange volljährig und somit eigenverantwortlich für ihr Handeln sind?

Wieso legt man Kindern Steine in den Weg, weil deren Eltern Unzulänglichkeiten der Politik der DDR offen ansprechen?

Warum haben Kinder, deren Eltern nicht der SED angehören, nicht dieselben Rechte auf Bildung bei gleicher Leistung?

Wieso meint eine Generation, die nach dem Krieg am Aufbau der DDR wesentlich beteiligt war aus diesem Grunde der nachfolgenden Generation jeden Schritt und Tritt vorschreiben zu können oder schlimmer noch – woher nimmt diese

Generation sich das Recht, „Querulanten" einfach „mundtot" machen zu können, zu verfolgen, zu bespitzeln, zu inhaftieren?

Was sind das für Gesetze?!

Wo bleibt die Realisierung für „Freiheit, Gleichheit, Brüderlichkeit" - Parolen, die zu jedem festlichen Anlass immer wieder gebrüllt wurden, beantwortet mit einem schallenden – „Hurra – Hurra – Hurra"!!!??

Nachdem Markus in der Bundesrepublik Fuß gefasst hatte, reichte er von dort aus einen Antrag auf Eheschließung bei der Gemeinde ein. Er benötigte dafür allerdings noch ein paar Formulare, die ich mir bei der Polizeibehörde ausstellen lassen sollte. Ich erhielt ein entsprechendes Schreiben von der Gemeinde, in der Markus jetzt lebte.

Als ich dieses Schreiben im Polizeirevier vorlegte – nachdem ich ewig Schlange gestanden hatte – bekam ich nur die schnöde Antwort, dass diese Formulare für mich nicht ausgestellt werden.

Auf meine Rückfrage – „Wieso nicht, ich brauche diese Angaben und sie müssen das hier ausfüllen", triumphierte die Angestellte nur:

„Für die müssen wir gar nichts!"

Dann wendete sie sich mit Befehl „weiter!" dem nächsten Wartenden in der Schlange zu.

Ja, so wurde man als DDR-Bürger abgefertigt!

Ich hatte mir vorgenommen, sollten wir die Ausreise in diesem Jahr nicht bewilligt bekommen, so würden wir uns wenigstens – zusammen mit Markus - einen schönen Urlaub in Ungarn gönnen.

Doch dann hatte man mir seitens des Ministeriums des Innern da ja noch ein Hintertürchen öffnen wollen:
Ich erhielt wieder mal eine Vorladung aufs Polizeirevier, Abteilung Inneres. Es ging um meinen Ausreiseantrag.
Im Gegensatz zu sonstigen diesbezüglichen Vorladungen, war die Angestellte unwahrscheinlich freundlich zu mir, was mich schon stutzig werden ließ. Es läge ein Antrag auf Eheschließung seitens einer Gemeinde der BRD vor. Dem könnte stattgegeben werden, sagte sie zu mir.
Ich wurde hellhörig! Stattgegeben? Auf einmal?
Allerdings nur unter folgenden Bedingungen, setzte sie fort:
- Zunächst müsste ich schriftlich meinen bisherigen (den inzwischen nach Gesetzesänderung zweiten) Antrag auf Übersiedlung in die BRD für nichtig erklären und
- stattdessen einen neuen Antrag stellen, wo lediglich als Begründung aufgeführt sein dürfte, dass ich die DDR mit meinen Kindern nur aufgrund einer beabsichtigten Eheschließung mit einem Bürger der BRD verlassen möchte.

- Zweitens würde durch die Polizeibehörde festgelegt werden, wann, wo und mit welchem Personenkreis die Hochzeit durchgeführt werden sollte.

Sie erklärte, dass das nur die zukünftigen Brautleute wären, ein Standesbeamter und Angehörige des Innenministeriums. Dass der zukünftige Bräutigam einzig und allein zu diesem Zweck in die DDR einreisen dürfe und nach der Eheschließung das Land sofort wieder zu verlassen habe. Und dass auch dann noch mit einer unbestimmten Wartezeit bis zur Ausreise gerechnet werden müsste, dies meistens aber innerhalb eines halben Jahres sei.

Mir fehlten fast die Worte, als ich diese Bedingungen hörte!

Ich erklärte der Angestellten des Innenministeriums dann, dass ich unter diesen Umständen auf einen Antrag auf Eheschließung verzichte, da ein so formulierter Antrag nicht der Wahrheit entsprechen würde, da alle anderen von mir in meinem Ausreiseantrag aufgeführten Gründe nach wie vor für mich an erster Stelle stehen würden.

Außerdem entspräche eine Eheschließung unter diesen Voraussetzungen in keinster Weise meinen Vorstellungen von meiner Hochzeit!

Die Angestellte versuchte mir noch einmal ins Gewissen zu reden, dass ich mit meinen Eltern mir keinerlei Chancen auf eine Ausreisegenehmigung ausrechnen bräuchte, dass das für mich die wohl einzige Möglichkeit sei, wenn ich meinen ehemaligen Antrag für nichtig erklären würde …

Ich verabschiedete mich, ein derartiger Antrag würde für mich nicht in Betracht kommen.

Die Augenwischerei war wieder einmal mehr als nur offensichtlich! Mit meinem Antrag auf Übersiedlung waren viele Gründe aufgeführt, die die Politik, die Wirtschaft und das Einhalten von Menschenrechten in der DDR anklagten.

Wie viel angenehmer hörte sich doch ein Antrag an, bei dem es lediglich um eine Eheschließung mit einem Bürger der Bundesrepublik ging!

Selbst wenn durch meine bisherigen Anträge den Behörden die wahren Gründe bekannt gewesen sind, könnte man diese ja durch einen Antrag auf Eheschließung einfach unter den Tisch fallen lassen, ignorieren, tun, als hätte es sie nie gegeben, die heile Welt vorgaukeln, den in der DDR praktizierten Sozialismus wieder lobpreisen...

Nach Ablauf eines halben Jahres hatte ich – laut Gesetz – das Recht, einen Genehmigungsbescheid zu erhalten!

Das halbe Jahr war um! Von der Abteilung Inneres bekam ich natürlich kein Schreiben, bei ihnen bezüglich meines Antrages vorzusprechen. Also vereinbarte ich einen Termin.

Ich war auf alles vorbereitet. Bei einer Absage würde ich eben mit meinen Kindern und Markus gemeinsam in Ungarn Urlaub machen.

Aber es kaum zu gar keine Aussage. Nicht mal an die eigenen Gesetze hielten sie sich!

Ich soll ruhig erst mal in den Urlaub fahren, hinterher würde ich Bescheid bekommen.

Aber ich soll mir keine Hoffnung machen, bei den Eltern... Und mein Exmann müsse ja auch zustimmen.

Ich war auf alles vorbereitet gewesen. Und trotzdem!

„Mit welchem Recht?", fragte ich, „ich bin die Erziehungsberechtigte!"

Und meine Eltern?? Wie alt war ich denn?!! Ich bin schon lange volljährig, lebte schon lange nicht mehr bei meinen Eltern, sondern hatte eigene Familie! Außerdem hatten wir kaum noch Kontakt. Was sollte das Ganze?!!

Eigentlich erreichten sie doch nur eines damit: Sie zeigten mir wieder, dass ich in diesem Land, in der DDR, nicht mein eigener Herr war. Ich wurde behandelt wie eine Gefangene! Als hätte ich mich eines Verbrechens schuldig gemacht!

Und wie diese Stasileute darüber triumphierten, dass sie diejenigen waren, die über mein Leben, über jeden Schritt, den ich gehen durfte oder auch nicht, entscheiden würden!

Aber damit schürten sie nur noch mehr Hass in mir. Woher nahmen sie sich eigentlich dieses Recht, so über die Menschen in der DDR zu bestimmen! Diese Ungerechtigkeit ließ das Blut in meinen Adern kochen!

Als ich daraufhin das Visum für eine Urlaubsfahrt ins sozialistische Ausland, nach Ungarn, beantragte, wurde uns dieses – eigenartigerweise – problemlos bewilligt.

DRITTES KAPITEL

Ich hatte mich entschieden.

Wir starten. Alle haben wir ein kleines Handgepäck dabei mit etwas Wechselwäsche und Waschzeug.

Noch einmal ein Blick auf unser Auto, welches wir bei unserer Vermieterin im Garten abgestellt haben. Die Bescheinigung, dass das Auto in ihr Eigentum übergeht, wenn wir nicht zurückkehren, hat sie. Ich habe ein komisches Gefühl im Bauch, bin aufgeregt, weiß nicht, was mich erwartet.

Unsere Vermieterin winkt uns, drückt die Daumen.

Nach einiger Zeit sind wir in Sopron. Jetzt wird's ernst! Ich bin sehr aufgeregt. Die Straßen sind relativ leer, hier und da sehen wir verlassene DDR-Autos stehen. Auch sind immer noch Touristen unterwegs, unverkennbar.

Markus will an einen weniger bekannten Grenzübergang fahren, er sucht den Weg, fragt Leute. Polizei auf der Straße, sie verstellen uns den Weg. Als sie das Kennzeichen erkennen, was ja ein westdeutsches ist, lassen sie uns passieren. Mir rutscht jedes Mal das Herz in die Hose. Markus lacht nur. Uns kann doch nichts passieren, sagt er, weshalb ich denn so eine Angst habe. Aber ich habe eben Angst. Schließlich weiß ich von der brutalen Vorgehensweise der Ostblockstaaten gegen Flüchtlinge. Sicher, die Ungarn sind da schon einen Schritt weiter, sie sind toleranter, humaner. Aber was weiß ich, ob da nicht so ein Altgesinnter unter ihnen ist!

Die Straße zur Grenze ist übersät mit verlassenen DDR-Autos. Es sind unglaublich viele! Wir finden alle möglichen Typen wieder, die in der DDR gefahren sind, Wartburgs, Ladas, hauptsächlich aber Trabis, Kennzeichen vom Süden bis zum Norden, von Ost bis West, alles. Es ist total überwältigend, es nimmt kein Ende! Beinahe unfassbar so offensichtlich vor uns zu sehen, wie viele doch das schön gepriesene Leben in der DDR satt hatten und die Gelegenheit nutzten, der DDR den Rücken zu kehren, alles zurückließen, alles.

Ich spürte plötzlich diese Welle, fühlte mich dazugehörig, empfand nach dem anfänglichen Staunen über die vielen verlassenen Autos nun Freude, Euphorie. Ich gehörte dazu! Ich würde es auch schaffen, ich war zuversichtlich.

Als dann in der Ferne die Lichter der Grenzstation sichtbar wurden, wurde es mir doch wieder ganz mulmig. Markus meinte, wir sollen ganz ruhig bleiben, nichts sagen, er mache das schon.

Die Grenze! Markus hielt an.
Es kam niemand.
Was jetzt?
Gerade wollte Markus losfahren, da öffnete sich die Tür und ein Grenzpolizist kam langsam und gemütlich auf unser Auto zu.

Markus wurde aufgefordert, seinen Pass zu zeigen. Der Grenzpolizist schaute ins Auto, wollte dann auch meinen Pass noch haben.

Ich reichte ihm meinen DDR-Personalausweis.

Er schaute ihn an, sagte dann „einen Moment bitte" und ging damit zurück in das Gebäude.

Es dauerte eine Weile. Mir war schlecht vor Angst.

Was würde nun geschehen? Würden sie uns durchlassen? Ich war total aufgeregt.

Nach einigen Minuten kamen sie zu zweit zu uns, händigten mir meinen Personalausweis wieder aus und entschuldigten sich:

„Tut uns leid, mit diesem Pass dürfen wir sie nicht passieren lassen. Bitte fahren sie zurück."

Das war's dann also, dachte ich.

Markus diskutierte noch.

Man könne uns verstehen, war die Antwort, aber das sei gegen die Sicherheitsbestimmungen. Ungarn gehöre nun mal zu den Staaten des Warschauer Paktes, sie könnten nicht eigenmächtig handeln. Sie baten uns um Verständnis.

Ende! Zurück!

Wir fuhren ein paar hundert Meter, dann blieben wir erst einmal an der Seite stehen.

Es hatte nicht geklappt! Alles war umsonst gewesen!

Wir stiegen aus, rauchten erst mal eine, mussten die Enttäuschung verdauen.

Und jetzt? Wieder zurück zu unserer Vermieterin?

Es war inzwischen dunkel geworden. Die Straße war wie ausgestorben, rechts von uns ein großes Maisfeld, links ging es eine Böschung hoch, dort waren Sträucher und Bäume.

Markus machte plötzlich den Vorschlag, ich soll mit den Kindern durch das Feld gehen, hinter dem Feld sei ein Wäldchen, da durch, dann seien wir in Österreich.

Mir blieb fast das Herz stehen bei seinem Vorschlag. „Niemals!", erwiderte ich. Es war dunkel, im Feld hielten sich vielleicht Soldaten versteckt. Niemals! Das stand für mich außer Frage. So ein Risiko würde ich nie im Leben eingehen. Da hatte ich viel zu viel Angst, dass vielleicht so ein Fanatiker dabei war, dem es Spaß machen würde auf Flüchtlinge zu schießen! Nicht daran zu denken, wenn es eins meiner Kinder treffen würde!

Niemals! Da lieber würde ich bis zum Ende meines Lebens alles in der DDR ertragen, aber auf so ein Unterfangen würde ich mich nie und nimmer einlassen. Schon der Gedanke daran, dass etwas passieren könnte, war für mich so unerträglich, dass mir dabei schlecht wurde.

Markus lachte wieder nur über meine Ängste. Hier sei keiner, sagte er, er wird es mir beweisen.

Markus wollte ins Feld gehen, er müsse eh mal. Mir war unheimlich, als er weg war und ich allein mit meinen beiden Kindern auf menschenleerer Straße stand. Es war nicht ruhig, es ging Wind und der Mais raschelte, was das Ganze noch unheimlicher machte.

Dann endlich kam er zurück.

„Na, was habe ich dir gesagt", lachte er, „da ist keiner!"

Noch einmal versuchte er auf mich einzureden. Es sei doch gar nicht weit! Nur ein paar Meter durch das Feld, da hinten würde ich schon den Wald sehen. Da durch, und hinter der Grenze auf der anderen Seite würde Markus im Auto auf uns warten. Ich könnte die Taschenlampe mitnehmen.

Nein! Zwecklos! Ich werde dieses Risiko nicht eingehen! Es kam für mich absolut nicht in Frage! Von mir aus konnten wir zurückfahren.

Plötzlich raschelte es stärker im Feld und heraus kamen ein paar Grenzsoldaten mit Gewehren auf uns zu.
„Halt! Stehen bleiben!" riefen sie.
Wir waren mächtig erschrocken. Also hielten sich doch Grenzsoldaten im Feld versteckt!
Als die Soldaten an unserem Auto waren, verlangten Sie, dass wir den Kofferraum öffneten. Aber es war nicht viel drin.
Wohin wir wollen.
Markus bot Ihnen eine Marlboro an, die sie gern annahmen. Ein bisschen Geplauder, nebenbei inspizierten sie das Auto.
Dann verlangten sie die Ausweise von uns beiden. Nachdem sie diese gesichtet hatten, sprachen sie miteinander.
Dann löste sich ein Soldat aus der Gruppe, ging ein paar Schritte von uns weg und schoss plötzlich eine Leuchtkugel ab. Wir sollten stehen bleiben. Unsere Ausweise hatten sie noch immer.

Es verging einige Zeit, dann hörten wir von weitem schon, dass sich Fahrzeuge näherten.
Grenzpolizei! Wir sollten einsteigen, ich mit den Kindern zu ihnen ins Fahrzeug, Markus sollte mit seinem eigenen Auto dem vorausfahrenden folgen. Dann fuhren wir gemeinsam auf eine Polizeistation.
Dort angekommen, wurden wir alle in einen großen Raum gebracht. Hier sollten wir auf den Dolmetscher warten. Entschuldigend ergänzte man, es könnte vielleicht eine Stunde

dauern, der Dolmetscher sei unterwegs hierher. Eine Stunde! Es war inzwischen spät, wir waren alle müde.

Irgendwann dann war der Dolmetscher da.
Zunächst wurden unsere genauen Daten aufgenommen. Dann wurde uns sehr freundlich erklärt, dass man uns verstehen könne, aber dass seitens des Ungarischen Staates keine Berechtigung vorliege, uns ausreisen zu lassen, da Ungarn dem Warschauer Pakt angehöre und demzufolge diesbezüglich keine eigenmächtigen Entscheidungen treffen dürfe. Sie würden sonst gegen den Vertrag handeln und sich strafbar machen, ein Risiko, welches sie nicht eingehen könnten.

Man legte uns nahe, keinen weiteren Fluchtversuch zu unternehmen, sondern den Weg über die Botschaft in Budapest zu wählen.

Die Gesetze würden ebenfalls vorsehen, dass auf Fluchthilfe Haft steht, was bedeutete, dass Markus für eine Nacht inhaftiert werden würde. Bis zur Haftentlassung am darauf folgenden Morgen würde man mich mit meinen beiden Kindern auf einem Campingplatz in der Nähe unterbringen.

Danach war die Unterredung beendet. Wir wurden höflich verabschiedet, nochmals mit der Entschuldigung, dass man durch die vertragliche Bindung leider nicht anders handeln könnte und der nachdrücklichen Bitte, derartige Versuche in Zukunft zu unterlassen, da diese uns alle nur in Schwierigkeiten bringen würden.

Anschließend wurde ich mit meinen Kindern zu einem Pkw geführt, welcher uns auf besagten Camping-platz brachte. Dort wurde uns der Schlüssel für eine bestimmte Campinghütte übergeben und mir mitgeteilt, dass mich mein Freund am nächsten Morgen nach der Haftentlassung hier abholen würde.

Es war eine kleine Hütte. Wir fanden kein Licht, sahen aber durch die Wegbeleuchtung von draußen aus-reichend, um die Betten und Decken zu finden. Mehr brauchten wir momentan nicht, wir waren alle todmüde.

Meine beiden Schätzchen schliefen schnell ein. Ich lag noch eine Weile wach. Es war so viel geschehen in den letzten Stunden. Draußen war es inzwischen stockfinster und vollkommen still, nur den Wind hörte man, wie er die Blätter in den Bäumen anblies, so dass sie leise raschelten.

Noch überschlugen sich die Ereignisse in meinem Kopf, aber langsam kam auch ich zur Ruhe. Es war alles noch mal gut gegangen! Die Grenzpolizei war total human und verständnisvoll mit uns umgegangen. Derartiges waren wir von den Behörden in der DDR nicht gewohnt. Nicht auszudenken, was mit uns in so einer Situation in der DDR passiert wäre! Die Grenzpolizei hier kam für mich wie ein guter Freund rüber. Ich hatte keinerlei Bedenken, etwas von dem, was sie uns mitgeteilt hatten, in Frage stellen zu müssen. Ich vertraute ihnen. Und ich zweifelte auch nicht daran, dass uns Markus am nächsten Morgen hier abholen würde.

Wie es dann weitergehen sollte, darüber wollte ich mir erst am nächsten Tag Gedanken machen.

Durch ein Klopfen an der Tür wurden wir bereits früh am nächsten Morgen geweckt. Als ich öffnete, stand Markus grinsend in der Tür. Er hatte uns vom Bäcker frische Brötchen mitgebracht. Markus sah neidvoll auf unsere Betten, er habe die Nacht auf einer Holzbank in einer Zelle zubringen müssen.

Auf dem Campingplatz war es so früh am Morgen noch ziemlich still. Vielleicht waren auch nur noch wenige Leute hier. Schließlich war es ja der Campingplatz in Grenznähe, von dem wahrscheinlich in den vergangenen Tagen eine

Massenflucht ausgegangen war. Es war ein sehr schöner Campingplatz. Wir genossen die Ruhe noch etwas und frühstückten auf einer Bank im Freien.

Während Laura und Philipp noch ein bisschen herumtollten, besprachen Markus und ich, was wir als nächstes tun würden.

Zurück zu unserer Vermieterin und dann zurück in die DDR kam eigentlich gar nicht mehr in Frage. Auch wenn die Grenzpolizei für unsere Situation Verständnis zeigte, war sie sicherlich durch vertragliche Festlegungen verpflichtet, derartige Grenzverletzungen an die Organe des jeweiligen Staates zu melden.

Für mich war klar, dass man in der DDR nicht dieses Verständnis aufbringen würde, sondern dass es hart zur Sache gehen würde. Auf versuchte Republikflucht stand Gefängnis! Die Kinder von Flüchtlingen ….

Ich wollte mich gar nicht weiter mit diesen unmenschlichen Dingen auch nur geistig auseinandersetzen, mir drehte sich da schon fast der Magen um. Ich konnte es nach wie vor nicht verstehen, mit welchem Recht man uns in der DDR wie Gefangene behandelte. Welche Rechte hatten wir denn? Eigentlich waren wir doch entmündigt! Uns wurde vorgegeben, was wir sagen durften und sollten, was wir lesen durften, welche Musik wir hören durften, wohin wir gehen durften … Kritik war nicht nur nicht gefragt, sie wurde als Kritik an der Politik und an den Errungenschaften der DDR, an den Errungenschaften des Sozialismus, erklärt und damit als Staatshetze. Immer wieder Lobgesänge über Erfolge, die schon lange keine mehr waren, in die wir einzustimmen hatten usw. - ich hatte diese verlogene Politik so satt, ich wollte sie nicht mehr!

In der DDR hatte ich keinerlei Möglichkeiten mehr, gezielt dagegen vorzugehen, ohne mich und meine Kinder zu gefährden. Nach eindeutigen Schritten, die ich unternommen hatte, indem ich zunächst geäußert hatte, mich nicht mehr als Mitglied der SED zu bekennen, und meinem letzten großen Schritt, dem Antrag auf Entlassung aus der Staatsbürgerschaft der DDR, waren nur noch kleine Unmutsbekundungen möglich, wie Montagsdemo, nicht zur Demo am 1. Mai oder zu Parteiwahlen zu gehen.

Nein, ich wollte nicht mehr! Das Maß war voll! Die Staatsführung der DDR war nicht daran interessiert, irgendetwas an ihrer festgefahrenen Politik zu ändern und tat alles dafür, Kritiker mundtot zu machen. Eine Sackgasse!

Es gab eigentlich gar nichts mehr zu entscheiden. Wir hatten den ersten Schritt gemacht, es gab kein Zurück. Unser nächstes Ziel war demnach die Deutsche Botschaft. Also machten wir uns auf den Weg, nach Budapest.

Budapest! Die schöne Hauptstadt von Ungarn! Hier hatten wir einmal Urlaub gemacht. Nun waren wir nicht hier, um die Stadt mit ihren beeindruckenden Gebäuden und ihrem Charme zu besichtigen, sondern einzig und allein, um die Botschaft zu finden.

Nach einigen Irrfahrten standen wir schließlich vor der Deutschen Botschaft. Ein großes verschlossenes Eisentor versperrte uns den Zugang. Mit uns spähten einige ausreisewillige DDR-Bürger durch die Eisenstäbe ins Gelände, suchten nach einer Klingel am Gebäude oder liefen unruhig am Gebäude entlang, um vielleicht einen anderen Zugang zu finden. Auch ich war unruhig. Immer wieder sahen wir Polizeiautos vorbeifahren. In einer Seitenstraße waren mittlerweile einige Fahrzeuge mit DDR-Kennzeichen abgestellt.

Plötzlich stand ein Mann in der Menge, der etwas mitteilte. Einige liefen zu ihren Autos. Was hatte er gesagt? Wir waren zu weit von ihm entfernt gewesen, um etwas verstehen zu können, fragten uns durch. Man verwies uns auf einen Aushang. Auf diesem war zu lesen, dass die Deutsche Botschaft wegen Überfüllung geschlossen sei. Dass aber in Budapest bei einer Kirche ein Lager errichtet worden sei, dorthin sollten sich ausreisewillige DDR-Bürger bitte wenden. Die Kopie eines Stadtplanes mit Markierungen, wie man zu dieser Kirche gelangt, war neben diesem Schreiben angebracht, Kopien lagen aus.

Wir studierten den Plan, versuchten uns gerade die Strecke einzuprägen, als ein Mann rief, er kenne sich aus, wir sollten ihm einfach hinterher fahren. Alle rannten zu ihren Autos, dann ging's los.

Nach kurzer Fahrt waren wir bereits an dem beschriebenen Platz bei der Kirche angekommen. Viele Zelte und noch viel mehr Menschen waren zu sehen. Neben großen Zelten noch kleine, dazwischen junge Leute, die herumlungerten, Familien, kleine Kinder, ... Oh Gott, ist das voll hier, dachte ich nur.

Dann gingen wir auf den Platz, um irgendeinen Verantwortlichen zu finden. Sicher mussten wir uns ja irgendwo melden, um im Lager aufgenommen zu werden, oder? Also suchten wir, fragten dann, wurden zu einem größeren Zelt in der Nähe des Eingangs geschickt und bekamen dort mitgeteilt, dass wir ja sicher sehen würden, dass hier alles bereits übervoll ist.

Es gebe aber in Budapest bereits ein zweites Lager. Man riet uns noch vorher Passbilder machen zu lassen, da wir von der Deutschen Botschaft neue Pässe bekämen, für welche die Passbilder benötigt würden. Da es schon relativ spät war und die Fotografen, die wir ja auch erst einmal finden mussten, schon bald schließen würden, empfahl man uns zum Bahnhof zu fahren, da dort sicher Fotoautomaten stehen würden.

Also fuhren wir wieder los, zunächst Richtung Bahnhof. Allerdings fanden wir keinen Automaten für Passbilder.

Wir hatten dann noch einen lustigen Zwischenfall. Laura sah einen Verkaufsstand, an welchem rote Spitzpaprika verkauft wurden. Da sie diese als sehr schmackhaft in Erinnerung hatte, bat sie uns, welche zu kaufen. Voller Vorfreude mit strahlenden Augen machte sie dann einen großen Biss, worauf sie kurz danach schrie und spuckte und schimpfte. Die Paprikaschote war scharf!

Als wir schließlich am zweiten Lager eintrafen, trauten wir unseren Augen nicht. Hier handelte es sich um ein festes Gebäude, aber so viele Menschen auf einem Haufen hatten wir lange nicht gesehen.

Es gab einen Stand, wo man sich anmelden musste. Vor diesem Stand eine endlose Menschenschlange. Wir bereuten, nicht zuerst hierher gefahren zu sein. Unwillig reihten wir uns ein, vor uns viele junge Leute. Irgendwann wurden wir nach vorne gerufen („die Frau mit den beiden Kindern").

Es sei alles voll, sagte man uns, selbst in den Gängen würden die Leute schon liegen.

Es ständen aber Busse bereit, die uns an den Balaton bringen würden, dort hätte man ein drittes Lager eröffnet. Ob wir mit eigenem Fahrzeug da wären. Falls ja, könnten wir schon losfahren.

Wir bekamen eine Wegbeschreibung mit.

Also wieder weiter. Auf an den Balaton! Hier würde sich der Kreis nun schließen, am Balaton waren wir gestern gestartet. Nun würden wir an die gegenüberliegende Seite unseres Urlaubsortes fahren, ans Nordufer des Balaton. Hoffentlich hatten wir dieses Mal mehr Glück und konnten bleiben.

Noch einmal stand uns eine längere Fahrt bevor, es würde spät werden. Wir fuhren sofort los.

Wir haben das Lager nach der Beschreibung gut gefunden, es soll ein ehemaliges Pionierlager sein. Das Gelände war riesig, eingezäunt, es gab einen Eingang mit Kontrollposten.

Der Balaton war in unmittelbarer Nähe, lud hier aber nicht so zum Baden ein wie auf der gegenüberliegen-den Südseite. Hier war die Küste steil, das Wasser tief, für Kinder weniger geeignet.

Wir werden sehr nett empfangen. Das Lager sei erst seit kürzester Zeit für Flüchtlinge zur Verfügung gestellt worden, heißt es, wodurch wir den großen Vorteil haben, noch viele leerstehende Zimmer vorzufinden.

Markus darf nicht mit in das Lager. Er will sich eine Übernachtungsmöglichkeit suchen, am nächsten Morgen wollen wir uns vor dem Eingang treffen.

Man führt mich und die Kinder, nachdem man unsere Personalien aufgenommen hat, in ein Gebäude. Wir haben wirklich großes Glück, wir bekommen ein Zimmer für uns. Es ist nicht sehr groß, eher lang und schmal, aber es bietet alles, was wir zunächst benötigen: ein Bett für jeden von uns, einen Kleiderschrank, Waschbecken mit Spiegel und einen kleinen Tisch mit Stühlen.

Wir bekommen noch einen Lageplan für das Gelände ausgehändigt und eine kurze Info, wie und was in den folgenden Tagen alles noch organisiert werden soll. Wichtige Mitteilungen würden wir immer am Infobrett finden.

Todmüde fallen wir dann in unsere Betten.

Am nächsten Morgen schauen wir uns das Lager etwas näher an. Es ist wirklich sehr großflächig. Es gibt noch viele weitere barackenähnliche Gebäude. Zum Wirtschaftsgebäude, in dem das Essen ausgegeben wird, müssen wir durch ein kleines Wäldchen. Der Speiseraum ist riesig, bestückt mit langen Holztischen. Noch ist es ziemlich leer, wir sitzen alleine an einem Tisch, genießen unser erstes Frühstück hier.

Nach dem Frühstück treffen wir uns mit Markus, erzählen ihm, wie's im Lager aussieht.

Dann ziehen wir in Erwägung, mein Auto von unserer Vermieterin zurückzuholen. Bisschen blöd komme ich mir schon dabei vor, aber schließlich hat es ja mit der Flucht nicht geklappt. Und wir hatten es auch so mit ihr vereinbart. Sie wollte einige Tage warten, ehe sie den Behörden Meldung darüber erstattet, dass wir von einer Ausfahrt nicht zurückgekommen sind und das Auto damit in ihren Besitz übergeht, wie wir es vorsorglich niedergeschrieben hatten.

Unsere Vermieterin machte große Augen, als sie uns kommen sah. Sie hatte gedacht, nachdem wir zwei Nächte nicht aufgetaucht seien, dass wir es geschafft hätten. Wir versuchten ihr zu erklären, was geschehen war, und wo wir uns nun aufhielten. Es gab für sie keine Frage, dass ich das Auto nun mitnehmen wollte. Sie holte sofort unsere Schenkungsurkunde und händigte sie uns wieder aus.

War trotzdem ein komisches Gefühl! Als nähme ich nun von etwas Besitz, was mir nicht mehr gehörte - das Auto fühlte sich irgendwie fremd an.

Nachdem wir uns nun ein zweites Mal von unserer Vermieterin verabschiedet hatten, fuhren wir wieder zum Lager zurück, um das Auto dort abzustellen.

Vorher wollten wir aber noch einmal zusammen schön essen gehen.

In der Ortschaft entdeckten wir schon bald ein Restaurant mit einem vollen Parkplatz davor. Spricht für sich, dachten wir, das scheint eine gute Adresse zu sein.

Wir standen noch nicht lange, da kamen einige DDR-Bürger auf uns zu. Wir kamen ins Gespräch, bekamen mit, dass sie noch am Überlegen waren, ob sie in das Lager gehen und alles zurücklassen sollten oder nicht. Es wurde viel diskutiert, ein Argument gegen das andere aufgewogen.

Auch ein älteres Ehepaar war darunter, welches in der DDR keinerlei materielle Not litt. Sie hätten sogar ein schönes Haus, welches in einer schönen Wohngegend liegen würde. Andererseits aber – so meinten sie – seien sie jeden Tag unzufrieden, jeden Tag dieselben Diskussionen über die Politik in der DDR, die sie bereits seit Jahren zermürben würde, Frust, ständige Unzufriedenheit und die lähmende Gewissheit, dass sich wahrscheinlich nie etwas ändern würde.

Plötzlich sah ich zwischen den parkenden Autos ein hellblaues Fahrzeug, welches mich sehr an das meines Chefs erinnerte. Ich war wie vom Blitz getroffen. Schnell lief ich etwas näher heran, um mich zu vergewissern. Als ich ziemlich sicher war, ergriff mich Panik.

Ich lief zu Markus und drängte ihn, so schnell wie nur möglich zurück ins Lager zu fahren. Ich hatte Angst, panische Angst!

Mein Chef war soweit ganz nett gewesen, auch sehr hilfsbereit. Aber bei politischen Sachen ließ er sicher nicht mit sich spaßen. Ich konnte mir gut vorstellen, dass auch er der Stasi angehörte, zumindest Zuträger war. Vielleicht klingt das bisschen paranoid, aber wem konnte man denn in der DDR so richtig trauen? Die Stasi war sehr gut organisiert und es gab zahlreiche IMs (Inoffizielle Mitarbeiter). Das war einfach so.

Ja, er wusste ja, dass ich meinen Urlaub am Balaton verbringen wollte. Schließlich hatte ich ihn gefragt, ob ich mir einen Wohnwagen ausleihen könnte für den Urlaub (die standen für Mitarbeiter zum Ausleihen zur Verfügung). Er fragte mich, wohin ich denn damit fahren wollte und riet mir dann davon ab, als er Balaton hörte, meinte, das sei zu schwierig, ich hätte ja keine Fahrpraxis. Ja, und er kannte mein Auto, denn er und sein Sohn hatten es mal repariert.

Oh Gott, hatte ich eine Angst! Die Stasi-Leute waren nie alleine unterwegs. Ruckzuck wurde man umzingelt und in Autos gezerrt. Ich kannte die Geschichte von Carmen, als sie mit ihrem Mann zu Fuß unterwegs war, plötzlich zwei Autos neben ihnen hielten, Männer heraussprangen, sie in das eine, ihren Mann in das andere Fahrzeug zerrten und ab ging es ins Untersuchungsgefängnis. Sie wurden dann beide getrennt voneinander verhört, ihr Mann kam dann in Untersuchungshaft und später nach Bautzen in politische Haft.

Als wir schließlich vor dem Lager ankamen, fühlte ich mich schon sicherer, aber ich drängte hineinzugehen.

Markus verabschiedete sich dann von uns. Er würde nun den Heimweg antreten. Er meinte, es würde bestimmt nicht mehr lange dauern. Er habe noch ein paar Tage Urlaub, die wollte er gerne nutzen, um sich nach einer größeren Wohnung umzusehen. Wir sollten uns telefonisch melden, wenn wir wüssten, wie es weitergeht.

Obwohl wir nur wenige Stunden unterwegs gewesen waren, hatte sich das Lager beträchtlich gefüllt. Auf der Parkfläche, die uns zugewiesen wurde, waren nur noch wenige Plätze frei. Immer wieder standen Leute am Eingang zum Lager, junge Menschen und auch Familien mit Kindern. Der Strom riss nicht ab.

Gegenüber dem Eingang zu unserem Lager befand sich eine Telefonzelle, von wo aus es auch möglich war, in die Bundesrepublik zu telefonieren.

So rief ich eines Tages Carmen an, die seit einigen Jahren in der BRD lebte und zu der wir durch Treffen in der CSSR und Post Kontakt gehalten hatten, um ihr mitzuteilen, dass wir uns in einem von der deutschen Botschaft organisiertem Lager am Balaton befinden und nicht wieder in die DDR zurückkehren würden. Ich bat sie, die Nachricht irgendwie meinen Geschwistern zukommen zu lassen, da diese den Schlüssel zu meiner Wohnung hatten, mit der Bitte an diese, für mich Fotoalben und Zeugnisse herauszuholen (die Fotoalben waren das, was ich am meisten vermissen würde bei einem Neuanfang) und ebenso für sich noch etwas aus der Wohnung zu holen, ehe die Stasi diese versiegeln würde.

Zufälligerweise hatte Carmen gerade DDR-Besuch - der Vater von Marion, einer gemeinsamen Freundin, den ich auch gut kannte (schon Rentner). Da dieser kurz darauf in die DDR zurückfahren wollte, erübrigte es sich, die Nachricht telefonisch zu übermitteln. Er wollte direkt zur Arbeitsstelle meines Bruders gehen.

Sehr gut, dachte ich nur. Wenn dieses Telefonat soeben nicht abgehört worden ist, bzw. wir schwer zu identifizieren waren, würden wir schneller als die Stasi sein.

Markus rief ich auch noch mal an, dann vereinbarten wir aber, dass ich mich wieder melden sollte, wenn die Ausreise genehmigt werden würde, da ich auch immer weniger Geld für Telefonate zur Verfügung hatte.

Immer mehr Menschen fanden sich im Lager ein. Mittlerweile sah es so aus, als gäbe es kein freies Zimmer mehr. Im Gegensatz zu unserem Zimmer waren die meisten anderen wesentlich größer, ca. für 8 bis 10 Personen. Irgendwann schauten die Neuankömmlinge dann auch nur noch nach einem freien Bett, so dass in den Zimmern Familien und Einzelpersonen, Frauen, Männer, Kinder lagen.

Aber trotz der ständig steigenden Anzahl von Flüchtlingen war alles sehr gut organisiert. In dem Gebäudeinnenhof unserer Unterkunft war eine große Tafel, auf der immer wichtige Hinweise für alle angeschlagen waren. Außerdem konnten private Suchanzeigen angebracht werden.

So war u. a. zu lesen, dass in den Folgetagen aufgrund des sich verschlechternden Wetters Kleiderspenden eintreffen würden, da die meisten DDR-Bürger ja nur mit ihrer Sommerbekleidung ausgestattet waren.

Außerdem erhielt jeder einen dicken Schlafsack und einen warmen Trainingsanzug, Hygieneartikel wurden verteilt (Zahnputzzeug, Seife, Handtücher, Waschpulver etc.) und es gab einen Medizinischen Stützpunkt mit einem Arzt vor Ort, wo ich sogar die Pille erhielt, da meine Packung inzwischen auch leer war.

Aber was uns am meisten beeindruckte war die Organisation der Essensausgabe. Mittlerweile war es so voll, dass alle Tische – ich weiß gar nicht mehr wie viele es waren, 10, 15, 20?, lauter lange Tafeln wie in den Kasernen - bis auf den letzten Platz besetzt waren und an den vielen Ausgabeschaltern schier endlose Schlangen standen. Aber die Einsatzkräfte – das Ungarische Rote Kreuz und die Caritas - ließen sich nicht aus der Ruhe bringen. Sie waren schnell und bestens durchorganisiert.

Auch ein Büro wurde eingerichtet, in denen Mitarbeiter der Botschaft Reisepässe der Bundesrepublik Deutschland für uns ausstellten. Zu diesem Zweck mussten wir alle ein Passbild anfertigen lassen und einen Termin vereinbaren. Es war alles mit sehr viel Wartezeit verbunden, aber die Zeit hatten wir ja, währenddessen die Botschafter auf Hochtouren arbeiteten.

Für mich war die Wartezeit trotzdem nicht so leicht zu bewältigen, denn ich hatte ja meine beiden Kinder dabei, damals 4 und 11 Jahre alt. Die beiden brachten verständlicherweise kaum die Geduld auf, sich stundenlang in Warteschlangen einzureihen. Und allein lassen konnte und wollte ich sie nicht. Wir waren inzwischen über die Infotafel gewarnt worden, Kinder nicht aus den Augen zu lassen, da es sich leider nicht vermeiden lassen würde, dass sich auch die Stasi unter die Flüchtlinge im Lager mischte. Das Ziel der Stasi sei es – so hieß es weiter in diesem Schreiben - Kinder in die DDR zu entführen, damit die Eltern so zur Rückkehr gezwungen würden. Allerdings würden die Eltern dann wegen Republikflucht inhaftiert werden, die Kinder würde man in Heime stecken und dann zur Adoption freigeben.

Ebenfalls sollten wir damit rechnen, dass Leute auf uns zukämen, die uns zur Rückkehr überreden wollten. Diese würden Versprechen machen, dass uns nichts passiere, falls wir zurückkehrten. Wir sollten dem aber keinen Glauben schenken, es wären ebenfalls Stasi-Leute oder von der Stasi Beauftragte, auch mit dem Ziel, die Rückkehrer dann wegen Republikflucht zu inhaftieren.

Diese Umstände sorgten nicht für entspannte Behaglichkeit oder Urlaubsgefühle. Angst und Misstrauen machten sich nun auch innerhalb des Lagers breit. Man sah nicht mehr nur Gleichgesinnte in den Nachbarn, sondern schaute genauer hin. Trotzdem fassten auch wir zu einigen Leuten Vertrauen, es bildeten sich kleine Gruppen. Das war besonders auch wegen der Kinder hilfreich, da wir nun auch gegenseitig ein Auge auf die anderen Kinder hielten.

Ein gutaussehender, junger Mann befand sich ziemlich häufig in meiner Nähe. Er bot mir zum Beispiel an, dass er sich für uns in der Reihe der Wartenden anstellen würde, damit die Kinder nicht so lange ausharren müssten. Trotz dass er auf mich ehrlich wirkte, begegnete ich ihm zunächst mit größter Vorsicht. So wie er mir später erzählte, hatte er Frau und Kleinkind zurückgelassen und die Flucht alleine versuchen wollen, um beide später nachzuholen. Nach und nach erfuhr ich mehr über ihn und fing an, ihm, zu vertrauen.

Eines Tages fragte er mich, ob ich nicht Lust hätte, am Abend mit zu ihnen rüber zukommen, ehe ich immer hier alleine bin. Er wäre in einem 10-Bett-Zimmer untergebracht, Männer, Frauen, alle ganz nett.

Natürlich hatte ich Bedenken, meine Kinder ohne Aufsicht zu lassen, verschloss aber die Tür und gab auch einer Familie Bescheid, die ebenfalls in unserem Gebäude war, und mit denen wir uns angefreundet hatten. Das Zimmer war auch nicht weit von unserem entfernt.

Trotzdem war ich zu keiner Zeit entspannt, die Angst, dass meinen Kindern etwas zustoßen könnte, ließ mich diesen abendlichen Treffen schon bald wieder fernbleiben.

A. stand uns trotzdem immer wieder hilfreich zur Seite, stellte sich für uns mit bei der Botschaft an oder reihte sich ganz oft in der langen Warteschlange an der Essensausgabe ein, so dass wir später nachkommen konnten.

Wieso ich ihm gerade vertraute? Weiß nicht, ein Gefühl.

Eines Tages wurden wir darauf hingewiesen, dass man gesehen habe, wie die Kennzeichen unserer Autos fotografiert worden seien. Wir sollten vorsichtig sein. Immer wieder Warnungen, nicht jedem zu vertrauen.

Auch sollten wir – falls wir noch tanken müssten – keinesfalls allein fahren, sondern möglichst kräftige Begleitpersonen mitnehmen, zu denen wir Vertrauen aufgebaut hatten. Es sollte auch immer die ganze Familie gemeinsam unterwegs sein. Und – wir sollten ausschließlich zum Tanken fahren, während der Fahrt und beim Tanken die Türen verriegeln, die Kinder nicht aussteigen lassen, dann umgehend zurückfahren.

Solche Hinweise und Warnungen machten schon Angst. Angst, aber auch Wut.

Was nahmen diese Menschen sich eigentlich heraus! Mit welchem Recht verfolgten sie uns, wie Gefangene, Verbrecher, die ausgebrochen waren? Mit welchem Recht bedrohten sie uns? Wo blieben denn da die Menschenrechte, das Recht auf Freiheit, Selbstbestimmung usw., von denen so viel in der DDR gefaselt wurde, bei jeder Kundgebung, bei jeder Tagung der Parteiführung oder, oder, oder …

Alles nur hohle Worte, die Wirklichkeit sah doch ganz anders aus! Wo hatten wir denn das Recht, frei über unseren Wohnsitz zu entscheiden?? Wo war dieses Recht, wenn man die Eltern inhaftierte, weil sie sich dagegen entschieden, weiter in der DDR zu leben? Und mit welchem Recht wurden deren Kinder in Heime gesteckt, um sie später zu Adoption an „vertrauenswürdige Staatsbürger" freizugeben!

Immer wieder wurde von Fällen berichtet, wo Familienmitglieder plötzlich verschwunden waren. Wir konnten es selbst an der Infotafel lesen, es ließ uns immer wieder einen Schauer über den Rücken fahren.

Auch Nachrichten waren zu lesen, wo Familienangehörige, die in der DDR lebten, ihre Verwandten im Lager zur Rückkehr bewegen wollten.

Wir wurden immer wieder gewarnt, zu bedenken, dass wir als Flüchtlinge zurückkehren würden und nicht zu unseren Familien kämen, sondern inhaftiert werden würden.

Eines Tages war Laura plötzlich verschwunden! Es traf mich wie ein Schlag! Gerade war sie noch neben mir gewesen ... Ich weiß heute schon nicht mehr genau, mit wem ich im Gespräch gewesen war, ich schrie nur noch nach ihr, fragte Philipp. Aber auch er hatte beim Spielen nicht bemerkt, wie sie plötzlich verschwunden war. Wir rannten durch die Gegend, zum Zimmer, zu der Familie, mit der wir uns angefreundet hatten, zum Spielplatz, teilten uns auf, liefen in verschiedene Richtungen, riefen immer wieder laut nach ihr. Sie war nirgends zu finden. Ich war wie von Sinnen, meine Gedanken rasten. Einige suchten nun mit uns.

Dann plötzlich brachte sie uns der Vater der befreundeten Familie zurück! Er hatte in dem Wäldchen gesucht, welches wir durchqueren mussten, wenn wir zum Essen gingen und Laura dort ganz allein entlanglaufen sehen.

Ich schimpfte, lachte, weinte, alles gleichzeitig und hielt meine kleine Tochter ganz fest in meinen Armen.

Von da an ließ ich meine Kinder gar nicht mehr aus den Augen.

So gingen die Tage dahin.

Nach einiger Zeit wurde uns mitgeteilt, dass die Zeitdauer, die wir weiterhin hier im Lager verbringen würden, ungewiss sei, da diese von Verhandlungen abhängig sei. Für die schulpflichtigen Kinder sollte deshalb der Unterricht organisiert werden. Man begann die Kinder mit Alter und Schuljahr zu erfassen, um entsprechende Unterrichtsmaterialien zu besorgen. In wenigen Tagen sollte der Unterricht beginnen, wir sollten über die Infotafeln Bescheid erhalten.

Diese Information machte uns etwas traurig, da wir dadurch die Hoffnung aufgeben mussten, bald ausreisen zu können. Andererseits freuten wir uns darüber, dass der Unterricht organisiert werden sollte. Somit würden die Tage nicht so dahin schleichen, für die Schulkinder nun bald wieder etwas geregelter sein und sie würden dadurch auch nicht so viel Unterricht versäumen müssen.

Allerdings sahen wir dem Ganzen mit gemischten Gefühlen entgegen. Wie sollte der Unterricht organisiert werden, ohne dass für die Kinder in irgendeiner Weise eine Gefahr bestand, von Stasispitzeln entführt zu werden? Sollten wir Eltern nicht vorsichtshalber in der Nähe der Kinder bleiben? Setzten wir uns damit nicht einer zusätzlichen Gefahr aus? Wer waren die Lehrer?

Immer wieder schwangen Angst und Misstrauen mit.

Nur wenige Tage später, am 10. September, klopfte es am Nachmittag an unsere Zimmertür. Man teilte uns mit, dass wir uns alle in Kürze in der Turnhalle einfinden sollten. Es sei wichtig, wir sollten unbedingt alle kommen.

Die Turnhalle war brechend voll. Wir sollten wichtige Informationen erhalten, keiner wusste Genaues. Aber einige hatten im Radio gehört, dass sich die Außenminister heute wohl treffen sollten, um über weitere Schritte zu verhandeln, die die ausreisewilligen DDR-Bürger in den Lagern der Botschaft betrafen.

Dann war es soweit. Ein Botschafter betrat das Podium. Stille. Absolute Stille und eine Anspannung, dass die Luft knisterte.

Und dann die wenigen, lang ersehnten, erlösenden Worte: „... Nach den Verhandlungen zwischen ... wurde entschieden, dass sie alle ab sofort über die ungarisch-österreichische Grenze ausreisen dürfen. Ich begrüße Sie als Bürger der Bundesrepublik Deutschland! ..."

Mehr war von der Rede nicht mehr zu verstehen. Nur noch ein Kreischen, Schreien, Weinen, …

Wir fielen uns in die Arme, weinten, lachten, weinten. Philipp nahm mich ganz fest in die Arme, weinte:

„Wir haben's geschafft, Mami!"

Der kleine Kerl, 11 Jahre alt, wie er schon seinen Mann stand, mich ganz fest hielt, selbst noch ein Kind! Laura schaute uns an, verstand nicht, weinte mit.

Wir konnten es eine Weile nicht richtig begreifen, standen wie angewurzelt.

Rings um uns fielen sich die Menschen weinend in die Arme, nahmen uns in die Arme, Lachen, Weinen, Freudenschreie, immer und immer wieder. Manche saßen wie gelähmt, andere sprangen jubelnd oder hysterisch kreischend durch die Leute, jeder verarbeitete diese Nachricht anders.

Langsam löste sich die Menschenmenge auf, strömte ein letztes Mal in Richtung der Unterkünfte.

„Was hatte er gesagt? Sofort?"

„Nein, die bereits einen Ausweis der BRD hätten."

„Und die anderen?? Was ist mit uns? Unserer ist noch nicht fertig gewesen?"

„Die anderen sollen die Ausweise am nächsten Tag abholen."

Aufbruchsstimmung! Überall ein hektisches Packen.

„Wann fahrt ihr los?"

„Jetzt gleich, wenn wir gepackt haben."

„Und ihr?"

„Wir werden die Kinder jetzt schlafen legen, morgen früh ganz zeitig losfahren. Und ihr?"

„Keine Ahnung, wir haben unsere neuen Pässe noch nicht! Müssen uns morgen früh erst wieder anstellen, warten."

„Hat der nicht gesagt, man könne auch mit den DDR-Ausweisen ausreisen?"

„Was?? Wirklich? Habe ich nicht gehört. Es war ja nichts mehr zu verstehen."

„Da drüben läuft ein Fernseher, ein Interview!"

Mit uns stehen einige vor dem Fernseher, verfolgen das Interview. Wieder rollen die Tränen. Aber wir hören nichts davon, dass wir mit den DDR-Ausweisen ausreisen dürften.

Einige sprechen uns an, ob wir noch Plätze im Auto frei hätten. Ich kann maximal drei Leute mitnehmen, natürlich nur welche, die ich kenne. Aber ich werde erst am nächsten Tag fahren können, sage ich.

Am Ende wollen zwei Leute mit mir fahren, A., der sich immer für uns angestellt hat, und ein junges Mädchen, ich glaube aus seinem Zimmer. A. sagt, ich könne am nächsten Morgen in aller Ruhe noch mit den Kindern frühstücken gehen und den Verpflegungsbeutel abholen, er würde sich inzwischen für uns bei der Botschaft anstellen, damit wir nicht so lange auf den Pass warten müssten.

Die letzte Nacht im Lager!

Unsere wenigen Habseligkeiten sind schnell zusammengepackt. Wir schlafen unruhig. Eine neue Etappe bricht an, in wenigen Stunden. Ich kann es noch nicht fassen, es ist so unwirklich. Wir haben es geschafft. Morgen werden wir unsere neuen Pässe bekommen und dann losfahren, fahren, über die ungarische Grenze, von der ich noch vor einigen Tagen zurückgeschickt wurde. Dann nach Österreich, ein mir fremdes Land, und von da in die Bundesrepublik. Ich kann es nicht fassen, kann mir noch nicht vorstellen, was dann kommt. Fast habe ich bisschen Angst vor dieser Ungewissheit. Aber ich bin auch neugierig. Wie wird es weitergehen? Mit einem Gedankenkarussell schlafe ich schließlich doch ein.

Der nächste Morgen. Es ist der 11. September 1989. Heute beginnt ein neuer Lebensabschnitt. Ich bin nervös. Auch das Frühstück am Morgen will nicht in den Magen, wir sind viel zu aufgeregt. Ein paar Häppchen, dann geht's Richtung Botschaftsgebäude, um meinen neuen Pass abzuholen.

Kein Mensch ist dort zu sehen. A., der sich für uns angestellt hat, kommt uns entgegen.

„Die Botschaft ist zu."

Eine Information hätte an der Tür gehangen:

„Alle, die noch keinen Ausweis der BRD haben, könnten mit ihrem DDR-Ausweis ausreisen."

Ich bin verunsichert. A. hatte bereits seinen Reisepass der Bundesrepublik Deutschland, das Mädchen auch, nur ich nicht.

„Was, wenn sie mich und die Kinder dann nicht ausreisen lassen?"

Ich soll mir keine Sorgen machen, das klappt schon.

Ich bin aber unsicher, frage andere.

Sie fahren auch mit DDR-Ausweisen, höre ich.

Also dann ...

Ein letzter Blick auf unser Zimmer. Es ist kaum noch jemand im Gebäude, es wirkt gespenstig leer. Auch die Familie, die unter uns gewohnt hatte, ist schon unterwegs.

Dann steigen wir ins Auto ein. A. bietet mir an zu fahren, was mir auch ganz lieb ist, ich bin mächtig aufgeregt.

Vor uns, hinter uns Autos mit DDR-Kennzeichen, die sich langsam aus dem Botschaftsgelände schlängeln. Ein letztes Winken, als wir die Schranke zum Lager passieren, „danke, alles Gute!", Hupkonzerte, dann rollen wir Richtung ungarisch-österreichische Grenze.

Ich bin wahnsinnig aufgeregt und es wird immer schlimmer, je näher wir der Grenze kommen. Bin total froh, dass ich nicht fahren muss.

Noch einmal fahren wir in der Nähe des Grenzübergangs zu Österreich an Straßen entlang, die gesäumt sind von unzähligen verlassenen DDR-Autos. Es scheint kein Ende nehmen zu wollen, wir kommen aus dem Staunen nicht heraus. Hunderte, alles zurückgelassen, nur zu Fuß über die Grenze geflüchtet! Das sagt doch so viel aus! Wer verlässt auf diese Weise sein Heimatland, wenn er sich dort wohl und geborgen fühlt?!?!

Wir sehen die Grenze, die Grenze zu Österreich! Keine gewöhnliche Grenze, es ist die Grenze in die Freiheit!! Wir kommen immer näher, einige Autos sind noch vor uns. Mein Herz klopft wie wild! Werden sie mich mit den Kindern durchlassen?? Ich bin total nervös. Gleich wird sich alles entscheiden! Entweder haben wir es geschafft, oder … Oder ich weiß nicht, wie mein Leben und das meiner Kinder weitergehen wird.

Wenn sie uns nicht durchlassen, …

Meine Gedanken rasen, meine Hände sind schweißnass und eiskalt. Ich habe eine wahnsinnige Angst. Angst nicht vor dieser Grenzpolizei, sondern vor der Stasi, vor dem, was kommen könnte, wenn …

Nur noch wenige Autos vor uns. Alle fahren weiter.

Jetzt fahren wir vor!

„Die Ausweise bitte!" werden wir freundlich aufgefordert.

Wie damals gebe ich meinen Ausweis hin, zittere dabei. Der ungarische Grenzpolizist schaut sich alle unsere Ausweise an, blättert darin.

Stille, Sekunden der Entscheidung …

Dann gibt er sie uns zurück, lächelt, wünscht uns alles Gute.

„Na siehst du", bekomme ich zu hören. Aber noch immer habe ich Angst, dass sich das Blatt wenden könnte, denn der österreichische Beamte will auch unsere Papiere sehen. Er begrüßt uns salopp, schaut kurz in die Ausweise, gibt sie uns wieder und sagt, wir sollen nach ein paar Metern links heran fahren.

„Links heranfahren? Das verheißt nichts Gutes" sage ich. Mir drängen sich sofort Bilder der Grenzkontrollen zwischen der DDR und der Tschechoslowakei auf, wo wir regelmäßig „herausfahren" mussten und kontrolliert wurden. Mir wird übel.

Aber da sehen wir auf der linken Seite plötzlich ein großes Verpflegungszelt stehen, Leute, die mit Essen und Kaffeebechern herumstehen!

„Wir sind durch!! Wir sind durch!! Das ist ein Verpflegungszelt!! Wir haben's geschafft! Wir sind in Österreich!!!"

Wir sind durch! ... Österreich! ... Keine Kontrolle, was zu essen gibt's hier für uns!

Wir sind durch! Wir haben's geschafft, wir sind in Österreich!

Nur sehr langsam begreife ich, ohne es fassen zu können. Wir sind durch! Wir haben's geschafft! Wir haben's geschafft!!

Wir sehen bekannte Gesichter aus dem Lager wieder, strahlende Gesichter! Wir haben's geschafft, wir sind raus, wir sind in Österreich!! Wir lachen und weinen und können es kaum fassen.

Alles fühlt sich so unwirklich an - als uns freundlich Essen und Getränke angeboten werden, als wir dasitzen, uns mit allen freuen, allen freudig zuwinken, die nach uns die Grenze passieren.

Wie im Traum fühle ich mich, als wir nach dem Essen weiterfahren. Wieder bekomme ich angeboten, nicht fahren zu müssen. Ich will es A. nicht zumuten, die ganze Strecke alleine zu fahren, bin aber mehr als erleichtert, als er sagt, er sei noch total fit.

Dann sind wir auf der Autobahn in Österreich! An den Hinweistafeln sehen wir es und an den Autos mit österreichischem Kennzeichen. Wie in einer anderen Welt fühle ich mich. Autobahnschilder mit Ortsnamen, die ich noch nie vor mir hatte, fremde Namen, einige wenige vielleicht aus dem Fernsehen bekannt.

Viele hupen und winken uns freundlich zu. Wir winken überschwänglich vor Glück zurück.

Wir sind willkommen - ein schönes Gefühl!

Die Fahrt zieht sich, es wird bereits dunkel, als wir uns der Grenze zur Bundesrepublik Deutschland nähern. Bald haben wir es endgültig geschafft, bald werden wir die Grenze zur Bundesrepublik passieren und dann auf der anderen Seite Deutschlands sein, unserer neuen Heimat.

Uns wurde empfohlen, ins Berchtesgadener Land zu fahren. Dort hätte man bereits ein Lager für die Flüchtlinge aus Ungarn errichtet. Und dort würden wir dann auch erfahren, wie es weitergehen sollte.

Dann ist plötzlich die Grenze zur Bundesrepublik Deutschland in Sicht. Wir sind nun alle total aufgewühlt, können es noch immer nicht fassen!

Im Schritttempo passieren die Autos die Grenze nach Deutschland, bleiben vorher kurz stehen.

Als wir näher kommen erkennen wir, dass jedes DDR-Fahrzeug mit großem Hallo begrüßt wird, jeder persönlich beglückwünscht wird und zusätzlich jeder Erwachsene eine Flasche Sekt geschenkt bekommt.

Auch wir werden auf diese Weise begrüßt, ein unglaubliches Gefühl!

(Später teilte uns Carmen übrigens mit, sie habe uns im Fernsehen gesehen, als wir am Grenzübergang begrüßt wurden. Wir wurden also sogar gefilmt!)

Jetzt sind wir da, sind in der Bundesrepublik! Wir sind am Ziel, haben es geschafft! Wie im Glückstaumel legen wir die letzten Kilometer zurück. Wir haben es geschafft!!

Kurze Zeit später treffen wir am Lager im Berchtesgadener Land ein. Wir werden erwartet, wieder Gratulation. Ein quirliges Durcheinander zwischen einer Unmenge großer Zelte. Überall Bewegung, überall glückliche Gesichter.

Die Anspannung löst sich etwas. Wir bekommen Infos, wo wir schlafen können, wo es was zu essen gibt und wo die Sanitärtrakte sind. Weitere Informationen würden wir am nächsten Tag erhalten.

Auf der Suche nach freien Betten in den Zelten trennen sich unsere Wege, da nur noch einzelne Betten unbelegt sind. Glücklicherweise finde ich dann ein Zelt mit noch drei freien Betten. Es sind große Zelte mit jeweils 8 oder 10 Feldbetten. Eine Trennung zwischen Frauen und Männern gibt es nicht, jeder ist froh einen Platz zu finden. In den Zelten ist es warm, sie werden von außen beheizt. Wir lassen unsere wenigen Habseligkeiten darin und machen uns dann auf die Suche nach dem riesengroßen Festzelt, um noch eine Kleinigkeit zu essen, gehen anschließend noch kurz waschen und fallen schließlich völlig erschöpft in unsere Betten. Philipp und Laura lassen auch alles nur noch über sich ergehen, fragen nur, wie lange wir jetzt da bleiben müssen und sind sicher auch froh, dann ins Bett kriechen zu können.

Andere feiern noch lautstark. A. hatte mich auch gefragt, ob ich noch mitfeiere, aber ich hatte keine Kraft mehr. Ständig kommen weitere Leute an, suchen nach freien Betten in den Zelten. Aber das registrieren wir nur noch kurze Zeit, dann werden wir vom Schlaf überwältigt.

Der nächste Morgen – unser erster Morgen in der Bundesrepublik! Wir werden früh munter. Es ist schon viel los, alle wirbeln durcheinander. Kaum dass wir die Augen geöffnet haben, werden wir mit Informationen überflutet.

Sanitärtrakt, dann Frühstück. Es ist sehr unruhig.

Nach dem Frühstück sollen wir uns alle erst einmal anmelden, würden dort auch ein Begrüßungsgeld er-halten und – wer ein Auto hat - einen Tankgutschein, um mit dem Auto weiterfahren zu können. Auch sollen wir angeben, ob wir jemanden haben, zu dem wir – wenn hier alle Formalitäten erledigt sind – fahren können, oder ob wir zunächst in weitere Auffanglager müssen. Diejenigen, die niemanden haben, sollten später in Listen einsehen, wohin die Reise geht, welcher Bus wann für sie bereitsteht.

Alle rennen durcheinander, wirken nervös und hektisch. Wir reihen uns in der Anmeldeschlange ein. Die, die fertig sind, strahlen.

Und wir dann auch! Wir bekommen das Begrüßungsgeld und den Tankgutschein und ich bin total überwältigt. Überall bekommen wir nur Hilfe angeboten, bekommen ein Dach über den Kopf, Verpflegung, die Leute empfangen uns freundlich, helfen uns, wo sie nur können - wir erhalten einen Schlafsack und warme Kleidung, Sanitärartikel... Und jetzt bekommen wir sogar noch Geld geschenkt! Das erste Mal halte ich Westgeld in den Händen, eine Währung, mit der ich mich erst noch vertraut machen muss.

Als nächstes sollen wir uns bei einer extra für uns im Lager errichteten Außenstelle des Arbeitsamtes melden. Ich gehe also mit den Kindern hin.

Der Raum ist vollkommen überfüllt, es ist laut, überall sehe ich nur wahnsinnig lange, endlos erscheinende Warteschlangen. Viele Leute, die wir nicht kennen, doch auch bekannte Gesichter. Wir stellen uns an. Es geht nur sehr, sehr langsam vorwärts. Das Warten strengt an. Es scheint sich kaum etwas zu bewegen.

Wieder kommt man mir mit meinen beiden Kindern entgegen, bietet uns an, inzwischen zum Mittagessen zu gehen, man will den Platz freihalten in der Warteschlange.

Als wir nach dem Essen zurückkehren, ist es noch genau so voll in dem Raum und nur wenig weitergegangen. Die Luft ist stickig. Das lange Warten strengt mich zunehmend an.

Und plötzlich stürzt alles auf mich ein: Da stehe ich nun, im anderen Teil Deutschlands, den ich noch nicht kenne, allein mit meinen beiden Kindern zwischen hunderten anderer Menschen, die ich nicht kenne, meine Familie, Freunde, alle Verwandten und Bekannten weit weg, unnahbar durch diese Grenze. Was kommt jetzt? Alles ging so rasend schnell. Eine Entscheidung und es gab kein Zurück mehr! Im Schnelldurchlauf sehe ich noch einmal alles vor mir, erlebe ich alles noch einmal, die Gedanken rasen. Ich kann es kaum begreifen, fühle mich wie in einem Traum. Ist das alles eigentlich real? Haben wir es wirklich geschafft, sind wir hier, sind wir angekommen? Mir wird plötzlich ganz schwindlig, alles beginnt sich zu drehen. Ich muss raus, mir wird schlecht Die Menschenmassen, die Enge, die schlechte Luft, war das alles wahr, hatten wir es geschafft? Alles dreht sich, die Ohren summen, mir wird schwarz vor Augen - ich falle.

Nach einer gefühlten Ewigkeit hatten wir es dann auch geschafft. Mit Meldebescheinigung der Polizeibehörde und des Arbeitsamtes sowie wichtigen Informationen, bei welchen Institutionen wir uns nach Ankunft am Zielort melden sollen, verlassen wir das Gebäude.

Dann kam uns A. entgegen gerannt, der mir im Lager in Ungarn die ganze Zeit so hilfreich zur Seite gestanden und uns gut und sicher in meinem Auto nach Deutschland chauffiert hatte. Er wollte sich verabschieden. Der Bus, mit dem er weiterfahren würde, stand bereits bereit und hatte den Motor laufen.

Wir versuchten dann mehrmals vergeblich Markus anzurufen, um ihm mitzuteilen, dass wir uns bereits in Deutschland befanden und bald kommen würden. Vom Lager in Ungarn aus hatte ich ihn auch nicht erreichen können.

Dann sahen wir uns etwas auf dem Platz um, auf dem ein ständiges Kommen und Gehen war, und liefen in die Ortschaft, um nach einer Tankstelle Ausschau zu halten. Wir waren beeindruckt von der Ordnung und Sauberkeit, die wir hier vorfanden und der Freundlichkeit, mit der uns die Menschen hier begegneten.

Sogar einen Stand mit Spenden der Bewohner hatte man am Eingang zum Lager aufgebaut. Neben zahlreichen Spielsachen für die Kinder wurden auch Decken und Handtücher gespendet. Laura suchte sich eine Puppe aus, ich nahm zwei Decken und drei Handtücher mit. Ob Philipp auch was für sich gefunden hatte, weiß ich gar nicht mehr. Aber er war so ein liebevoller Bruder und so genügsam. Er freute sich schon, wenn sein Schwesterchen glücklich war. Ich staune noch heute darüber, wie er als 11-Jähriger schon reagierte, was er alles registrierte, wie feinfühlig und auch stützend er in seinem zarten Knabenalter schon für mich gewesen war. Ich konnte mich immer auf ihn verlassen, er war da, half, tröstete, trug die Last dieser Ereignisse mit auf seinen noch schmalen Schultern.

Später trafen wir dann noch zwei Männer, die ich aus dem Lager in Ungarn kannte. Sie fragten, wohin wir fahren würden und ob wir einen ein Stückchen mitnehmen könnten. Ich war gerne bereit, so würde ich wenigstens bis dahin eine Hilfe auf den für mich noch fremden Wegen haben.

Die beiden sagten uns dann auch, dass in einem Gebäude weitere Kleiderspenden eingegangen seien und führten uns dorthin. Sie suchten dann mehr für uns als für sich selbst. Wir fanden auch ein paar warme Kleidungsstücke, worüber ich sehr glücklich war, da der Herbst langsam Einzug hielt und wir ja nur mit unseren Sommerurlaubssachen ausgestattet waren.

Am Abend versuchte ich erneut mehrmals Markus telefonisch zu erreichen, was mir aber wieder nicht gelang. Es wurde immer später und ich wurde langsam nervös, denn alle brachen langsam auf, in ihren Autos oder mit den Bussen. Auch der eine Mann, der mit uns fahren wollte, fragte immer wieder nach. Und meine Kinder wurden auch langsam müde.

Irgendwann rief ich dann bei Carmen an, fühlte mich damit aufgrund der fortgeschrittenen Tageszeit aber gar nicht wohl. Carmen teilte mir mit, dass sie – nachdem sie uns im Fernsehen gesehen hatte, als wir über die Grenze gekommen sind - bei Markus immer wieder angeklingelt hatte, leider auch bisher vergeblich. Sie konnte es auch überhaupt nicht verstehen, dass er nicht zu erreichen war, bot uns aber an, dass wir gerne erst einmal zu ihr kommen könnten. Sie würde bei ihrem Freund schlafen. Gerne könnten wir gleich losfahren, sie und ihr Freund würden uns an einer Raststätte erwarten und das letzte Stück mit uns zusammen fahren. Carmen würde sich zu uns ins Auto setzen und uns den Weg zeigen.

Ich war Carmen und ihrem Freund unsagbar dankbar, dass wir zunächst zu ihnen kommen konnten und dass sie uns, trotz dass es schon so spät war, entgegen fahren wollten.

Endlich ging es also weiter! Wir tankten das Auto voll und packten unsere Sachen in den Kofferraum.

Und dann fuhren wir los! Glücklich, aufgeregt, neugierig auf das, was uns erwarten würde. Hinter mir schlief meine kleine Laura selig ihren friedlichen Kinderschlaf. Philipp saß – nachdem wir den einen Mann unterwegs abgesetzt hatten - neben mir, an Müdigkeit war wohl bei ihm nicht mehr zu denken, mit großen Augen verfolgte er alles und suchte mit nach dem Weg. Mein kleiner großer Mann an meiner Seite, ein Kind noch und doch immer eine große Hilfe für mich. Ich war so stolz auf ihn!

Da fuhren wir nun, suchten auf fremden Schildern und fremden Straßen nach dem Weg zu unserem neuen Zuhause, fuhren in ein uns noch unbekanntes, neues, anderes Leben. In unser neues Leben!

EPILOG

Und dann ging ich in das Haus in dem wir zuletzt gewohnt hatten.

Ein eigenartiges Gefühl, so vertraut und doch auch fremd. Unsere Wohnungstür war noch versiegelt. Ehemalige Hausbewohner, zu denen wir einen leichten Kontakt gepflegt hatten, sagten, es gebe keine Schlüssel, deshalb sei die Wohnung auch nicht vermietet worden.

Ich hatte meine Schlüssel noch. Total aufgeregt brach ich das Siegel und steckte den Schlüssel in das Schloss. Er passte! Ich schloss auf. Und dann stand ich wieder in meiner Wohnung!

Gähnende Leere strotzte mir aus allen Zimmern entgegen, bis auf ein paar einzelne Gegenstände. In Lauras Zimmer ein Berg von Wäsche, die man wohl einfach aus den Schränken gezerrt hatte, als diese aus der Wohnung geholt wurden, im Bad noch der Behälter mit meiner letzten Schmutzwäsche darin.

Ich schaute aus dem Fenster – alles so vertraut. Für einen kurzen Moment überkam mich das Gefühl, wieder zu Hause zu sein. Endlich Ruhe, endlich alles hinter mir lassen! Es hatte mich so wahnsinnig viel Kraft gekostet! Fallen lassen, schlafen, endlich nicht mehr kämpfen …

Alle Namen sind frei erfunden. Ähnlichkeiten mit anderen Personen sind rein zufällig und nicht beabsichtigt.